Friedrich Torberg

Der Schüler Gerber

Roman

Paul Zsolnay Verlag

ISBN 3-552-04943-6

Einbandgestaltung: Claus Seitz, unter Verwendung
einer Illustration von Hans Traxler
Satz: Filmsatz Schröter GmbH, München
Druck und Bindung: Franz Spiegel Buch GmbH, Ulm
Printed in Germany

Auf drei Dingen beruht die Welt:
auf Wahrheit, auf Gerechtigkeit
und auf Liebe.
Rabban Schimon ben Gamliël

Mit der Niederschrift des Buches wurde (nach) einem seit Jahresfrist bestehenden Entwurf) im Winter 1929 begonnen. In einer einzigen Woche dieses Winters, vom 27. Januar bis zum 3. Februar 1929, gelangten durch Zeitungsnotizen zehn Schülerselbstmorde zur Kenntnis des Schreibenden.

ERSTES KAPITEL

Kupfer, Gott m. b. H.

Der Spätsommermorgen war lau, und die Türe zum Klassenzimmer stand offen. In dem lärmenden Durcheinander wurde der Eintritt des Schülers Gerber nicht bemerkt. Er ging zu seinem Platz in der letzten Bank, setzte sich hin und betrachtete ungestört das Bild. Es unterschied sich durch nichts von dem eines jeden Schultags. Und Kurt Gerber, folgend einer aus vielem Lesen entstandenen Gewohnheit, alles Geschehen rings um ihn gleichsam im Rückerinnern, als Schilderung eines schon Vergangenen zu erleben, stellte derart fast rekapitulierend das Folgende fest.

Die Schüler des letzten Jahrgangs am Realgymnasium XVI hatten sich im Klassenzimmer versammelt. Sie standen oder saßen in Gruppen umher, ihre Gespräche waren laut, angeregt und pausenlos, ein wenig überstürzt sogar: sie wußten so viel zu erzählen nach den zwei Sommermonaten, die sie zum letztenmal als »Schulferien« erlebt hatten; zum letztenmal mit der trägvertrauten Gewißheit, daß ihr Ende eines Schuljahrs Anfang bedeutete, zum erstenmal mit der neuheitsprickelnden, daß es das letzte Schuljahr sein würde.

Das letzte Schuljahr! Ein magischer Schein ging von diesen drei Worten aus seit jeher – nun traten sie in die Wirklichkeit, und davon war leiser, doch bewußter Abglanz in Gesicht und Gehaben eines jeden der zweiunddreißig Oktavaner zu finden. Sie hatten sich in der Zeit vom 28. Juni bis zum 1. September sichtlich auf Erwachsenheit umzustellen bemüht, und übermütig taten sie nun so, als ob sie dieses letzte Jahr schon hinter sich hätten. Als ob nicht noch zehn Monate vor ihnen stünden, zehn Monate Schülersein wie in sieben Jahren vorher. Nur daß alles vom Gewicht der Letztmaligkeit beschwert sein würde: Vorbereiten und Prüfen und Fehlen und Schwänzen und Schularbeiten und Klassenbucheintragungen und Sehrgut und Nichtgenügend. All das, plaudernde Oktavaner, wird so sein, wie es seit der ersten Klasse immer gewesen ist. Und bei euch selbst dürfte sich auch nicht viel geändert haben, wenngleich du, Körner, einen Schnurrbart trägst und du, Sittig, den eben eingetretenen Schwestern Reinhard (sie sind um nichts hübscher geworden) die Hand küßt. Ihr werdet alle genau wie bisher »schlimm« sein und weit öfter »brav«, und werdet zittern vor den Prüfungen und lachen zu den Witzen der Professoren. Solltest aber du, Rimmel, während des Unterrichts ebenso kreischend aufkichern wie jetzt, da Schleich wahrscheinlich den neuesten Wirtinnenvers deklamiert hat, und sollte nicht ein Witz des Professors, sondern ein Witz von mir der Anlaß gewesen sein – dann bekommst du erstens eine Ohrfeige, und zwar sofort, weil ich weiß, daß du mich mit diesem auffallenden Gelächter nur hineinlegen willst, zweitens aber wirst du trotzdem eingetragen, und das ist in der Oktava, vor der Maturitätsprüfung, weit schlimmer als bisher. Ich würde es dir von Herzen gönnen, du Kriecher. So. Und jetzt nehme das Schuljahr seinen Anfang …

Kurt Gerber sah sich um. Keine der Gruppen schien ihm besonders anziehend.

Wo war Lisa Berwald?

Bei seiner Rückkunft nach Hause hatte er eine Ansichtskarte aus Italien vorgefunden, auf der sie ihm herzliche Grüße sandte. »Leider weiß ich nicht, wo Du den Sommer verbringst, ich würde mich sonst vielleicht dort aufhalten. – Also auf Wiedersehen zu Hause.« Nun hätte er sie gerne gefragt, ob sie wirklich zu ihm gekommen wäre, oder ob auch das nur Floskel gewesen war, wie alles, was sie ihm sprach und tat. Aber Lisa Berwald war noch nicht hier.

Zu wem also? Am einfachsten zu denen gleich links, beim Fenster. Kaulich stand da, Gerald, Schleich und Blank.

Nach lauter Begrüßung war die Unterhaltung schnell im Fluß. Bald trat Hobbelmann, anscheinend eben angekommen, hinzu.

»Hallo, Scheri! Für dich hab ich eine Neuigkeit!« (Scheri war Kurts Spitznamen. Zuerst hatte er Geri geheißen – das war eine »Abkürzung« von Gerber – und daraus entstand, Gott weiß warum, Scheri.) »Wen, glaubst du, haben wir als Klassenvorstand?«

»Keine Ahnung.«

Hobbelmann sah in die Runde. »Ihr auch nicht? Na, dann ratet einmal!«

»Seelig?« fragte Kurt.

»Nein.«

»Mattusch?«

»Auch nicht.«

»Wenn du jetzt ›ich weiß nicht‹ sagst – wer ist's?«

»Gott Kupfer!«

Kurt fuhr zusammen, sein Kopf schnellte vor. Er fühlte, wie ihm das Blut ins Gesicht schoß. Im nächsten Moment hatte er den verdutzten Hobbelmann gepackt, rüttelte ihn: »Was sagst du da? Wer?«

Es war bekannt, daß Professor Kupfer auf Kurt Gerber, obwohl er ihn noch nie unterrichtet hatte, nicht gut zu sprechen war – aber diese plötzliche Explosion wirkte so komisch, daß alle hell auflachten. Da kam Kurt zur Besinnung. Er ließ den keuchenden Hobbelmann los, und nun mit Absicht übertreibend, hieb er auf die Bank und rief pathetisch:

»So geht mein Sehnen endlich in Erfüllung!«

Und hastig übersprudelte sich sein Bericht: er hat Kupfer in der Sommerfrische getroffen, dreimal ist der Professor an ihm vorbeistolziert, ohne ihn zu beachten, nicht einmal, als er ihm allein im Wald begegnete, hat er seinen Gruß erwidert, hat nur in spitzem Ton gesagt: »Es scheint, daß Sie sich von den Versetzungsprüfungen recht gut erholt haben«, und ehe Kurt etwas sprechen konnte, war er weitergegangen – »am liebsten hätte ich ihn erschlagen, den aufgeblasenen Trottel« – und später wurde Kupfer zufällig mit Kurt Gerbers Vater bekannt, und seine ersten Worte waren: »Ah ... Gerber? Der Vater des Oktavaners? Nun, Ihr Sohn würde bei mir nichts zu lachen haben. Solche Früchtchen kriege ich noch klein!«, und darauf war große Aufregung entstanden, sein Vater wollte ihn in eine andere Schule geben, aber Kurt hat ihm zugeredet, es sei ja noch gar nicht sicher, daß Kupfer Klassenvorstand würde – und nun ist er da, er, Gott Kupfer ...

Eine Weile herrschte Schweigen. Dann schwirrten die Stimmen los:

»Ich habe gehört, daß ein Neuer kommt. – Woher weiß es Hobbelmann. – Es ist noch nichts festgesetzt. – Warum soll Mattusch nicht bleiben? – Gott Kupfer ist gar nicht so arg, man muß sich nur richtig zu ihm stellen. – So ist es. – Ich trete aus. – Gott Kupfer ist ein sehr feiner Kerl. – Mir erzähl nichts, ich bin schon einmal bei ihm durchgefallen. – Schülerstreik. – Nieder mit Kupfer. – Mach dich nicht lächerlich. – Und ich sage euch: Rothbart bleibt und Niesset wird Ordinarius ...«

Da schrillte, im bald verstummenden Lärm erst nur schwach hörbar, die Glocke. Es war acht Uhr. Die Schule begann. Jemand schloß von außen die Tür zu. Nun war es ganz ruhig.

Dann flutete der Lärm wieder auf. Das war auch so eine Sache, an deren Un-Sinn sich seit dem ersten Schultag nichts geändert hatte: sowie es läutete, gingen die Schüler – sie »stoben« durchaus nicht – auf ihre Plätze, und dort nahmen sie das unterbrochene Gespräch wieder auf. Die wirkliche Ruhe trat erst ein, wenn der Professor, oft nach Minuten, die Tür öffnete. Und gar heute, wo es noch keine Unterrichtsstunde galt, sondern nur die offizielle Eröffnung des Studienjahres durch den Klassenvorstand, die – als wollte sie sanft vom Nichtstun zur Arbeit überleiten – immer ein wenig verspätet stattfand und von der man nicht recht wußte, ob sie schon zur Schulzeit zu zählen war oder noch zu den Ferien – heute also war erst recht kein Anlaß zu ängstlicher Stille. So war die Unterhaltung bald wieder allgemein.

Nur Kurt Gerber saß schweigend. Seine Gedanken waren aufgescheucht, vergebens mühte er sich, sie an einem Anfang zu versammeln, nichts konnte er klar erfassen als den Namen, die Vorstellung, den Inbegriff: Gott Kupfer. Was wird? Wie soll er ihm begegnen? Unterwürfig? Sich gleich von vornherein geschlagen geben, ohne den ersten Hieb abzuwarten, sich ducken, damit es ein Hieb in die Luft werde? Das hieße ja: gar nicht erst erproben, ob Kupfer in der Tat »das Früchtchen kleinkriegen« wolle! Oder, im Gegenteil, Opposition machen? Beim ersten Anlaß sich widerstemmen: ich ducke mich nicht!? Aber um Himmels willen – es war ja das letzte Jahr, das entscheidende, die Matura mußte bestanden werden, *mußte!* Was war zu tun? Abwarten, das ist das beste. Vielleicht ist er wirklich nicht so arg, und man kann, ohne sich etwas zu vergeben, mit ihm auskommen. Es gibt auch gute Stimmen über ihn. Ja, und überhaupt – wo steht es denn geschrieben, daß er wirklich kommt? Warum sollte nicht Mattusch Ordinarius bleiben, Rothbart aus Darstellender Geometrie und Hussak aus Mathematik und Physik? Warum wird plötzlich Kupfer Mathematik *und* Darstellende unterrichten *und* Klassenvorstand werden? Warum? Weil Hobbelmann sich mit einer Neuigkeit wichtig machen wollte? Lächerlich. Gott Kupfer kommt gar nicht ...

»Gott Kupfer kommt!«

Mertens, der vor der Tür gelauert hatte, stürzte herein und setzte sich fromm auf seinen Platz. Der Lärm brach jäh ab.

Also doch. Oder geht er vielleicht in eine andere Klasse?

Er müßte ja schon hier sein.

Hat uns Mertens verulken wollen?

Da – jetzt ... nichts.

In die tiefe Stille klang das Geräusch der plötzlich niedergedrückten Türklinke wie ein Schuß. Kurt erschrak, seine Knie zitterten, als er aufstand.

Auch die übrigen hatten sich erhoben und standen bewegungslos, während Professor Artur Kupfer, seiner von ihm oft betonten Unfehlbarkeit wegen im Schülermund »Gott Kupfer« geheißen, längs der rechten Bankreihe zum Katheder schritt.

Professor Kupfer war etwa vierzig Jahre alt und von einer für seine Mittelgröße etwas zu korpulenten Gestalt. Stellen seiner kurzen, strohblonden Haare zeugten vom erfolglosen Bemühen der Bürste, sie anliegend nach hinten zu frisieren. Die mäßig hohe Stirn wie das ganze etwas aufgedunsene Gesicht hatten trotz sichtbarer Gepflegtheit eine gewöhnliche rote Färbung, die auf der scharf vorspringenden schmalen Adlernase durch kleine rote Äderchen verstärkt wurde. Hinter ovalen, ränderlosen Brillengläsern blickten stahlblaue Augen starr nach etwas nicht Vorhandenem. Heute trug er einen hellgrauen Sportanzug mit passender Krawatte. Über den Arm, der den großen grünen Katalog klemmte, hatte er einen Regenmantel gelegt; die freie Hand zupfte, wie zumeist, an dem sorgfältig gestutzten blonden Schnurrbart.

Professor Kupfer war beim Katheder angelangt. Er stieg die Stufe hinauf, noch immer in Rückenstellung, und legte den Regenmantel salopp über die Sessellehne. Dann wandte er sich schnell um, blickte einen Moment lang ausdruckslos auf die nun ganz stramm dastehende Schar und sagte mit leichtem Kopfnicken, sehr leise: »Setzen!« Zum erstenmal übte dieses Wort, seit Hunderten von Wochen an jedem Tag fünfmal gehört, auf die Schüler eine besondere Wirkung. Fast erlösend klang es aus dem Mund des Mannes, dessen Erscheinung solch außergewöhnliche, fast starrkrampfartige Ruhe in die Oktavaner gezwungen hatte. Er spricht also, spricht wie ein Mensch, der Gott Kupfer. Tut nicht mit kurzen Gesten seinen unwidersprechlichen Willen kund. Sagt auch nur: »Setzen« wie die andern, und nun steht er da und schweigt, wie jeder Mensch schweigt.

»Ich werde warten, bis vollkommene Ruhe eingetreten ist«, sagt Professor Kupfer mit scharfer Stimme, ohne sich zu rühren, ohne jemanden anzusehen. Und erst als die Klasse so reglos sitzt, wie sie vordem gestanden ist, erst dann rührt *er* sich, und scheint damit den ganzen Kontrast kundtun zu wollen zwischen den Schülern, die auf sein Geheiß still sein müssen, und ihm, dem hier keiner zu befehlen hat, der sich nun erst recht frei bewegt.

Kurt Gerber hatte noch keinen Blick von ihm gewandt, er starrte ihn gebannt an, wie nach einer Blöße spähend bei ihm, dem Feind, mit dem er nun in die Schranken treten wird zu zehnmonatigem Ringen.

Nun machte Professor Kupfer eine Bewegung, als erwache er aus tiefen, fernen Gedanken, lehnte sich, die Hände in den Rocktaschen, an das Kathederpult und begann unvermittelt zu lächeln. Mit einem Schlag hatte er sich und damit die Stimmung in der Klasse derart umgestaltet, daß alles Bisherige zu einem gezwungenen Vorspiel wurde, geistesabwesend von ihm aufgeführt. Jetzt aber war Gott Kupfer erst wirklich da und griff in die Handlung ein, jetzt begann erst das eigentliche Spiel.

Seine Stimme klang gänzlich verändert – und wieder schrak Kurt zusammen, genau wie beim Niederdrücken der Türklinke, wenngleich er doch beide Male gewußt hatte, was jetzt kommen würde –:

»Na, da sind wir also beisammen.« Kupfer schwieg, als dächte er scharf nach. Er wollte seinem Sprechen (bei dem er, um »jovial« zu erscheinen, häufig in eine Art Salondialekt verfiel) den Anschein des Improvisierten geben und so gewissermaßen freiwillig auf seine kleinen menschlichen Schwächen hinweisen.

»Wollen erst einmal schauen, wer hier ist.« Seine Blicke schweiften im Zimmer umher. Kurt saß in fiebriger Erwartung. Wie wird er ihn bemerken?

»Lewy« – sagte Kupfer mit kaum geöffnetem Mund, »wir haben ja schon das Vergnügen gehabt – Lengsfeld – lauter alte Bekannte – Gerber ist auch da – in der Sommerfrische war's schöner – wie?« fragte er, als Kurt, der in ratlosem Erröten aufgestanden war, sich stumm verneigte.

»Ja.« Kurt sprach es kaum hörbar und setzte sich schnell nieder.

»Gut. Wir wollen zuerst das Schülerverzeichnis aufnehmen.«

Er schlug den Katalog auf und begann die Namen zu verlesen; bei jedem »Hier« machte er, ohne aufzublicken, eine Anmerkung.

»Altschul!« – »Hier!«

»Benda!« – »Hier!«

Kurt, aufmerksam der Nennung seines Namens entgegenhorchend, erwartete nun »Berwald« zu hören und sah nach Lisas Platz. Er war leer. In seinem Erstaunen hörte er nicht, wie Kupfer: »Berwald ist ausgetreten« murmelte, und hörte nicht, daß er weiterlas, daß Blank, Brodetzky, Duffek schon genannt waren, und hörte nicht Geralds Namen und nicht den eigenen. Seine Gedanken waren jäh in eine andere Bahn gekippt, und wie vordem um »Kupfer« kreisten sie nun in sinnloser Hast um »Lisa« ... Lisa, Lisa, wo ist Lisa ... – und als sich Hobbelmann umwendet und eindringlich »Scheri« flüstert, fährt er auf, und sein gemessen vorbereitetes »Hier« kommt so eigenartig geschrien heraus, daß alle lachen müssen und daß selbst Kupfer, der schon dreimal in steigender Ungeduld »Gerber!« gerufen hat, nur den Kopf schüttelt und, ohne die Unaufmerksamkeit zu geißeln, im Verzeichnis weiterliest. Halpern, Hergeth, Hobbelmann. Und Kurt hört wieder nichts und starrt vor sich hin auf das grüne Holz und denkt: Lisa ... Er hat sie in eine Konditorei einladen wollen, für den letzten freien Vormittag, an dem sie vielleicht nicht umringt gewesen wäre von zwanzig andern, er hat mit ihr einen Plan entwerfen wollen für die kommende Schulzeit, ein letztes Mal frei, ja, ganz frei – du, Lisa, bist aus Italien zurückgekommen, wo niemand wußte, daß du »Mittelschülerin« bist, und daß ich schon längst in keine Mittelschule gehöre, weißt du und weiß ich und wissen alle, wir sind ja beide viel älter und wollen uns auch danach benehmen, niemand soll etwas merken, wir werden in den Pausen überhaupt nicht allein miteinander sprechen, die kindischen Teppen dürfen nichts zu sehen und zu munkeln haben, Lisa – aber Lisa war nicht hier ...

Professor Kupfer hatte das Verzeichnis abgeschlossen und trat zur Eröffnungsrede vor, um den Mund sein Lächeln von vorhin, das ihm wirklich den Anhauch von Wohlwollen und sogar eine Art Bescheidenheit verlieh. Überhaupt war er bemüht, sich so irdisch wie möglich darzubieten. Aber die Ersichtlichkeit, mit der er es tat, ließ die Absicht deutlich werden: daß man merken solle, wie tief er sich von den Höhen, auf denen er zu thronen gewohnt war, herabschrauben mußte, um den Schülern halbwegs als ihresgleichen, als homo sapiens, zu erscheinen. ›Seht‹, wollten Tonfall und Inhalt seiner Rede bedeuten, ›ich gebe mir ja die größte Mühe, mich verständlich zu machen. Gott sei Dank kann ich bedauern, daß es nicht geht. Zu sehr bin ich mit euch verwehrtem Wissen und euch unbegreiflichen Erkenntnissen durchtränkt – es *muß* etwas davon in meine Worte sickern, deren Schwierigkeitsgrad ich um euretwillen so niedrig, wie es mir irgend durchführbar ist, gestalten wollte. Aber kein Mensch kann auf die Dauer unter sein Niveau. Und so muß ich, je weiter ich spreche, um so mehr Gehalt und Reichtum meinen Worten geben, scheinbar auf Kosten des Themas. Ihr werdet mir nicht zu folgen vermögen, doch ich kann mir nicht helfen. Ich ersuche, es mir nicht übel zu nehmen, daß ihr dumm seid. Sollte aber dennoch einer wagen, seine Minderwertigkeit nicht unter stillergebener Scham zu verbergen, sondern sie in welcher Form immer ausdrücken und mir so zum Bewußtsein bringen, daß ich mich ja unter vollkommenen Idioten befinde, dann wehe ihm! Und ich mache aufmerksam, daß mir nicht die geringste Ausdrucksform eurer Dummheit entgeht.‹

»Hauptmann Kupfer – ich war im Weltkrieg Hauptmann – sieht alles, merkt alles, weiß alles.« Kupfer sprach diese Worte in vollem Ernst, und Kurts Staunen (eines andern Gefühls war er vorläufig noch nicht fähig) wuchs ins Unmeßbare. Er hatte der Rede Kupfers gespannt zugehört, wie sie, von herkömmlichem Beginn ausgehend, immer mehr »Ich« brauchte, immer dichter mit vorerst nur in Parenthese eingestreuten Selbstverherrlichungen gespickt wurde, immer höher kulissenblecherne Hügel der Wichtigtuerei erklomm und nun gebläht auf dem Gipfel der Eitelkeit ihres Sprechers angelangt war, nur noch sich selbst und ihm zu Gefallen. Das hatte Kurt mitgemacht. Und jetzt wartete er, was nach solcher Mühe Unerhörtes kommen sollte.

»Ja, Sie müssen wissen, es ist unmöglich, mich zu beschwindeln, und es liegt in Ihrem eigenen Interesse, wenn Sie es erst gar net versuchen. Glauben Sie nicht, daß es vielleicht doch gelingen könnte, und folgen Sie keinen Einflüsterungen. Es ist unklug, auf Ratschläge zu hören. Ich habe es nie getan. Ich tue auch nie, was die Masse tut. Die Masse tut immer das Dumme und bedauert es später. So ist es im Leben. Die Dummen weinen nachher, und die Gescheiten lachen. Ich pflege zu lachen.«

»Haha«, klang es in die Kunstpause.

Kurt hatte das nicht etwa gelacht, sondern laut und langsam gesprochen, voll unbändiger Lust, den hohlen Selbstbespiegler dort oben, der schon ungestört in die wolkigen Gefilde seiner Göttlichkeit zu entschweben gedachte, ein wenig herunterzuholen und ihn seinem Platz auf dem Katheder zuzuweisen.

Kupfer blickte gelassen nach Kurts Platz hin und zog die Augenbrauen hoch. Alle wandten sich um. Kurt saß vorgebeugt und lachte dem Professor gerade ins Gesicht, als teile er die Meinung, daß die Gescheiten zu lachen pflegen. Es war ihm ganz recht, daß die Entscheidung zwischen ihm und Kupfer so bald kam.

»Gerber!« sagte Kupfer langsam. »Sie werden vielleicht zu denen gehören, die nachher weinen.«

Damit war die Sache zu Kurts und der Klasse großem Bedauern für Kupfer erledigt. Er schloß seine Rede bald darauf mit den Worten: »Ich brauche keine mathematischen Genies und werde nichts Unmögliches von Ihnen fordern. Was ich verlange, kann bei Fleiß und gutem Willen ein jeder mit Leichtigkeit leisten. Wer es nicht leisten kann oder will, ist unreif, und die Reifeprüfung werden bei mir nur wirklich Reife bestehen. Ich gebe Ihnen heute die Versicherung, daß im entscheidenden Jahr bei mir keine Gnadenakte existieren. Merken Sie sich das. Wer gnadenweise bis in die Oktava gelangt ist, wird also bei mir einen sehr schweren Stand haben. Die schwachen Schüler sollen lieber gleich austreten. Ich lasse die Matura zu keiner Formalität entwürdigen, ich nicht. Besonders denjenigen, die ihre Faulheit durch Frechheit ausgleichen wollen, rate ich, auf der Hut zu sein. Mit mir is net gut Kirschen essen. Sie wissen jetzt ungefähr, wie Sie sich bei mir zu verhalten haben. Der regelmäßige Unterricht beginnt morgen um acht Uhr.«

Professor Kupfer wandte sich um und ergriff seinen Mantel. Plötzlich erinnerte er sich:

»Und was den Sitzplan betrifft – sind Sie voriges Jahr so gesessen?«

Einige ermannten sich zu lautem Ja.

»Gut. Es kann auch heuer so bleiben. Nur auf den freigewordenen Platz der Berwald wird sich jemand setzen müssen ... und zwar ... derrr ... Lengsfeld ... einverstanden? Weiter ... wer fehlt dort, neben Gerber? Richtig. Weinberg. Er kann bleiben. Ich möchte morgen einen Klassenspiegel haben. Wer hat eine schöne Schrift?«

»Reinhard ... Kaulich ... Ich nicht ... Severin.«

»Machen Sie das untereinander aus!« sagte Kupfer in plötzlichem Ärger und schickte sich zum Gehen an. Sofort fuhr die Klasse hoch und stand ohne Laut; aber als Kupfer die Tür hinter sich geschlossen hatte, brach der Lärm los.

Die Oktavaner liefen aufgeregt durcheinander, sie konnten sich nicht entschließen, über Kupfer eine feste Meinung zu fassen. Denn weder die Gruppe »Er ist nicht so arg« noch die stärkere Gegengruppe »Er ist ein Hund« vermochte für ihre Ansicht einen anderen Beweis zu erbringen, als daß sie es gleich gesagt hätten. Fehlende Logik wurde durch Stimmenaufwand ersetzt.

Kurt Gerber beteiligte sich nicht an der Debatte. Er saß und dachte schon wieder nur an Lisa. Daß Kupfer ihren Namen hatte aussprechen dürfen, empörte ihn. Daß er es nicht mehr würde tun können, war herbe Beruhigung. Lisa Berwald hat die Schule verlassen. Warum? Und warum hat sie ihm nichts davon gesagt?

Jemand klopfte ihm schwer auf die Schulter, es war Kaulich, der Bär, ein zufriedenes Schmunzeln über dem breiten Gesicht.

»Bravo, Scheri, das hast du ihm gut gegeben.«

Inzwischen waren noch andere hinzugekommen. Nowak sagte: »Das war sehr ungeschickt von dir. Du mußt dich sofort mit jedem verfeinden! Was hast du davon?« Einige stimmten zu, andere widersprachen. »Es ist ganz gut, wenn Gott Kupfer merkt, daß er sich nicht allzuviel erlauben darf.«

Kurt besann sich und fragte möglichst obenhin: »Weiß jemand, was mit Lisa Berwald los ist?«

Ausgetreten. – Ich habe gehört, daß sie bald heiraten wird. – Aber keine Spur, ihr ist es einfach zu blöd geworden in der Schule. – Ganz recht hat sie.

»Es schmerzt mich, daß die Lisa Berwald jetzt nicht mehr in die Schule herwallt!« reimte Pollak und verneigte sich vor den Lachenden. Die meisten waren nun in guter Stimmung, sie beschlossen, das Vormittagskonzert im Stadtpark zu besuchen. Kurt hatte keine Lust dazu. Er verschwand unauffällig und ging nach Hause.

Durch und durch voll Mißmut, kehrte er sich von diesem Tag mit einem unwilligen Fußtritt ab.

Er warf sich aufs Sofa. Verpfuschte Tage soll man vorüberschlafen. Wenn man nicht gerade in die Schule gehen muß. Heute mußte er noch nicht.

Dagegen war Professor Artur Kupfer mit diesem Tag sehr zufrieden, wie übrigens mit fast allen Tagen des Schuljahrs. Nach den leeren zwei Sommermonaten – leer, weil er als Mensch unter Menschen gewandelt war und nicht als Gott unter Schülern, weil er keinen vor seiner Allgewalt erbeben machen konnte, weil das viele, das er sah, sich nicht in die Norm seiner Herrschbedürfnisse zwingen ließ – nach dieser Verbannung stürzte er sich mit allen Sinnen in sein wiedererstandenes Reich. Das erste »Setzen« war ihm ein glühender Genuß gewesen, er hatte es vorher mit Gaumen und Zunge und Lippen umzärtelt wie einer, der aus einem Pfirsichkern die letzten Fasern der Frucht saugt, ehe er ihn ausspuckt. Aber Kupfer hatte nichts ausgespuckt. Liebevoll (und darum so leise) war es über seine Lippen gekommen, kein abgetaner Pfirsichkern, eher ein kleiner Diamant von unschätzbarem Wert, den der Juwelenschmuggler glücklich über die Grenze gebracht hat und nun behutsam, voll erschauernder Wonne, aus dem Mund gleiten läßt. Und ähnlichen Wonneschauer fühlte auch Kupfer. Während des Sommerexils peinigte ihn, Jahr um Jahr, die gleiche dunkle Furcht: daß sich, während er nicht da war, alles geändert haben könnte, daß nach seiner Rückkehr auf den Thron plötzlich, unerforschbar wie, Setzen nicht mehr Setzen bedeuten würde und daß die Untertanen, denen er es befahl, etwa stehenbleiben möchten oder umhergehen. Peinvoll war diese Angst, der er nicht auf den Grund kommen konnte, die er als unsinnig empfand und die sich dennoch in mancher schlaflosen Nacht zu schrecklichen Visionen auswuchs. Als er nach einer solchen Nacht an einen Berg gekommen war und dessen Höhe seinen gebieterischen Erwartungen nicht entsprach, hatte er schon: »Nicht-genügend, setzen!« sagen wollen und war sich im nächsten Augenblick tief lächerlich vorgekommen angesichts dieses großen stummen Etwas, das in eisiger Unbeweglichkeit dastand und erkennen ließ, daß es sich nicht rühren würde, noch vor dem Befehl kundtat, daß es ihn nicht auszuführen gesonnen sei – wie ein trotzender Schüler. Und er, Kupfer, hatte sich darum den Befehl versagen müssen, im letzten Augenblick, und darum haßte er diesen Berg und haßte die ganze Landschaft und haßte alle Menschen, die ihm da begegneten. Haßte am meisten Kurt Gerber, den er jetzt auch noch traf und dem er jetzt auch noch nicht: »Setzen!« sagen konnte. Aber bald, bald – oh! da wird setzen gesagt werden und setzen, setzen, setzen …

Und nun war die Stunde da. Er hat »Setzen« gesagt, und viele Menschenwesen, ein ganzer Saal voll, haben sich gesetzt. Er hat die Namen dieser Menschenwesen gesprochen, und jedes ist aufgestanden und hat sein »Hier« gemeldet. So war die Gesamtheit und der einzelne wieder erfaßt und ihm zu Gebot. Nichts war geschehen in seiner Abwesenheit, alles klappte. Er befahl, und es wurde gehorcht. Er rief, und es wurde geantwortet. Er sprach: »Es werde Ruhe!«, und es ward Ruhe. Er sprach – – und es ward Licht um ihn von gleißender Machtbefugnis und strahlender Vollkommenheit. Gott Kupfer.

Er wußte, daß ihn die Schüler so nannten. Er wußte auch, daß gegen Spitznamen nichts auszurichten ist. Darum beschloß er, seinem Namen Ehre zu machen, und weil es ihm gelang, hörte er ihn gar nicht ungern. Ja, er war Gott Kupfer, und war ein eifervoller Gott, und rächte die Sünden der Schüler bis ins dritte und vierte Semester, das er sie in derselben Klasse zu verbringen zwang ... Und er war ein Sklave seiner Eitelkeit, wider die er nicht das allergeringste Vergehen duldete. Und er war ängstlich darauf bedacht, allem, was seiner Machtvollkommenheit hätte Abbruch tun können, durch Verbote vorzubeugen. Und es waren ihm nur jene wohlgefällig, die in ergebener Demut zu ihm emporbeteten, die ihn jammernd anflehten um Erbarmen, wenn es ihnen schlecht ging, und ihm mit krummem Rücken dankten, wenn es ihnen gut ging. Und seine Herrlichkeit hing nur an einem Faden, hing nur von einer einzigen, winzigen Entscheidung ab: ob man an sie glauben wollte oder nicht.

Da die Schüler glaubten, war er ihnen Gott. In Mathematik und besonders in der Darstellenden Geometrie galt er als großer Könner. Sein Lehr- und Aufgabenbuch der Darstellenden Geometrie – in vier Teilen (»in vier Teilen« hieß ihm: doppelt so viel wie Faust) – war fast an allen Mittelschulen vorgeschrieben und hatte seinen Namen als Fachmann für die Schüler unanzweifelbar gemacht. Den andern festigte er in jeder Stunde. Man konnte gegen ihn in keiner Weise an. Kupfer war Kismet. Er hatte sich den Ruf der Unüberwindlichkeit zu schaffen vermocht, und nun lief ihm dieser Ruf in jede neue Klasse voran, öffnete vor ihm die Tür, hockte aufs Katheder und verbreitete Schrecken ringsum. Wenn Kupfer dann eintrat, mußte er diesen Ruf nur ablösen, durch sich selbst ersetzen. So war er gewissermaßen der von seinem Schatten geworfene Körper, die Rechtfertigung dessen, was man erwartete, und so hatte er es nicht schwer, sich zu bewahrheiten. Er tat es in überzeugender Weise. Wer aufzumucken wagte, den traf unerbittlich sein Blitz, für den es keinen Ableiter gab. Kupfer sprach selten Drohungen aus. Meist ließ ein Blick, eine Geste, ein Tonfall, ein Prüfungsablauf ahnen, was bevorstünde. Dies kam einer terminierten Diagnose des Arztes auf unheilbare Krankheit gleich. Man war todgeweiht. Alles Aufflackern der Lebensflamme – ein gutes Wort, eine bestandene Prüfung – war Strohfeuer, war Trug. Der Biß der Natter lockerte sich nur, hakte nie aus. Und langsam wurde das Opfer vom tödlichen Gift durchströmt, fühlte, daß es immer schwächer auf den Beinen stand und daß es genau zur festgesetzten Zeit umsinken müsse.

Einige waren, die machten in letzter Stunde verzweifelte Rettungsversuche, erniedrigten sich zu besinnungsloser Kriecherei, leckten hündisch den Speichel, der dem sicheren Sieger aus den verdammungsgeifernden Lefzen troff, oder wollten mit beschwörend aufgehobenen Händen dem Unaufhaltsamen widerstehen, krümmten sich winselnd unter dem Knie, das ihnen auf der Brust saß, vergruben sich in die Bücher, hämmerten mit fiebernder Hast irrsinniges Wissen in ihre heißen Köpfe – und erfuhren dann, dastehend mit Wangen, die nicht vom Schrecken fahl, und Augen, die nicht vom Weinen rot waren, daß es leider zu spät gewesen sei. Solche waren. Andere gaben das Rennen auf und blieben so während seiner Andauer schon auf der Strecke. Sie resignierten, ließen sich mit müdem Lächeln dem Ende zutreiben und empfingen das Urteil kopfnickend: »Das wußte ich längst.« Aber einer, der auf Kupfers genäseltes: »Na, da wollen wir denn doch mal ausprobieren, wer hier den kürzern ziehen wird!« geantwortet hätte: »Ich bitte nur auszuprobieren, hier bin ich!«, einer, der den Kampf zu Ende gekämpft hätte als der gleiche, der er am Anfang war – einen solchen gab es nicht.

Kupfer hatte bis jetzt immer so gesiegt, wie er wollte. Das war ihm zur Selbstverständlichkeit geworden, deren Eintreffen er kühl zur Kenntnis nahm. Er kannte keinen Triumph, weder laut-dröhnenden noch versteckt-hämischen, wenn er das Opfer zwischen den Mühlsteinen seines Vorsatzes mit Bedacht zermalmt hatte. Er jubelte nicht auf. Still, mit leisem Bedauern, konstatierte er, daß es so hatte kommen müssen. Damit entschuldigte er sich gleichsam vor dem Opfer und vor denen, die der Opferung zusahen, und, sehr selten, auch vor sich selbst.

Diese Art des Siegens bedingte auch die Art des Angreifens. Kupfer kam nicht hinterrücks. Er hatte es nicht nötig, den Ausersehenen in Sicherheit zu wiegen und dann unvermitelt zuzustoßen – sein Sieg war ja von vornherein gewiß. Er hütete sich auch sorgam, allzu grobe Schliche anzuwenden, Dinge zu tun, an denen man ihm größere Unkorrektheit hätte nachweisen können, als ihm, dem nun einmal Mächtigeren, schweigend zugestanden werden mußte. Was er brauchte, kam ihm wie zufällig angeflogen. Er nützte es bis zur äußersten Möglichkeit, die der Paragraph zuließ. Nichts war zu gering, seinen Haß zu wecken, nichts, ihn zu betätigen. Das Begreifen und Sichzunutzemachen der unscheinbarsten Gelegenheiten erlaubte es ihm, auf die Auswertung von bedeutenderen manchmal zu verzichten, sich derart plötzlich den Anschein großzügiger Objektivität zu geben.

Es kam ihm nicht darauf an, gerade hier durchzudringen, er hatte auch andre Wege offen.

Auf ihren Ausgangspunkt verwendete er große Aufmerksamkeit. Er wählte seine Opfer wie ein Gourmet das Schmackhafteste vom Wildpret, die saftigsten Stücke suchte er sich aus und tranchierte sie mit einem Behagen, das allein schon sättigte. Ganz Leistungsunfähige, ganz Dumme verschluckte er als Beilage, nahm sie eben mit, weil sie just zur Hand waren. Das bot keine Anregung und beschäftigte ihn nicht sonderlich. Ihre schriftlichen Arbeiten wurden ohne Mühe mit »Nichtgenügend« klassifiziert, und um ganz sicher zu gehen, schoß er nach ihnen mit seinem gefürchteten Giftpfeil: den Bankfragen, die nichtbeantwortet (und nur dann!) als Prüfung galten. Ansonsten wollte er mit diesem eklen Abhub der Schülerheit nichts zu tun haben und übersah ihn. Um so schärfer faßte er die Hauptstücke seiner Vernichtungsration ins Auge. Schwächlinge, die vielleicht beim ersten Anhieb zusammengeknickt wären für immer, Hysteriker, die in einem plötzlichen Anfall irgend etwas Unberechenbares hätten tun können, von Natur aus desinteressierte Elefantenhäuter – die vermied er mit sicherem Instinkt. Ihn verlangte nach solchen, die innen feist waren. Eine besondere Pikanterie ergab sich, wenn so ein Schüler obendrein aus wohlhabender Familie stammte oder den Ruf besonderer Intelligenz genoß. Da deckten die an Geld oder Geist Unbemittelten in natürlicher Schadenfreude Kupfers Vormarsch. Dazu kam noch etwas, wodurch er sich tatsächlich von allen Professoren vorteilhaft unterschied, das heißt – hätte unterscheiden können, wenn er nicht auch da zu weit gegangen wäre: es ließ ihn nämlich ganz gleichgültig, ob das Opfer männlichen oder weiblichen Geschlechts war. In einer Weise gleichgültig, daß selbst die ärgsten Mädchenhasser in der Oktava Unbehagen verspürten, wenn er eine Schülerin anschnauzte und wenn er, durch ihr Weinen noch mehr gereizt, sie die ganze Stunde über mit süffisanten Bemerkungen malträtierte. Aber zum Schluß trug auch das dazu bei, daß ihn ein Panzer von Unbestechlichkeit umgab, vor dem auch seine gefinkeltsten Widersacher haltmachen mußten. Ja, bei Gott Kupfer gab es eben keine Flausen, vor ihm waren sie alle gleich …

Am liebsten hätte er sie auch alle gleich bekleidet gehabt. Er wollte der einzige elegant Angezogene sein. In seinen Stunden auch nur einen neuen Schlips zu tragen, bedeutete ein Nichtgenügend. Denn es war ungebührlicher Anspruch auf ein Vorrecht ihm gegenüber. Und Kupfer duldete keine Vorrechte, wütete gegen jeden, der sie sich anmaßte. Dabei geriet ihm manchmal auch irgendein vertrottelter Patrizierssohn in die Fänge, oder ein Lümmel, der sich mit bewußtem Grinsen hoher Protektion freute. Kupfer entwand ihn voll unbeirrbarer Zähe den schützenden Händen und brachte ihn zu Fall. Das trug ihm, weil es den Anschein von Rechtlichkeit hatte, die Achtung, wenn nicht gar die Verehrung jener Schüler ein, die sich durch konsequente Streberei von der ersten Schulminute an in eine gewisse Sicherheit gebracht hatten. Aber auch Kupfer seinerseits bevorzugte Schüler, die wieder, weil es wie Liebe aussah, das Warum nicht ahnten: daß Kupfer durch das Wohlwollen, mit dem er sie behandelte, durch die Freiheiten, die er ihnen gestattete, nur die Versklavten stacheln wollte zu neuem Haß, der immer dumpfer wurde und immer ohnmächtiger. So säte er tändelnd Neid und Mißgunst zwischen die Schüler, verhinderte, daß sie sich wider ihn zu einer Einheit verbanden, spielte sie gegeneinander aus und berechnete mit kalter Freude seine Gewinnpunkte. Noch weit über seine Unterrichtsstunde hinaus dienten sie seinen Absichten. Und in seiner Stunde hatten die ob ihrer Minderwertigkeit verächtlichen Geschöpfe »Schüler« vollends nicht andres zu sein als Werkzeuge, vermittels derer er seine Machtvollkommenheit betätigen konnte. Mit ihnen an ihnen. Denn für welches Werk sie das Zeug sein sollten, das wurde ihm nie klar. Hier geschah es, daß sich die Gleichung zu null reduzierte. Das Unendliche – nicht jenes, wo sich die Parallelen schneiden – griff in die Rechnung Kupfers ein und hob einen Faktor heraus. Der Faktor hieß: Sinn.

Kupfer gab sich mit dieser Lösung zufrieden. Er dachte nicht weiter über sie nach, wollte das Unendliche (es war manchmal ganz nah und wie eine finstere Schlucht, in die zu stürzen böses Ende verhieß) nicht erproben. Es war auch gar nicht nötig. Es galt ja trotzdem, oder eben deshalb. Klasse um Klasse, junge, blutdurchpulste Menschen, auf sein Geheiß starre Phalanx gegen alle Zweifel, kamen immer wieder, immer wieder, um es ihm mit knechtwilligem Nicken zu bestätigen. Und er brauchte diese

Bestätigung und noch die allerkleinsten ihrer Beweise, und er drückte sie wollüstig an sich und war erregt wie im Besitze einer flehend-nackten Frau ...

Und weil ihm heute, nach langem Entbehren, diese Bestätigung wieder dargebracht worden war, in unvermittelter Vollkraft und gewürzt durch eine vielverheißende Episode, deshalb war Professor Artur Kupfer mit diesem Tag sehr zufrieden. Den Vor-Fall Gerber hatte er trefflich bewältigt. »Sie werden vielleicht zu denen gehören, die nachher weinen«, hatte er ihm gesagt. Das war eine Anspielung gewesen und zugleich eine gewandte Parade, obendrein im Verfolg des Gesprochenen. Großartig. Er hätte ihn ja mit einem noch geistreicheren Wortwitz abtun können (»Gerber, Ihnen wollen wir das Fell gerben«, oder so ähnlich, hihi), aber das hob er sich für später auf. Es entging ihm nicht, so wie ihm Gerber nicht entgehen sollte. Dieser Gerber! Kupfer freute sich auf ihn wie ein Kind auf ein neues Spielzeug: er wollte ihn ruinieren. Nicht zuletzt darum hatte Kupfer seine Berufung zum Klassenvorstand der Oktava so eifrig betrieben. Die ganzen Jahre hindurch, wenn die Professoren über eine neue Untat Gerbers klagten, sich machtlos erklärten vor seiner Widerspenstigkeit, die so ganz anders war als die der übrigen – immer hatte Kupfer mit beleidigender Verwunderung gesprochen: »Ich staune, Herr Kollege, daß Sie mit diesem dummdreisten Bürschchen nicht fertig werden können!« Und wenn ihm bedeutet wurde, Gerber sei nicht dumm, sondern der weitaus intelligenteste seiner Klasse, wenn nicht der ganzen Anstalt, und er sei nicht dreist, sondern habe bloß eine Art der Meinungsäußerung, die nicht auf die Schulbank gehöre, und er sei vor allem kein Bürschchen, sondern im Gegenteil so gereift, daß man sich eben nicht entschließen könne, ihn durchfallen zu lassen – dann sagte Kupfer unwillig: »Das gibt es nicht!« (Er bezog diese Worte auf die Mitteilung, daß ein Schüler intelligent sei; die völlige Unglaubhaftigkeit dieses Umstands machte alle weiteren Umstände illusorisch.) »Wenn ich diesen Gerber einmal in meine Klasse bekäme, ich würde ihn schon kleinkriegen. Ich wünsche es ihm nicht.« Und nun war sein Wunsch erfüllt worden. Mattusch hatte dezidiert abgelehnt, der »rebellischen Bande« weiter vorzustehen, Rothbart, der als nächster in Betracht kam, war überlastet, Hussak war zu jung, Proschka zu alt – Kupfer wurde Klassenvorstand der Oktava. Jetzt würde man ja sehen, wozu er imstande war! Das dachten neben ihm noch einige Professoren, denen die an Gerber bis nun geübte Milde gegen den Strich ging. Sie waren auf diesen angesagten Zweikampf sehr neugierig, ihre Gedanken folgten dem Vollzugsrichter Artur Kupfer in die achte Klasse ...

Und dort geschah es gleich am ersten Tag, daß der Schüler Gerber sich zuerst durch Unaufmerksamkeit und dann durch einen frechen Zwischenruf Blößen gab. So war es also um seine berühmte Intelligenz bestellt. »Sie Tölpel« hätte ihm Kupfer gerne gesagt, »Sie scheinen nicht zu wissen, was Ihnen ohnedies bevorsteht.« Aber er sagte es nicht. Die getane Entgegnung war eleganter. Und voll Besorgnis, daß der Fall Gerber vielleicht gar nicht so kompliziert sein würde, hatte Kupfer die Klasse verlassen.

Im Stiegenhaus traf er mit Professor Seelig zusammen.

»Sagen Sie, Herr Kollega, was halten Sie eigentlich von diesem Gerber?«

»Gerber? Ein ganz ungewöhnlich talentierter Junge. Er gehört eigentlich schon längst nicht mehr in die Schule –«

»Sie sind davon fest überzeugt?«

»Mein Gott ... Ich weiß, daß er in Ihren Fächern kein großer Held ist. Er wird ja auch wahrscheinlich keinen Beruf ergreifen wollen, in dem er sie braucht. Aber sonst ist er –«

»Er scheint mir außerdem ein Frechling zu sein. Man hat ja auch schon verschiedenes über ihn gehört. Sie selbst, Herr Kollega –«

»Nun ja ... das sind schließlich keine Affären. Gewiß, er ist ein wenig ungebärdig. Aber – ich spreche hier nach meinen Erfahrungen, Kollege Kupfer – das kommt doch wohl nur vom natürlichen Temperament seiner Jugend. Es findet mit den Möglichkeiten, die ihm die Schule bietet, einfach kein Auslangen. Im Grunde genommen – soweit ich urteilen kann, Kollege Kupfer – ist er recht leicht zu behandeln, man muß nur –«

»Das wird sich ja zeigen!« schnarrte Kupfer und verabschiedete sich eilig.

Mit kurzen Schritten, deren leichtes Wiegen seine Elastizität einer immer noch befriedigenden Probe unterzog, ging er durch die Straßen dahin, den Blick geradeaus, um jeden Begegnenden, von dem etwa ein Gruß zu erwarten war, rechtzeitig übersehen zu können. Kupfer erwiderte niemals einen Gruß. Leute, an deren Bekanntschaft ihm gelegen war, grüßte er selbst zuerst, die andern – das waren meistens Schüler – bemerkte er eben nicht. Doch tat er es so, daß man nicht wußte, ob er den Gruß nicht hatte sehen wollen oder tatsächlich nicht gesehen hatte. (Nichts schafft so unentschiedene Beklemmung wie dieser Zweifel.) Darum grüßten ihn die besorgten Schüler ein zweites und drittes Mal, ohne daß er reagierte. Versuchte jedoch einer, ihn überhaupt nicht zu grüßen, dann wurde er von Hauptmann Kupfer sofort gestellt und fiel dem Disziplinarverfahren anheim.

Kupfer war zu Hause angelangt. Das Haus lag in einem schmalen Quergäßchen des Stadtzentrums. Im ersten Stock befand sich die Wohnung, die einer verwitweten Freifrau gehörte. Ihr Mann war als hoher Offizier im Kriege gefallen, seither ging sie schwarz gekleidet und schloß sich immer mehr von der Außenwelt ab. Als bekannt wurde, daß sie aus pekuniären Gründen drei von den sechs Zimmern ihrer Wohnung zu vermieten gedenke, überlief man sie, deren exquisiter Geschmack noch aus der Vorkriegszeit bekannt war, mit verlockenden Angeboten. Kupfer schlug alle Konkurrenten aus dem Feld. Vielleicht half ihm dabei sein ehemaliger Hauptmannsrang, den er bei der Bewerbung gebührlich ins Treffen schob. Vielleicht hoffte die Freifrau, an den ehemaligen Offizier erinnerungstillenden Anschluß zu finden. Kupfer bezog die Zimmer, deren Erhaltung ihn zu beträchtlichen Geldopfern zwang. Da er durch Erbschaft wohlhabend und Junggeselle war, konnte er sie tragen; konnte sie sogar steigern, als die Freiin nach kurzer Zeit ihre Einrichtung verkaufen wollte. Die alte Dame legte seine Mühe falsch aus und versuchte ein leises Näherkommen. Bald wandte sie sich von seiner tönenden Hohlheit angewidert ab und lebte jetzt in völliger Zurückgezogenheit. Das einzige, worum sie ihn bat, war: während seiner Abwesenheit durch die Zimmer gehen zu dürfen. Kupfer willfahrte.

Nun gehörten ihm die drei Räume ganz allein. Den kleinsten von ihnen ließ er schmucklos tapezieren und richtete ihn als Arbeitszimmer ein. Um durch eigenen Geschmack nichts zu verderben, betonte er Einfachheit. Sie wäre ihm fast gelungen, wenn den Erker nicht ein kleines Rokokotischchen geziert hätte, auf welchem lagen: die Manuskripte seines Lehr- und Aufgabenbuches der Darstellenden Geometrie, in vier Teilen, sorgsam in schwere, rote Plüschmappen geschichtet, und, in Seide gebunden, der Erstdruck der Bücher. In einer andern Mappe lagen allerlei Anerkennungsschreiben und sonstige ehrenspendende Papiere. Die Krönung war eine Standphotographie Kupfers in nachdenklicher Pose. – In der Mitte des Zimmers befand sich ein ovaler, mit Wichsleinwand überzogener Tisch, von braunen Holzstühlen umgeben, an der einen Wand ein Sofa, an der andern ein Schrank, der alle wissenschaftlichen Behelfe Kupfers barg. Auch die Bibliothek Kupfers befand sich in diesem Zimmer. Er hatte die Regale in die Wand einbauen und mit einem Vorhang versehen lassen. Der war immer halb zurückgezogen und ließ sehen: alle Klassiker und ihre Zeitgenossen, viele Franzosen, eine Luxusausgabe Schopenhauers, in der die Stellen, die von der Eitelkeit handelten, rot angestrichen waren, einige sozialpolitische Werke, da und dort Liebhaberdrucke ganz Moderner, sonst wenig von den Lebenden (denn das Ausmaß ihrer Bedeutung war nicht mit Sicherheit zu eruieren), außer den Bahnhofsbuchladen-Dichtern, die zu keiner Meinung verpflichteten. Alle Bücher waren aufgeschnitten, viele antiquarisch gekauft, schon gelesen also – im übrigen waren die Bände ganz regellos durcheinandergestellt und geschachtelt. Das wollte nicht nur nach Vielgebrauchtheit ausschauen, sondern vor allem nach künstlerischer Wirre. Denn Artur Kupfer hatte eines Tages beschlossen, Bohemien zu sein. Er nahm sich vor, jeden Tag dieses für sich zu sprechen: »Wie wohl tut es doch, nach der starren, langweiligen Schulordnung in den unregelmäßigen Wasserflächen der Saloppheit zu baden. Es entspricht meiner eigentlichen Natur viel besser!« Kupfer achtete peinlich auf Unwirtschaft in seinem Arbeitszimmer. Der Schreibtisch war dicht besät mit bunten Haufen von Büchern, Zeitungen, Briefen, Heften, Blättern. Er fuhr die Wirtschafterin grob an, wenn sie beim Staubabwischen die Stöße geschlichtet hatte oder wenn sie das Tintenlineal neben die Schreibmappe gelegt hatte, statt es aus den Seiten einer illustrierten Zeitschrift hervorlugen zu lassen, von wo er es herauszuholen gewohnt war, oder wenn sie den Aschenbecher, den Kalender, die Löschwiege und all die übrigen Gegenstände nicht auf jenem Platz stehengelassen hatte, auf den nicht hinzugehören ihre tägliche Bestimmung war. (Der Platz und die Gegenstände wurden in bestimmten Zeitabständen gewechselt.) Auch in den Laden des Schreibtisches herrschte stramme Schlamperei. Und wenn ein Besucher das Arbeitszimmer zu sehen begehrte, sprach Kupfer: »Ach, ich geniere mich so, Sie hineinzuführen, es ist eine schreckliche Unordnung drinnen. Ich werde die Wirtschafterin entlassen.«

Am Aussehen der beiden anderen Zimmer hatte Kupfer nichts geändert. Nur daß im Salon, unter dem krummen Sarazenensäbel, der von zwei türkischen Pantöffelchen flankiert an der Wand hing, jetzt drei Photographien Kupfers prangten. Sie stellten dar: Kupfer in Uniform, Kupfer im Reitkostüm zu Pferd, und Kupfer in Tennisdreß. Sonst war den Räumen nichts geraubt worden von ihrem hohen düstern Adel, von der vornehmen Gelassenheit, mit der sie nicht daheim zu sein schienen. Wenn Kupfer abends die schweren Vorhänge zugezogen hatte und im matten Schein einer Nischenampel die Zimmer durchschritt, glaubte er in seltsamem Erschauern den kalten Hauch ihres Edeltums zu verspüren. Dann legte er die Brille ab, klemmte ein Monokel ins Auge, stellte sich, die Zigarette lässig-schief im Mundwinkel, vor den rahmenschweren Wandspiegel und konstatierte, daß er ganz ausgezeichnet hier herein passe und daß er eigentlich als Artur Maria Freiherr von Kupfer irgendwo in Pommern hätte auf die Welt kommen sollen, nicht als Sohn eines ehrsamen Provinzlers in Mährisch-Trübau, und die alte Freifrau, die nun schon im entgegengesetzten Teil der Wohnung schlief, sollte seine Mutter sein. Da wäre es ein ganz anderer Reiz gewesen, daß sie nicht hören konnte, wie im breiten, weichen Bett seines Schlafgemachs Dirnen in tarifbestimmter Wollust stöhnten. Fast niemals Straßenmädchen – meist waren es Bardamen, Tänzerinnen, Kokotten, die nicht gleich den Leib hinhielten (vorher noch die Hand), sondern das Werkelspiel einer Art Werbung zuließen. Die hörte für Kupfer mit dem Augenblick auf, in dem sie die Wohnung betraten. Das Mädchen, das sich wohlig in einen der tiefen Fauteuils sinken ließ, munter war oder sinnlich-schwül, verheißend die Beine kreuzte und das Spiel kokett fortsetzen wollte bis zum längst Vorbestimmten – sie wurde von Kupfer schroff aufgefordert, sich zu entkleiden, um auf allen möglichen Wegen, die ihm halbkranke Gelüste eingaben, zum immergleichen Ende zu gelangen: daß sie, sündig geworden, vor ihm niederkniete und ihn anflehte, als Buße ihren Leib zu nehmen. Weigerte sich eine oder forderte sie für die schauspielerische Mehrleistung höheren Lohn, dann jagte er sie mit schwer erkünstelter Ruhe aus dem Haus. Meist fügten sich die Mädchen achselzuckend Kupfers Wünschen …

Solche Nächte (an deren Morgen schon ihn Grauen überkam, ganz leise nur und von fremdbleibendem Fern her) waren für ihn die letzte Möglichkeit, sich seine gottgleiche Allgewalt bestätigen zu lassen. Darüber hinaus brach sie kläglich zusammen. Eine wirkliche Geliebte hatte er niemals gehabt. Er erkannte nach kurzen Versuchen die endgültige Aussichtslosigkeit und zog sich zurück. Er erkannte überhaupt mit fast immer treffender Präzision, wo seine Grenzen lagen. Er wußte, daß er, sowie er aus dem Machtbereich der Schule draußen war, niemandem und mit nichts imponieren konnte. Die Achtung des Laien vor ihm uninteressantem Können ist gering. Damit, daß er den ebenen Schnitt eines Prismas durch Ermittlung der Spurpunkte und mit Benützung der Affinität auf dreierlei Art zu konstruieren vermochte, flößte er kaum jemandem schaudernden Respekt ein. Das wußte er. Und weil er mit nichts anderem aufwarten konnte, mußte er seine Persönlichkeit als gefürchteter Professor so gewaltig ausbilden, daß sie seine Persönlichkeit als Privatmensch überschattend bestimmte. Nicht umgekehrt. Er war nicht die Person Artur Kupfer, die sich in den Beruf des Mathematikprofessors stellte, sondern er war der Mathematikprofessor, *der* Mathematikprofessor, der sich in die Person des Artur Kupfer stellte. Er wurde von seiner Tätigkeit ausgeübt. Ihr Glanz umstrahlte ihn am Kaffeehaustisch, wo er familiär und mit auswendiggelerntem Kladderadatsch-Humor um die Gunst und Anerkennung braver Durchschnittsbürger buhlte, die manchmal Eltern der von ihm bevorzugten Schüler waren. Er umglitzerte ihn noch in irgendeinem Verein, wo er ohne jede Anmaßung und mit einer anspruchslosen Dutzendklugheit zu debattieren verstand. Ja, selbst wenn er einsam am Meeresstrand lag, war noch ein Fünkchen von diesem Glanz da und tanzte um ihn, und die Wogen sahen es und raunten sich zu: dort liegt Professor Artur Kupfer, privat …

Den Leuten war er kein Gott. Aber sie wußten immerhin, daß er irgendwo als Gott behandelt wurde. Und nun kam es darauf an: ob ihnen wenigstens *das* imponierte. Wo ja, war Kupfer ein wenn auch nicht gerade beliebter, so doch dann und wann gerne gesehener und irgendwie interessanter Gesellschafter. Wo nicht, kehrten sie ihm voll mitleidiger Verachtung den Rücken und sagten, dafern sie ihn überhaupt eines Wortes würdigten: »Idiot!« Es gab auch schon einige, die: »Schurke!« sagten. Und daraus, daß sie es ungestraft sagen durften, schloß er, daß die Mittelschule mit der Reifeprüfung ganz und gar zu Ende ist. Deshalb nützte er die ihm bis dahin zubemessene Frist mit seinem ganzen Bewußtsein aus und klammerte sich an sie und preßte aus ihr, bis Blut kam, alle Befriedigungen, die ihm nachher verwehrt waren.

Professor Artur Kupfer, von den Schülern Gott Kupfer geheißen, hatte vermittels eines klaren Denkprozesses erkannt, daß, wenn »setzen« nicht mehr gleich ist »setzen«, die göttliche Machtvollkommenheit seiner Herrschaft aufhörte. Er war ein Gott mit beschränkter Haftung. Aber wo er haftete – dort haftete er wie eine Klette.

ZWEITES KAPITEL

Einzug der Gladiatoren. Gong

Für den nächsten Tag war noch kein Stundenplan festgesetzt, man hatte also genügend Spielraum für Vermutungen. Aber es war doch schon ein Schultag wie jeder. Denn die Hauptsache stand fest: Kupfer.

Fast alle hatten sich rasch mit ihm abgefunden. In den Pulten der besonders Strebsamen lagen bereits die dicken, karierten Hefte mit dem schwarzen Umschlag, die Reißzeuge und die Dreiecke. Es ist immer gut, vorbereitet zu sein. Und es ist vorteilhaft, eine Arbeit, der man nun einmal nicht entgehen kann, mit lächelnden Zähnen zu leisten und nicht mürrisch, widerwillig. Schließlich hilft's ja doch nichts. Hefte müssen gekauft werden, also lieber heute als morgen.

Kurt brachte weder Hefte noch sonstwelchen Lehrbehelf mit. Einem Professor ohne ausdrücklichen Befehl entgegenzukom men, schien ihm ein unnötiger, ja verwerflicher Übereifer. Sogar das Sichmelden in der Bank, wenn draußen an der Tafel einer geprüft wurde und nicht weiter wußte, war ihm verhaßt. Wie erst solche Beflissenheit Kupfer gegenüber: Hefte mitzubringen, ohne daß es sicher war, ob er überhaupt käme! Dies jämmerliche Vorsorgen »für alle Fälle«! Er wünschte den Strebsamen, daß sie sich zwecklos bemüht haben sollten. Und wußte doch: sie würden sich nichts draus machen und morgen die Hefte wieder ergebenst mitschleppen.

Aber den Strebsamen ward Lohn. Knapp nach dem Läuten trat Kupfer wirklich in die Klasse. Während er die Klassenbucheintragung vornahm, legte Severin unbemerkt den Bankspiegel aufs Katheder.

Er hatte ihn sorgfältig ausgeführt, mit schwarzer und roter Tusche, das Katheder war eingezeichnet, die Tür, der Ofen, die Fenster. Nun wartete er sichtlich auf Anerkennung, tat aber dennoch überrascht, als sie kam.

»Wer hat denn das gemacht? So. Sie sind derrr ... Severin. Sehr gut. Die Proportionen der Fenster haben Sie nicht ganz richtig getroffen, auch ist der Abstand zwischen den Kathederstufen ein größerer.«

Kupfer lächelte (»ich mime Schrullenhaftigkeit!«) und rief wohlwollend »Ruhe«, als ein paar der sogenannten offiziellen Lacher Verständnis und Anerkennung für seinen Scherz durch gedämpftes Kichern zum Ausdruck brachten.

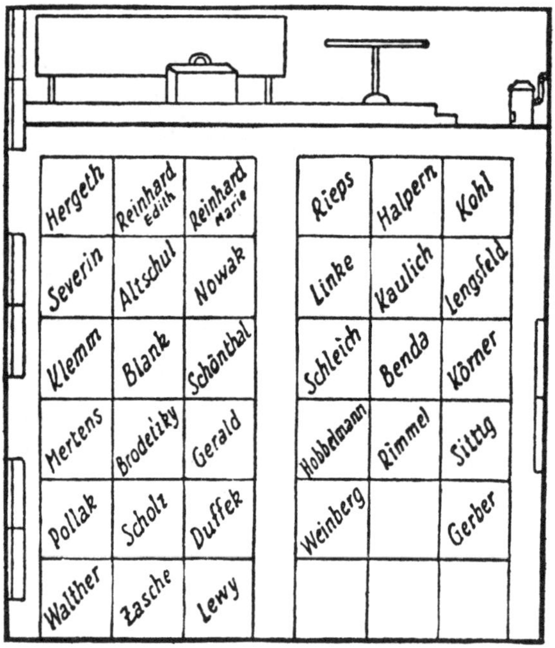

»Kommen Sie gleich einmal her und erklären Sie mir die Sache!« sagte Kupfer und zog den Taschenkatalog heraus, immer noch mit Lächeln. Aber nun war es ein anderes Lächeln: behaglich, satt vom entsetzten Staunen der Schüler. Das gab es? Kupfer prüft gleich in der ersten Stunde? Und obendrein gerade den, der sich verdient gemacht hat?! Da geraten ja die Grundfesten traditionserprobter Liebedienerei ins Wanken!

Die Verwirrung schaffte sich in unterdrücktem Gemurmel Luft, einige rückten auf den Sitzen, sahen einander betroffen an. Nur Lewy und Lengsfeld lächelten weise und überlegen. Sie kannten derlei schon. Rimmel drehte sich nach Kurt Gerber um. Er wollte eine Meinung beziehen. Aber Kurt hatte sich auf alles gefaßt gemacht und zuckte nur mit den Achseln.

Kupfer merkte die Unruhe. Er schaltete um: »Was ist denn los?« fragte er scharf. »Glauben Sie vielleicht, ich werde eine Stunde vertrödeln, nur deshalb, weil heute zufällig erst der zweite Schultag ist? Ruhe dort! Gerber!«

»Herr Professor, ich –«

»Schon gut. Ich wünsche nichts zu hören. Wenn Sie wollen, können ja Sie statt Severin herauskommen.«

Kurt bezwang sich. Verflucht. Das hat er gar nicht bedacht. Er ist ja ein schlechter Schüler, der Professor kann ihn jederzeit »auf Nichtgenügend« prüfen – nun erst, da Kupfer anzüglich wurde, merkt Kurt die große Gefahr.

»Also bitte!« Kupfer wandte sich gelassen an Severin.

»Mit dem Stufenwinkel können wir jetzt nichts anfangen. Das gehört in die nächste Stunde. Wir wollen jetzt Darstellende Geometrie halten und von neun bis zehn Mathematik. Gut.« Ganz nebenher, der schreckenerregenden Wirkung sicher, teilte er das mit. Als ob es selbstverständlich wäre, daß ihm gleich zwei Stunden hintereinander gehörten. – »Nun, Severin, denken Sie sich einmal den Ofen zum Fenster gestellt. Als welche geometrische Figur können wir ihn betrachten? Mit einiger Phantasie, die Sie hoffentlich haben! Also?«

Severin krümmte sich unter so viel Vertrauen. Er gehörte zu jenen Unbemerkten, die sich, um nur ja kein Aufsehen zu erregen, im allgemeinen sogar des Strebens enthalten. Die Unbemerkten bestanden ihre schriftlichen Prüfungen dank geschicktem Schwindeln, bei den mündlichen rutschten sie mit Glück immer gerade noch durch, und eines Tages wurden sie für reif erklärt. Sie nützten gewöhnlich zu Anfang des Jahres eine günstige Konjunktur aus, und wenn es ihnen da gelang, guten Eindruck zu machen, dann hatten sie vollends ausgesorgt.

Severin hat es mit dem Bankspiegel versuchen wollen – und da steht er nun, starrt auf den Ofen, denkt angestrengt nach und schneidet Grimassen, als hieße es, der schwierigsten aller Fragen die trefflichste aller Antworten zu finden.

Kupfer, mit guter Witterung begabt, fragte:

»Wie waren Sie im Vorjahre klassifiziert?«

»In beiden Semestern Gut.«

Da stutzte Kupfer. Er wußte nicht genau, woran er war. Konnte Severin etwas und war er nur verwirrt? Konnte er am Ende so viel, daß es unter diesen Umständen eine Blamage bedeuten würde, ihn an einer derart kindischen Frage scheitern zu lassen? Nun, das mußte sich ja bald herausstellen. Einstweilen ging Kupfer über die Sache hinweg.

»Der Ofen gleicht am ehesten einem Zylinder.« (Kupfer sagte schwulstig Zülünder, wie er überhaupt alle Fremdwörter überkorrekt aussprach.) »Stimmt's?«

Severin nickte erleichtert.

»Gut, weiter. Stellen Sie sich vor, daß der Ofen in dieser Ecke stünde, beim Fenster. Angenommen, das Sonnenlicht fällt in einem Winkel von 60 Grad ein. Es ist der Schlagschatten zu ermitteln, den die Deckfläche des Zylinders, also des Ofens, auf die Ebene, also auf die Kathederfläche, wirft.«

Severin – bei Schülern seiner Art war das weiter nicht erstaunlich – hatte das Glück, den Anfang der Konstruktion zu beherrschen. Als er dann ins Stocken geriet, griff Kupfer ein, entzündete sich an neuen Komplikationen und führte die Aufgabe selbst zu Ende. Severin sah aufmerksam zu, nickte von Zeit zu Zeit verständnisvoll und wiederholte halblaut einzelne Schlagworte. Es war der normale Hergang des »Fortschreitens im Lehrstoff«, bei dem der Schüler die Rolle eines Handlangers spielte. Die anfängliche Sturmgefahr einer Prüfung auf Zensur schien also verweht zu sein.

»So.« Kupfer legte die Kreide aus der Hand und ließ einen liebevollen Blick über die Tafel gleiten. »War das so schwer, Severin? Na also. Danke, setzen.«

Severin wollte gehen, heilfroh.

»Einen Augenblick!« Kupfer griff zum Katalog. »Gut hatten Sie im Vorjahre? Nun« – er trug schmunzelnd eine Notiz ein –, »heute war es bestenfalls Nichtgenügend.«

Wieder so eine Überraschungspointe, und wieder schlug sie ein. Severin verbeugte sich hochrot und ging auf seinen Platz. Die Klasse war starr.

Kupfer sprach unberührt weiter.

»Sie sehen, daß sich aus den Dingen des täglichen Lebens die schönsten Beispiele ergeben. Wir müssen nur immer die Augen offen haben und dürfen uns nicht beirren lassen. Hab i net recht? Da leg ich par exemple im Juni 1916 am Isonzo ...«

»Wirst du heute wieder lachen, Scheri?« fragte Rimmel, halb umgewendet.

»Das würde euch passen!« murmelte Kurt durch die Zähne. »Lacht doch selbst!«

Rimmel grinste unhörbar.

»Hallo, Zasche!« Kurt rief in der Pause den halbblöden Laufburschen der Klasse an. Ob er zum Papierhändler hinuntergehe, Hefte kaufen?

Zasche nickte und öffnete die Hand, die voll Banknoten war. Kurt legte einen Betrag dazu.

»Bring mir auch zwei mit. So wie für die andern.«

Der kleine Auchdabei, vor eine ihm gewichtig scheinende Aufgabe gestellt, glaubt sie nur außerhalb seiner Natur bewältigen zu können und plustert sich vor ihr zu lungensüchtiger, ungesunder Größe. Statt die Aufgabe auf sein Maß zu reduzieren, schraubt er sich zu ihren vermeintlichen Dimensionen empor und wird irgendwann gänzlich unvermittelt wieder klein, wie ein Gummibändchen, das gestrafft war und plötzlich zurückschnellt. Ein wehmütiger Anblick – aber er wird anfangs nicht bedacht. Unbekümmert um das Ende werden Sanfte mit einem Male grob, Schwächlinge mimen Starkheit, Gutmütige panzern sich mit Grimm und Angriffslust.

»Asso«, der dicke Deutschprofessor Franz Mattusch, hatte noch nie einen Schüler ins Klassenbuch eingetragen oder vor die Konferenz gebracht oder gar durchfallen lassen. Allerdings gab es bei ihm schwarze Tage, an denen er von einer rücksichtslosen, geradezu übersprudelnden Bosheit war. Wer ihm da ins Gehege kam, schien völliger Vernichtung preisgegeben. Doch blieben diese Ausfälle in den Grenzen seines eigenen Unterbereiches. Nicht einmal der Klassenvorstand erfuhr, was sich in der Deutschstunde begeben hatte. Denn Mattusch war viel zu faul, um Affären auch nur in Gedanken weiterzuspinnen. Darum galt er als brav und gut. Er war es wohl auch; ob im Grund oder an der Oberfläche, ließ sich zwar nicht feststellen, seine schließliche Ungefährlichkeit wurde aber davon nicht beschadet.

Als gälte es die Ahndung einer eben verübten Untat, kam er um zehn in die Klasse gepoltert, knallte seine Aktentasche aufs Katheder und blickte mit finster zusammengekniffenen Brauen in die verblüffte Klasse. Dann prustete er los, und seine Worte, die er auch sonst schnell genug einander folgen ließ, waren diesmal, asthmatisch hervorgekeucht, kaum zu verstehen.

»Ich habe draußen vor der Türe gehört, wie einer gesagt hat: fein, jetzt kommt der Mattusch. Ich kenne den Betreffenden natürlich.« (Er machte eine Pause, und jeder einzelne hielt sich für den Betreffenden. In Wirklichkeit hatte Mattusch nur einen

Vorwand gebraucht.) »Asso, man soll nicht glauben, daß man bei mir so ein sorgloses Leben führen kann, nichwa.« (Nichtwahr und Also waren Mattuschs Lieblingsworte, die er bei jeder Gelegenheit einflickte. Sie klangen kurz, gezischt: Nichwa und asso.) »Man soll sich asso nur nicht einbilden, daß ich jeden Faulpelz durchkommen lasse, das soll man sich nur nicht einbilden, nichwa. Und man soll sich vor allem mit mir in keine Streitereien einlassen, nichwa, ich muß immer recht haben, ich muß immer immer recht haben. Asso. Wir stehen im letzten Jahrgang heuer, und da werden sich die Herrschaften eben ein bißchen anstren gen müssen, nichwa. Darauf werde ich schon achten. Asso, es ist gar nicht fein, daß der Mattusch kommt, nichwa. Das soll man sich merken. Setzen!«

Und Professor Mattusch ging in dieser Stunde rastlos zwischen den Bankreihen auf und ab, stürzte sich auf jeden Verstoß gegen die Schulordnung und vergaß nie, am Ende seiner Strafrede zu sagen: »Asso, überlegen Sie sich, was Sie machen. Sie stehen vor der Matura, nichwa.«

Auch Professor Prochaska, der die Klasse seit drei Jahren aus Geschichte und Geographie unterrichtete, gab sich heute anders, und die Konsequenz, mit der er es die ganze Stunde über tat, ließ Dauer befürchten.

»Junge Fräulein und junge Herren«, begann er leise und dabei eigenartig rauh, sein starker böhmischer Akzent war nach der langen Pause besonders hörbar, »ich bitte Sie, mir das letzte Jahr ein bißl angenehm zu machen. Schauen Sie, ich bin ein alter Mann, ich gehe heuer in Pension. Sie sind die letzte Klasse, die ich zur Matura führe – zeigen Sie doch, daß Sie erwachsene Menschen sind! Da müssen Sie, bitte, aber auch ruhig sein.«

Die Klasse verstummte. Ruhe bei Prochaska. Was war das? Eine sonderbare Gewichtigkeit hing in der Luft und drückte auf die zweiunddreißig Oktavaner wie die stille Heiligkeit eines Doms. Die zweiunddreißig Oktavaner, in ihrer verschiedenen Artung verschieden weit fortgeschritten, fühlten sich plötzlich alle gleich schlecht, empfanden es als ihre Schuld, daß sie Professor Prochaskas letzte Klasse waren. Und lehnten sich auf dagegen. Es war beengend: was man in der letzten Zeit so oft gehört und als Phrase aus dem Ohr geschüttelt hatte, nun bekam es plötzlich Sinn. Da war es ja wirklich, das Leben, in das sie »hinaustreten« sollten, da war es, stand vor ihnen, zu Ende getragen, durchfurcht, grau, ängstlich. Vor ihren Augen begann eine Daseinsmaschine, deren Motor schon abgestellt war, in die letzten Schwingungen auszulaufen.

›Ich bin ein alter Mann, ich gehe heuer in Pension ...‹ warum sagt er uns das? Sind wir verantwortlich dafür? Wir wollen es nicht wissen, wollen niemanden zu Grabe tragen! Daß hinter uns ein Tor sich schließt am Ende dieses Jahres – gut, regelrecht. Aber hinter ihm? Dem sich, ungleich uns, kein anderes öffnet? Er hat hierzubleiben. Er gehört dazu. Auch ihn wollen wir zurücklassen. Aber erst am Ende des Jahres! Nicht schon an seinem Anfang wissen, daß es ein zweifach letztes ist. Unbeschwert noch sein von diesem Leben, das uns allen nichts verheißt als ein großes Warten aufs Abschiednehmen ... Warum nimmt er schon heute Abschied, der alte Professor Prochaska, den wir alle lieben, weil er gut ist, so gut wie jeder Mensch werden muß, der seine Schlechtigkeit verbraucht hat? Professor Anton Prochaska hatte sie bald verbraucht. Denn seine Vorräte waren nicht groß. Er war um vieles früher gut gewesen als die meisten anderen Menschen. Soweit die Erinnerung reichte, gab es keinen Schüler, der über ihn ein böses Wort gesagt hätte; und nun sollte keiner mehr nachkommen? Nun sollen wir die letzten sein, die ihn lieben?

Aber wir wollen ihn lieben. Und wir wollen es ihm sagen. Warum schweigen wir noch immer?

»Herr Professor!«

Kurt Gerber ist aufgestanden. Er hat gefühlt, daß alle darauf warten.

»Herr Professor, ich verspreche Ihnen im Namen der Klasse,

daß Ihr letztes Jahr an dieser Anstalt auch Ihr schönstes sein wird!«

Die Klasse erhebt sich und steht in ergriffenem Schweigen. Prochaska putzt seine Brille von innen, ohne sie abzunehmen.

»Wir verharren schweigend eine Minute zum Andenken des teuren Verblichenen!« sagt er, mit jenem Lächeln, das alle seine Witze begleitet. Aber diesmal lacht niemand. Denn es war fast die Wahrheit.

»Setzen Sie sich doch, bitte!« Professor Prochaskas Stimme hatte wieder ihren gewöhnlichen Klang. »Es freut mich besonders, das von Freund Gerber zu hören. Ich habe ja immer gewußt, daß er ein patenter Knabe ist, auch wenn er manchmal beim Tarockspielen zu viel Lärm gemacht hat. Oder war es, wohlgemerkt, Mariage? Na, schon gut. Wir werden uns bestimmt vertragen, junge Leute. Ich mache mir gar keine Sorgen. Natürlich, ein bißl mehr lernen muß man halt vor der Matura. Und zu oft Kopfschmerzen haben darf man auch nicht, Freund Lewy und Freund Weinberg, wie?«

Lewy sagte Ja und statt Weinberg sagte es Hobbelmann. Prochaska war so kurzsichtig, daß er die Abwesenheit Weinbergs gar nicht bemerkte. (Weinberg kam immer erst am dritten Schultag, nach allen Ferien. Das war seine Spezialität, auf die er sich nicht wenig einbildete.)

»Also schön. Und noch einmal, junge Fräulein und junge Herren, benehmen Sie sich dementsprechend. Kommen Sie mir nicht nach dem Läuten herein und dreschen Sie mir nicht mit der Türe. Sie wissen, wie man auf eine achte Klasse aufpaßt von allen Seiten. Seien Sie nicht ungeschickt. Ich hoffe, ich werde Sie alle durchbringen. Aber Sie dürfen es mir nicht zu schwer machen, Sie müssen mir dabei helfen, junge Leute. Das kostet schon ein bißl Anstrengung, aber schließlich macht man nur einmal im Leben Matura. Ich möchte wenigstens nicht, daß sie einer von Ihnen zweimal macht. Na, is gut.«

Die Schüler sahen einander an. Sie wußten, was Prochaskas

Worte zu bedeuten hatten. Er wird die einzelnen »Fragen« aus Geographie und Geschichte, das Thema, das bei der Matura zu besprechen ist, jedem rechtzeitig bekanntgeben. Man hat schon immer gemunkelt, daß er das tut. Aber die jeweiligen Abiturienten gaben nie genaue Auskunft. Deshalb herrschten stets Besorgnisse, ob es wirklich so sein würde. Prochaska hatte sie jetzt fast zur Gänze zerstreut. Er war ja ein guter Kerl! Und gar heuer! Eigentlich ein Riesenglück, seine letzte Oktava zu sein ...

In der letzten Stunde kam Professor Filip, ein junger, wohlhabender Mensch, der von den Professoren wie von den Schülern als ein außerhalb der Norm Stehender angesehen wurde. Man wußte, daß er seine Lehrtätigkeit aus Liebhaberei betrieb, wohl auch im Zusammenhang mit seinem eigentlichen Fach, der Individualpsychologie. Er unterrichtete Propädeutik, Logik und Chemie und galt als keine große Kapazität in diesen Fächern. Aber er verfügte über ein reiches Allgemeinwissen, mit dem er nicht kargte. So waren seine Stunden, in denen über Kunst, Politik, Medizin und über alles mögliche, nur nicht über den Lehrgegenstand gesprochen wurde, die anregendsten von allen. Filip liebte es auch, das Mittelschulhafte auszuschalten, achtete weder auf Sitzordnung noch auf andere Formalitäten, duzte die Schüler, nannte die Schülerinnen beim Vornamen und geriet in tödliche Verlegenheit, wenn eine Inspektion kam. Dann rief er einen zum Katheder, der bei den sehr spärlichen Gelegenheiten Können bewiesen hatte, und ließ ihn machen, was er wollte. Solche Schüler klassifizierte er im Ausweis mit Sehrgut, die meisten anderen mit Gut und einige, von denen er ganz bestimmt wußte, daß es ihnen gleichgültig war, bekamen bloß Genügend. Diese laxe Auffassung verschaffte ihm zwar keinen Respekt – dazu wäre es nötig gewesen, daß er in einem Hauptgegenstand unterrichtet hätte –, sie bewirkte aber doch, daß man ihn zum Vertrauten machte und als Kameraden (mit einem Deut von Herablassung) behandelte. Das ging so weit, daß Schüler der Unterklassen, gegen deren Lausbubenstreiche er sich nicht zu helfen wußte, von den Oktavanern spontan, aus einer ehrlichen Entrüstung heraus, verprügelt wurden. Die Oktavaner hatten Filip gerne. Leider war er nicht wichtig.

Und selbst dieser Filip stellte sich in der ersten Stunde auf eine von der Matura hergeleitete Bedeutsamkeit ein. Anfangs schien es gar nicht so. Er kam spät, sagte wie gewöhnlich statt »Setzen« mit leichter Verbeugung »Guten Tag« – dann aber begann er an etwas herumzuwürgen, musterte die Klasse und entschloß sich endlich zu folgender Rede:

»Bitte – ich habe nichts dagegen – wenn ihr euch auf andre Plätze setzen wollt – bitte. Wir werden eine Wochenstunde im Chemiesaal, die andere in der Klasse abhalten. Ich möchte zumindest bitten, daß in beiden Räumen die gleiche Sitzordnung beibehalten wird. Ein wenig Disziplin muß in einer Oktava herrschen, ich kann euch nicht helfen. Wenn ihr auch aus meinem Gegenstand nicht maturiert – zur Zulassung und zum Gesamturteil ist doch eine gute Note wichtig. Also, richtet euch danach. Ich habe gewiß nicht die Absicht, jemandem Schwierigkeiten zu machen, aber Dinge, wie sie im Vorjahre hier vorgefallen sind, kann ich mir heuer unmöglich bieten lassen. Ich werde da sehr energisch einschreiten müssen.«

»Hörthört-Rufe rechts!« sagten die Bankreihen von Lengsfeld bis Gerber im Sprechchor, der bei Filip mit Vorliebe geübt wurde.

»Lassen Sie doch diese Kindereien!« (Das »Sie« galt als Ausdruck unguter Stimmung.) »Es liegt ja nur an euch, daß ich euch so behandle, als ob ihr schon maturiert hättet ... Also! Wollt ihr endlich Ruhe halten?«

»Wir – wollen – Ruhe – halten!« antwortete der Sprechchor. Und dann wurde es zur Abwechslung wirklich ruhig.

Filip zog einen Sessel vom Katheder. »Es ist aber ziemlich warm hier. Ich werde mir den Rock ausziehen. Die Damen haben doch nichts dagegen?« Er hängte seinen Rock über die Sessellehne und lächelte den beiden ersten Bankreihen zu. Sein Lächeln wurde erwidert. – »Wo ist denn Lisa Berwald?«

»Ausgetreten«, sagte Sittig. »Das sollten Sie eigentlich wissen.«

»Ich bin nicht so interessiert wie Sie, Herr Sittig. Schade übrigens. Sie war wirklich reizend.«

Mit knapper Not konnte Filip das »Kusch!«, das aus der letzten Bank ertönte, gerade noch überhören.

Kurt hatte seit dem gestrigen Vormittag noch keine Zeit gefunden, über Lisa nachzudenken, hatte es immer wieder hinausgeschoben und ärgerte sich nun, daß er von außen bei dieser Versäumnis ertappt wurde. Auch daran war dieser verfluchte Kupfer schuld, der nicht aus seinen Gedanken weichen wollte. Und jetzt stand Lisa plötzlich wieder da: in einer Umgebung, von welcher Kurt sie noch immer nicht loszulösen vermochte.

Die andern taten es unschwer. »Sie ist ausgetreten«, sagte Sittig. Und er war doch einer von jenen gewesen, die sich am eifrigsten um Lisa bemüht hatten. Jetzt wird er eben eine andre vornehmen, und Schluß. So, wie Filip »Schade übrigens« sagt, seinen Rock über die Sessellehne hängt und dabei Lotte Hergeths Beine gegen Anny Kohls schmale Hüften abschätzt.

Und nie wird Lisa erfahren, mit welcher Leichtigkeit alle ihren Abgang hinnehmen. Nie wird sie merken können, daß Kurt der einzige ist, dem sie fehlt. Und selbst wenn man es ihr sagt – sie wird es nicht begreifen.

Wissend um die Zwecklosigkeit seines Vorhabens, zog Kurt das Mathematikheft unter der Bank hervor und riß ein Blatt heraus.

Nein. Was sich begab, war nicht zu Papier zu bringen. Es wäre schwer gewesen, davon zu sprechen. Dazu hätte ihm Lisa glauben müssen, stark, Arm in Arm, mit guten Augen, irgendwo auf einem schmalen, tiefschattigen Waldweg oder in der Nische einer dämmerigen Terrasse ... da hätte er ihr's begreiflich machen können, und nicht nur das, alles, alles – warum sprach Lisa niemals so mit ihm? Vor Monaten, diese einzige unverhoffte Stunde im Park vor ihrem Wohnhaus, dieser erste, unerklärlich lange, heiße Kuß, dem wie aus Schreck immer neue folgten ... und seither kein

Beisammensein, gar keines ... In Pausen freilich, zwischen Tür und Angel, da gab es erregende Kleinigkeiten, kurze Blicke, leise Worte; seine Furcht, daß alles nur Zufall war, Episode, Tribut an eine laue Nacht – Lisa zerlächelte sie, wann er wollte. Aber dieses Lächeln war das gleiche, das sie für jeden hatte, der hinzutrat. Kurt nahm es nur anders. Als Zugeständnis eines Kommenden, Unerhörten, als Entschuldigung, daß es noch nicht war, als Versprechen, daß es bald sein würde. Wenn aus diesem Bald immer wieder ein Nächstens wurde, so war es doch nicht *seine* Schuld! Welchen Grund hätte Lisa denn gehabt, ihn herauszufordern? Und welchen er, sie zu drängen?

Nun, da Lisa die Schule verlassen hatte, da das große unausgesprochene Schämen: »Es ist ja doch nur eine Gymnasiastenliebe!« nicht mehr war – nun würde sich ja vieles ändern. Wartete Lisa darauf, daß er wenigstens den Anstoß gab, mit dem es eine vielleicht halboffene Tür einzurennen galt? Lisa begann niemals. Man mußte sie an ihr Versprechen erinnern. Immer wieder. So lange, bis es einmal doch fruchten würde.

»Liebes, Du siehst, ich mache mir gar nichts daraus, Deine seit zwei Tagen bestehende Überlegenheit dadurch anzuerkennen, daß ich Dir auf einem Blatt meines Mathematikheftes schreibe. Es ist halb eins, und Filip, dessen Antrittsrede sehr heiter war, ödet mich mit seinen Reisefeuilletons an. Also schreibe ich Dir lieber jetzt als zu Hause, wo ich vor Störungen nicht so sicher bin.

Interessiert Dich, was in der Schule los ist? Sozusagen mütterlich: ja, wie geht's denn unseren Kleinchen? Also, die Kleinchen freuen sich allesamt, denn siehe, Gott höchstselbst ist zu ihnen herabgestiegen und wird als Artur Kupfer Mathematik und Darstellende Geometrie unterrichten. Jetzt hat er mich also doch erwischt. Gestern, gleich in der ersten Stunde, hatte ich ein rencontre mit ihm, so ein kleines Vorgeplänkel, das verschiedenes ahnen läßt. Dann ist der brave Prochaska wieder

da, er geht heuer wirklich in Pension und schluchzt auf böhmisch. Asso ist auch geblieben, er hätte seinen Schnurrbart sicher aufgezwirbelt vor lauter Wichtigtuerei mit der Matura – zum Glück hat er keinen. Die übrige Besetzung wissen wir noch nicht, sie soll aber erstklassig sein, Niesset, Borchert und andre Prominente. Freu Dich, daß Du nicht dabei bist!
Vielen Dank für die Grüße aus Bologna. Eine Inlandkarte, die mich von Deiner Ankunft benachrichtigt hätte, wäre mir noch lieber gewesen. Aber natürlich, die Dame darf ja nicht zuerst schreiben. Lisa, wann wirst Du endlich aufhören, mich mit diesem ewigen Hinwarten zu quälen? Ich will doch so wenig von Dir. Ist es noch immer zuviel? Du kannst diese Frage auch mit Ja beantworten – aber beantworten mußt Du sie endlich. Willst Du das tun, Lisa? Sofort? Ich bitte Dich darum!
Eben kommt der Schuldiener mit dem Umlaufbuch. Provisorischer Stundenplan. Filip sagt gleich die Namen der Profen dazu. Französisch: Borchert. Pfui! Physik: Hussak. Bravo! Latein: Niesset. Pfui! Logik: Seelig. Bravo! Naturgeschichte: Riedl. Nicht einmal Pfui. Es hätte noch ärger ausfallen können. Aber ich fürchte Dich zu langweilen.
Gern hätte ich Dir noch geschrieben, wie traurig es ist, daß nun Lengsfeld auf Deinem Platz sitzt, wie furchtbar traurig! Hast Du überhaupt darüber nachgedacht? Ja, da fällt mir ein, daß ich Dich noch gar nicht gefragt habe, warum Du eigentlich ausgetreten bist! Hoffentlich höre ich es bald mündlich von Dir. Und nicht nur das. Ich möchte noch viel andres hören, Lisa. Willst Du es mir sagen?

Dein.«

Keine Unterschrift. Das war so eingeführt. Es hatte sich ergeben, daß sie zeitweise nur brieflich miteinander verkehrten; das heißt: Kurt schrieb ihr drei, vier Briefe und Lisa kritzelte dann auf einen Zettel ihre dürftige Antwort, irgendeine Entschuldigung, Festsetzung der nächsten Zusammenkunft (die wieder abgesagt wurde), dann wohl noch ein paar liebe, nette Worte, raschrasch hingeworfen, keine Anrede, keine Unterschrift, nur das Notwendigste eben.

Kurts Briefe waren immer um ein Mehrfaches länger. Ihm schien alles notwendig, er hatte immer so überviel zu sagen, und da er keine Gelegenheit dazu fand, schrieb er es nieder, bedenkenlos, unbekümmert darum, daß seine Worte fahl werden mußten, ehe Lisa sie zu Gesicht bekam. Liebesworte altern schon, indem man sie spricht. Ehe sie noch recht zu Ende gesagt sind, ehe sie der andre so lebensjung begreifen konnte, wie sie gemeint waren, haben sie ihren Glanz verloren. Und gar Liebesworte auf Papier. Die sind überholt, vergilbt, bedeutungslos vor dem Aug des andern. Zu lange waren sie unterwegs, nichts ist übriggeblieben vom Geheimnis ihres Ursprungs, nur das Offenbare ihres Ziels steht klobig da, in verstaubter Nacktheit – und sie sind doch voll Scham, und sie staunen, und sie wissen nicht, wohin mit sich. Da werden sie an irgendeinen Platz gestellt, der gerade leer ist, manchmal kann es auch der sein, der ihnen gebührt. Aber das ist purer Zufall ... Man geht schlecht um mit geschriebenen Worten. Schon gesprochene gut zu behandeln vermag nur eine ganz zarte, willige Seele, die selbst auf die Pausen zwischen ihnen achthat und sich einschmiegt in sie wie in eine laue Wellenmulde auf weiter, weiter See und die Luft über sich hinstreichen läßt und sie beseligt einatmet und nur in den Himmel schaut ...

Kurt ärgerte sich nachher über jeden Brief, den er schrieb. Dieser da schien ihm besonders schlecht und schal – und er war doch aus großer Not geschrieben. Von der wird Lisa nichts spüren, dachte er in hoffnungsloser Verzweiflung. Weil ich auch immer schon im voraus um ihre Stimmung besorgt bin. Sie könnte gerade froher Laune sein, und weil sie »schwere« Briefe überhaupt nicht sehr mag, würde ihr einer, der mehr sagte, nicht gefallen haben. Ausgezeichnet. Ich liebe im Konjunktiv des Futurum exactum. Das sollte Niesset wissen. Übersetzen Sie einmal, Gerber! Ex abrupto! Ob so ein Niesset Liebesbriefe schrieb? Solche bestimmt nicht. Solche schreib nur ich. Und ich bild mir noch was drauf ein. Ich Trottel.

Nach der Stunde wurde Filip umringt und in eine Debatte über die Matura verwickelt. Auch andre Gruppen besprachen die Ereignisse des Tages.

»Kinder, es wird ernst!« Blank nickte trübselig. »Wenn schon der brave Filip so spricht –.«

»Er hat sich nur patzig machen wollen«, sagte Mertens.

»Was du nicht sagst! Patzig machen sie sich natürlich alle – aber etwas ist schon dran. Jetzt geht's wirklich um die Wurst.«

»Ich möchte den ganzen Dreck schon hinter mir haben«, murmelte Schleich gepreßt.

Alle schwiegen. Kaulich wollte den Bann brechen.

»Wir bekommen bestimmt vom Prochaska die Fragen. Wenigstens etwas.«

»Und Kupfer? Und Niesset? Und Borchert? Die sind nichts? Der alte Paralytiker hätte sich sowieso nicht getraut, jemanden durchfallen zu lassen!«

»Jetzt schimpfen wir noch auf den einzig Anständigen! Wir sind roh.«

»Bekenntnis einer zarten Seele!«

Körner, dem diese Antwort galt, war beleidigt und ging. Auch die übrigen schlenderten dem Ausgang zu. Gerade als Filip vorbeikam, sagte Gerald kummervoll: »Die ganze Schule gehört in Arsch!« Filip hörte wieder nichts. Vielleicht war er der gleichen Ansicht. Was er von der Wichtigkeit seines Gegenstandes für die Matura gesagt hatte, war ja auch sehr gezwungen herausgekommen. Aber Mattusch hatte ehrlich gepoltert, und Prochaska war ehrlich traurig gewesen. Und Filip hatte schließlich ehrlich geglaubt, etwas sagen zu müssen …

Es wurde schweigend geduldet, daß sich die Oktavaner vor dem Schulhaus Zigaretten anzündeten, obwohl das laut Schulordnung auch für sie »im Umkreis des Schulgebäudes« verboten war.

»Was soll man eigentlich von Niesset halten?« fragte Klemm. »Ist er ärger als Borchert oder nicht?«

»Die beiden sind ungefähr gleich arg. In totem Rennen hinter Gott Kupfer.« Lengsfeld hatte das mit einem so sauren Gesicht gesagt, daß einige zu lachen begannen.

»Das ist gar nicht komisch«, mischte sich Mertens ein. »Stellt euch nur vor, wie schön es gewesen wäre, wenn wir das Vogerl auch aus Mathematik bekommen hätten!« Das Vogerl war Professor Hussak; er hatte diesen Namen bekommen, weil er die Schüler so nannte. »Nicht auszudenken, wie schön es wäre: das Vogerl statt Gott Kupfer!«

»Herrgott, jetzt könntet ihr wirklich schon aufhören mit diesem ewigen Zähneklappern!« Kurt ereiferte sich auch um seinetwillen; daß seine Angst vor Kupfer andauernd Bestätigung bei den andern fand, besorgte ihn. »Wir haben eben Gott Kupfer, da läßt sich nichts mehr machen. Wenn ihr aber schon volle Hosen habt, bevor er sich noch rührt, dann werdet ihr ihm später wie reife Pflaumen zufallen. Was fürchtet ihr euch denn so vor ihm?«

»Es ist eben nicht jeder ein so guter Mathematiker wie du, lieber Gerber!«

»Und Gott sei Dank nicht jeder so ein Trottel wie du, lieber Schönthal! Keiner kann so viel, daß er gegen Durchfall gefeit wäre. Auch du nicht!«

»So. Das möchte ich nicht behaupten.«

»Aber ich. Im übrigen hat es gar keinen Zweck, wenn wir uns da über unser Können herumstreiten. Wir sollten lieber nachdenken, wie wir Gott Kupfer am besten dämpfen könnten!«

»Ich wüßte nicht, wozu das gut wäre!« Brodetzky galt als einer der besten Mathematiker und hatte nicht die geringste Furcht. Es wäre ihm höchst ungelegen gekommen, in irgendeine Massenbewegung, die für ihn von keinem Vorteil war, zu geraten. »Gott Kupfer ist ein Prof wie jeder andre. Es ist ganz normal, daß einer, der was kann, durchkommt, und einer, der nichts kann, durchfällt. Gott Kupfer hin, Gott Kupfer her –«

»Ringsherum, das ist nicht schwer!« vollendete Pollak, der sich seiner Sache ebenso sicher fühlte und keinerlei aufrührerische Gedanken hegte.

Die Gruppen verliefen sich langsam. Schließlich blieb Kurt mit Lewy allein.

Kurt sah die schmale Gestalt mit dem seltsam alten Gesicht lange an. Er hatte – und nun besonders – gute Gefühle für Lewy als für den traurigsten Beweis von Kupfers Schuftigkeit. Ihretwegen saß Lewy schon um zwei Jahre länger als die anderen in der Schule. Kurt hätte gern irgend etwas Liebevolles für ihn getan – aber Lewy lehnte alles Mitleid mit verächtlicher Kühle ab. Sein persönliches Schicksal als Mittelschüler schien ihm vollkommen gleichgültig. Auch um die Professoren kümmerte er sich nicht viel. Nur Kupfer haßte er fanatisch; er wäre sofort bereit gewesen, diesem Haß auch sein einundzwanzigstes Lebensjahr zu opfern.

»Nun? Was sagst du dazu?«

Lewy zog die Schultern hoch. Er sprach eintönig, uninteressiert und mit ironisch verzogenen Lippen, wohl wissend, daß ihm dies von den meisten als Arroganz angekreidet wurde. »Gott Kupfer hat schon andere Leute erwischt als diese ganze Bagage zusammen. Aber die werden alle durchkommen bei ihm.«

»Ja, leider. Das ist traurig.«

Lewy schnippte mit dem Finger. »Viel trauriger finde ich, daß Lisa nicht mehr da ist. Sie hatte einen so harten Körper!« Sein Gesicht verzog sich lüstern.

Was war das? Absicht oder Zufall? Kurt fürchtete, sich zu verraten, und wußte nicht, was er entgegnen sollte.

Lewy schien seine Pein nicht zu merken.

»Das ist aber auch zu blöd. Die einzige, von der man etwas hätte haben können.«

Kurt biß sich auf die Lippen. Solche Gespräche vertrug er unter gar keinen Umständen. Und er konnte doch nichts dagegen tun, sonst würde Lewy morgen irgendeine Bemerkung fallen lassen, und die ganze Klasse würde sich mit Wollust darüber hermachen.

Lewys Gedanken waren von anderer Konsequenz:

»A propos«, sagte er. »Im Kakadu tritt heute eine neue Tänzerin auf. Ein Freund von mir kennt sie schon aus ihrem letzten Engagement. Willst du mit uns hingehen?«

»Nein, danke. Ich erwarte abends meine Eltern aus der Sommerfrische zurück.«

»Na, dann vielleicht nächstens.«

»Vielleicht. Und bitte – morgen keine gemeinen Andeutungen in der Schule!«

»Andeutungen? Was für Andeutungen?«

»Ach nichts. Auf Wiedersehn.«

Sie verabschiedeten sich, und Kurt trat in die nahe der Schule gelegene Papierhandlung. »Rudolf Lazar: Zum Gymnasiasten.« Der Besitzer, ein immer freundlicher, spitzbärtiger Mann mit ständigen Witzformelnn, deren Zweideutigkeit er je nach dem Jahrgang des Käufers steigerte, begrüßte ihn devot.

»Ich habe die Ehre, Herr Gerber, wo kann ich dienen?«

Kurt verlangte allerlei Hefte, Minen für den Zirkel und einen Radiergummi.

»Ein Gummi, jawohl, garantiert unzerreißbar«, dienerte der Papierhändler und verschwand nach hinten.

Kurt zog den Brief an Lisa aus der Tasche. »Lewy läßt Dich grüßen«, schrieb er auf die Rückseite.

»Sonst noch etwas?« Das Gewünschte war herbeigebracht.

»Ja. Ich möchte einen Briefumschlag.«

»Einen kalten Briefumschlag, bitte sehr.«

Kurt adressierte den Brief sofort. Als er »Frl.« geschrieben hatte, sagte der Papierhändler:

»Lieber etwas weniger Fräulein heuer, Herr Gerber. Aus Fräuleinkunde wird nicht maturiert.«

Der auch noch. Haben denn alle Leute nichts anderes zu tun, als an die Matura zu denken?

»Das lassen Sie meine Sache sein, Herr Lazar!«

»Oh, ich will Ihnen nicht ins Gewissen reden, was geht mich Ihr Gewisser an, gar nichts geht er mich an –«

Kurt schnitt ihm schroff die Rede ab. Aber eine Begütigung konnte er nicht verhindern:

»Nanana! Ich habe nicht gewußt, daß es so arg ist. Die Dame wird sich schon sagen lassen. So ein hübscher, junger Herr ...«

Jetzt klappte Kurt zusammen. Er war nicht mehr fähig, etwas zu erwidern, zahlte und ging langsam, mit gesenktem Kopf, nach Hause. Als der Brief seine Hand zu feuchten begann, warf er ihn erschreckt in einen Postkasten.

Kurt tut nichts gegen das unentschlossene Schweigen, das seit der Begrüßung zwischen ihm und seinen Eltern liegt. Beim Abendessen selbst ist es noch nicht so fühlbar. Doch dann wird es drückend und unerträglich. Etwas Muffiges lagert in der Luft. Die Mutter öffnet einige Male den Mund; sie findet keinen Anfang. Kurt sucht ihn erst gar nicht. Und der Vater – der Vater will einfach Ruhe haben nach den Strapazen der Reise und vor den tagelangen geschäftlichen Konferenzen, die ihn, als einen leitenden Beamten der Firma, immer besonders anstrengen. Der Vater hat jetzt andere Sorgen. Es kostet ihn Anstrengung, sich von ihnen loszudenken bis zur endlichen Frage an den Sohn: was in der Schule los gewesen sei.

Nichts, sagt Kurt, ohne aufzublicken.

Ob wirklich gar nichts, will der Vater wissen.

Wirklich gar nichts. Was denn am zweiten Tag schon passiert sein könnte?

Danach habe er ja gefragt, beharrt der Vater.

Und darauf habe er ja geantwortet, gibt Kurt unwillig zurück.

»Kurt!« Der Vater schlägt auf den Tisch, daß die Gläser klirren.

»Laß ihn, Albert! Du mußt dich nicht gleich aufregen.« Die Mutter greift besorgt nach der Hand des Mannes, an dem sie seit zwanzig Jahren beim geringsten Anlaß bangt, seines kranken Herzens wegen. Dann wendet sie sich, leisen Vorwurf im Blick, zu Kurt, der mürrisch vor sich hinstarrt:

»Wen habt ihr denn als Klassenvorstand?«

»Das ist wenigstens eine Frage. Kupfer.«

Kurt hat das in gleichgültigem Tone gesagt und betrachtet weiter die Muster des Tischtuchs. Aber als lange keine Entgegnung kommt, sieht er doch nach dem Vater hin. Der sitzt mit vorgeneigtem Kopf da, die Augen hinter der goldenen Brille sind halb geschlossen, sein Atem geht unregelmäßig, wie immer, wenn er sehr erregt ist. Nun treten langsam kleine Schweißperlen in die scharfen Stirnfurchen. Und gerade als Kurt, entsetzt über diese unerwartete Wirkung, etwas Besänftigendes sagen will, holt der Vater mit tiefem Vibrieren Atem und spricht entschieden, wie zum Abschluß einer langen Diskussion:

»Dann mußt du eben aus der Schule heraus.« Und nach einer Pause, als ob dieser Teil der Sache schon erledigt wäre, stellt er dem Sohn die Wahl: entweder in eine andere Anstalt zu gehen oder Privatunterricht in den Handelsfächern zu nehmen und dann bei ihm im Büro eine Stellung anzutreten. Damit fiele allerdings das geplante Doktorat – Jus oder Philosophie – ins Wasser, aber diese Lösung scheine fast am besten.

Kurt lächelt. Er fühlt, daß der Vater seine Entschließungen überhastet, um nur recht schnell von ihrem Anlaß wegzukommen. Solche Unbesonnenheiten ist er bei dem klugen Mann nicht gewohnt. Es muß wirr zugehen in seinem Kopf. Kurt will Ruhe schaffen. »Aber Vater, diesen Wirbel ist die ganze Sache ja gar nicht wert.«

Da kommt er aber schlecht an. »Nicht wert? Ja, was soll mir denn einen Wirbel wert sein, wenn nicht mein eigenes Kind? Wann soll ich mich aufregen, wenn nicht jetzt, wo es um dein künftiges Leben geht? Und ich liefere dein Leben nicht diesem – –«

Der Vater spricht den Satz nicht zu Ende. Jäher Groll über die schon halb vergessenen Worte Kupfers in der Sommerfrische, blutheißer Vaterzorn, weil einer seinem Kinde Schlechtes tun will – das braust in ihm auf und findet keinen Ausdruck. Kurt ist seltsam erschüttert. Ist die Schule wirklich so wichtig?

»Verzeih, Vater! Aber ich glaube, du machst da zu schwere Worte wegen einer Angelegenheit, die schließlich – versteh mich recht – doch nur klein und begrenzt ist. Was heißt denn das: künftiges Leben? Du glaubst doch nicht, daß ein Kretin wie Herr Kupfer auf meine Zukunft oder gar auf mein Leben irgendeinen Einfluß nehmen wird. In zehn Monaten kann er mich gern haben. Und bis dahin –!« Kurt macht eine wegwerfende Handbewegung und denkt nach, wie er die Geringfügigkeit dieser zehn Monate am besten beweisen soll.

»Du irrst, Kurt!« Des Vaters Stimme klingt jetzt warm und ruhig. Er ist wieder der klar denkende Mann mit dem weiten Geschäftsblick, er überschaut die Sachlage, die sich vor seinem ordnenden Sinn ausbreitet wie der Vorschlag eines Kontraktpartners. »Du irrst!« wiederholt er mit Nachdruck, und Kurt weiß nicht, worin er geirrt habe. »Die Dinge liegen anders. Es ist ja sehr schön, daß du vor Kupfer keine Angst hast –«

»Vielleicht ist er gar nicht so schrecklich«, wirft Kurt nicht sehr gläubig ein.

Aber der Vater läßt keinen Widerspruch gelten. Mit schmerzlicher Überzeugungskraft entzieht er allem, was Kurt vorbringt, den Halt, erweist, daß unüberlegt zum Vorsatz Gebauschtes vor dem Ansturm der Tatsachen zusammenschrumpfen muß wie die Hülle eines in die Luft verstiegenen Kinderballons. Ohne Anklage – denn es ist nun einmal abgetan – hält er dem Sohn sein unkluges Verhalten in den sieben Schuljahren vor, und daß er dadurch sein Fortkommen in der letzten Zeit aus einer Selbstverständlichkeit zu einem Geschenk des Mitleids gemacht habe. Wog Wohlwollen gegen Rachbegier, ließ alles, was für und was gegen sprach, aufmarschieren, zwangsläufig wirken, und kam, von Kurt immer kraftloser unterbrochen, zu dem Schluß, daß es nutzlose Energieverschwendung sei, einen durch Kupfers Eintritt schon entschiedenen Kampf aufzunehmen.

»Es ist traurig, daß es so weit kommen konnte, aber wir wollen es einmal klar aussprechen. Du hättest auch ohne Kupfer Schwierigkeiten gehabt mit der Matura. Diesem Kupfer will ich aber gar keinesfalls das Vergnügen machen, dich zur Strecke zu bringen.«

Zur Strecke bringen. Nun sieht Kurt nur noch den Gegner, der ihm nachstellt, und dem er nicht entgegentreten soll. Warum? So gewaltig ist er? Neue Energie erhitzt ihn zu verdoppeltem Widerstand:

»Ich kneife vor einem Kupfer nicht aus!«

»Bitte, keine Heldenposen. Du kneifst nicht vor Kupfer aus, sondern vor den selbstverschuldeten Folgen deines bisherigen Verhaltens.«

»Gut – dann werde ich mein Verhalten eben ändern. Es ist ohnedies das letzte Jahr.«

»Gerade deshalb wird es dir nichts mehr nützen.«

»Lächerlich. Du sprichst, als könnte ich gar nichts dazu tun, ob ich durchkomme oder nicht.«

»So ist es auch.«

»Wie kannst du das sagen? Ich habe bis jetzt noch niemals wirklich ernsthaft studiert. Wenn ich mich jetzt anstrenge, muß es doch gehen!«

»Ich zweifle. Ich zweifle sogar, daß du dich anstrengen wirst.«

»Und wenn ich es dir verspreche?«

»Du kannst dein Versprechen an einer anderen Anstalt erfüllen. Es ist noch immer Zeit zum Übertritt.«

»Ich sehe nicht ein, warum es nicht auch hier möglich sein sollte.«

»Das habe ich dir doch nachgewiesen.«

»Du hast dabei Ereignisse als sicherstehend angenommen, die gar nicht geschehen müssen.«

»Sie werden geschehen.«

»Weshalb? Ich werde verhindern, daß sie geschehen!«

»Du kannst in einem Jahr nicht nachholen, was du in sieben versäumt hast.«

So rannte Ja gegen Nein und Nein gegen Ja. Oft waren sie nicht zu unterscheiden, oft befanden sich beide auf derselben Seite des Umstrittenen. Denn Kurt kämpfte für sein Verbleiben in der Schule als für etwas, das ihm im Grunde gleichgültig war und nur dadurch Bedeutung erhielt, daß er es mit seiner Person deckte; er wehrte sich dagegen, daß seine Person angezweifelt wurde. Und eben diesen Glauben an die eigene Person zu kräftigen, die Eitelkeit, ohne die keine Leistung möglich ist, zu stacheln – das war, vom Anlaß fast schon unabhängig, die geheime Absicht des Vaters.

Zwischen den beiden Männern pendelten die Blicke der Mutter, liebevoll aufleuchtend, wenn sie über des jüngeren straffes Gesicht glitten, angstvoll sich weitend, wenn des älteren Stirnader in Erregung schwoll. Um welche Dinge es hier ging, verstand sie nach kurzer Zeit nicht mehr. Sie fühlte nur, daß es etwas sehr Böses sein müsse, was die jugendleichte Zuversicht des Sohnes und die altersschwere Besorgnis des Vaters zu solch feindlicher Wechselrede antrieb, feindlich jeder gegen den anderen und feindlich beide gegen eine Sache, die sie nur aus flüchtigen Äußerlichkeiten kannte, aus den recht seltenen Erzählungen Kurts, allenfalls noch aus seiner Stimmung, aus den Veränderungen im Haushalt, die sich durch Schulferien ergaben, und nur aus einem einzigen Falle eigenen Erlebens: als sie, von Angst gepeinigt, in die Schule geschlichen war, um das Resultat einer Versetzungsprüfung, die Kurt an diesem Tage ablegte, zu erfahren. Damals hatte ihr der Professor unfreundlich, von oben herab, bedeutet, das ginge sie gar nichts an, sie und ihr »Herr Sohn« – wie gehässig das klang! – würden es noch zur rechten Zeit erfahren, und dann war er ohne Gruß fortgegangen, daß sie nicht ein noch aus wußte vor fremder Scham. Seither hegte sie ungute Gefühle gegen die Schule und mied es, ihr näherzutreten.

Dem Drängen seines Sohnes konnte der Vater auf die Dauer nicht gewachsen sein. Seine tatsachenberechnende Ruhe fand zwar in Kurts eifrigem Redeschwall manche Schwächen, doch war er müde, sie auszunützen. Seine Zweifel wurden leiser, aber sie wichen nicht. Mehr als fünfzig Jahre Daseins hatten das Netz seiner Erfahrungen so fest verknotet, daß Kurt es nicht aufknüpfen konnte, nur in unbekümmerter Wildheit zerreißen. Der Vater wehrte es ihm nicht länger.

»Ich mache dich aufmerksam«, sagte er, als die Mutter immer eindringlicher zum Schlafengehen mahnte, »daß nur du die Verantwortung zu tragen hast. Ich habe dich gewarnt. Mehr kann ich nicht tun. Wenn du allen Vernunftgründen unzugänglich bist, dann mußt du selbst sehen, wie du fertig wirst. Es ist ja nicht unmöglich, gewiß nicht, aber ohne Kupfer wäre es leichter. Er wird dich quälen, er wird auf dir herumreiten, er wird – na, ich will dir nicht allen Mut rauben. Geh schlafen.«

Vaterwärme war jäh hervorgebrochen. Er wandte sich ab.

Kurt ging verwirrt in sein Zimmer. Er fühlte dunkel, daß es hier um mehr ging als um ein Schulzeugnis. Und ihm bangte davor.

Bedrückt legte er sich zu Bett. Die flattrigen Gedanken waren nicht zu verscheuchen. In allzu dichtem Schwarm hatte sie der Vater über ihn geschickt. Vor wenigen Tagen noch hätte Kurt über die Voraussage: »Du wirst die Matura nicht bestehen!« von Herzen gelacht, hätte den Propheten gefragt, ob er verrückt sei? Aber niemand hat es ihm gesagt, selbst seine Feinde unter den Mitschülern scheuten sich, es zu formulieren. Kurt Gerber unreif –?

Jetzt aber, da es einmal ausgesprochen war, tat es doppelt starke Wirkung. Der es gesagt hatte, war keineswegs vom Blitz gefällt worden ob solcher lästerlicher Rede, sondern hatte noch Beweise erbracht, handfeste, stämmige Beweise. Nein, nein, es war gar kein Ding der Unmöglichkeit: Kurt Gerber unreif –!

Kurts Übermut war zusammengesunken bis tief unter das Mittel, bis zum Wankelmut. Von hier aus begann er fortan zu denken.

Zehn Monate – war das nun eigentlich eine lange Zeit oder nicht? Gleichgültig. Sie muß eben vorbeigebracht werden. Ja. Man kann sich auch anstrengen, ohne seiner Ehre etwas zu vergeben. Natürlich kann man das. Es wäre auch toll, wenn man es nicht könnte. Ich werde aufmerksam sein in der Stunde, kalt aufmerksam, wenn man mich fragt, werde ich antworten, nicht mehr, als notwendig ist, um zu zeigen, daß ich auf der Höhe bin, ich werde einen guten Mathematiker bitten, mit mir die Hausaufgaben zu machen, und werde ganz sachlich sein dabei, merkwürdig, dieser Scheri, wer hätte das gedacht ... sie sollen ruhig staunen, ich sage ihnen noch meine Meinung, auch Gott Kupfer wird sie zu hören bekommen, Herr Professor, warum soll ich ihm dann eigentlich Professor sagen, wenn er wenigstens Doktor wäre, nicht einmal das ist er, der Ochs, Herr Kupfer. Sie brauchen sich gar nichts darauf einzubilden, daß Sie mich kleingekriegt haben, mein Vater ist ein kranker Mann, und wenn ich Ihnen keine Gelegenheit geboten habe, Ihr Mütchen an mir zu kühlen, so war das eben ein Opfer, das ich ihm bringen mußte, Sie hatten eben Pech, Herr Kupfer, hahaha, da freut er sich auf ein »Früchtchen«, und dann stellt sich heraus, daß er nicht das geringste auszusetzen hat, nicht das allergeringste, ich bitte sehr, das ist doch ein Hauptspaß, ich bin schon gespannt, wie das sein wird, wenn mich Gott Kupfer das erstemal prüft, na sehen Sie, Gerber, es geht schon, man muß nur wollen ... ich glaube, es wird mir sogar Freude machen, aber andre, als er meint, ich werde mich stumm verbeugen und er wird mir verwundert nachschauen, ein bißchen Achtung wird er auch haben, und vor der nächsten Stunde kommt Scholz zu mir, sag mal Scheri, wie hast du den Schnitt mit der Lichtebene konstruiert, aber wieso denn, ach ja, der Pyramidenstutz steht mit seiner großen Basis auf der zweiten Projektionsebene, das läßt sich dann mit Parallelverschiebung machen, danke schön, du Pollak, Scheri meint, man soll zuerst die Deckkante durchstoßen, interessant, nicht? Hochinteressant sogar, es begeben sich überhaupt interessante Dinge, denkt euch nur, man kann ein guter Schüler sein ohne zu kriechen, ich ersuche, mir einen Fall, einen einzigen Fall von Streberei nachzuweisen! Nein, lieber Weinberg, das war keine Streberei, daß ich mich freiwillig gemeldet habe, ich mußte mich melden, er hat es erwartet … unter uns, Weinberg, ganz unter uns: es ist natürlich doch Streberei, was ich mache, aber ich kann mir nicht helfen, ich muß durchkommen bei der Matura, ich muß, ich muß … lieber, guter Vater, wenn ich dir nur begreiflich machen könnte, wie furchtbar unwichtig das alles ist, wie kindisch, wie unendlich kindisch, aber es gehört sich eben, nicht wahr, man steht doch ganz anders da mit einem Maturazeugnis, und was haben Sie denn gelernt, Herr Gerber, o bitte, mit Stimmeneinheit für reif erklärt, na, das freut mich, dann bekommen Sie den Posten, ich will aber gar keinen Posten, nie, nie, und hoffen wir, die gewünschte Sendung mit Heutigem an Sie abgehen lassen zu können, ausgezeichnet wieder einmal, drei Kinder und eine Ehefrau, was hast du heute gekocht, Leberknödelsuppe, und dann werde ich mir die Serviette nicht über die Schenkel legen, sondern in den Kragen stecken, und alles wird vergessen sein, kein Mensch wird mich fragen, ob ich vielleicht einmal bei der Matura durchgefallen bin, aber ich muß ja erst die Matura bestehen, oh, gräßlich, gräßlich …!

Gepeinigt warf sich Kurt im Bett hin und her. So eng war alles, so unwürdig. Dann mußte er lächeln. Was ging ihn denn das an? Der Schüler Gerber – gut. Von 8 bis 1. Und was hernach?

Einen Augenblick dauert die Leere in Kurts Kopf. Dann ist groß und strahlend da: Lisa. Und gleich taucht Lewy neben ihr auf …

Diese dumme Geschichte heute mittag. Warum erregte sie ihn so? Eifersucht war es doch nicht? Kurt hätte ohne die geringste Anteilnahme einem Gespräch zuhören können, in dem bewiesen wurde, daß die, die er liebte, eine Dirne war. Für ihn war sie eben keine, für ihn existierte jener Teil von ihr nicht, da konnte man erzählen, was man wollte. Aber man durfte sich nicht an ihn direkt wenden und sagen: du, gestern habe ich dich mit ihr vor dem Theater gesehen! Weil man ja doch niemals verstehen würde, was vor dem Theater zwischen ihnen vorgegangen war, weil man etwa glauben mochte, sie hätten vom Wetter gesprochen, und indessen hatte sie ihm in jenem Moment gerade einen sehr außerordentlichen Blick geschenkt. Dieser Blick war sein Eigentum, er gehörte zu dem Bild, das er sich von ihr gemacht hatte. Und Kurt forderte Respekt vor diesem Bild. Das der anderen war ihm gleichgültig. Deshalb verlangte er, daß auch seines den anderen gleichgültig sei, daß sie es nicht ungebärdig zu enthüllen suchten, daß sie ihn allein ließen mit der Geliebten, wie *er* sie sich dachte, daß sie haltmachten vor jenem nur ihm begreiflichen Teil ihres Weges, der von ihm begangen wurde. Den durfte niemand entheiligen, in den durfte niemand unerlaubt einbrechen und vertraulich tun in seinem Gehege.

Lewy – jetzt wußte er's – hatte kein Recht gehabt, ihm mitzuteilen, daß Lisas Körper hart ist. Lewy, und alle anderen in der Klasse, hatten überhaupt kein Recht, ihm von Lisa zu sprechen. Sechsundzwanzig männliche Oktavaner. Einer von ihnen weiß, wer Lisa ist. Daher haben die fünfundzwanzig anderen still zu sein vor ihm. Denn alles, was sie sagen könnten, wäre jämmerlich demgegenüber, was *er* sagen könnte. Aber das war ihnen ja nie beizubringen. Und wenn morgen einer fragen wird: »Mit wem schläft sie eigentlich jetzt?«, und Kurt wird ihm übers Maul fahren, dann werden alle über den »heiligen Zorn« spotten, mit dem er die »Ehre seiner Geliebten« schützen will.

Wußten sie eigentlich von seiner Liebe? Bei Lewy hatte es nicht den Anschein gehabt. Aber Lewy war einer der wenigen, die sich um solche Sachen nicht zu kümmern pflegen. Die anderen denken sich bestimmt etwas, und zwar bestimmt etwas Falsches. Zum Glück! Denn wenn es in der Oktava ruchbar würde, daß einer eine liebt, wirklich liebt – unvorstellbar. Sie können sich immer nur das eine vorstellen, immer dasselbe.

Daß schon ein Händedruck ein Wunder sein kann, das begreift ihr ja nicht!

Und ich unter euch. Sie nun Gott sei Dank nicht mehr. Aber ich. Ich in der Schule. Ich vor Gott Kupfer, genau wie ihr alle. Nein, noch ärger. Es haben wenige so viel von ihm zu fürchten wie ich. Keiner. Mich wird er quälen, auf mir wird er herumreiten …

Ein weißer Zelter muß eine Strecke im Joch gehen … dann wird er frei sein … ganz frei … edler, weißer Zelter … er sprengt durch die Nacht … tausend und eine Nacht … und die Prinzessin … Lisa, Lisa, Lisa …

DRITTES KAPITEL

Drei Begegnungen

Was für eine kurze, unwichtige Zeit, diese sieben Jahre. Niemand kümmerte sich um sie, nur was jetzt geschah, wurde gewogen, doppelt schwer.

Darum tat man es auch doppelt schwer. Was man wußte, rief man nicht mehr einfach aus der Bank hinaus – man meldete sich zu Wort, sprach ernst und gemessen, setzte sich wieder, dachte an die Matura, und glaubte fest: der Professor würde sich, wenn es so weit war, just dieser jetzt gegebenen Antwort entsinnen. Und der Professor nahm die Dinge mit zweckgewichtiger Bedeutsamkeit zur Kenntnis, sparte mit Lob wie mit Tadel, mit Aufmunterung wie mit Ermahnung, und wenn er hie und da etwas sagte – »Recht gut, setzen Sie sich, es wird schon gehen!« oder »Ja – leider – das war keine Leistung – wie wird's da mit der Matura werden?« – dann klang es schicksalhaft, endgültig: so stand es nun einmal, und ungeheure Anstrengung müßte aufgeboten werden, es zu ändern.

Bleiern flossen die Tage dahin, unentschlossen zögernd vor ihrer Bestimmung, dem großen Tag immer näher zu rücken, immer näher. Noch konnte man ihn nicht in seinen ganzen Ausmaßen erkennen. Aber er schrillte mit jedem Läuten in die Klasse, geisterte auf dem Katheder umher, wuchs grau und schattenhaft hinter der Tafel hervor – und war doch eigentlich noch sehr weit. Man hätte noch gar nicht an ihn denken müssen. Man hätte sich einstweilen gar keine Sorgen zu machen brauchen. Aber die Furcht, etwas zu versäumen, die dunkle Angst, der große Tag könnte dann plötzlich wie eine Überraschung da sein, zwang zu dämmeriger Wache. Man wußte nicht recht, wovor man bangte. Aber man tat es. Man bangte sein tägliches Pensum herunter.

Mit hoffnungslosem Widerstreben wich der Sommer dem Herbst. Eines Tages hingen an den Garderobehaken die ersten Mäntel, traurig und verkrüppelt. Bald regnete es. In den Pausen blieben die Fenster geschlossen, die Raucher gingen nicht mehr auf die Gasse, sperrten sich gruppenweise auf dem Abort ein. Und als sie zum erstenmal dabei ertappt wurden, als die Klassenbuchrubrik »Sonstige Bemerkungen« zum erstenmal ausgefüllt wurde – da gab es keinen Zweifel mehr, daß das Schuljahr seine Umklammerung vollendet hatte.

Dann schlichen sie sich heran und standen plötzlich wie träge Büffel mit gesenkten Hörnern da: die ersten schriftlichen Schularbeiten. Deutsch, bald darauf Latein und Französisch. Mit schwerer Mühe nur gelang es, abzuschreiben. Die Professoren hatten ihre Aufmerksamkeit verschärft. Und die Schüler, die immer zur Hilfe bereit gewesen waren, schienen sich diesmal dazu zu zwingen, ließen Unlust merken. In den Pausen rotteten sich einige Streber zusammen, berieten in gedämpfter Erregung, sie machten kein Hehl mehr daraus, daß es ihnen unerwünscht sei, von ihrem Wissen etwas abzugeben. Mit böser Zufriedenheit fingen sie die kurzen Sorgenblicke der Hilfsbedürftigen auf, da und dort kam es zu kleinen Reibereien, und Scholz, der bauchig Selbstbewußte, das fette Gesicht in dreifachem Kinnpolster gebettet und fast ohne Hals, Scholz, auch »Nilpferd« genannt, war der erste, der seine Unterstützung glatt versagte. Während der lateinischen Schularbeit fragte ihn Mertens nach einer Vokabel. Er erhielt keine Antwort. Scholz überhörte ihn, drehte sich nicht einmal um. Mertens fragte ein zweites und drittes Mal, mit angstgesteigerter Stimme, bis Professor Niesset ihn ermahnte und scharf im Auge behielt. Andere machten es ähnlich, jeder auf seine Weise, Altschul zum Beispiel gab dem fragenden Severin so laut Auskunft, daß es die ganze Klasse hören konnte, Niesset natürlich auch, Nowak wieder antwortete so undeutlich, daß seine Worte nicht zu verstehen waren, und wandte sich dann in geheucheltem Bedauern ab. Schleich und Pollak taten, als wären sie mit ihrer eigenen Arbeit zu sehr beschäftigt, um für andere Zeit zu haben, und Schönthal zischte zwischen seinen hervorstehenden Zahnreihen sogar ein Schimpfwort hervor: »Ratte! Hättest du dich besser vorbereitet!«

So kündeten einige offenen Kampf an. Existenzkampf, verteidigten sie sich, als einige ehrliche Hilfsbereite – Kaulich, Benda, Weinberg – ihnen Vorwürfe machten. »Tunica proprior palliost!« zitierte Klemm. Aus dem Gemurmel stieg ölig des Nilpferds Stimme: »Sag es deutsch, damit dich Mertens versteht.«

Kurt Gerber schwieg zu alldem. Er hatte bis jetzt auf dem ziemlich isolierten Platz, der ihm mit Absicht angewiesen war, wenig Gelegenheit gehabt, zu helfen, mußte seine Unterstützung beinahe anbieten, und auch da wurde sie nicht immer angenommen. Die anderen hatten Angst vor der Gegenleistung, und weil Kurt sie gerade in Mathematik brauchte, wo doch jeder das möglichste für sich herausschinden wollte, verhielten sie sich sehr reserviert. Kurt wollte nichts und niemanden zwingen. Er wußte, wer zu ihm stand. Es waren nicht viele, aber die mit Leib und Seele. Weinberg, Kaulich, Gerald, Hobbelmann, vielleicht auch Benda, der starke, ruhige Benda, wären für ihn durchs Feuer gegangen. Das genügte. Ihm durfte nicht jeder helfen, o nein! Nicht jeder sollte sagen dürfen: Kurt Gerber ist mir dankbar, ich habe ihm geholfen. Recht auf Hilfe hatten alle, Recht auf Helfen nur sehr wenige.

Im Vorjahr hatte ihn Lisa Berwald ein Beispiel der mathematischen Schularbeit abschreiben lassen wollen. (Er war hinter ihr gesessen, Professor Rothbart nahm es mit der Sitzordnung nicht so genau.) Kurt hatte den Kopf geschüttelt und »Danke sehr« gesagt, so, als hätte sie ihm eine Süßigkeit angeboten. Da war das Merkwürdige geschehen: Lisa, in sanftem Zorn, hatte ihm den Zettel einfach zugeschoben und energisch geflüstert: »Du wirst dich doch nicht schämen, Dummkopf!«

Kurt hatte sich später entschlossen, diesen Vorfall als den Ursprung seiner Liebe anzusehen. Damals war ihm zum ersten Male Lisas Anders in klarem Glanz aufgestiegen. Keine von allen, die da saßen, wäre imstande gewesen, in diese läppische Szenerie ein Stück Frau zu retten ...

Nun war Kurt schon wochenlang ohne Nachricht von Lisa. Auf seinen Brief hatte er keine Antwort erhalten; es hieß, daß Lisa im Ausland wäre. Kurt verzichtete darauf, sich Gewißheit zu verschaffen. Er war zufrieden. An die Gerüchte von einer Verlobung Lisas mit einem reichen Fabrikanten glaubte er nicht. Wenn sie auch immer häufiger wurden, wenn auch einige sogar seinen Namen anzugeben wußten, andere sein Alter, und wenn sich auch alle in der Feststellung einig waren, daß sie es nicht anders erwartet hätten. Schließlich sei Lisa ja durchaus heiratsfähig gewesen, sagte Kaulich. Was man nicht von allen ihren Altersgenossinnen behaupten könne, setzte Weinberg mit schonungsloser Deutlichkeit fort. Da zogen sechs Mädchen verächtlich die Mundwinkel herab und hofften derart bewiesen zu haben, daß es um ihre Unberührtheit besser bestellt sei.

Und eines Tags, in der Zehnuhrpause, stand Lisa plötzlich im Klassenzimmer. Jung, schön, licht, in Trenchcoat und heller Baskenkappe, unter der eine Locke ihres braunen Haars hervorgezogen war; stand plötzlich da, unbefangen, als wäre sie nur heute zufällig verspätet gekommen: so, hier bin ich, was gibt's denn da zu staunen? Wie? Weil ich so lange fort war? Das muß wohl ein Irrtum gewesen sein, das gilt nicht. Jetzt bin ich eben hier. Kaulich bemerkte sie zuerst, brüllte »Lisa!« und schickte sich an, mit breitem Gesicht auf sie loszutrotten. Er hätte sie wahrscheinlich umarmt, aber er kam nicht dazu. Schon war Lisa von den Mädchen umringt. Oh, die wußten sehr gut, wie man sich zu benehmen habe; sie waren der Situation mit erstaunlicher Routine gewachsen. Gar nicht fassen konnten sie sich vor Wiedersehensfreude. Sie schleppten Lisa nach vorn, drückten sie auf eine Bank nieder, ja was machst du denn, ein hübscher Mantel, wie braun du bist – immer lauter wurde das Geschnatter, immer dichter der Kreis um sie, und Lisa, der dieser Trubel wohltat, obgleich sie sich solchem Umworbensein entwachsen fühlen durfte, Lisa mußte ihr blinkendes Lächeln im Mund behalten, und sooft sie einem die Hand reichte, erneuern. Sie reichte jedem die Hand. Dem rundlichen kleinen Hobbelmann, der schnaufend angeschoben kam, genauso liebenswürdig wie dem halbblöden Zasche, der sie anstaunte wie eine Jahrmarktsattraktion.

Da stand nun die ganze Schar um Lisa herum.

Kurt war als einziger sitzen geblieben. Solche Massenszenen behagten ihm nicht, und da er Lisa ohnedies kaum nach Wunsch hätte begrüßen können, wartete er.

Einige lösten sich von der Gruppe los. Nowak kam vorbei.

»Lisa ist da, Scheri.«

»Und –?«

»Warum begrüßt du sie nicht? Das gehört sich doch bei einer ehemaligen Kollegin.«

»Ich habe Zeit.«

Kurt blickte nach vorn. Nun konnte er Lisa ganz genau sehen. Da wandte sie ihm den Kopf zu und winkte ihm, freudiges Aufleuchten im schönen, schönen Gesicht, und sagte nichts und wartete seinem Kommen. Ein warmer Strom durchbebte ihn vom Kopf in alle Glieder – mein! mein! Geliebte! – aber dann töteten die vielen Blicke, die er auf sich gerichtet glaubte, alle Freude. Und während er zögernd ging, ärgerte er sich darüber, daß sich Lisa so auffallend benahm.

»Na endlich, Scheri! Wie geht's dir?«

Sie soll mir nicht Scheri sagen, zum Teufel. Ich bin für sie kein Schulkollege.

»Danke, Berwald. Es geht mir gut. Und dir?«

Lisa drückt ihm die Hand. Nach unten. Sie will nicht, daß er sie küsse.

»Nicht so förmlich, Herr Gerber!« sagt Dita Reinhard mit spitzem Lächeln.

»Ich kann ja auch was vom Steiß reden, wenn es Ihnen besser paßt, Fräulein Reinhard.«

»Aber Scheri!« Lisa gibt ihm einen leichten Klaps.

»Kannst du dich nicht ein bißchen zurückhalten?«

»Vor einer Dame!« setzte Lotte Hergeth bissig hinzu, und: »Einem so hohen Besuch mußt du mit Respekt entgegenkommen!« schnappt Else Rieps nach. Der gelbe Neid ließ sich auf die Dauer doch nicht unterkriegen.

»Ach bitte, macht euch doch nicht lustig über mich!« Welche Überlegenheit liegt in Lisas Worten, die doch ganz banal sind, was hätte sie sonst sagen sollen. Und schon unterhält sie sich wieder mit den andern.

Kurt wartet. Warum nimmt sie mich nicht zur Seite? Wenn sie mich schon zu sich gewinkt hat ... Einen Augenblick, ich habe mit Kurt Gerber zu reden, ihr entschuldigt. Und kann mit mir reden. Was? Nun, das was sie eben mit mir zu reden hat.

Vielleicht kommt's noch.

Nein. Es kommt nichts.

»Ich muß noch Physik wiederholen«, sagt Kurt plötzlich und geht in seine Bank. Er wird Lisa abfangen, ehe sie weggeht, und das Dringendste mit ihr besprechen. Auf dem Weg in den Physiksaal, dort, wo der Korridor düster ist.

Es läutet. Die Klasse bricht auf, mit Heft und Buch und Reißzeug. Lisa bleibt Mittelpunkt, und Kurt, der seitwärts im Zuge schlendert, sucht nach einem Einfall, um sie freizumachen, da sie von selbst nicht loskann. Oder – nicht will?

Der Physiksaal liegt im nächsten Stockwerk. Der Korridor biegt zweimal ab und wird immer dunkler.

Da gibt es keinen Halt mehr. Einer nach dem andern drängt vorwärts, jeder so unabsichtlich wie möglich. Kurt sieht, wie Lisa bald eingekeilt ist von der Horde. Wut überkommt ihn. Längst nicht mehr deshalb, weil er nun nicht mit ihr wird sprechen können. Nein: es ist der alte Haß gegen diese unwürdige, plumpe Lüsternheit, von der alle getrieben werden. Nur dabei sein, nur irgendwie hinlangen nach dem Köstlichen, nur teilhaft werden seiner erregenden Nähe! Einer vor dem andern mit Vertraulichkeiten auftrumpfen, die nichts sind als ein Bekenntnis traurigen Nichtweiterkönnens. Und dabei gleichgültig tun, na, machen wir's eben, weil's dazugehört. Jetzt streift Sittig wie zufällig ihre Brust. Jetzt legt Körner den Arm um ihre Schulter. Dann ziehen sich beide zurück, ihr Werk ist vollbracht, andere kommen ... Kurts Wut steigt ins Maßlose. Es ist Eifersucht, ja, tausendmal ja, aber hier schämt er sich ihrer nicht, er weiß sich so erhaben über diese Jämmerlinge, die sich um Lisa drängen wie geile Knechte um eine Kuhmagd. Und das empört ihn: daß sie Lisa zur Kuhmagd machen mit ihren täppischen kleinen Begehrlichkeiten, gegen die man machtlos ist, weil sie unter der Maske kameradschaftlicher Harmlosigkeit daherkommen, die man gar nicht bemerken darf, wenn man sich nicht lächerlich machen will.

Feiges Pack! Reißt ihr einer das Kleid vom Leib! Preßt sie einer in die Ecke! Werft euch über sie! Das wäre wenigstens eine Tat. Aber das da, diese ekelhaften Schleimereien?

Die Klasse beginnt den Saal zu füllen. Lisa steht mit den Mädchen noch draußen. Plötzlich hat Anny Kohl einen Einfall.

»Du, Lisa! Komm mit hinein und bleib die Stunde über bei uns! Das Vogerl erlaubt es bestimmt.«

Der Vorschlag findet großen Beifall. Lisa zögert nicht lange und geht mit.

Professor Hussak wird umstellt: »Raten Sie einmal, wen wir Ihnen mitgebracht haben.« Er freut sich der Abwechslung und gestattet gerne, daß Lisa dem Unterricht beiwohnt. »Aber Sie müssen ganz still und aufmerksam sein, Schülerin Berwald Lisbeth«, sagte er.

Nach zwanzig Minuten, die mit Experimenten ausgefüllt sind, wird Lisa unruhig und bittet Hussak, gehen zu dürfen. Einige in der Klasse erheben sich stramm zum Abschiedsgruß, Lisa nickt ernst und sagt: »Setzen!«, dann geht sie rasch zur Tür hinaus. Die Klasse lacht.

Fassungslos, um die neue Hoffnung betrogen, sieht und hört es Kurt. In letzter Verzweiflung (er muß doch mit Lisa sprechen, und nun ist alles egal) hebt er die Hand – jetzt gibt es kein Zurück mehr:

»Herr Professor!«

»Ja?«

»Bitte, kann ich hinausgehen? Mir ist nicht gut.«

»So, so, Vogerl.« Hussak schneidet eine Grimasse; er meint es nicht bös, woher denn, aber einige in der Klasse stoßen sich an, kichern. Kurt erbleicht. Das gibt ihm den Rest. Er verrennt sich, glaubt nun selbst an seinen Vorwand.

»Jawohl, Herr Professor. Oder halten Sie mich für einen Lügner?«

Das war dumm. Aber Hussak ist viel zu verständig, um die Sachlage zu grobem Witzeln auszunützen. Er blickt auf, mit kurzem Staunen, sein Lächeln weicht fast besorgtem Ernst (natürlich ist Ihnen nicht gut, man sieht es ja), und entläßt Kurt mit einer großzügigen Handbewegung. Kurt geht langsam hinaus, fiebernd in Scham und Triumph.

Noch kichert es hinter ihm – nun schon nicht mehr – die Tür ist zu – schon rennt er los – jetzt können sie kichern – zwei Stufen – Hussak dazu – drei Stufen – Lisa war so seltsam – was ist geschehen – schneller, schneller – Lisa wartet auf mich – vier Stufen ... Kurt stolpert, fällt hin, rafft sich auf, vorwärts, keine Zeit, wenn nur das Tor offen steht, ja, Gott sei Dank, mit einem Satz ist er draußen, haarscharf an einer dicken Frau vorbei, Lisa ist nicht da, weiter auf den Fahrdamm, ein Auto bremst kreischend zur Seite, der Chauffeur schimpft ihm nach, aber Kurt ist schon längst weg, er hat Lisa um die Ecke biegen sehen ... und keuchend, mit zitternden Knien, beschmutzt, zaghaft, steht er vor ihr wie – ja, wie ein Schulbub. Er fühlt es zerknirscht, ist mit einemmal ganz schlaff und fast uninteressiert. Wozu war das alles. Gut, hier steht nun Lisa und schaut ihn groß an. Und was jetzt?

»Ja, aber Kurt! Was soll denn das heißen?«

»Was das heißen soll? Daß ich – daß du –.« Kurt spricht diese Worte nicht aus, sie sausen nur durch seinen Kopf, er allein hört sie, und sie klingen ihm sehr lächerlich. Das kann man doch nicht sagen.

»Ich bin dir nachgekommen.«

»Ja, das merke ich. Und schmutziggemacht hast du dich auch dabei.« Sie putzt ihn ab und streicht seine schweißverklebten Haare aus der Stirn. Ganz einfach, ohne viel Wesens daraus zu machen. Es ist so ihre Art. Von keinem Warum beschwert, findet sie zum Darum augenblicklich Stellung. Das hat etwas seltsam Überlegenes an sich.

»So komm doch, Kurt. Wir können hier nicht stehnbleiben.«

Natürlich nicht. Komm doch. Wohin? Das ist schon wieder belanglos. Irgendwohin.

Kurt geht neben ihr her. Da sie nichts fragt, da sie es gar nicht merkwürdig findet, daß ein Schüler ihretwegen während des Unterrichts auf die Gasse spaziert, scheint es ihm plötzlich auch nicht wichtig, ihr davon zu sprechen. Und auch davon nicht, was in der Schule vorgegangen ist. Das ist vorbei. Erledigt.

»Hast du meinen Brief bekommen, Lisa?«

»Ja, gewiß. Sei nicht bös, daß ich ihn noch nicht beantwortet hab.«

»Ich bin nicht bös. Du hattest wahrscheinlich keine Zeit.«

»Nein, wirklich nicht. Weißt du –« und schon ist dieser Brief, der doch so bedeutend war, abgetan, schon erzählt sie von ihrer kürzlichen Rückkehr und von hundert Kleinigkeiten, als gäbe es nichts anderes zu besprechen ...

»Das ist ja sehr interessant – aber willst du es mir nicht lieber erzählen, wenn wir einmal mehr Zeit haben.« Er bleibt stehen, Lisa besinnt sich.

»Ach richtig, du mußt ja in die Schule. Halte ich dich auf? Ich möchte dir keine Unannehmlichkeiten machen, Kurt.«

Wie wohl, wie gut, wie voller Liebe das klingt. Nun ist Kurt wieder ganz glücklich und weich.

»Hab nur keine Angst, Lisa« – er hebt die Hand und streichelt die Luft um ihren Kopf – er berührt sie und erschrickt – »Wann hast du Zeit für mich?«

»Ja – das ist sehr schwer –«

»Es wird schon gehen, denk nur nach.«

»Warte mal, heute ist Mittwoch –«

»Und morgen ist Donnerstag.«

»Kolossal! Da ist übermorgen wahrscheinlich Freitag?«

»Wenn nichts dazwischenkommt.«

Lisa lacht. Mit prachtvollen Zähnen, ihr helles glitzerndes Lachen, das so ganz und gar froh ist, nichts als frohes Lachen, dem jeder Anlaß genügt. Kurt liebt dieses Lachen abgöttisch. Ihm ist es versagt.

»Ich hab nicht mehr viel Zeit, Lisa. Wann also?«

»In dieser Woche wird es wohl nicht mehr gehen. Aber du kannst mich im Geschäft anrufen. Ich arbeite jetzt in einem Kunstgewerbeatelier.«

»So? Das weiß ich gar nicht.« Kurt ist überrascht: Lisa hat einen Beruf, steht schon mittendrin in der Welt. Er schämt sich ein wenig.

»Ja. Atelier Dremon. Du findest es im Telephonbuch. Am besten, wenn du um die Mittagszeit anrufst. Aber du mußt dich als Doktor Berwald melden, das ist mein Bruder, weißt du. Der Chef hat es nicht gern, wenn ich angerufen werde. Es ist nur diesmal ganz ausnahmsweise, weil ich wirklich nicht weiß, wann ich mich freimachen kann. Und ich will doch mit dir beisammen sein!«

»Willst du das wirklich, Lisa?«

»Selbstverständlich. Was fragst du denn so dumm?«

»Also Montag. Ist's dir recht?«

»Gut, Montag. Aber bestimmt. Ich richte mich darauf ein.« Sie reicht ihm die Hand. Er streift den Handschuh zurück und küßt die leicht gebräunte Haut, heiß und lange, und Lisa wehrt es ihm nicht. Plötzlich streicht sie leise über sein Haar. Das tut sie nicht oft. Kurt bebt. Die Brust wird ihm zu eng, er wendet sich um und geht rasch fort ...

Die Straßen sind vormittägig, ungewohnt. Nicht, daß Kurt sie zum erstenmal gesehen hätte. Er war schon oft außerhalb des Schulhauses während der Unterrichtszeit, hat schon oft »geschwänzt«, er kennt den stichelnden Reiz verbotener Vormittage –: als Schüler.

Nun aber ging er doch hier aus einem Anlaß, der gar nichts mit der Schule zu tun hatte. Er war einer von denen, die sich mit Fug auf der Gasse bewegten. Das Pflaster, der Lärm gehörten ihm wie nur irgendeinem.

Er zog eine Zigarette heraus und bat einen Vorübergehenden um Feuer. Der klopfte dienstbereit die Asche ab, paßte die glühende Spitze seiner Zigarette genau in das Ende der dargereichten, drehte sie darin hin und her und quittierte Kurts Dank mit einem höflichen »Bitte sehr«, ja er lüftete sogar ein wenig den Hut, und Kurt empfand es als große Unvollkommenheit, daß er keinen Hut auf dem Kopf hatte. Aber was machte das aus gegen die beseligende Freiheit seiner Schritte, die ihn dem Trubel ringsum vermählten als Gleichberechtigten! Sei mir gegrüßt, lieber Mitpassant! Du bist in Eile. Ich auch. Wir haben dringende Geschäfte zu erledigen. Du mußt in die Bank gehen, Geld beheben, und ich habe eine kleine Konferenz mit einem gewissen Professor Hussak. Wie, du kennst ihn nicht? Aber ja doch, ein großer Physiker, ein Gelehrter. Er erwartet mich, ich muß einige Angelegenheiten mit ihm besprechen, vertrauliche Angelegenheiten, von Mann zu Mann. Ich möchte ihn nicht gerne warten lassen, er ist ein netter Mensch, er war mir vor kurzem sehr gefällig, hat mir einen großen Dienst erwiesen, in einer Sache, an der mir sehr gelegen ist. Ja, ganz richtig, es handelt sich um eine Frau. Um eine schöne Frau, eine sehr schöne Frau sogar. Ob ich sie liebe? Ach Gott, ja, was man eben so Liebe nennt, nicht wahr. Wir sind doch über das Alter schon hinaus –

»Gerber! Können Sie nicht grüßen?«

Eine Gestalt vertritt ihm den Weg, steht dicht vor ihm, fremder Mannsgeruch schlägt in seine Nase, diese Stimme kennt er doch, Entsetzen lähmt ihn, er hebt den Kopf, starrt mit blödem Gesicht in ein anderes, das sich eine Sekunde lang hämisch verzieht und gleich wieder nur streng ist, ehern streng und kalt.

Kurt begreift nichts. Er steht noch immer bewegungslos, schon eine Minute wohl. Kupfer macht dünne Lippen.

»Nun? Was haben Sie um diese Zeit auf der Gasse zu tun. Soviel ich weiß, ist Unterricht.«

Jetzt erkennt Kurt seine Lage. Blitzschnell hat er einen Plan gefaßt. Nur unbeirrbare Frechheit kann ihn retten. Schon in der Stimme muß sie klingen. Selbstbewußt.

»Herr Professor, ich –«

»Möchten Sie gefälligst zu rauchen aufhören, wenn Sie mit mir reden?« unterbricht ihn Kupfer scharf.

Herrgott im Himmel, die Zigarette! Kurt läßt sie zu Boden gleiten, tritt gedankenlos auf ihr herum. Er ist aus dem Konzept gebracht, stottert:

»Verzeihung – ich habe ganz vergessen –«

Kupfer ist Herr der Situation. »So. Also rauchen auch noch?« Er nickt befriedigt. »Sie können sich auf etwas gefaßt machen, Gerber. Und jetzt schauen Sie, daß Sie in die Schule kommen. Das Weitere wird sich finden.«

Kurt flammt auf. In rasender Hast will er nachholen:

»So hören Sie mich doch an, Herr Professor, bitte, ich bin auf der Treppe gestürzt, mein Knie ist blutig, wollen Sie es sehen, Herr Professor Hussak hat mich zum Doktor –«

Aber Kupfer hört ihn nicht an. Er ist schon weggegangen, ohne sich um Kurts Gestammel zu kümmern. Und Kurt steht gebückt da, glotzt ihm nach, hält das linke Hosenbein gerafft, steht noch immer da, bodenlos lächerlich ... Endlich (jemand stößt ihn unsanft an: »Richten Sie Ihren Sockenhalter anderswo!«) wankt er auf und geht. Die Folgen dieses Zusammentreffens kommen ihm gar nicht in die Ahnung. Er schleppt sich dahin, müde, gesenkten

Blicks, ein entlarvter Hochstapler. Sein Bein begann nun wirklich zu schmerzen.

Die Wanduhr im ersten Stock zeigte dreiviertel elf. Es hatte kaum noch Zweck, in die Stunde zu gehen.

Kurt humpelte zur Wasserleitung; seine Wunde sah bös aus, geronnenes Blut klebte am Schienbein.

Die Schmerzen taten ihm wohl. Er schloß die Augen. Deinetwegen, Lisa. Noch mehr leiden. Für dich, Lisa. Und du weißt nichts davon.

Da läutete es. Kurt knüpfte sein Taschentuch um die verletzte Stelle. Dann ging er in den Physiksaal, um seine Sachen zu holen.

Die Stunde war eben geschlossen worden. Lärmend drängten die Schüler zur Tür.

Hussak stand hinter dem Kathederpult. Kurt wollte schnell vorbeisehen – aber der Professor hatte ihn schon erblickt und winkte ihn ins Laboratorium. Kurt folgte ihm ohne Angst.

Der Professor hängte seinen schwarzen Arbeitsmantel umständlich auf einen Haken, zog den Rock an und tat, als suche er etwas. Dann versperrte er die Tür, wies auf einen Stuhl und setzte sich selbst rittlings auf den Tisch.

Unter dem tiefen, langen Blick seiner blauen Augen schmolz der letzte Rest von Kurts Glauben an die eigene Sache. Er war bereit, Hussak in allem recht zu geben.

Sie sahen einander noch immer an. Bis zuerst Hussak lächelte, dann Kurt. Da wurde Hussak wieder ernst.

»Die Sache ist leider gar nicht lustig, guter Freund«, sagte er bekümmert. »Ich wollte, sie wäre es.«

»Ist etwas geschehen?« fragte Kurt so teilnahmsvoll, als hätte er dem Professor eine Sorge abzunehmen.

»Was hätte geschehen können? Höchstens eine Inspektion durch den Direktor. Na, auch kein Unglück. Nein, nein. Daß Sie mir heute fortgelaufen sind, ist gar nicht das Arge.«

Kurt schwieg voll unbestimmter Ahnungen.

»Es wäre mir natürlich lieber gewesen, wenn ich Sie heute

hätte prüfen können. Sie wissen doch, daß wir nächste Woche Zensurkonferenz haben –«

»Das wußte ich nicht.«

»Ja; nun bleiben nur noch drei Stunden. Und da kommt Zeisig ganz bestimmt inspizieren. Wie es da mit Ihrem Gut ausfallen wird, weiß ich nicht. Aber das ist auch nicht so wichtig.« Eine kurze Handbewegung Hussaks verscheuchte alle kleine Furcht. »Wichtiger ist etwas anderes. Ich wollte es Ihnen schon längst sagen. Heute habe ich einen klaren Grund dazu. Sie dürfen nicht so leichtsinnig sein, lieber, guter Gerber. Nicht so leichtsinnig! Sonst wird es ein Unglück geben bei der Matura.«

Kurt sah ihn fragend an.

»Ach nein, von mir haben Sie nichts zu fürchten. Mir macht es auch gar nichts, wenn Sie mal wegbleiben. Nur« – Hussak änderte seinen Tonfall! – »aber das ganz nebenbei: nicht wegen solcher Kindereien!«

Kurt wurde rot, richtig schamrot. Vor diesem Mann fühlte er sich ganz als Schüler, oder vielmehr: er fühlte ihn ganz als Lehrer. Als Freund beinahe, dem man es wohl sagen kann:

»Es ist keine Kinderei, Herr Professor. Glauben Sie mir das, ich bitte Sie darum.«

»Oh, – dann verzeihen Sie mir, das konnte ich nicht ahnen.« So überfein sind diese Worte, daß Kurt an ihrem Ernst zweifelt. »Aber das ist nicht der Zweck unserer Unterhaltung. Ich wollte Ihnen sagen, daß Sie besser achtgeben müssen auf das, was Sie tun, Gerber. Es gibt Leute, die Ihnen nicht wohlwollen.«

»Darüber bin ich mir klar, Herr Professor.«

»Und warum richten Sie sich nicht danach? Warum geben Sie sich immer wieder Blößen vor diesen gewissen Leuten?«

Darauf weiß Kurt keine Antwort. Er schaut zu Boden. Hussak redet sich warm.

»Dieser kleine Schwindel heute hat weiter nichts auf sich. Ich kann ihn auch verstehen. Aber eben deshalb ist er für mich ein neuer Beweis Ihrer Sorglosigkeit. Ich sehe da kein gutes Ende,

Gerber, wenn es so weitergeht. Bedenken Sie doch: es ist das letzte Jahr! Daß Ihre Kollegen sich jetzt über Sie lustig machen werden –«

»Ist mir maßlos gleichgültig.«

»Bitte, ich habe nichts dagegen. Aber glauben Sie, es bleibt dabei? Alles spricht sich herum, alles erfahren die Professoren, und daß man alles zu Ihrem Schaden ausnützen kann, das wissen Sie doch.«

»Ja – aber wieso –«

»Wieso! Wieso! Ihr Herr Mathematikprofessor zum Beispiel, der könnte gar nicht auf die Idee kommen, ein wenig zu spionieren? Bitte, ich will nichts gesagt haben. Denken Sie nur, wenn er Sie jetzt auf der Gasse gesehen hätte! Was sich da für Folgen –«

Kurt hat sich langsam emporgerichtet und reckt sein fahles Gesicht dem erstaunten Hussaks entgegen:

»Herr Professor, er – er *hat* mich gesehen.«

»Was?« Hussak springt auf, verschränkt die Hände auf dem Rücken und geht hastig hin und her. Plötzlich bleibt er nah vor Kurt stehen, legt ihm beide Hände auf die Schultern, schüttelt ihn:

»Gerber! Idiot! Armer, armer Gerber!«

Und dann durchmißt er wieder das Zimmer, macht sich nervös an den Apparaten zu schaffen, stampft auf und wendet sich um und sagt ruhig:

»Es sieht nicht gut aus – aber wenn ich Ihnen einen Rat geben soll, dann treten Sie schleunigst in eine andere Anstalt über.«

Kurt winkt müde ab: »Das hat mir schon mein Vater empfohlen.« Und leise, aber sehr bestimmt: »Es kommt nicht in Frage.«

In diesem Augenblick ertönt das Läuten zur nächsten Stunde. Endlos lange. Als es aufhört, sehen sich die beiden an wie zwei Liebende nach der ersten selbstvergessenen Umarmung.

»Sie müssen in die Klasse«, sagt Hussak sehr nüchtern.

Kurt tritt zu ihm.

»Ich danke Ihnen, Herr Professor!« Er hält ihm die Hand hin.

»Sie haben mir nichts zu danken. Verstehen Sie?«

Kurt versteht. Er macht eine kurze Verbeugung und wendet sich zum Gehen.

»Gar nichts!« klingt ihm Professor Hussaks Stimme nach. Wie aus einem Grab.

VIERTES KAPITEL

Blicke um X

Zuhausbleiben!
Das war Kurts erster Gedanke, als ihn am nächsten Morgen pochende Schmerzen im ganzen Bein aus dem Schlaf störten. Nicht in die Schule gehn. Ein paar Tage lang. Das dumme Gesicht, das Kupfer machen würde! Bei Hussak zu fehlen war allerdings nicht angenehm. Aber es wird sich schon alles in Wohlgefallen auflösen. Schlimmstenfalls blieben einige Zensuren offen. Auch die aus Mathematik und Darstellender Geometrie. Kupfer hatte ihn noch nicht richtig geprüft. Samstag und Montag sollten die schriftlichen Arbeiten sein. Wenn er sie versäumte – und das schien sehr wahrscheinlich – dann mußte man ihm eine Nachtragsprüfung bewilligen; er war ja krank gewesen.

Die Mutter, überängstlich, wollte sofort den Arzt rufen. Kurt sträubte sich, er fürchtete, daß seine Wunde nicht so schlimm sei, daß man ihn zur Schule schicken könnte.

Als aber gegen Abend seine Leistendrüsen anschwollen und das Thermometer auf 39 Grad stieg, wurde Doktor Kron herbeigeholt.

Doktor Kron, ein jovialer alter Herr mit grauem Knebelbart und Kneifer, der vom Operieren so sprach wie ein anderer vom Kaffeetrinken und es überhaupt liebte, einen derben Ton anzuschlagen, war langjähriger Hausarzt der Familie. Er duzte Kurt aus alter Gewohnheit und begann nach einer flüchtigen Untersuchung mächtig zu schimpfen. Warum man ihn nicht früher herbeigeholt habe zu dieser respektablen Blutvergiftung, und wie denn der Kurt, das Schwein, dazugekommen wäre?

»Ich bin ungeschickt hingefallen, Herr Doktor.«

Gefallen, so. Wieder einmal den kleinen Mädchen zu eilig nachgerannt. Daß doch ein Donnerwetter hineinfahre in die jungen Rotznasen.

Kurt wittert hinter allem eine Anspielung auf List, vergißt, daß der brave Doktor Kron keine Ahnung von ihrer Existenz hat, und fährt ihn, den er sonst sehr gerne hat, wütend an:

»Ich laufe keinen kleinen Mädchen nach!«

»Hat sich was, Herr Gerber. In der nächsten Zeit jedenfalls nicht. Damit ist vorläufig Schluß.« Dann gibt Doktor Kron seine Anordnungen und droht, das Bein in eine Schiene zu stecken, wenn es Kurt nicht ruhighalten könne. Morgen käme er wieder.

Am folgenden Tag erwachte Kurt in Kraft und Wohlgefühl, wußte von keiner Krankheit und wollte die Beine anziehen. Es schmerzte so sehr, daß er mit leisem Aufschrei in den Polster zurückfiel.

Um 10 Uhr (von 10 bis 11 war Turnen und da ging fort, wer wollte) kam Weinberg zu Besuch. Er war sehr erstaunt, daß Kurt tatsächlich im Bett lag.

»Ganz geschickt von dir«, sagte er anerkennend. »So ein Gott Kupfer könnte mir nichts dir nichts den Pedellen nachschauen schicken.« Kurt schlug die Decke zurück und wies auf sein Knie. Weinberg machte ein verdutztes Gesicht. Das war aber auch wirklich zu toll: einer kommt nicht in die Schule, weil er krank ist!

»Aber –! Wenn ich das gewußt hätte, wäre ich schon gestern gekommen! Wir dachten alle, daß du schwänzt und mit Lisa beisammen bist.«

Kurt schwieg in Gedanken an Montag. Mathematik stand gegen Lisa ... Schließlich fand er es am besten, sich über diesen »Konflikt zwischen Pflicht und Neigung« zu belustigen. Er lachte laut auf. Weinberg sah ihn verständnislos an.

»Also das habt ihr geglaubt? Wie seid ihr denn darauf gekommen?«

»Erlaube mal – für so blöd darfst du die Leute nicht halten. Das war doch ziemlich klar, die Sache bei Hussak.«

»Na ja. Und jetzt haben die Reifekandidaten von nichts anderem zu reden.«

»Klar. Du weißt doch, wie sie sich auf so was stürzen.«

»Großes Gesums?«

»Ziemlich – das heißt – eigentlich nicht so arg.« Weinberg merkt, wohin das Gespräch steuert. Er möchte dem Freund jeden Ärger ersparen.

»Was reden sie denn?«

»Nichts von Bedeutung. Ich glaube auch, daß dir das gleichgültig sein kann.«

»Gewiß ist es mir gleichgültig.« Kurt will den Überlegenen spielen. Doch die Gelegenheit ist zu verlockend. Außerdem hat er etwas vor, etwas Umwälzendes. »Ich möchte es aber ganz gerne hören.«

»Geh! Du bist kindisch!«

»Nenn es, wie du willst. Aber sag mir trotzdem, was so gesprochen wird. Es interessiert mich.«

Weinbergs Kiefer malmen aufeinander, es ist deutlich zu sehen. Das tut er immer, wenn er sich nicht zu helfen weiß. Plötzlich sagt er kurz und bestimmt: »Nein. Was hast du davon? Tepp.« Dann steht er auf, setzt sich wieder, zieht seinen Kamm hervor und beschäftigt sich mit seinem etwas struppigen Haar.

Kurt stützt seinen Oberkörper in die Höhe:

»Fritz!«

»Ja?«

»Du sollst nicht glauben, daß ich aus blöder Neugier so frage. Paß einmal auf: ich liebe Lisa.«

Weinberg jappt. Das ist zu viel für ihn. Was? Sein Freund, sein kluger, guter Freund liebt diese alberne, affige Puppe, wirft sich weg an sie?! Das ist unglaublich! Und Weinberg platzt los:

»So. Also wenn du's unbedingt hören willst: du bist in der ganzen Klasse eine lächerliche Figur. Ich hätte es dir nicht gesagt, aber du zwingst mich dazu. Ich habe immer geglaubt, du wirst von selbst draufkommen oder bist schon draufgekommen und lachst heimlich darüber. Aber du bist ja verrückt. Du liebst sie! Sag's noch einmal!«

Kurt liegt wieder auf dem Rücken und schaut zur Decke und sagt lächelnd, langsam: »Ich – liebe – sie.«

Wie fern und beglückt das geklungen hat, merkt Weinberg in seiner Erregung gar nicht. Sonst hätte er wohl jetzt schon innegehalten und nicht noch weiter losgedonnert: daß sich alle königlich darüber amüsiert haben, besonders die Mädchen, weil Lisa von Kurt gar keine Notiz genommen hat und nur deshalb früher wegging, um nicht mit ihm sprechen zu müssen, das war doch ganz deutlich, du Trottel, aber du rennst ihr nach wie ein Dackel, die Klasse hat sich schief gelacht, alle machen sich einen Jux aus dir, und sie natürlich am meisten, solche Mädchen gehören über die Bettkante gebogen, jawohl, nichts anderes, aber nicht geliebt, und am allerwenigsten von dir, du gibst dir ja ein Armutszeugnis vor der ganzen Welt ... und in diesem Ton weiter, an Kurt vorbei, der längst an anderes denkt.

»Kurt! Hörst du mir zu?«

»Aber natürlich. Sprich nur.«

»Ich bin fertig. Jetzt sprich du.«

Und Kurt spricht. Mit leiser Stimme, von leisen Dingen. Sieht immer noch zur Decke auf und hat nach wenigen Worten vergessen, daß jemand im Zimmer ihm zuhört. Aber zu dem redet er ja gar nicht. Er redet zu Lisa ... Weinbergs Gefühle und Gedanken, die guten wie die bösen, sind immer ganz offenkundig. Man müßte ihn, wenn er zornig ist, nur ansehen – und könnte ihn schon auf Ehrenbeleidigung klagen. Er gehört zu jenem (infolge rauhen Klimas rapid aussterbenden) Schlag von Menschen, die einer modernen Bücherreklame ähneln: sie stehen auf einem rotierenden Sockel aufgeblättert im Schaufenster und zeigen dem Publikum alle ihre Seiten ... Jetzt zum Beispiel, als Kurt zu Ende war, ließ Fritz Weinberg den Kopf hängen wie ein ausgescholtenes Kind. Dann machten seine Gedanken ein paar jähe Sprünge und landeten unvermittelt bei einer sehr einfachen Überlegung. »Warum erzählst du mir das«, fragte er, und eine ganz kleine Sehnsucht lag in seiner Stimme.

»Nicht meinetwegen, Fritz. Ich möchte, daß du Lisa richtig einschätzt.«

»Ich werde mich bemühen«, sagte Weinberg einfach. Und dann begann er, ohne Übergang, von der Schule zu erzählen. Es hat sich nicht viel ereignet seit vorgestern. Mattusch brachte die deutschen Schularbeiten zurück und hat Kurts Arbeit als beste vorgelesen, dann ist es bei Filip wieder einmal sehr wüst zugegangen und dann, richtig, dann hat Gott Kupfer heute die Namen derer genannt, die noch nicht abgeschlossen sind. Kurts Klassifikation stand in beiden Fächern aus. Ob es ihm ganz unmöglich wäre, morgen zur mathematischen Schularbeit zu kommen?

»Ich bin krank«, sagte Kurt unwillig. Er hatte an diese Möglichkeit, ja überhaupt an die Schule gar nicht mehr gedacht, und sah sich nun jäh vor sie hingenötigt. Daß ihm diese dummen Sachen erzählt wurden, wäre noch zu ertragen gewesen. Aber sie wichtig nehmen müssen, Einwände machen, in Stellung geben, hin, her – pfui Teufel. Und das gerade jetzt! Ob Weinberg ihm nicht ein andermal damit kommen wolle?

Schwer möglich, die Zeit sei zu knapp. Und wenn Kurt irgend könne, solle er es doch versuchen, meinte Weinberg. Gott Kupfer könnte ihm aus einigen nichtbeantworteten Bankfragen leicht einen Strick drehen, könnte des weiteren seine Krankheit für Schwindel halten, und selbst die günstigste Möglichkeit, daß er ihn nachträglich prüfen würde, mündlich oder schriftlich, wäre noch immer arg genug. Morgen und Montag sei es verhältnismäßig am leichtesten.

»Außerdem machst du dir vielleicht ein gutes Auge bei Gott Kupfer, wenn du seinetwegen in die Schule gehumpelt kommst und –«

»Daran liegt mir nichts!« unterbrach ihn Kurt ärgerlich. Aber

Weinberg sah ihm an, daß er ganz klein und verlegen wurde; wie unbehaglich das war! Kurt nagte an der Unterlippe. Seine Krankheit sei jederzeit nachweisbar, sagte er scharf, das würde selbst Gott Kupfer einsehen müssen, daß man mit einem eitrigen Knie nicht in die Schule gehen könne, nicht wahr? Und da Weinberg stumm blieb, geriet er immer mehr in künstliche Erregung. Nein, was heißt denn das, er denke gar nicht daran, seine Gesundheit und seine geraden Glieder aufs Spiel zu setzen wegen einer blöden Schularbeit, etwas anderes wäre es noch, wenn er einige Nichtgenügend auszubessern hätte, aber nach ein paar Bankfragen darf nicht klassifiziert werden, *darf* nicht, und er habe deshalb gar keine Veranlassung, morgen in die Schule zu kommen.

»Wie du glaubst«, sagte Weinberg ruhig, »hoffentlich hast du recht.« Er sah nach der Uhr und erhob sich. »Ich gehe jetzt schlafen. Riedl prüft Geologie. Gute Nacht.«

Kurt blieb mit wirren Gedanken allein.

Sie summen ruhelos in seinem Kopf umher, spotten aller Mühe, sie zu verscheuchen, schrecken ihn mitten in der Nacht aus dünnem Schlaf, quälen ihn so, daß er es vor ohnmächtiger Ratlosigkeit nicht mehr aushält im Bett, er steht auf –

– steht auf – geht – ja, was ist denn das – dieser Stoff, der sein Bein umschlenkert?

Langsam kommt ihm die Erinnerung. Aber wie war es dann möglich, daß er bis hierher gelangt ist? Er stützt sich gegen die Wand, mißtrauisch, hebt den Fuß, versucht ihn im Knie abzubiegen – es gelingt. Ohne sonderliche Schmerzen. Die Bandage hemmt ihn nicht, sie hat sich gelockert, sein Knie ist bloß: blau und rot und gelb, Beulen und entzündete Haut und Eiter. Schön sieht es ja nicht aus, aber: er kann gehen.

Ja – und soll er sich nun freuen, daß er wieder gesund ist, wieder gehen kann? Das bedeutet ... jawohl, das bedeutet: daß er morgen die mathematische Schularbeit mitmachen wird. So ist es. Er hat es sofort gefühlt und weiß auch, daß es kein Entrinnen mehr gibt.

Dennoch beginnt er auf sich einzusprechen, sucht und findet Gründe, warum er es natürlich nicht tun wird, erinnert sich an Weinberg, an sein »wie du glaubst« – heller Wahnsinn! Er hat sich ja nicht einmal vorbereiten können, hat den seit Schulbeginn durchgenommenen Stoff nicht wiederholt, würde dem Nichtgenügend geradewegs in die Arme laufen, wenn er morgen käme, wieso eigentlich, Weinberg sitzt ja neben ihm, Weinberg ist ein guter Schwindler, der wird schon etwas von Benda herbeischaffen, ein Beispiel, eines von Weinberg, das genügt, eines wird er vielleicht selbst lösen können, manches hat er ja verstanden von den Progressionen und vom Differenzieren, in einigen Stunden ist er fast bis zum Schluß mitgekommen, so vollkommen angewiesen auf seine Nachbarschaft ist er denn doch nicht, was die Mertens und Linke und Severin und Blank können, kann er noch lange ... Faul, sehr faul, was du da sagst, lieber Gerber, denn wenn es so wäre, müßtest du dich ja vor einer Nachtragsarbeit, allein, nicht fürchten. Gar nichts kannst du. Einen Dreck kannst du.

»Einen Dreck!« sagte Kurt laut und findet an dem derben Wort für eine kurze Weile Ruh und Frieden. Aber dann kommt es wieder über ihn, rastlos, bohrend, er versucht ein paar Formeln aus dem Gedächtnis herzusagen, integral von x hoch n mal d x ist gleich x hoch n plus 1, x – hoooch – enpluseins, das enpluseins sehr schnell aussprechen, merken Sie sich das, damit man erkennt, daß es zusammengehört, sonst könnte man glauben, es heißt x hoch n – pluseins, und das wäre ein grober Fehler – also, wie ist die Formel? Es wiederholt sie ... aufs schnellste ... derrr ... Gerber! Ja, so machte es Gott Kupfer immer. Da ging er zwischen den Bankreihen auf und ab und nach jedem Wort kam eine endlos lange Pause, er dehnte die Silben zum Schluß, blickte, wenn er sich hinten befand, nach vorn, als wollte er von dort sein Opfer holen, und rief dann plötzlich einen, der ganz wo anders saß, oder tippte dem, neben dem er gerade stand, mit dem Zeigefinger auf die Schulter, und der so Überraschte stotterte natürlich und wußte nichts, selbst wenn er die Formel eben noch fließend memoriert hatte, während der Pausen zwischen Kupfers Worten, Sadistenpausen wurden sie genannt, und einige der guten Schüler, die nichts zu fürchten hatten, machten sich manchmal den Spaß, die Dauer der Sadistenpausen zu stoppen, der bisherige Rekord stand auf 16 Sekunden, das war so gewesen damals: es rechnet ... (8 Sekunden) – im Kopfe ... 12 Sekunden – derrr ... da hatte die Pause also 16 Sekunden gedauert, und dann war Gerald hineingefallen, ja, so machte es Gott Kupfer ... Wie war die Formel doch? Kurt schreibt mit dem Finger auf den weißen Bettüberzug:

$$\int x^n dx = \frac{x^{n+1}}{n+1}, \text{ für } n \gtreqless -1,$$

wenn n größer oder kleiner ist als minus eins, und wie war die zweite Formel –

$$\int (a + bx)^n dx =$$

aber weiter weiß er schon nicht mehr, er zieht das Gleichheitszeichen ein paarmal mit dem Finger nach, wie an der Tafel – und dreht schließlich wütend die Decke um. Er will das aus dem Kopf haben.

Es muß aber doch eine Entscheidung getroffen werden und er muß ja doch wieder denken und er kommt zu keinem Ende, merkt, daß ihn seine Gedanken wieder einmal im Kreis herumführen. Außerdem fühlt er, endlich, große Müdigkeit. Knapp bevor ihn der Schlaf übermannt, legt er fest: wenn er morgen bald genug aufwacht, um zur Schularbeit zurechtzukommen, bequem, jawohl, und das Bein nicht schmerzt, nicht ein bißchen – dann wird er das als Gottesurteil hinnehmen und wird eben gehn ...

Erst als Kurt das Schulhaus sah, kam ihm alles dumpf und schreckhaft zum Bewußtsein, das Erwachen um halb zehn, die Mutter, ihre ängstlichen Fragen, und seine immergleiche Antwort, wie eine Formel: schnell, schnell, ich muß in die Schule, sonst falle ich durch ... und jetzt stand er wirklich da, mit klopfendem Herzen, zitternd in plötzlicher Angst: was er vorhatte – und auch ausführte, denn er ging ja weiter, kehrte nicht um – erschien ihm mit einemmal so unfaßlich, daß er gar nicht glauben konnte, es sei die Wirklichkeit. Nein, nein, es kann nicht geschehen, es ist nicht möglich, die Schularbeit ist verschoben, Kupfer ist krank –

– aber da lagen die großen blauen Hefte und glotzten aus einem einzigen Vierecksauge in die Luft.

Die Schildchen waren schon ausgefüllt. Kurt erkannte Dita Reinhards steile Schrift (Severin hatte sich also zurückgezogen) und las die Worte, die ihm aus sieben Jahren längst bekannt waren, nur das lateinische Klassenzeichen änderte sich immer, sonst blieb alles: Realgymnasium XVI, 1. Halbjahr, VIII. Klasse, Name: *Gerber Kurt*, Inhalt: *Mathematische Schularbeiten* – kalt war das, gleichgültig ... Kurt schlug das Heft auf, an einer ganz unmotivierten Stelle war wieder das schlechte knallrote Löschblatt zu finden, zwischen den reinen blaukarierten Seiten, eine wie die andere, aufgesperrt, bereit. Plötzlich erleichterte ihn eine Hoffnung: da er so selbstaufopfernd seiner Pflicht nachkommt, sich krank in die Schule schleppt (das Bein schmerzt schon wieder), wird Kupfer Milde üben, wird ein Auge zudrücken, wenn Kurt abzuschreiben versucht, wird anständig zensieren, wird ihm vielleicht gar die Prüfung aus Geometrie erlassen ...

Kurt ist mitten in die Pause gekommen, er wird nur von wenigen und ganz flüchtig begrüßt, die Oktavaner haben keine Zeit, fieberhafte Unruhe erfüllt den großen Saal. Einige gehen nervös auf und ab, werden grob, wenn man sie anredet, andere kritzeln mit ganz, ganz kleiner Schrift Zeichen und Buchstaben auf schmale Papierstreifen, die meisten flüstern mit geschlossenen

Augen Formeln vor sich hin, eindringlich, jeder für sich, und doch alle verbunden, wie Zaubersprüche, wie Gebete – und nun weiß Kurt auch, woran ihn das Bild erinnert, etwas kürzlich Gelesenes fällt ihm ein, von einem Pogrom in einer Synagoge, da sitzen sie nun, ängstlich, o wie ängstlich, und warten, bis der Kosakenhetman eintreten wird mit der Schreckensbotschaft, Kurt kann sich vorstellen, daß sie alle in ein gräßliches Wehklagen ausbrechen – aber nein, das wird wohl nicht geschehen, sie sind ja »vorbereitet«, sie haben ihre Sache gelernt, einige sind ihrer so sicher, daß sie sogar miteinander sprechen, die Könner sind das, rücksichtslos laut unterhalten sie sich, Kurt horcht hin: »Und ich weiß positiv, daß jeder einzelne andere Beispiele bekommt, Gott Kupfer bringt zweiunddreißig Zettel mit vier verschiedenen Beispielen«, behauptet Klemm, die andern regt das nicht weiter auf, »Soll er –!« macht Pollak geringschätzig, und Schönthal geifert schnell, bissig, mit gebleckten Zähnen: »Wenn da noch einer die Frechheit haben wird abschreiben zu wollen –!«, da spürt er Kurts Blick auf sich und duckt sich und macht den anderen ein Zeichen, sie sehen sich scheu und böse um nach Kurt, voll dunkler Furcht vor diesem fremden Blick, er ist ihnen unbehaglich, daß einer Zeit und Lust hat, jetzt so zu blicken, sie fühlen, daß dieser Blick von irgendwoher kommt, wo alle mathematischen Schularbeiten der Welt in lächerlicher Bedeutungslosigkeit verschwinden – und das geht doch nicht an, das ist kühn, ja geradezu frech, anmaßend ist es, obendrein von einem, der doch etwas geben müßte um die Sorglosigkeit, mit der sie plaudern ...

Es läutet. Alle verstummen für einen Augenblick, sehen erschreckt auf und stürzen sich gleich wieder in ihre Arbeit, kopfüber, gepeitscht. Nun kommen auch die Nachzügler in die Klasse, einige, die geraucht haben, Kaulich ist darunter, dann Benda, still, bedächtig, mit langen Schritten, Weinberg auch, er wundert sich mit keiner Silbe, daß Kurt dasitzt, lächelt nur: »Es wird schon gehen!« »Ich bin aber gar nicht präpariert«, sagt Kurt und weist auf die Paukenden ringsum, er hat ja auch jetzt nicht lernen können – da wird die Tür aufgerissen – bleibt eine kurze Weile offen – atemlose Stille – Achtung – jetzt: Kupfer.

Die Klasse steht in ähnlich zum Bersten gespannter Erwartung wie damals, in der ersten Stunde. Was wird kommen?

Kupfer nimmt die Klassenbucheintragung vor. Rieps, die ihm dazu immer die Feder hinausreichte, steigt von einem Fuß auf den andern vor Ungeduld. Kupfer sagt halblaut: »Es fehlen dieselben wie gestern, nicht wahr, Lewy, Nowak, Kohl, Gerber«, er schreibt rasch, mit Amtsmiene, Rieps hat nicht bemerkt, daß Kurt gekommen, sie nickt –

»Ich bin hier, Herr Professor!«

Kupfer schaut auf. Auch das ist ein Blick. Langsam kommt er auf Kurt losgekrochen. Gar nicht schildern läßt sich, was alles in ihm sich mengt von gierigen Staunen und tückischem Triumph und hämischer Erwartung. »Sooo«, sagt Kupfer gedehnt und streicht den Namen Gerber im Katalog aus, »Sie haben sich's also rechtzeitig überlegt.«

»Ja.« Kurt weiß nicht, wo das hinaus will.

Kupfer nickt.

»Es hätte auch peinliche Konsequenzen für Sie gehabt, wenn Sie den Schwindel mit Ihrer Krankheit weitergetrieben und die Schularbeit geschwänzt hätten.«

»Ich habe weder geschwindelt noch geschwänzt, Herr Professor!«

»Was Sie nicht sagen!« höhnt Kupfer. »Ich glaube mich zu erinnern, daß Sie Mittwoch während des Unterrichtes recht gesund auf der Gasse umhergingen. Und Donnerstag waren Sie krank? Und heute sind Sie schon wieder gesund? Eigenartig.«

Erst jetzt merkt Kurt die Falle. Er wird von Kupfer mit Vorbedacht gereizt; vielleicht läßt er sich noch etwas Strafbares zuschulden kommen. Er schluckt alle Entgegnungen, die er schon auf den Lippen hat, hinunter und sagt ruhig:

»Ich werde ein ärztliches Attest beibringen.«

Kupfer macht eine wegwerfende Handbewegung. »Kennen wir.«

Einige in der Klasse beginnen zu scharren. Sie fürchten eine lange Debatte, und so anregend das anderswann sein mag – heute ist jede Minute kostbar. Kurt schweigt.

»Nun?« Kupfer neigt den Kopf zur Seite und trommelt mit den Fingern auf das Pult. Da sackt Kurt nach vorne, sein Hals schwillt dick an, jetzt wird etwas Fürchterliches geschehen – aber schon hat Weinberg unter der Bank Kurts geballte Faust ergriffen und hält sie fest, seine Kiefer malmen, sonst bleibt sein Gesicht unbeweglich.

Kurt verzichtet in übermenschlicher Anstrengung.

»Ich habe nichts mehr zu sagen, Herr Professor.«

Und Kupfer trumpft noch im Schlußpunkt auf:

»Das hätte ich Ihnen auch nicht geraten. Setzen.«

Kurt fällt auf seinen Sitz zurück, er zittert, seine Fäuste öffnen und schließen sich. Weinberg klopft ihm auf den Schenkel und sagt – Weinberg trifft immer das Richtige, er kehrt mit ein paar Worten eine Situation um und um – sagt, während er angelegentlich »I. Schularbeit« und das Datum ins Heft schreibt, leise: »Scheiß ihm ins Antlitz.«

Kupfer malt eine schwungvolle arabische Eins auf die Tafel. Erstes Beispiel. Die Prophezeiung, daß er zweiunddreißig Zettel mitbringen werde, um so alles Abschreiben zu verhindern, bewahrheitet sich also nicht. Gott Kupfer braucht keine derartigen Vorbeugungsmaßnahmen. Das sähe ja nach Schwäche aus. Nach Furcht, hintergangen zu werden. Kupfer und Furcht? Ihn beschwindelt man nicht. Ihn nicht. Gott Kupfer –.

Er macht es seinen Schülern verflucht leicht, sich nicht helfen zu können!

Schon stehen einige weiße Lettern da. Rätselhaft, wie chinesische Zauberblumen, die sich im Wasser entfalten. Weiß man, was aus ihnen werden wird? Weiß man, was dieses X hier für eine besondere Bedeutung hat? X kann so vieles bedeuten! X ist kein Buchstabe schlechthin, ja nicht einmal ein mathematisches Zeichen. X ist vielgestaltig. X kann zum Beispiel unten einen kleinen

Einser haben, dann ist es die Koordinate eines Schnittpunktes mit der Achse in der allgemeinen Gleichung des Kreises. X kann aber auch etwas durchaus Arithmetisches sein, etwa als Faktor einer endlichen geometrischen Reihe erster Ordnung. Denn die geometrische Reihe ist reine Arithmetik, das arithmetische Mittel hingegen ist reine Geometrie. Und überall ist X. Es gibt keinen Bruchstrich, auf dem X nicht gedeiht. X ist im allgemeinen genügsam. Wenn man es richtig zu behandeln versteht, dann läßt es sich willfährig biegen und drehen, dann fällt von den tausend Früchten, die es tragen kann, just die richtige dem Sorgsamen in den Schoß. Alle Wege gehen über X. Ohne X kein Leben. Und wenn es einmal nicht von Anbeginn da ist, dann kommt es bestimmt später, zwängt sich durch einen kleinen Spalt in die Rechnung, überkreuzt in beschaulicher Daseinsfreude seine Spinnenbeine und wartet; oft nur darauf, wieder hinausgeworfen zu werden, »eliminiert«. Oft auf etwas, das ihm gleich sei. Es gibt Faktoren, deren Bestimmung es ist, X gleich zu sein. Ihnen zuliebe muß man das X oft bis aus dem Unendlichen herbeiholen. Die ganze Zeit über war es nicht da, keine Notwendigkeit für sein Vorhandensein scheint zu bestehen, aber plötzlich kommt es doch daher, kommt mit einem kleinen Gleichheitszeichen als Vorspann ankutschiert und will dementsprechend behandelt werden. So ist dieses X nun einmal. Mit welchem Recht? Warum? Zu welchem Zweck, zu welchem Behuf, zu welchem Ende? Wer hat ihm diesen Rang eingeräumt? Und weshalb gerade X? Und wieso steht es fest, daß X dem und dem gleich ist? Da stimmt etwas nicht. Irgendwo klafft eine Lücke. Die Sache, die sich recht heiter anläßt wie ein schnurriges Spielzeug, mit dem man allerlei Kunststücke ausführen kann – die Sache wird mit einemmal bitter unverständlich. X =. Wie denn? Eine stille Übereinkunft? Es gibt einige, die nicht gefragt wurden! Man hat sie übergangen, als man sich darauf einigte! Wenn sie nun ihre Zustimmung verweigern?

Ja – das dürfen sie nicht. X ist stärker als sie. Seine Enden wachsen und krümmen sich, umschlingen ihren Leib und ihren

Hals, bis sie die Existenz des X anerkannt haben und mit ihr manipulieren, wie es X befiehlt.

Und wenn sie noch immer nicht wollen? Oder – wenn sie wollen und nicht können? Wenn sie sich schwitzend vor Not und Pein in der eisernen Umklammerung des großen Unbekannten mühen und zu keinem Resultat gelangen? Wenn sie plötzlich keinen Atem mehr bekommen?

Dann ... ja, dann können sie noch immer hingehen und aus einem kleinen schwarzen Gegenstand, der aussieht wie ein Trapez mit einer halben Ellipse daran, eine Patrone in ihre Schläfe schießen, oder sie können aus einem zylinderförmigen Gefäß irgendeine raschwirkende Flüssigkeit trinken, oder sie können einen Strick um ihren Hals knüpfen und das andere Ende an einem rechtwinkeligen Fensterkreuz befestigen, oder sie können sich auf zwei vorbildlich parallele Eisenstränge werfen und etliche massive Räder mit dem Umfang $2 r \pi$ über sich hinwegfahren lassen – ach, auch der Tod ist eine explizit variable Größe, und so unbarmherzig ist selbst das X nicht, daß es noch hier eine bestimmte Lösung vorschriebe ...

Da waren nun alle vier Beispiele auf der Tafel angeschrieben, und die starrende Erwartung wurde von übertriebener Geschäftigkeit abgelöst. Jeder wollte zeigen, daß er mit den Aufgaben etwas zu beginnen wisse, sofort, ohne langes Grübeln. Es war nicht gut, sichtbar nachzudenken. Kupfer könnte es merken und Schlüsse daraus ziehen, die entweder falsch gewesen wären oder, was schlimmer war, zutreffend. Darum hieß es tätig sein.

Kurt vertiefte sich in die Angaben, wollte wenigstens den Versuch machen, auf eigene Faust etwas zustande zu bringen. Er gab es bald auf. Kein einziges Beispiel stammte aus einem jener Gebiete, in denen er halbwegs bewandert war. Keine Wahrscheinlichkeitsrechnung, keine Differentialquotienten, keine Reihen. Anscheinend lauter Integrale. Und mit denen, das merkte er nach kurzer Betrachtung, wußte er nichts anzufangen.

Er ließ die Blicke umhergehen. Alle arbeiteten, nur Zasche

kaute blöden Blicks an seinem Federstiel. Sogar Mertens und Severin und Hobbelmann schrieben eifrig, machten Striche, kritzelten auf dem Holz. Was hatten die nur zu tun? Woher kamen ihnen plötzlich diese Regsamkeit? Das war ja beängstigend –!

Auch Weinberg schrieb. Kurt schielte nach seinem Heft hinüber – er konnte nichts sehen. Eine schnürende Furcht, daß ihn der Freund im Stich lassen könnte, überkam ihn. Er reckte den Hals –

»Gerber! Wenn ich das noch einmal sehe, konfisziere ich Ihnen das Heft. Rücken Sie an die Ecke!«

Nein, Gott Kupfer kennt keine Milde. Es interessiert ihn nicht, daß Kurts bloßes Hiersein schon eine Leistung ist.

Unterdessen schreibt Weinberg ruhig weiter, als ob ihn das Ganze nichts anginge.

»Zasche! Ebenfalls an die Ecke! Lassen Sie doch diese lächerlichen Versuche, mich zu beschwindeln. Ich merke alles. – Und jetzt möchte ich nicht mehr gestört werden.«

Kupfer lehnt sich im Sessel zurück, zieht eine Zeitung aus der Tasche und vertieft sich in die Lektüre.

Nach wenigen Minuten beginnen sich einige zu regen, verstohlen erst, und dann, da Kupfer keine Notiz davon nimmt, immer ungenierter. Kurt beobachtet die einzelnen Aktionen mit Angst; von ihrem Gelingen hängt ja auch für ihn verschiedenes ab.

Plötzlich hebt Kupfer den Kopf – alle erstarren in ihrer augenblicklichen Stellung – und blickt forschend in die Klasse. Hat er etwas gesehen?

Nein. Nichts. Er sagt nur: »Ruhe!«, und liest weiter. (Ein anderer hätte sich jetzt vielleicht zum Fenster gestellt. Spiegelkontrolle? Gott Kupfer kann auf derlei primitive Tricks verzichten.)

Wieder vergeht einige Zeit, bevor die Arbeit in Schwung kommt. Aber es sind zumeist die Könner, die untereinander Fühlung nehmen, voll kavaliersmäßiger Höflichkeit. Ein abscheulicher Hohn liegt in der Vorsicht, mit der sich Scholz und Brodetzky ins Einvernehmen setzen, über die elegantere Berechnung eines Volumens wahrscheinlich, und daneben wetzt Mertens auf der Bank hin und her in wachsender Angst, seine Geschäftigkeiti war nur Bluff gewesen, er hat noch kein Beispiel gelöst, und da ihn Scholz ignoriert, versucht er von dem leisen Gespräch etwas aufzuschnappen. Das gelingt ihm nicht; die wenigen Worte, die er hört, bringen ihm keinerlei Aufschluß, und er ist bleich von vergeblicher Anstrengung.

Kurt stellt fest, daß nur noch 20 Minuten Zeit sind. Er räuspert sich.

Weinberg nickt dreimal und schreibt weiter. Kurt spannt alle Sinne an – jetzt muß die Hilfe kommen – da neigt sich Weinberg zur Seite – einen kurzen Moment – richtet sich wieder auf – und in halber Entfernung liegt ein ganz kleiner Zettel auf der Bank.

Kurt streckt langsam den Arm aus.

Er blickt dabei unverwandt nach Kupfer, um die geringste Gefahr sofort merken zu können.

Aber Kupfer hält die Zeitung in ihrer ganzen Größe auseinandergefaltet vor dem Gesicht. Noch ein paar Sekunden, und Kurt ist gerettet –

– sein Arm schiebt sich in kleinen Rucken immer näher an den Zettel –

– nur nicht übereilen, eine hastige Bewegung kann alles verderben, das Lineal kann zu Boden fallen oder sonst was –

– noch eine Sekunde – Kupfer liest noch immer …

Kurt hat den Zettel in der Hand. Es ist gelungen! Und ebenso langsam wie er ihn geholt hat, zieht er ihn nun an sich. Jetzt ist alles gut. Er wird die Matura bestehen.

Der Zettel liegt vor ihm. Er entfaltet ihn behutsam, hält mit gespreiztem Daumen und Zeigefinger die widerspenstigen Enden nieder. Zwei Beispiele stehen darauf, ganz vollständig, er braucht sie nur in sein Heft zu schreiben –

»So, lieber Gerber. Darf ich Sie bitten, in dieser Stellung zu verbleiben?«

Kupfer legt ohne Eile die Zeitung aus der Hand, erhebt sich, kommt sehr langsam auf Kurt zu, seine Augen sind starr.

Kurt sitzt noch immer bewegungslos da, wie in Hypnose, der Zettel mit den rettenden Beispielen liegt auf der Bank, mit den zwei vollkommen ausgearbeiteten Beispielen, die er einfach abzuschreiben gehabt hätte, er hält den Zettel mit seinem Daumen und seinem Zeigefinger – macht einen kläglichen Versuch, mit der andern Hand das Löschblatt darüberzuschieben, aber Kupfer merkt das natürlich: »Rühren Sie sich nicht!« brüllt er, und kommt, ohne seinen Schritt zu beschleunigen, näher, und jetzt ist er da und befiehlt: »Hände weg!«

Kurt, noch immer wie im Traum, gehorcht. Kupfer nimmt den Zettel zwischen zwei Finger, hält ihn hoch und sagt mit freundlichem Vorwurf:

»Daß Sie mich für so dumm halten! Ich habe Ihnen doch gesagt, daß ich alles sehe.«

Dann schüttelt er verwundert den Kopf, zerreißt den Zettel in viele kleine Teilchen und läßt sie dicht vor Kurts Gesicht zu Boden fallen.

Keiner von den Oktavanern hat sich nach diesem Vorgang umgedreht. (Anteilnahme wäre Mitschuld.) Nur geduckt haben sie zugehört und jetzt schreiben sie schon wieder, emsig, unberührt. Und als Kupfer zur Eile mahnt: »Fertigmachen, es läutet in zehn Minuten!«, da geben sie besorgte Laute von sich, um dem Professor zu bestätigen, daß seine Mitteilung in gewünschter Weise gewirkt hat.

Kurt sitzt da und malt apathisch sinnlose Figuren in sein Heft. Er forscht nicht weiter. Es ist eben aus.

Als ihm Hobbelmann einen Zettel zuschiebt, kommt etwas Leben in ihn, eine letzte müde Hoffnung – aber da funktioniert seine Füllfeder nicht, und ehe er sie gerichtet hat, läutet es. Kupfer sammelt persönlich die Hefte ab, ohne auch nur eine Sekunde zu warten, er schaut gar nicht hin, ob vielleicht noch einer etwas fertigschreiben will, nimmt stumm die Hefte an sich, gleich kalt von denen, die sie ihm in sattem Diensteifer entgegenhalten, wie von den anderen, die es in bleichem Entsetzen nicht fassen wollen, daß es nun wirklich so gekommen ist. Dann geht er wortlos aus der Klasse.

War es Absicht oder Zufall, daß er die Zeitung auf dem Katheder liegengelassen hat? Hobbelmann drängt sich plötzlich durch den Kreis der Teilnahmsvollen um Kurt und schwenkt die Zeitung in der Hand.

»So ein Schweinkerl!« schreit er atemlos – »so ein Schweinkerl!«

Ja, das wüßten sie ohnehin, sagten die Oktavaner.

»Da – da – schaut einmal her – so ein raffinierter Schuft –!«

In den Querbug der Zeitung sind mit der Schere drei kleine kreisrunde Löcher geschnitten ...

Weinberg begleitete Kurt nach Hause. Sie sprachen nichts. Der Freund fühlte sich schuldbewußt, machte sich Vorwürfe, daß er nicht früher den Zettel geschickt hatte, er wollte ganz sicher gehn – und nun dieses Ende.

Aber es war noch gar kein Ende.

»Wir haben erst Oktober«, sagte er vor dem Haustor. Und da Kurt stummblieb:

»Es hat ja kaum angefangen.«

FÜNFTES KAPITEL

Der Zelter strauchelt

Ja, so war es nun wohl. Man schrieb Oktober, und die Sache stand erst am Anfang.

Aber dann schrieb man November, und die Sache stand noch immer am Anfang.

Und das war das Fürchterliche, das preßte auf den Atem, das engte ein, das durchdumpfte alles mit Aussichtslosigkeit: dieser ewige Anfang. Dieses endlose Beginnen. Stets größere Tagmassen hinter sich werfen und sagen: das war noch gar nichts. Nun fängt das Eigentliche erst an. Und immer wieder so tun, als ob man auch diesmal nur versuchsweise Anlauf genommen hätte und erst bei der nächsten Gelegenheit – nun aber wirklich – losgehen wolle. Alles, was einstweilen sich begab, mit dem Vorwand aufnehmen, daß man es im Hinblick auf bedeutungsvollere Zukunft ruhig vergessen könne. Wie viele Zeit war bis zum Halbjahrsausweis! Und dann kam ja noch eine Zensurkonferenz. Und dann kam das Abschlußzeugnis. Und dann erst die Matura. Bis dahin –!

Was besagte es also, daß Kurt eine Woche später (sein Knie war nach dem Rückfall nun fast geheilt, aber er durfte noch nicht ausgehen) unter der Post den berüchtigten »blauen Brief« entdeckte, die portofreie Dienstsache, die den »Eltern oder verantwortlichen Aufsehern« Mitteilung machte, daß der Schüler in der ersten Konferenzperiode aus dem und jenem Gegenstande negativ abgeschnitten hatte? War es gar so schrecklich, wenn der »Tadelzettel« nun doch ins Haus gekommen war?

»Euer Wohlgeboren! In der am *29. Oktober d.J.* stattgefundenen Zensurkonferenz wurde *Gerber Kurt*, Schüler der *VIII.* Klasse am Realgymnasium XVI, wegen vollkommen ungenügender Prüfungsergebnisse in *Mathematik, Darstellender Geometrie getadelt* und wegen mangelhafter Leistungen in *Latein, Naturgeschichte* zu größerem Fleiße *ermahnt*. Überdies erhält derselbe wegen verspäteten Erscheinens zum Unterricht einen *Verweis* und wegen verschiedener gegen die Schulordnung verstoßender Handlungen eine *strenge Rüge*. Hiervon werden Sie lt. Erlaß –«

Kurt erschrak. So arg hatte er sich's nicht vorgestellt. Besonders die beiden »Ermahnungen« kamen ihm völlig unerwartet. Er entsann sich einiger schwächerer Leistungen bei Niesset und Riedl, aber die konnten doch nicht von solcher Wirkung sein. Oder geschah es deshalb, weil er nicht in der Schule gewesen war, die letzten Tage vor Abschluß? Weil er nicht mehr geprüft werden konnte? Ja, da haben sie eben ihr papierenes Recht ausgenützt, die beiden, haben sich an die Rockschöße Kupfers gehängt und einem Wehrlosen schnell eins ausgewischt, so war es. Nun – aus Naturgeschichte wurde schließlich nicht maturiert. Und in Latein durfte Kurt seinem Können vertrauen. Wir sprechen uns bald, König Rother (Niesset hatte rote Stachelhaare).

Aber die Tadel bei Kupfer! Der aus Mathematik mochte hingehen. Der andere war einfach eine Infamie. Und dazu noch dieser Verweis wegen »Zuspätkommens«. Da hörte doch alles auf! Dieses Ausschlürfen aller Möglichkeiten bis zur Neige! »Verspätet erschienen!« Statt eines Lobs, daß er überhaupt erschienen war! Dieses Festhalten an einem konstruierten Tatbestand, über Tage hinaus! Als ob der doppelte Triumph bei der Schularbeit nicht genügt hätte! Aber nein. Kupfer ließ sich nichts entgehen. Der große Erfolg verwirrte ihn nicht. Kaum, daß er einen vernichtenden Schlag geführt hatte, machte er sich schon mit unverminderter Hingabe an den nächsten. »Verweis wegen verspäteten Erscheinens zum Unterricht!« Es war so, wie wenn ein zum Tod Verurteilter noch obendrein zwanzig Jahre Ehrverlust aufdiktiert bekommt.

Kurt kam zu dem Schluß, daß dieses Zensurergebnis die schamloseste Gemeinheit war, die je an einem unverschuldet abwesenden Schüler begangen wurde.

Die Eltern freilich würden das nie einsehen, sondern womöglich noch den Professoren recht geben. »Erziehungsmethode« nennen sie das.

Und wozu wäre es gut? Neue Aufregung, neuer Ärger – und keine Wirkung. So Nutzloses kann man dem kranken Vater ersparen. Es ist ein Schwindel mit Moral.

Nach ein paar Proben fühlte sich Kurt genügend sicher. Er setzte den Namenszug »Albert Gerber« auf den punktierten Strich für die »Unterschrift des Vaters (Verantwortlichen Aufsehers)«.

Weinberg hatte ihn, vielleicht aus immer noch nachwirkendem Schuldgefühl, nicht besucht in diesen Tagen. So erfuhr Kurt erst, als er wieder zur Schule kam, wie sich die Sache mit Lisa eigentlich zugetragen hat.

Montag, als Kurt hätte telephonieren sollen, war es gerade am ärgsten gewesen, das Fieber stieg bis knapp an 40 Grad, und am nächsten Tag konnte er sich nicht mehr entschließen, Lisa anzurufen, sie hat es doch für Montag erwartet, es ist ihr unangenehm ... endlich schickte er das Stubenmädchen mit einem Zettel in die Schule, an Weinberg: er sollte ihn bei Lisa entschuldigen. Das würde vielleicht ganz gut wirken, spekulierte er.

Nun zog er den Freund beiseite. Was los gewesen sei mit Lisa, ob er seine Bitte erfüllt habe?

Ja, selbstverständlich habe er das getan. Das heißt: tun wollen, er wollte Kurt entschuldigen, aber –

Aber?

Weinberg war diesmal viel rücksichtsvoller, er schien sich zu freuen, machte Umschweife, die anders waren als damals.

»Es ging nicht, beim besten Willen«, sagte er. »Ich konnte dich nicht entschuldigen.«

»So. Warum nicht?«

»Ja, weißt du, das war nämlich so: Lisa ist mir zuvorgekommen.«

»Das verstehe ich nicht.«

»Du wirst es gleich verstehen. Ich rufe also Dienstag an. Hier Doktor Berwald, nicht wahr. Bitte meine Schwester. Schön. Grüß dich Gott, Lisa.«

»Herrgott, mach etwas schneller.«

Weinberg machte zwar nicht schneller, aber schließlich kam es doch heraus. Lisa hatte ihn gar nicht zu Wort kommen lassen, glaubte, Kurt sei am Telephon und entschuldigte sich in bewegten Worten, daß sie gestern nicht gekommen war, aber sie hätte keine Zeit gehabt, wirklich nicht, und so weiter. »Deine Lisa. Da hast du sie in ihrer ganzen Größe«, schloß Weinberg und erwartete von Kurt ganz anderes zu hören als die Frage: »Hast du dich zu erkennen gegeben?«

»Ja. Es schien ihr nicht einmal besonders peinlich zu sein.«

»Warum auch?«

»Warum auch?« äffte Weinberg, dem es unfaßlich war, daß Kurt nicht schon längst über Lisas Unverschämtheit tobte. »Warum auch! Weil es ihr doch nicht so sehr angenehm sein kann, daß ein Dritter von ihrer Lüge weiß.«

»Lüge? Wieso? Sie hatte eben keine Zeit.«

Weinberg war niedergeschmettert. An so viel Glaubensseligkeit zerschellte sein gesundes Mißtrauen. Er machte einen letzten Versuch: »Möchtest du mir vielleicht nicht noch sagen, weshalb sie dich dann nicht vorher angerufen hat?«

»Aber gerne.« Nun war Kurt wieder obenauf. »Erstens weiß sie meine Nummer nicht –«

»Die steht im Telephonbuch!«

» und zweitens ahnt sie, daß es mir unangenehm wäre, zu Hause solche Anrufe zu bekommen. Es könnten Verwicklungen daraus entstehen, gar jetzt, wo es meine Leute scharf auf mich haben wegen der Schule.«

»So rücksichtsvoll ist sie?«

»So rücksichtsvoll ist sie.«

»Ein prachtvolles Geschöpf!«

»Ein prachtvolles Geschöpf.«

Da wandte sich Weinberg ärgerlich weg. Aber nach einer Weile kam er zurück und sagte mit etwas kleinerer Stimme:

»Sie läßt dir baldige Besserung wünschen.«

Mit der schriftlichen Entschuldigung legte Kurt den unterschriebenen Tadelzettel aufs Katheder. Kupfer merkte die Fälschung nicht. Wenigstens das war geglückt.

Kupfer konnte übrigens in dieser Stunde mit Genugtuung konstatieren, daß der Schüler Gerber besonders aufmerksam bei der Sache war. Darum begann er, als es geläutet hatte und die Klasse stramm stand, seine Rede mit der Feststellung, daß es ihm sehr leid täte, machte dazu ein kummervolles Gesicht und verzichtete sogar auf jede Art von Zwischenbemerkungen.

»Es tut mir sehr leid, Gerber, Ihnen die Mitteilung machen zu müssen, daß sich Ihre Angaben als unrichtig erwiesen haben.«

Kurt ist erbleichend aufgestanden. Er weiß nicht, von welchen Angaben Kupfer spricht. Er war doch so lange nicht in der Schule. Es ist doch alles längst vergessen.

O nein. Gott Kupfer vergißt nicht.

»Ich habe eruiert, daß Herr Professor Hussak Sie keineswegs zum Zwecke einer ärztlichen Konsultation entließ, sondern daß Sie unter dem Vorwand, Kopfschmerzen zu haben, sich vom Unterricht entfernten.«

Jetzt erst erinnert sich Kurt. Das meint er also, dieser unheimliche Buchhalter meiner Verfehlungen. Er soll nur schnell zu Ende kommen.

»Sie haben nicht nur unerlaubt und schwindelhafterweise das Schulgebäude verlassen, haben nicht nur in seinem Umkreis geraucht, was gleichfalls verboten ist, sondern haben vor allem –« (nun tut es Kupfer nicht mehr leid, er hebt die Stimme, sie ist nichts als Donner und Vernichtung) »– zwei Mitglieder des Lehrkörpers auf das unverschämteste belogen. Wenn sich Herr Professor Hussak von Ihnen einreden läßt, daß Sie Kopfschmerzen haben, so ist das seine Sache. Mich kümmert das weiter nicht, ebensowenig, wie es mich interessiert, in welchem Zusammenhang Ihre plötzliche Indisposition mit der Anwesenheit der früheren Anstaltsschülerin Berwald steht.«

Jetzt sollte ich von Rechts wegen hinausgehen und ihm ein paar Ohrfeigen geben, denkt Kurt. Aber er ist viel zu müde und zählt lieber die Rillen im Holz seines Pultes.

»Für mich ist lediglich der objektive Tatbestand maßgebend und dieser wiegt schwer genug. Ich habe mich genötigt gesehen, eine Konferenz einzuberufen, um über Sie die gebührende Disziplinarstrafe zu verhängen. Die Konferenz hat beschlossen, daß Sie einen Karzer in der Dauer von vier Stunden abzusitzen haben. Nehmen Sie das zur Kenntnis und richten Sie sich in Hinkunft danach. Sie wissen, welche Folgen ein zweiter Karzer hätte, besonders für einen Schüler in einer derartig gefährdeten Position, wie es nach dem letzten Zensurergebnis die Ihrige ist. Von der Strafe haben Sie zu Hause Mitteilung zu machen und dies durch die Unterschrift des Vaters zu bescheinigen. Tag und Stunde werden Ihnen noch bekanntgegeben werden. Setzen.«

Unter eisigem Schweigen verließ Kupfer das Klassenzimmer.

Und nach langer Zeit begab es sich zum erstenmal, daß die ganze Klasse einig war in einem gleichen Gefühl: hier geschieht Übergewöhnliches an Häßlichkeit.

Die Oktavaner standen um Kurt mit Mienen und Ausrufen des zur Tatenlosigkeit verurteilten Bedauerns, des ratlos unbehaglichen Mitleids, mit dem man etwa ein auf der Straße gestürztes Pferd anstarrt.

Der Zelter war zum erstenmal niedergebrochen. Er lag da und seine Flanken bebten. Kot fühlte er auf seiner weißen Haut, schlammigen Kot, der ihn besudelte. Das war fast noch schlimmer als die Peitschenhiebe, die ihn zu Boden gestreckt hatten.

Dann wurde der Kot plötzlich wohlig weich, er zwang zum Ausstrecken und Liegenbleiben, zur Teilnahmslosigkeit, zur Gleichgültigkeit am eigenen Geschick.

»Wann wollt ihr denn um die Rettungsgesellschaft telephonieren?« fragte Kurt und zwang ein fadenscheiniges Lächeln auf seine Lippen.

Die Umstehenden grinsten verständnislos. Doch als sein Blick langsam von einem zum andern ging, wandten sich viele weg. Das ertrugen sie nicht.

Es hätte in diesem Augenblick kaum einen gegeben, der nicht bereit gewesen wäre, auf einen Wink Kurt Gerbers über den Mathematikprofessor Artur Kupfer herzufallen. Es hätte in diesem Augenblick überhaupt etwas Großartiges geschehen können. Aber es geschah nicht.

Sondern Kurt Gerber erhob sich und kopierte in Ton und Gebärde Asso, den Deutschprofessor.

»Asso der Kaulich kibt mir jetzt eine Zikarette. Und man soll sich asso merken, das ist die sokenannte romantische Ironie, nichwa.«

Aber sie glückte ihm immer seltener. Sein Spott begann zu versagen. Worüber er sich noch vor kurzem hatte lustig machen können, das wurde ihm nun zum tragischen Problem. Die kleinen und großen Tücken der Professoren – jeder hatte seine Spezialität, Riedl zum Beispiel prüfte seit neuestem nur in der Bank, rief halbestundenlang Namen, fragte etwas, und sagte immer im gleichen Tonfall: »Setzen«, so daß man nie wußte, ob die Antwort richtig gewesen war, Borchert verlangte die ältesten Dinge plötzlich zur Wiederholung, Niesset veranstaltete unangesagt schriftliche Prüfungen – all dies, was er früher einmal als komischen Machtrausch losgelassener Spießer belächelt hatte, schien ihm jetzt planmäßige und vor allem auf seinen Untergang gerichtete Tyrannei.

In diesen Tagen ereilte ihn die erste reguläre Prüfung Kupfers (bis jetzt waren es immer nur Bankfragen gewesen), und Kurt fand es durchaus in der Ordnung, daß er das aufgegebene Beispiel nicht lösen konnte und Nichtgenügend bekam. Die Sache ging ohne jegliche Emotion vor sich, in nichts war zu erkennen, daß hier eigentlich der erste Kampf auf offenem Feld stattfand, daß zwei, die einander mit Inbrunst haßten, zum erstenmal zusammenstießen – es war eine alltägliche Prüfung, bei der ein schlechter Schüler nicht entsprach.

Immer enger wurde Kurts Sinn von der Schule umzingelt, da und dort drangen schon feindliche Patrouillen in seine letzten Heiligtümer. Es konnte geschehen, daß er mitten im Lesen das Buch zusammenklappte, mitten im Akt das Theater verließ, weil ihm plötzlich eingefallen war, daß er morgen geprüft werden könnte. Angst schnürte ihn ein, fahle Angst vor unabwendbaren Geschehnissen. Sie lähmte ihn so völlig, daß er es dem Zufall überließ, ob er ihnen vielleicht entgehen würde. Aus eigener Kraft etwas dazu zu tun schien ihm unmöglich. Wenn er es dennoch mit schlotterndem Hirn unternahm, dann faßte ihn bald solcher Ekel, daß er es aufgab. Endgültig, wie er hoffte. Nicht wissend, ob es dieser Ekel war, der ihn schüttelte, oder jene Angst, floh er wieder zu einem Buch. Und klappte es wieder mitten im Lesen zusammen. Eine Leere war in ihm, die er bis jetzt für ausschließliches Merkmal des Magens gehalten hatte. Eine Appetitlosigkeit der Seele, durch und durch.

Die Leere verstärkte sich noch, wenn er an Lisa dachte. Bis hierher schon war sein Selbstvertrauen unterwühlt. Manchmal schien es ihm absurd, daß er an Lisa, die doch in ganz anderer Umgebung lebte, überhaupt mit »Liebe« herantrat. Er hatte sich eben aus der Fügung eines gemeinsamen Schulbesuchs Rechte abgeleitet, die ihm nicht zustanden. Lisa, eine Frau wie jede andere, nein, nicht wie jede andere, tausendmal mehr noch – Lisa durfte man von ferne verehren, nichts weiter. Und jedes noch so flüchtige Beisammensein mit ihr war eine unverhoffte Gnade, die man lang und schwer zu erwarten hatte. Ihr Austritt aus der Schule war kein Zufall gewesen. Lisa hatte mit diesen Dingen und der Not, die ihm daraus erwuchs, nicht das geringste zu tun. Sie mußte davon getrennt gehalten werden, für alle Zukunft.

Auch Weinberg wird ausgeschaltet bleiben. Er hat die Probe nicht bestanden. Er hat geglaubt, daß Lisa gelogen hätte. Selbst wenn es so wäre – Weinberg durfte es nicht glauben.

Nichts war da, woran Kurt sich hätte beleben können. Die Leistung, Kupfer zweimal hintereinander angeführt zu haben (denn auch die gefälschte Unterschrift auf der Karzerbestätigung war ihm entgangen), bedeutete keinen Triumph. Was hatte er ihm damit angetan? Nichts, gar nichts. Ja, wenn Kupfer die Fälschung bemerkt, untrüglich erkannt hätte und hätte den Vater rufen lassen und der Vater hätte erstaunt gesagt: »Ich verstehe nicht, Herr Professor. Es ist meine eigenhändige Unterschrift!« – das wäre eine Blamage gewesen! Aber so?

Auch daß Niesset seit jener tückischen »Ermahnung« ihm auswich, daß er den Schüler Gerber nicht fragte, selbst wenn sich dieser als einziger zur Antwort meldete, daß er, wenn Kurt die Antwort dann einfach hinausrief, nervös an seiner Krawatte fingerte und weiter nichts tat, daß diesem roten Krokodil also sichtlich der Schreck über seine plötzlich aktiv gewordene Bosheit in den Gliedern lag – auch das löste in Kurt wenig Befriedigung aus. Niesset versagte ihm die Genugtuung der Kapitulation, er verhungerte lieber im eingeschlossenen Hinterhalt. Dadurch, daß er Kurts aufmerksame Teilnahme am Unterricht nicht zur Kenntnis nahm, zwang er ihn geradezu, sich wieder anders zu beschäftigen. Und Kurt empfand nun beinahe Scham über das früher bewiesene Interesse, stürzte sich verbittert ins Gegenteil, las auffällig große Bücher, machte Hausaufgaben, ohne sich um formelle Heimlichkeit auch nur zu bemühen. Aber nichts geschah. Niessets schlechtes Gewissen fürchtete, der Schüler Gerber könnte, auf eine Ermahnung hin, wieder zum Unterricht zurückkehren und sein Wissen in Form eines aufdringlichen Memento darbieten.

Nur einmal, als Kurt eine englische Zeitung von riesenhaften Dimensionen umständlich über der Bank aufblätterte, konnte sich Niesset nicht zurückhalten. Er schielte mit bös zusammengekniffenen Augen nach Kurt und fauchte kehlig (es klang wie Schnarchen): »Mnnna, Gerber –!« Kurt sah auf und tat mit freundlicher Verwunderung so, als ob ihn jemand Fremder begrüßt hätte: »In der Tat! Kurt Gerber! Woher kennen Sie mich, bitte?« Jetzt schien sich etwas Aufregendes begeben zu wollen, Niessets rotes Gesicht verfratzte sich, er würgte herum, nun *mußte* er doch etwas für seine Autorität tun – aber da die meisten den Vorgang gar nicht bemerkt hatten und sich ungestört weiter unterhielten, beherrschte er sich und wich einer Szene, an der vielleicht die brenzlige Geschichte mit der Ermahnung hätte aufgerollt werden können, noch knapp aus. Ja, es kam ihm sogar nicht ungelegen, daß im gleichen Moment Pollaks fettiger Baß überlaut hörbar wurde: »Fiigaro, Fiiigaro, Fiiiiigarooo!« Auf das, was nun folgte, hätte Niesset allerdings gerne verzichtet. Einige lachten laut auf, klatschten Beifall, riefen: »Da capo«, bald dröhnte die ganze Klasse, und es dauerte sehr lange, bis Niesset den Lärm niedergebrüllt hatte. Und gerade da blätterte Kurt geräuschvoll die Zeitung um. Niesset zuckte zusammen und steckte den Kopf tief ins Buch.

Pollak wurde in der Pause herzlich beglückwünscht, und auch Kurt bekam von den wenigen, die seinen Zusammenstoß mit Niesset bemerkt hatten, viel anerkennende Worte zu hören. Es war überhaupt so etwas wie eine Entspannung eingetreten in der Klasse, und Kurt wurde von ihr doch ein wenig mitgezogen. Schon als er nach seiner Krankheit wieder in die Schule gekommen war, schien es ihm nicht mehr so unnatürlich starr und zielbedrückt herzugehen in der Oktava. Das war vielleicht die Wirkung der Zensurkonferenz, vielleicht die Erkenntnis, daß man sich nicht so lange vor dem Ende zu verausgaben brauche, daß es, beispielsweise, unhaltbar sei, in Niessets Stunden dem Thema zu folgen und Prochaskas Vortrag (die Erschütterung seines Antritts war längst vergessen) mitzustenographieren, daß es früher oder später doch zum Rückschlag kommen müsse und daß es, wenn schon, eben besser früher geschieht als später. Ja, es fanden sich sogar einige, die bei der lateinischen Schularbeit wieder abschreiben ließen und bei der französischen wieder Vokabeln einsagten. Ein guter Kobold ging unter den Oktavanern um. Er nestelte eifrig und mit Erfolg an den kalten, starren Panzerscharnieren, mit denen sie sich umgürtet und voneinander abgeschlossen hatten. In manchen Stunden schwebte ein leiser Hauch durch das Klassenzimmer und umfächelte ihre Gesichter und ihre Herzen, und wurde erkannt und mit wehmütiger Freude begrüßt: es war ein Hauch jener schwerelosen Luft, die wir vor langen Zeiten in verschwenderischer Sorglosigkeit eingeatmet hatten und ausgeatmet, damals, als wir noch Kinder waren, mit kurzen Hosen, mit nackten Knien, damals, als wir voll ehrfürchtigem Schauder zu den Oktavanern aufsahen und uns nicht vorstellen konnten, daß wir auch einmal Oktavaner sein würden, das Höchste, was es zu erreichen gab. Und nun sind wir's doch geworden, nun sind wir Oktavaner. Aber was heute in den unteren Klassen sitzt, ist sehr frech und respektlos und dreht uns hinter dem Rükken lange Nasen, aus purer kindischer Dummheit. Da waren wir in der Quarta doch ganz andere Kerle ...

Einzig in Kupfers Stunden konnten solche Stimmungen nicht aufkommen. Da hatte man auch anderes zu tun, als elegisch zu sein. Da hieß es, dem groben Keil sich als grober Klotz entgegenstellen, da wollte keine Befreiung kommen aus der eisernen Angespanntheit.

Aber schließlich kam sie doch. Und zwar von einem, dem man es nie zugetraut hätte, von einem, der in sieben Jahren noch keine Silbe zuviel gesprochen hatte und den das ganze Getriebe offenbar ungeheuer langweilte, der sich nie zu Wort meldete und nur bei den Prüfungen lustlos merken ließ, daß er viel mehr wußte, als hier zu zeigen geboten war, ja den es fast erstaunte, daß er auf all diese Fragen, die doch so klein und dumm und unwichtig waren, die beste Antwort gab; und der aus dem Staunen nicht herauskam, denn er war ein unantastbar guter Schüler, Jahr für Jahr standen auf seinen Zeugnissen lauter Sehrgut, und weil er in keinem Gegenstand auffallend glänzte, sondern in allen gleich, deshalb glänzte er überhaupt nicht, wollte auch gar nicht, war das Unikum eines guten Schülers, dem man weder Streben noch Büffeln noch sonst das geringste vorwerfen konnte, war einer, der Gesinnung hatte und dennoch Erfolg, war aller Wahrscheinlichkeit nach ein Genie: Josef Benda.

Dieser Josef Benda erhebt sich nicht sehr eilfertig, als ihn Kupfer am Beginn der Stunde scharf und erregt aufruft.

»Benda! Sie wurden in der gestrigen Zehnuhrpause, das heißt *nach* der gestrigen Zehnuhrpause, denn die Unterrichtszeit hatte schon begonnen, auf dem Korridor gesehen.«

Benda zieht die Stirne kraus. Er scheint Kupfers Worte als unangenehme Störung zu empfinden. Es kann aber auch sein, daß er sich erst besinnen muß, was Zehnuhrpause und Unterrichtszeit eigentlich sind. Er antwortet überhaupt sehr langsam und ein wenig befremdet: »Ja.«

»Wissen Sie nicht, daß Sie nach dem Läuten in der Klasse zu sein haben?«

»Ich war draußen.« Benda meint etwas anderes, als Kupfer gereizt versteht.

»Teufelnocheinmal, das weiß ich! Deswegen stelle ich Sie ja zur Rede!«

Benda schweigt.

»Was hatten Sie draußen zu tun?«

Benda staunt sichtlich. Was sind denn das für Fragen?! Dann sagt er mit einem Lächeln, das verschämt sein soll und väterlich aussieht:

»Was man eben draußen zu tun hat.«

Die beiden können sich nicht verständigen, und Kupfer hält das für bösen Vorsatz des Schülers. Er senkt drohend die Stimme:

»Spielen Sie sich nicht mit mir. Mit mir ist nicht gut Kirschen essen!« (Sonst sagt er immer: »net gut«. Er muß schon sehr erbost sein.) »Ich frage Sie zum zweiten- und letztenmal: wo waren Sie?«

Jetzt begreift Benda das Mißverständnis. Sein Gesicht erhellt sich. Er grinst ein wenig. Einer, der zufällig hereinkäme, würde ihn bestimmt für einen kompletten Idioten halten. (Was die Wahrscheinlichkeit, daß Benda ein Genie ist, nahezu zur Gewißheit macht.) Dann antwortet er wohlwollend:

»Ich war auf dem Wasserklosett.«

Mag es die tiefe Stimme sein, mit der er spricht, oder die ungewollte Gründlichkeit, die das Wort »Wasserklosett« so komisch erscheinen läßt – warum sagt er auch nicht Klosett oder Abort oder Toilette, warum sagt er übertrieben korrekt, langsam, deutlich und einwandfrei: Wasserklosett? – jedenfalls beginnt in der Klasse unterdrücktes Gelächter aufzusprudeln, wie Wasser aus einem undicht gewordenen Faß.

»Ruhe!« kreischt Kupfer, und die Klasse verstummt erschreckt. Dann äfft er Bendas Worte bissig nach: »So, Sie waren auf dem Wasserklosett. Haben Sie das nicht früher erledigen können?«

Es ist sehr unvorsichtig, was Kupfer da tut. Er rennt blindwütig in ein Gebiet, wo seine Macht denn doch ein wenig begrenzt ist. Aber er will sich nicht eingestehen, daß er auf die Verrichtung der Notdurft seiner Schüler keinen Einfluß nehmen kann. Solange sie in der Schule sind, haben sie –!

Auch Benda scheint zu merken, daß die Sache nicht ganz klappt. Daß er da verschiedene Chancen hat. Wie? Ob er »das« nicht früher habe erledigen können? Das ist aber eine dumme Frage. Natürlich nicht, sonst hätte er's ja getan. Und sehr bestimmt sagt er: »Nein!«

»Doch!« fährt ihn Kupfer an. »Das hätten Sie tun können. Sie hätten es sogar tun müssen. Müssen, sage ich. Denn dazu ist die Pause da.«

Jetzt kommt Benda richtig in Schwung. An seiner Redeweise ändert sich zwar nichts, aber ein Unterton behaglicher Freude ist für helle Ohren schon hörbar:

»Herr Professor! Ich kann doch nicht auf Befehl wässern!« Die offiziellen Lacher werden laut. Ihr Gekicher will bedeuten: »Mit solch einem Querkopf muß man Nachsicht haben!« Aber auch an anderen Stellen wird das Faß wieder glucksend undicht.

Kupfer versäumt die letzte Gelegenheit, sich mit Anstand zurückzuziehen. Er schnauzt die Klasse an, droht mit allgemeinem Karzer und wendet sich dann wieder zu Benda. Seine Augen funkeln.

»Hören Sie, Benda. Treiben Sie es nicht zu weit!« Dann kippt seine Stimme um. Er stampft auf: »Ich mache Sie aufmerksam, daß Sie nach dem Läuten nichts auf dem Gang zu suchen haben und daß Ihre Handlung strafbar ist.«

Benda bleibt unerschütterlich.

»Wenn ich aber doch wässern muß, Herr Professor.«

Die Mädchen haben schon längst Taschentücher vor dem Mund. In allen Bänken sind krampfig rote Gesichter mit hervorquellenden Augen und Adern zu sehen. Es kann nicht mehr lange dauern.

Kupfer schnappt nach Luft und brüllt so laut, daß die Klasse zusammenfährt.

»Dann haben Sie es eben bis zur nächsten Pause zurückzuhalten!«

Schon klirren die Reifen um das verdächtig knacksende Faß; und als Benda mit einer Beharrlichkeit, die den letzten Zweifel an ihrem Zweck wegräumt, langsam sagt:

»Dieses ist höchst ungesund. Der Astronom Johannes Kepler soll daran verstorben sein –«

– als Benda diese Worte spricht, gibt es kein Halten mehr. Das Faß birst dröhnend, mit voller Wucht stürzt der Schwall hervor, die Klasse tobt, manche bekommen keinen Atem und brüllen laut auf, die Mädchen vorne kreischen, fallen einander in die Arme, Hobbelmann hält sich den Bauch, er wippt auf seinem Sitz auf und nieder wie ein Gummiball, Kaulich hat die Brille abgenommen und wischt Tränen aus seinen Augen, Gerald steht gekrümmt auf, breitet die Arme aus und biegt und windet sich, immer wieder schwillt das Tosen an, es findet an sich selbst neue Nahrung, man braucht nur irgendeinen anzuschauen und muß wieder loslachen, es ist kein Ende abzusehen, keine Mäßigung, völlige Aufgelöstheit durchwälzt zweiunddreißig Oktavaner – nein, nur einunddreißig. Benda steht noch immer ruhig da, er kraut sich den Hinterkopf: »Mein Gott, was hab ich da angerichtet«, und bietet so ein wieder zum Lachen reizendes Gegenbild zu Kupfer. Der ist zuerst erstarrt, aber dann kommt Leben in ihn, er bewegt den Mund, wahrscheinlich schreit er, sein Gesicht ist brennrot und aufgedunsen, er schüttelt die Fäuste, knallt das große hölzerne Dreieck auf den Boden, schreibt etwas ins Klassenbuch, rennt hin und her – ein Anblick von unwiderstehlicher Komik, die Klasse lacht auch immer mehr, immer mehr – da kommt ihm ein Gedanke. Er krampft sich noch einmal zusammen, reißt den Mund weit auf, und dann setzt er sich auf den Kathedersessel, stemmt die Hände gegen die Tischkante und ist ruhig.

Auch in der Klasse wird es ruhig, unheimlich ruhig. Kupfer könnte diese Ruhe wirken lassen, aber dazu ist er noch zu aufgeregt, sein Gesicht hat alle Farbe verloren, schwer hebt und senkt sich die Brust, sein Atem geht noch keuchend, und erst als der kleine, schwarze Taschenkatalog vor ihm liegt, kehrt völlige Stille ein.

Er beginnt vom Alphabetsende.

»Zasche. Heraus. Was wissen Sie über die Eigenschattengrenze eckiger Strahlenkörper?«

»Die Eigenschattengrenze – die Eigen –«

»Danke, setzen, nichtgenügend. Walther. Die Kurven der trigonometrischen Funktionen. Nun? Danke, setzen, nichtgenügend.«

Und so geht es das ganze Alphabet durch. Kupfer ruft Namen, stellt Fragen und gibt Nichtgenügend. Ohne die geringste Bemerkung. Auch bei Benda sagt er weiter nichts. Benda ist der zweite im Alphabet. Vor ihm (diesmal nach ihm) kommt nur noch Altschul. Und was geschieht dann?

Dann wird wieder Benda herausgerufen. Und bekommt wieder Nichtgenügend.

Geht es jetzt von vorn nach hinten?

Nein. Denn es wird noch einmal Benda herausgerufen. Und kaum daß er sich gesetzt hat – Kupfer gibt peinlich acht, daß Benda richtig sitzt, sein Heft aufschlägt, sich zurücklehnt – wird er wieder herausgerufen.

Beim fünften Mal bleibt Benda an der Ecke seiner Bank stehen.

»Ich sagte setzen!«

»Da ich doch ohnedies –«

»Sie sind nicht gefragt. Setzen Sie sich.«

Benda setzt sich.

»Benda!«

Benda erhebt sich.

»Also?«

Benda steht schweigend.

»Kommen Sie heraus.«

»Nein.«

»Wissen Sie, daß das Verweigerung des Gehorsams ist?«

»Ja.«

»Wollen Sie herauskommen?!«

Da geschah das nicht mehr Erwartete, daß Benda hinausging, wortlos, und draußen wortlos blieb, gar nicht erst wie bisher den Versuch machte zu antworten. Kupfer war um eine große Hoffnung betrogen. Er schloß die Prozedur und begann vorzutragen, mit leiser Stimme. Und auch der letzte Rest von Triumph, der etwa noch in ihm war, sollte vernichtet werden. Gegen Ende der Stunde meldete sich Benda zu Wort.

»Benda?«

»Darf ich etwas sagen?«

Kupfer, in letztem Auslug auf ein klares Delikt, bejaht.

»Es gehört nicht zum Unterricht!« vergewissert sich Benda.

»Reden Sie!« zischt Kupfer in scharfer Ungeduld.

Und Benda spricht langsam und ernsthaft: »Ich habe mich vorhin geirrt, Herr Professor. Nicht Johannes Kepler, sondern Tycho de Brahe ist an Harnverhaltung gestorben.«

Niemand lachte mehr. Aber alle fühlten, daß in dem zerrissenen Gesicht, mit dem Kupfer sich zur Seite wandte, unauslöschlicher Gram über etwas noch nicht Dagewesenes sich eingefressen hatte ...

Die allgemeine Meinung ging dahin, daß Benda nichts geschehen könnte und daß alles noch zu wenig gewesen wäre. Nur die fünf Nichtgenügend seien bedenklich.

Das fand nun Benda gerade nicht, wie er überhaupt der Ansicht war, daß Kupfer die ganze Sache auf sich beruhen lassen werde. Er sagte dies wohl auch deshalb, um die Nichtgenügend der andern, die doch er verschuldet hatte, harmlos erscheinen zu lassen.

Bei einem gelang ihm dies nicht: Egon Schönthal.

Schönthal – er wurde von den halbwegs Aufrechten »die Kröte« genannt und immer wieder durch die Frage erbost, ob er nicht schon aus dem Mutterleib gekrochen wäre – war das Schulbeispiel des rücksichtslosen Kriechers. Wiewohl es bei ihm niemals um Sein oder Nichtsein, immer nur um Gutsein oder Nochbessersein ging, war er für seinen Vorteil jeder Brutalität und jeder Erniedrigung fähig. Wäre Kupfers Unnahbarkeit beim heutigen Massenschlachten nicht gar so beängstigend eisig gewesen – Schönthal hätte sich ohne Zweifel bereitgefunden, den Staub von Kupfers Schuhen zu küssen und bei allen Heiligen zu schwören, daß er nicht gelacht hatte, er allein nicht. Schönthal bekam ganz andere Dinge fertig, hatte sich mehr als einmal aus der Schlinge gedreht, mit der man ihn, mitgefangen, mithängen wollte. Er scheute sich nicht, als einziger eine solidarische Aktion unmöglich zu machen, als einziger um Erlassung eines Karzers zu winseln, der über die ganze Klasse verhängt war, er denunzierte offen und versteckt, log mit dem unglaublichsten Raffinement, um sich einer Klemme zu entwinden – feucht und krötig kroch er über alle Hindernisse, bis er am Gipfel angelangt war. Und tatsächlich war er neben Benda der einzige, der immer lauter Sehrgut hatte. Aber was bei Benda eine unabänderliche Notwendigkeit schien, die er einfach hinnahm, als gerade noch angängig, war bei Schönthal das erschöpfende Höchstmaß des Erreichbaren, beseligende Gewißheit, daß man es nicht besser machen konnte.

Die Kröte also ging mißmutig auf und ab, zog schmerzliche Grimassen, daß man das rote Fleisch an den vorstehenden Zahnreihen sah, und dachte sich in die Schmach hinein, die ein Gut in der Kolonne von Sehrgut bedeutet. Er war wütend, traute sich aber doch nicht, gegen Benda Stellung zu nehmen. Sein einziger Trost: daß auch Bendas Herrlichkeit der »Lauter Sehrgut« zu Ende sei. Endlich geiferte er:

»Gewiß, sehr lustig, alles schön und gut – aber wer wird sich darum kümmern, daß ich mein Sehrgut wiederbekomme?«

Die Umstehenden blickten ihn erstaunt an.

»Ja – ja – gafft nicht so blöd – es ist schon so: wie komme ich dazu, mein Sehrgut zu verlieren?«

Einige schüttelten die Köpfe, peinlich berührt von einer Haltung, die noch nie so wenig am Platz war wie jetzt. Endlich brach Lengsfelds, des zweimal Durchgefallenen, hohe Stimme das Schweigen:

»Na hör einmal! Wenn sich alle, hörst du, *alle* Sorgen machen dürften, ob aus dieser Sache ein Schaden für sie entstehen kann, so bist du doch der allerletzte, der Grund dazu hat.«

Schönthal duckte sich:

»Dich hat zwar niemand gefragt, aber ich will dir trotzdem etwas sagen: wenn es allen, verstehst du, *allen* egal ist, wie sie klassifiziert werden, so ist es mir nicht egal.«

Lengsfeld, der nicht sehr kampflustig ist, zieht sich zurück. Da auch Benda die Gruppe verläßt, sieht Schönthal herausfordernd von einem zum andern. Er glaubt gewonnenes Spiel zu haben.

Und wirklich hat sein letztes Argument einige Wirkung erzielt. Scholz, Pollak und Brodetzky wackeln bedenklich. Hm, gar so unrecht hat er nicht. Wie kommen wir wirklich dazu? Da schindet man sich acht Jahre und dann geht vielleicht wegen einer solchen Kinderei der Vorzug flöten. Die Sache ist nicht so einfach, wie es schien –.

»Es ist keinem von uns egal, wie er klassifiziert wird!« Kurts Stimme klingt scharf und drohend, er will sich viel vom Herzen reden, diese Szene ist das Schmierigste seit langem. Aber Schönthal läßt ihn nicht weitersprechen. Er schießt einen grünen Blick nach Kurt und äußert giftig:

»Danke. Ich bin dir für diese Mitteilung wirklich sehr verbunden. Aber hör zu: dir –« (sein Zeigefinger sticht von unten durch die Luft) »– speziell dir kann es zufällig egal sein. Denn du fällst sowieso durch.«

Kurt begreift vorerst nicht, was Schönthals Worte eigentlich besagen wollen, spürt nur ihre niedrige Feindseligkeit und schweigt angewidert.

Da saust etwas an Kurt vorbei. Ein Körper. Es ist Weinberg, der hinter ihm auf der Bank gestanden ist und nun herabspringt. Er schnellt auf Schönthal zu und schlägt ihm die Faust wuchtig mitten ins Gesicht. Schönthal taumelt ein wenig, die Brille fällt ihm zu Boden, er glotzt aus blöd geweiteten Augen und bedeckt sein Gesicht mit den Händen. Durch seine Finger fällt ein Blutstropfen, dann noch einer. Er reißt ein Taschentuch hervor und rennt aus der Klasse. Die andern blicken ihm wortlos nach. Weinberg schüttelt etwas nicht Vorhandenes von seinen Händen ab, dreht sich scharf um und geht auf seinen Platz.

»Weit haben wir's gebracht«, sagt Brodetzky verächtlich. Mißbilligende Ausrufe werden laut. Es ist nun ganz klar, daß sich die Stimmung, bei einem Teil zumindest, für Schönthal entschieden hat. Aber eine Fortsetzung der Debatte wird durch das Läuten und den Eintritt Professor Borcherts unmöglich gemacht.

Borchert ist ein kleines, schusseliges Männchen, nicht wenig eingenommen von sich und der Wichtigkeit seiner Worte. Wenn ihm etwas gegen den Strich geht, beginnen die Äuglein hinter dem Kneifer nervös zu zwinkern, dann reckt er sich in die Höhe und seine Rede beginnt immer mit den Worten: »In meiner Stunde –«. Im übrigen ist er kein Schurke aus Passion wie sein Kollege Kupfer, sondern nur von sprunghafter Veränderlichkeit, die ihn manchmal sogar ein wenig unzurechnungsfähig erscheinen läßt. Es kommt vor, daß er getanes Unrecht zugibt und wieder gutmacht, es kommt aber auch vor, daß man bei ihm plötzlich durchgefallen ist, man weiß nicht wie. Güte, Einsicht, ein oft erstaunliches Verständnis für die Angelegenheiten seiner Schüler – und kleinliche Rachsucht, neronische Anfälle, schulfüchslerische Unzugänglichkeit purzeln bei ihm unberechenbar durcheinander und stiften Verwirrung und Besorgnis. Er ist ein im Grunde sicher nicht bösartiges, aber dennoch gefährliches Insekt.

Heute hat er wieder einmal vergessen, die Klassenbuchnotiz einzuschreiben. Da die Klasse schon seit längster Zeit immer vollzählig beisammen ist (in der Oktava fehlt man nicht nur so –!), bemerkt er die Abwesenheit Schönthals sofort.

»Monsieur Schönthal, est-ce qu'il est absent depuis la première leçon?«

»Non!« rufen einige. »Il est présent!«

»Alors, ou est-il?«

Darauf bekommt Borchert keine Antwort. Die Klasse schweigt betreten. Borchert faßt den Verdacht, daß Schönthal »seine Stunde« schwänzt und will ihn eintragen. Die Oktavaner wissen noch immer nicht, wie sie den Irrtum verhindern sollen.

Borchert hat das Klassenbuch aufgeschlagen. Er stutzt, dann liest er leise, doch so, daß es alle hören können: »Benda stört den Unterricht in der unverschämtesten Weise, indem er sich meinen Anordnungen widersetzt und auf meine Vorhalte freche Antworten gibt. Dadurch reizt er die Klasse zu gleichfalls strafwürdiger Disziplinlosigkeit auf. – Monsieur Benda? Je suis profondément étonné! Qu'est-ce que vous avez fait?«

Da Benda nur aufsteht, aber keine Antwort gibt, meint Borchert, die Sache gehe ihn gar nichts an, auch er habe allerdings in der letzten Zeit eine bedauerliche Veränderung im Benehmen der

Oktava konstatieren müssen, und er sei sehr verwundert, daß gerade Benda –, und übrigens wolle er Schönthal eintragen.

Aber der tritt gerade, das Taschentuch noch immer vor dem Mund, zur Türe herein. Und in dem nun folgenden Verhör werden Begebnisse ruchbar, über die Borchert neuerdings profondément étonné ist. Er läßt eine längere Rede los, macht dabei verschiedene Anspielungen, und Kurt, von dem eben Geschehenen maßlos überreizt, bezieht sie alle auf sich, wird unruhig, will ein Ende haben. Borchert ermahnt ihn einige Male, ohne sich weiter stören zu lassen. Endlich unterbricht er sich: Zasche spielt mit dem Federhalter, hört nicht zu.

»Zasche! J'observe, que vous n'êtes pas très interessé!«

Zasche, der kein Wort verstanden hat, blickt ihn mit erschrecktem Gesicht an und nickt, für alle Fälle.

Borchert läßt an dem Halbidioten gern seinen spärlichen Witz aus. Weil Zasche, auf gut Glück, Borcherts Fragen immer mit Oui oder Non beantwortet, kommt dem Professor ein köstlicher Einfall. »Vous êtes fou, n'est-ce-pas?« fragt er freundlich, ermutigend.

Und Zasche, der nach diesem Tonfall glaubt, daß man seine Zustimmung erwarte, sagt richtig: »Oui.«

Hehehe, meckert Borchert, und die offiziellen Lacher stimmen voll Anerkennung für den gelungenen Scherz ein. Knallrot, hilflos steht Zasche in diesem Gelächter. Es ist ein widerliches Schauspiel, an dem Kurts Empörung rasch und ohne Halt aufzüngelt.

»Ich gratuliere, Herr Professor!« ruft er hinaus. »Aber machen Sie solche Witze lieber mit mir!«

Die Klasse verstummt in Erwartung. Ein Rededuell Borchert kontra Gerber – das kann ja amüsant werden. Borchert, scheinbar gut gelaunt, Kurt Gerber, das wissen alle, mit galligem Sprengstoff geladen. Die Oktavaner setzen sich zurecht. Körner imitiert eine Fanfare und Schleich sagt vernehmlich: »In der Aula zu Toledo.« Alle Voraussetzungen zur Disputation sind gegeben.

Es wird nichts daraus. Borchert zwinkert heftig, dann nickt er bedauernd: »In meiner Stunde, Gerber, sollten Sie derart anmaßende Rüpeleien unterlassen. *Sie* haben es nötig! Langsam könnten Sie schon wissen, wie es um Sie bestellt ist. – Alors, la dernière leçon …«

Und Kurt wird von ihm ganz einfach beiseite geschoben.

Das gibt ihm den Rest. Noch surren ihm Schönthals Worte im Ohr, du fällst sowieso durch, du fällst sowieso durch – und jetzt diese Erniedrigung, dieser nicht mißzuverstehende Hinweis auf seine Lage. Kurt knickt zusammen.

Es geht steil abwärts mit ihm, er versagt bei einigen Prüfungen, sieht obendrein, als er wieder einmal mit Nichtgenügend in die Bank geschickt wird, ein hämisches Grinsen über Schönthals Gesicht huschen, will daraus einen Antrieb für seinen Eifer herleiten, ich werde es dem Idioten schon zeigen – aber dieser Ehrgeiz kommt ihm bald so entwürdigend vor, daß er eine Zeitlang die ihm gestellten Fragen auch dann nicht beantwortet, wenn er es könnte, Herr Schönthal soll nicht glauben, daß ich auch nur die geringste Ambition habe, ihn zu überzeugen, nein, ich weiß nichts von Gneis, Granit und Glimmerschiefer, es interessiert mich auch gar nicht, ich weiß dafür andere Dinge, von denen *er* keine Ahnung hat, und ich will das, womit *er* prunken kann, gar nicht wissen, ich schäme mich, es zu wissen, ich sage es nicht …

Professor Seelig nimmt ihn eines Tages nach der Stunde beiseite und spricht ihm eindringlich ins Gewissen, er solle sich doch ein bißchen bemühen, solle es den wenigen Professoren, die noch zu ihm stünden, nicht gar so schwer machen, für ihn einzutreten. Kurt will ihn mürrisch abwehren, aber der Professor blickt so traurig aus den tiefen, dunklen Augen, daß Kurt sehr kleinlaut wird. Und vor allem, fährt Seelig fort, müsse er trachten, diese Sache mit Kupfer und dem Karzer wieder einzurenken, das müsse er tun, und Kurt verspricht es, weinerlich fast, wie ein Kind, das folgsam sein will. Oh, manchmal möchte er so gerne alles gut und in Ordnung haben, es schmerzt ihn so sehr, daß er gehaßt wird und wieder hassen muß, wozu ist das, warum freut sich Schönthal, wenn ich durchfalle, warum ist Kupfer so schlecht, so abgründig schlecht, warum, was widerfuhr ihm, vielleicht ist er ein sehr unglücklicher Mensch und könnte weich sein und liebevoll, wenn ihm einer Liebe zeigte ... Und Kurt gebot seinem Zerbröckeln Einhalt, mörtelte sich mit Vorsätzen, ging zu Kupfer und begann mit guter, sanfter Stimme zu sprechen – aber Kupfer schleuderte dem Aufgetanen so schmal geschliffene Dolche von hochmütiger Unerbittlichkeit entgegen, daß Kurt ahnte: es gibt ein großes, gräßliches Nie, gegen das wir nicht anrennen sollen, sonst senkt es sich, eine riesenhafte Wand, auf uns herab und zwingt uns zu Boden, und wenn wir gar zu nahe waren, zermalmt es uns ...

Noch war es nicht so weit.

Der Zelter hatte sich aufrichten wollen. Aber er strauchelte und brach wieder in die Knie. Kraft war vergeudet. Die Peitsche ging nach jedem Hieb von neuem hoch, ohne Eile, fiel herab, ohne Eile, ging wieder hoch, regelmäßig, auf – ab, auf – ab, vierundzwanzig Stunden, ein Tag, schon lauerte der nächste, sich aus ihm zu erheben und niederzusinken, schon spürte er nichts mehr, der Zelter, und seine Blicke verloren langsam den Glanz der Angst wie den Glanz der Hoffnung – bis die Peitsche eines Tages in der Luft stehenblieb:

Die Weihnachtsferien waren gekommen.

SECHSTES KAPITEL

Ein Mensch namens Kurt Gerber

Es gab Zeiten, da Lisa Berwald, von unvermittelten Gedanken über die Ziel- und Zwecklosigkeit ihres Daseins gerüttelt, mit Kurt Gerber und seiner Werbung nichts anzufangen wußte. Da gewandete sie ihre nackte Ratlosigkeit in einen hohl sich bauschenden Faltenüberwurf, den sie als Uninteressiertheit schlechthin angesehen wissen wollte, als Deckung vor jedem Versuch, sie zu strapaziösen Gewaltmärschen aufzufordern. Es schien ihr völlig ohne Sinn, Gipfel zu erklimmen, da es doch in der Natur der Sache liegt, daß jedem Aufstieg ein Abstieg folgen muß. Wozu die Mühe solcher Gebirgstouren? Gut, da war man oben. Und was dann? Das Schöne, das man erspäht hat, unweigerlich wieder entschwinden sehen, wieder zur grauen Ebene hinab und dort noch unzufriedener leben als bisher? Und um einer Verheißung willen, die mit dem Keim der Unhaltbarkeit geboren wird, soll man die Qual von Gelübden auf sich nehmen? Zu solchem Ende sich in Bewegung setzen, sich heißlaufen, Hoffnungen pflanzen, hegen und großziehen?

Lisa Berwald sah keine Notwendigkeit, Hirn und Herz, Denken und Fühlen mehr anzustrengen, als es der Augenblick erforderte. Und deshalb – weil sie von keiner außergewöhnlichen Inanspruchnahme verbraucht war – erreichte sie immer mit einem Mindestmaß von Aufwand das Höchstmaß an Leistung. Solide Leute würden das »praktische Veranlagung« nennen. Sie hätten nicht unrecht. Denn praktisch veranlagt sein heißt soviel, wie nichts Nutzloses tun. Weil aber alles Schöne erwiesenermaßen völlig nutzlos ist, haben die praktisch Veranlagten zumeist kein schönes Leben. Und auch Lisa Berwald hatte keines. Den praktisch Veranlagten muß dies gegönnt werden – an Lisa Berwald geschah damit ein großes Unrecht. Denn ihr fehlte, was bei jenen die Voraussetzung ist: berechnender Egoismus. Lisa Berwald war von der denkbar größten Ahnungslosigkeit ihrem Wesen gegenüber. Was sie tat, tat sie instinktmäßig, und weil sie einen guten Instinkt besaß, tat sie immer das Vorteilhafteste. Aber sie dachte nicht nach, kalkulierte nicht und hatte deshalb weiter keinen Nutzen davon. Sie stand niemals über einer Situation, immer nur vor ihr. Der »Sachverhalt« stand ihr nach, wurde klein, immer kleiner, und ging ihr, da sie sich nicht um ihn kümmerte, schließlich ganz verloren. Etwas eigenartig Großzügiges lag in ihrer Gedankenlosigkeit. Beinahe etwas Edles.

Wenn darum die Leute zu Kurt Gerber kamen und Lisa dumm nannten, dann lachte er im stillen über diese komische Verbissenheit. Allenfalls versuchte er zu begütigen, naja, sehr intelligent ist sie gewiß nicht, aber das verlangt doch auch niemand: immerhin –

Der Immerhin gab es etliche. Lisa bekam nämlich von Zeit zu Zeit »Anfälle«. Dann verschlang sie in unmöglichem Durcheinander die schwerste Lektüre, die sie auftreiben konnte, lernte Sprachen, rannte in die Oper, verblüffte durch die unverbildete Natürlichkeit ihres Urteils – und brach ebenso plötzlich wieder ab. Kein Satz blieb zurück von dem, was sie an »Bildung« in sich hineingeschüttet hatte, sie war wieder leer, saß stundenlang wortlos da und blickte traurig irgendwohin.

Diese Traurigkeit mochte daher rühren, daß Lisa, geistig überanstrengt, an etwas sehr Entgegengesetztes dachte und daß ihr dabei, wenn auch nicht zum Bewußtsein, so doch zum Empfinden kam: sie kannte keine Liebe. Nicht einmal das übliche Backfischideal hatte sie gehabt; als sie sich mit dreizehn Jahren zum erstenmal hatte küssen lassen, da war es kein herbeigesehnter Postkarten-Adonis gewesen, sondern der zufällige Nachbar in der Sommerfrische, ein etwa dreißigjähriger Bankbeamter mit schütterem Haar, der es sich zunutze machte, daß man Lisa an jenem Abend allein in der Wohnung gelassen hatte. Sie hatte sich damals sehr geschmeichelt gefühlt, weil es doch ein Erwachsener war, und wieder in der Stadt, steckte sie voll phantastischer Erwartungen, wies die erwachenden Wünsche der Schulkollegen verächtlich zurück und war sehr enttäuscht, als niemand anderer kam. Die Tanzstundenjünglinge mit ihren glatten Worten und heimlichen Zoten langweilten sie, aber da sie, die Schönste, nicht als einzige »ohne Verehrer« dastehen wollte, ließ sie gleichgültig bald den, bald jenen an ihren Mund heran, und kannte mit fünfzehn Jahren alles, was ein Kuß zu bieten vermag. Und dann kam die dunkle, qualvolle Zeit voll trockenen Schluchzens, die dumpfen Nächte und die sengenden Tage, da sie nicht ein noch aus wußte mit ihrem jungen, drängenden Leib und verschwommen umherging, damals war es auch, daß sie die kleinen, wissenden Lasterhaftigkeiten der Mitschüler an sich geschehen ließ – bis eines Tages, Lisa stand zwischen siebzehn und achtzehn, Otto Engelhart auftauchte, sie wußte kaum noch woher, sie liebte ihn nicht, er war ihr nicht einmal sympathisch, als er ihr vorgestellt wurde und sich eckig verneigte. Es blieb ihr auch unwesentlich, wie es dann doch dazu kam, in einer regnerischen Spätherbstnacht hatte er sie nach einem Theaterbesuch neben sich ins Auto gesetzt und wild geküßt, und dann war sie nackt in einem fremden Bett gelegen und nackt in einem fremden Bett erwacht und liebte Otto Engelhart noch immer nicht. Sie meinte, es hätte jeder andere auch gewesen sein können. Das war aber nicht so. Und wenn auch dieser und jener nachkam (oh, jetzt war sie es, die sich aussuchte, und sie tat es wie eine Königin, die von allen ihren Mächten weiß), und wenn auch Otto Engelhart nichts dazu sagte und sich abseits hielt – sie fühlte doch, daß es kein Zufall war, als er eines Tages wieder zu ihr kam, sein kantiges Gesicht war bleich und seine Kehle rauh, und Otto Engelhart lag zu Lisas Füßen und Lisa konnte es nicht mitansehn, und da er nicht aufstehn wollte, legte sie sich neben ihn auf den Boden. Seither waren sie zusammengeblieben. Lisa Berwald »ging« mit Otto Engelhart. Es belustigte sie beinahe, daß man just um diese Zeit über sie zu munkeln begann. Jetzt, da sie einem treu war, wurden die Blicke scheel auf sie gerichtet, jetzt nannte man sie ein verkommenes Ding, in der Schule verhinderte es nur die energische Fürsprache der freier gesinnten Professoren, daß die »Bedenken« gegen sie keine weiteren Folgen hatten, und dann rangen ihre Eltern die Hände, fremde Leute hätten ihnen die Augen öffnen müssen, ob es auch die Wahrheit wäre, ob ihre Tochter wirklich so tief gesunken sei? Lisa erkannte die Zwecklosigkeit einer Aussprache, hatte weder Lust dazu noch Eignung – also beschwichtigte sie, das sei alles nur dummes Gerede, mein Gott, die Leute ... und damit mußten sich die Eltern wohl oder übel zufriedengeben.

Aber die Leute hörten nicht auf zu tuscheln, und das wurde ihr nachgerade zu dumm. Gar als auch Otto Engelhart mit Vorwürfen kam. Wie aus Trotz ließ sie es nun geschehen, daß hin und wieder andere »Erfolg« bei ihr hatten – so nannten sie es ja. Auch gegen solche Erfolge Otto Engelharts bei anderen Frauen wendete sie nichts ein. Sie wußte, daß er von ihr ebensowenig loskönne wie sie von ihm, daß, was immer auch geschah, eines zum anderen mit der Sicherheit des noch so weit fortgeschleuderten Bumerangs stets zurückkehren würde.

Die Versöhnung nach derlei Zwischenspielen (wenn von einer Versöhnung überhaupt gesprochen werden kann) erfolgte ohne Szenen, ohne Bitternis, und völlig unpathetisch ging es auch zu, als Lisa eines Tages in Otto Engelharts Armen davon sprach, daß sie nun neunzehn Jahre alt sei und wohl bald heiraten werde.

Es war doch schmerzliches Erstaunen in seiner Stimme, als er fragte: »Wen?«

Das wisse sie nicht, sagte Lisa teilnahmslos und betrachtete ihre Fingernägel. Wahrscheinlich irgendeinen wanstigen Geschäftsmann, den ihr die Eltern zubringen würden oder uneigennützige Bekannte.

Soso, das wäre auch gewiß gut für sie. Auf die Weise wie bisher wäre es ohnehin nicht weitergegangen.

Da tat Lisa die unerwartete Frage: »Warum nicht?«

Und Otto Engelhart riß die Augen auf und wiederholte: »Ja, warum eigentlich nicht?«

Dann schwiegen sie lange und dachten beide dasselbe und dachten es beide in derselben hoffnungslosen Wut.

Aber es half nichts. Lisa trat aus der Schule aus, in der sie über Gebühr lange herumgesessen war, weil man zu Hause nichts anderes mit ihr anzufangen wußte. Auf der Sommerfrische in Italien wurde ihr ein erheblich älterer Fabrikant vorgestellt, der ein Auto und eine unmännlich hohe Stimme sein eigen nannte; diese entsprach seinem ganzen, überaus gefügigen Wesen, er trug sehr zu Unrecht den Namen Brumm und war das, was man als gute Partie bezeichnet. Von ihrem »Vorleben« wußte er nichts oder wenig, oder er wußte alles und machte sich nichts draus, denn Lisa war sehr schön und sehr jung und behandelte ihn gut. Er hätte sie – schon um sie zu besitzen – sicherlich geheiratet, und sie schien damit einverstanden, aber dann kehrten sie in die Stadt zurück und über Lisa kam grauenhafte Angst vor einer unvorstellbaren Zukunft, und eines Tages war sie wieder bei Otto Engelhart. Zu Hause erklärte sie kurz, daß sie sich's überlegt hätte, es wäre ihr unmöglich, in Hinkunft als Frau Brumm herumzulaufen, und sie fand übermütige Freude an dem Gedanken, daß man sie nun für eine exaltierte junge Dame halten würde.

Das hatte sich im September zugetragen. Weil sie den ohnehin mißgestimmten Eltern nicht ganz zur Last fallen wollte, auch um sich einen Ersatz für die Schule zu schaffen, nahm sie eine Stelle in einem kunstgewerblichen Atelier an, stickte Kissen, verfertigte Teepuppen, wurde von ihrem Chef sehr geschätzt und von den übrigen Angestellten sogar geliebt, denn sie war angenehm, gefällig und ohne Ehrgeiz. Anfang November vergötterte sie ein junger, sehr reicher Gutsbesitzerssohn, häufte Luxus vor ihr auf, zerwarf sich ihretwegen mit seiner Familie. Sie fand ein paar Wochen Gefallen daran und ließ ihn dann plötzlich stehen. In den Weihnachtsferien wollte sie mit Otto Engelhart und einigen seiner bunten Freunde einen nicht weit entfernten Wintersportplatz aufsuchen.

Angenehme Erschlaffung hatte sich ihrer bemächtigt. Sie überblickte ihr Dasein und sah die Möglichkeit, noch einige unendlich lange Jahre so zu leben, wie es ihr behagte. Das war für den Augenblick ausreichend, um sie in jene Stimmung zu versetzen, in der sie an Kurt Gerber, an seine ungebärdige, hochfliegende und in ihrer Reinheit sehr anstrengende Liebe mit einer Art von wohlgefälliger Rührung dachte. In solcher Stimmung pflegte sich ihr Vorsatz zu festigen, ihm die Erfüllung seines Traums auf möglichst sanfte und schmerzlose Art, mit vielen guten Worten und selbst mit vielen heißen Küssen zu versagen. Denn daß Kurt Gerber entsagen müsse, stand bei ihr fest. Wohl hatte es eine kurze Zeit gegeben, da sie ihn erhört hätte, einfach weil er ihr gefiel und weil es damals auf den vierten oder fünften nicht ankam. Aber Kurt hatte diese Zeit versäumt. Als sie merkte, daß er es mit Absicht getan hatte, war sie zuerst maßlos erbost gewesen und gleich darauf ergriffen wie noch nie. Dann erschrak sie vor den weiten, in herrlicher, ungebundener Gewalt tobenden Gefühlen, die er zu ihr hinstürmen ließ. Es war ihr unbegreiflich, daß man einen Kuß so folgenschwer nehmen könne, und weil sie, anderseits, Grundverschiedenes erlebte, hielt sie Kurt Gerbers Liebe für etwas Kindisches (wie sehr sie auch seine sonstige Erwachsenheit, die in der Schule doppelt auffiel, respektierte). Aus dieser Einstellung hatte sich ein Gefühl der Mütterlichkeit entwickelt, das aber mit den von Lyzealschülerinnen besonders gern mißbrauchten Begriffen »Freundschaft« oder »platonische Liebe« nichts zu tun hatte. Es war eine seltsame Art der Gegenliebe, welche ihr die Hingabe als etwas nicht Dazupassendes erscheinen ließ. Da sie ihre Auffassung von aller falschen Feigheit frei wußte, glaubte sie

Kurt auf diese Art zufriedenstellen zu können. Es lag ja wirklich eine gewisse Wertschätzung darin. Sie wollte nicht »auch« mit Kurt geschlafen haben, wollte ihn nicht einreihen. Dafür hatte nun er wieder kein Verständnis. Daß er Vorgänger gehabt hatte, war es gerade, was ihn entflammte. Er wollte ihr beweisen, daß er eben nicht »auch« mit ihr schlafen würde. Und so hatten beide von andrem Ursprung her Abscheu vor dem Auch, und liebten aneinander vorbei, ohne daß sie es wußten.

Lisa, zweifellos in tieferer Unklarheit als Kurt, empfand seine Beharrlichkeit auf die Dauer unbequem: warum findet er sich nicht damit ab, daß ich nicht »geliebt« sein will? Er könnte es so gut haben, wenn er in meinen Grenzen bliebe. Sie wurde ärgerlich. Und als eine Freundin sie fragte, was es denn mit diesem Kurt Gerber für eine Bewandtnis habe, man erzählt, daß er sich sehr um sie bemühe, man erzählt weiter, daß er ein netter junger Mensch sei und auch äußerlich wohl in Betracht käme –? da entgegnete Lisa, noch viel verdrießlicher, als ihr tatsächlich zumute war: ja, das sei alles wahr, aber schließlich könne sie doch nicht jeden erhören! Sie hatte das eigentlich aus Verlegenheit gesagt, es klang so, als ob sie ihm abhold wäre, und das war sie doch wirklich nicht, im Gegenteil – aber sie hatte es gesagt. Und die Formulierung gefiel ihr, schlug vielverzweigte Wurzel, wuchs, wurde zu festem, unerschütterlichem Vorsatz. Ihn gefaßt zu haben tat ihr manchmal leid, manchmal, wenn sie mit Kurt beisammen saß und er schwieg vor sich hin und sie blickte ihn an. Dann wurde ihr weich und weit zu Sinn, sie fühlte, daß der da neben ihr etwas anderes war, daß man ihn nicht abtun konnte wie irgendeinen, und dann strich sie ihm plötzlich über das Haar oder küßte ihn ganz leise auf die Wange. Ja, das konnte manchmal, sehr selten, geschehen. Aber es änderte nichts. Lisa Berwald hatte beschlossen, sich einem jungen Mann, der Kurt Gerber hieß, nicht hinzugeben.

Der Zug schiebt sich mit unlustigem Schnaufen durch die dämmerige Schneelandschaft. Manchmal bleibt er kreischend stehen, stößt ein lautes, besonders mißmutiges Keuchen hervor, humpelt noch ein paar Meter und macht endgültig halt: die Schneemassen vor der Lokomotive sind zu groß geworden und müssen weggeschaufelt werden. Wenn das geschehen ist, setzt er sich wieder in wacklige Bewegung. 's hat keinen Zweck, 's hat keinen Zweck, knarren die Räder. Man muß ja doch wieder haltmachen.

Ein Skizug. Die Verwaltung des kleinen Örtchens, das um diese Zeit ein stolzer »Winterkurort«, ein »Skiparadies« und ähnliches ist, betreibt diese Skizüge auf eigene (und sehr lukrative) Rechnung mehrmals im Tag. Sie führen die anspruchsvolleren Läufer oft einige Stunden weit fort, zu den prachtvollsten Geländen. Sie ersparen ihnen die Mühe des Aufstiegs, eigentlich: der Aufstiege, denn fast jeder Ablauf führt bis tief unter das Örtchen hinab, und man müßte es am Ende der Tour wieder ersteigen oder schon früher stoppen. So aber kann man ganz auslaufen, unten steht die »besoffene Kiste« und bringt die Ermüdeten aus der Ebene in den Ort hinauf, der sich in halber Höhe des Gebirgszugs an einen Hang schmiegt.

Das hier ist der letzte Zug, und weil den ganzen Tag über Schnee gefallen ist, kommt er nur mit harter Mühe vorwärts in den Abend, der sich fast sichtbar über diese klaren Regionen senkt: ein Gazevorhang, und dann noch einer, noch einer – bis man gar nichts mehr sieht. Jetzt sind etwa drei herabgelassen, und da es immer noch schneit, haben Erde und Himmel die gleiche milchiggraue Farbe.

Der Pulverschnee war zu verlockend, und die meisten der Ausflügler sind bis zum letzten Zug auf den Brettern geblieben. Deshalb ist er auch zum Bersten vollgepfropft, in den Waggons drängen sich die Leute so dicht, daß selbst auf den Plattformen, wo kein sehr angenehmer Aufenthalt ist, einige stehen müssen. Sie suchen durch unablässige Bewegung ihre Gliedmaßen zu erwärmen und schütteln sich von Zeit zu Zeit, daß der Schnee in Wolken um sie stäubt. Dann blicken sie sehnsüchtig in den Waggon, aber dort wird kein Platz frei, jeder ist froh, daß er drinnen ist. Querüber, von einem Gepäcksnetz zum andern, sind unzählige Skier geschichtet, toten Hasen gleich, die Bindungen hängen wie Eingeweide herunter. Von manchen Brettern tropft es beharrlich, die gehören den Anfängern, der Teufel soll sie holen, sie haben schon wieder vergessen, den Harsch aus den Rillen zu kratzen, manchmal regnet es ja beinahe, und da haben die, die stehen müssen, endlich Gelegenheit, sich zu freuen, und gratulieren den Sitzenden zu ihrem Fauteuil unter der Dusche. Doch dann müssen sie wieder im Stehen zu trampeln beginnen, damit ihnen nicht kalt wird.

Dieser Willi Wagenschmid ist doch ein famoses altes Haus. Keine gerissene Bindung, die er nicht sofort repariert, kein Jungwald, durch den er nicht den besten Weg führt, keine Einkehr, aus der er nicht das Höchsterreichbare schindet, mag der Wirt noch so fluchen über seine bohrende Hartnäckigkeit. Und Gott weiß, was für unwürdige Sonntagsläufer jetzt auf diesen zwei Bänken säßen, wenn nicht Willi Wagenschmid das einzige offene Fenster im ganzen Zug entdeckt hätte. Durch dieses Fenster ist er, während an den Türen wüstes Handgemenge tobte, hineingeklettert, hat alle acht Plätze belegt und gegen eine Horde von Angreifern so lange verteidigt, bis die anderen nachgekommen sind.

Es stellt sich heraus, daß Paul Weismann also doch eine ganze Flasche Kognak besitzt. Auf der Tour wollte er nicht herausrücken mit ihr, aber jetzt haben Gretl Blitz und Hilde Fischer heimlich seinen Rucksack geöffnet und halten die Flasche triumphierend hoch. Sie soll auf das Wohl Willi Wagenschmids, des Retters, geleert werden.

Der Vorschlag findet begeisterte Zustimmung, Boby Urban meint sogar, daß Paul zur Strafe keinen Schluck bekommen soll, das neidige Schwein. Aber da legte sich Lisa ins Mittel. Lisa – sie sieht blendend aus und ihre Freude daran springt auch auf die andern über – läßt keine Unstimmigkeit aufkommen, nicht einmal im Scherz, sie will wolkenlosen Frohsinn haben, und weil sie mit ihrer ganzen hinreißenden Liebenswürdigkeit darum bemüht ist (ohne daß man es als Mühe empfände), gelingt ihr das auch immer, und sie schafft jene glückliche, wunsch- und schwerelose, entspannende und entspannte Heiterkeit, die keinen Anfang und kein Ende kennt, die einfach da ist und wie eine Märchenprinzessin von einem zum andern geht, ihn umschlingt und ihm ins Ohr flüstert: ›Hast du jemals geglaubt, daß es so nett sein kann auf dieser Erde?‹ Jene Heiterkeit, die erst dann ganz wahr und echt ist, wenn man sich plötzlich dabei ertappt, wie man mit abwesendem Gesicht auf den Boden starrt und denkt: ›Warum, warum kann es nicht immer so sein?‹

Das denkt auch Kurt, als die Reihe zu trinken an ihn kommt. Und dann nimmt er einen großen Schluck aus der Flasche und schließt die Augen und läßt sich angenehm durchwärmen und ist ganz, ganz froh. Er möchte vor Lisa hinsinken in zehrender Liebe und Dankbarkeit, weil sie ihn eingeladen hat mitzukommen, und weil sie hier so gut zu ihm ist, bedrückend fast, womit hat er sich das verdient. Und jetzt lächelt ihm Lisa zu: »Schmeckts dir?« fragt sie, und Kurt sagt: »Ja!«, er sagt es leise, beschämt, wie ein Kind, dem man eine Ungezogenheit verziehen hat: ›Siehst du ein, daß du unrecht hattest?‹

Sie sind hier überhaupt alle sehr freundlich zu ihm, einige haben ihn sogar richtig ins Herz geschlossen, verzärteln ihn beinahe. Bei Paul Weismann, dem Maler, und Boby Urban, dem Komponisten, schmeichelt ihm das besonders. Aber selbst Otto Engelhart, vor dem Kurt ein wenig Angst gehabt hat, entpuppt sich als netter Kerl. Ein glatter Gesellschafter ist er nicht, aber man kann sich auf ihn verlassen, er verdirbt keinen Spaß, nur in kleinen Dingen ist er von einer sonderbaren Starrköpfigkeit. Zu Kurt hat er sich durchaus kameradschaftlich gestellt, mit starkem Händedruck: »Ah, da sind Sie ja!«, anscheinend hatte ihm Lisa schon einiges erzählt, wenn Kurt nur wüßte, was! Auch die andern geben vor, schon viel gehört zu haben von ihm, und Kurt freut sich kindisch über die Selbstverständlichkeit, mit der sie bald so tun, als hätte er immer zu ihnen gehört.

Jetzt sitzen sie also in der besoffenen Kiste und sind unter der Nachwirkung des Kognaks noch vergnügter als sonst (und das will etwas heißen, denn sie vertragen sich immer ausgezeichnet, es gibt nie Streit unter den sieben, die einander sehr gut zu kennen und zu verstehen scheinen).

Willi Wagenschmid und Boby Urban rauchen kurze Shagpfeifen, strecken die Füße weit von sich, sie sehen überhaupt recht bärbeißig aus in den blauen Norwegeranzügen, den grünen Windjacken und den riesenhaften Stiefeln, und weil der Zug schlingert wie ein Schiff in Seenot, werden ein paar Matrosenlieder gesungen zum Gaudium des ganzen Waggons.

Es dämmert immer stärker, der Vorhang zwischen Fenster und Luft verdichtet sich, die Telegraphenstangen hinter ihm huschen wie eilige Schatten vorüber. Noch kann man die Drähte unterscheiden.

Boby Urban steht auf und sucht den elektrischen Schalter an der Wand. Die Dichtgepferchten weichen nicht sehr freundlich zur Seite. Endlich hat er sich durchgezwängt, knipst, knipst nochmals – hallo! Was bedeutet das?!

Einer der Umstehenden läßt sich vernehmen: das hätte er ihm sofort sagen können. Aber das Stehparterre habe seine stille Freude, wenn die Herrschaften aus den Logen sich erst drängen müssen und dann enttäuscht kehrtmachen.

Da funktioniere die Leitung wohl nicht, fragt Boby mit wenig Esprit.

Erraten. Es wurde schon mehrmals ausprobiert. Absolut hoffnungslos.

Boby zieht sich auf seinen Platz zurück und macht Meldung. Ob Willi nicht versuchen möchte –?

Willi möchte nicht. Er ist hundsmüde und schläft beinahe.

Bald werden auch an andern Stellen Rufe laut: Licht machen! Wo ist der Schalter? Wie? Funktioniert nicht? Nette Bescherung.

Und noch zwei Stunden Bahnfahrt bis zum Ziel. Und von einem Schaffner keine Spur. (Es wäre auch vergeblich, sich durch diesen vollgepfropften Zug drängen zu wollen.)

Der ganze Waggon weiß bereits von dem Mißgeschick und findet sich wohl oder übel damit ab. Jemand öffnet ein Fenster und beugt sich hinaus. Der ganze Zug ist ohne Licht. Die ersten Funken werden als rotgoldene Punkte sichtbar.

Und mit einemmal ist es, als wäre über alle, die da stehn und sitzen, jähes Begreifen gerieselt: ein nachtdunkler Zug. Voll mit Menschen. Mann und Weib.

Die Unterhaltung ist leiser geworden. Die zusammengehören, rücken näher aneinander. Bald wird es ganz finster sein. Und alle wissen, was kommen muß. Sie legen die Hände in den Schoß und stecken die Köpfe zusammen. Sie warten. Wie eine Herde von Lämmern, die sich stumpf, doch gern zur Tränke treiben läßt.

Einige schweigen schon, andere sprechen noch flüsternd. Da und dort flammt verstohlen ein Zündholz auf, wird sorgsam zwischen hohle Hände gehalten und erlischt bald wieder. Man will nicht stören. Man nimmt Rücksicht.

Leises Summen erfüllt den Raum. Manchmal schnellt ein kurzes Lachen, ein lauter Ausruf empor wie ein Fisch aus der dunklen Wasserfläche eines Sees und taucht erschreckt wieder unter in das herkunftslose Plätschern, dessen Gleichmaß so seltsam erregt.

Die Nacht ist gekommen.

Kurt macht die Augen scharf, um Lisas Blick zu suchen. Sie sitzt ihm schräg gegenüber, und er bedauert diese Sitzordnung nicht. Er denkt nach, was er an Lisas Seite tun würde. Wahrscheinlich nichts. Die Verpflichtung, etwas zu tun, wäre ihm unbequem. Er täte sicher etwas Falsches.

Und doch –.

Links von ihm sitzen Hilde Fischer und Paul Weismann, sie halten sich eng umschlungen und regen sich nur von Zeit zu Zeit. Paul würde gewiß lieber schlafen, aber Hilde liebt ihn so schrecklich und läßt keine Gelegenheit aus. Da sind Boby Urban und

Gretl Blitz ganz anders. Von Lisa und Otto Engelhart gar nicht zu reden. Boby schläft rechts von Kurt, den Kopf in die Hände gestützt. Gegenüber haben sich Gretl Blitz und Willi Wagenschmid aneinandergelehnt und schlafen auch. Dann kommt Lisa, die als einzige ganz wach ist. Und in der Fensterecke döst Otto Engelhart mit verschränkten Armen.

Tiefe Nacht.

Daß sie von ihr in einem Eisenbahnzug gefunden wurden, stört die wenigsten. Nacht ist Nacht. Die Frage heißt nicht: warum sollen wir uns jetzt küssen? Sondern: warum sollen wir uns jetzt *nicht* küssen? Die Antwort ist längst gegeben. Wir sind jung. Wer weiß, wie oft wir, die wir jetzt Lust aufeinander haben, uns noch im Dunkeln treffen werden. Wer weiß, ob du, Zimmernachbar, nicht morgen schon wegfährst. Ob du, am Weg mit zerbrochenem Brett Gefundene, nicht von einem erwartet wirst, der dich mir wegnimmt, ob du und du nur Langeweile hast und deshalb willfährig bist, ob du und du mir für lange bleibst, für immer. Wer weiß.

Niemand weiß und niemand sieht. Es ist kalt und finster, und wir sind jung.

Tiefe, tiefe Nacht.

Kurt bewegt seinen Fuß und stößt an etwas an.

Eine Holzstutze? Die Heizung?

Da – warmer Schreck durchbebt ihn – da wird sein Druck erwidert. Er wagt es erst nicht zu glauben. Dann drückt er stärker und wird stärker wiedergedrückt.

Und nach ein paar Minuten ist es so, daß er Lisas Bein ganz fest eingeklemmt hält und daß er durch Schneebandagen und Flanelle hindurch fühlt, wie die Flechse ihres starken Oberschenkels manchmal kurz zuckt, als hätte das Bein Herzklopfen.

Lisa tut das nicht unbewußt. Von Zeit zu Zeit streicht sie mit ihrem Bein behutsam zwischen den seinen hinauf und hinab, und Kurt fühlt, wie sie ihn anschaut dabei.

Kurt ist von dahinstrebendem Glück ganz erfüllt. Und weil auch Glück selten allein kommt –

– macht der Zug überdrüssig sich schüttelnd halt, so unvermittelt, daß alle auffahren und daß Kurt glaubt, nun sei alles aus.

Indessen äußert Paul Weismann, nachdem wieder Ruhe ist, mit verschlafener Stimme den Wunsch, sich ein wenig auszustrecken; er habe wahrscheinlich zu viel Kognak getrunken und jetzt schmerze ihn der Kopf.

Da werde wohl jemand aufstehen müssen, meint Boby besorgt und räkelt sich auf seinem Sitz mit unverkennbarem Behagen. Otto Engelhart hat sich schon wieder unter seine Windjacke gekuschelt, und von Willi Wagenschmid, der die Plätze beschafft hat, kann man es doch nicht verlangen. Also erhebt sich Kurt und sagt mit gespieltem Unwillen: ja, es käme leider ihm als dem Jüngsten zu, für die Sünden gewisser Quartalsäufer zu büßen. Sein Entschluß wird gebilligt. Und während Kurt beim Schein einer Taschenlampe verzweifelt zusieht, wie ein neues Sitzarrangement getroffen wird –

– steht Lisa plötzlich auf und sagt unwidersprechlich: »Wißt ihr was, Kinder, ihr könnt es euch noch bequemer machen. Ich bin eigentlich gar nicht müde, und die paar Minuten bis nach Hause halt ich's noch aus.« Damit tritt sie zwischen den Bänken hervor und hängt sich in Kurts Arm. »Außerdem wäre es eine Roheit, den armen Kurt allein stehen zu lassen.«

Niemand merkt, wie fest sie dabei seinen Arm drückt, und niemand findet es verwunderlich, daß es wieder Lisa ist, die eine Situation vollkommen regelt.

»Brav, Mädchen meiner Laune«, murmelt Boby und benützt Pauls Kopf in seinem Schoß als Kissen. »Vergiß nicht, mir den Schandlohn abzuführen, wenn du dich diesem Bordell auf Rädern einverleibst!« Und indem er mit einem selbstzufriedenen Grunzen jede Entgegnung abschneidet, streckt er sich behaglich aus und ist merklich desinteressiert am Universum.

Auf der Bank drüben sitzen nun Otto Engelhart, die beiden Mädchen und Willi Wagenschmid, der jetzt, da alles in Ordnung ist, seine Taschenlampe verlöscht – es ist wieder ganz finster – und der Zug keucht wieder los – und bald schlafen alle sechs.

Einige, die früher gestanden sind, kauern auf dem Boden. Deshalb ist in der Ecke bei der Verbindungstür Platz geworden. So viel gerade, daß zwei Menschen sich ein wenig bewegen können. Dorthin. Ganz vorsichtig. Und ganz leise sprechen.

»Stehst du gut, Lisa?«

»O ja.« Sie sucht seine Wange, streichelt sie ein paarmal.

»Ist dir nicht kalt?«

»Ein bißchen schon.«

»Ich will dich wärmen, Lisa.« Es ist dicht an ihr, seine Stimme bebt, er atmet die Worte hervor.

Ihr Arm liegt lose um seinen Hals. Und plötzlich schlingt sie noch den andern Arm um ihn und preßt ihn an sich, ganz, ganz stark, und ihr harter Leib bäumt sich ihm entgegen, und nun hat er ihren Mund gefunden und schlägt seine Zähne in ihn und knirscht und saugt sich fest an ihren Lippen, ganz fest ineinandergeschlossen sind sie, heißes Baldachin dem nimmermüden Suchen und Finden und Suchen, mit dem sich ihre Zungen umkosen wie zwei Raubtiere im brünstigen Spiel ...

Flüsternde, besinnungslose Worte, heiß gestammelt in unfaßlich seligem Rausch. O Glück, mißachten zu dürfen ihre klägliche Ausdruckslosigkeit, o Glück, sich hingeben zu dürfen ihrem unverhemmten Immerwieder, o tränenlächelndes, sprengendes Glück –!

Er streicht über ihr volles, gewelltes Haar, hart, hastig, als könnte es ihm entflattern. Viel ruhiger zartet ihre weiche Hand um seinen Scheitel.

»Lisa – warum – warum kann es nicht immer so sein –?«

»So kann es immer sein –!«

»Und warum – Lisa – war es bisher nicht so –?«

»Nicht reden. Jetzt nicht.«

O dieses Übermaß: mit sich allein! Wir tragen jeder unser eignes Glück. Der es uns spendet, nimmt sich nichts zurück. O allerletzten Unerfülltseins Pein: vermagst du meiner Flugbahn Weggenoss' zu sein? Bis an das gleiche Ende – das ich selbst nicht weiß?!

»Sag – daß du vorhin aufgestanden bist – war das Absicht –?«

»Dummer –!«

Uns stampft kein Zug, uns keucht keine Lokomotive. Uns fliegen feurige Garben von Glühwürmchen am trunknen Aug vorbei. Sie fliegen hinter uns. Ins Dunkle.

Wie unirdisch, wie wundersam, daß wir sie sehen können zur gleichen Zeit, einen und alle zusammen.

Das hättest du nicht tun sollen, Lisa, das nicht: meine Hand küssen. Willst du, daß ich weine?

Ich hab dich noch nicht ganz erweint. Viel zu spärlich waren meine Tränen. Vergib!

Nein, nicht so –. Deine Augen will ich küssen, deine Stirn, deine Haare. So –.

Vielleicht weinst du noch einmal in meinen Armen. Das wäre schön …

In betörender Sorglosigkeit verfliegt die Zeit.

Willi Wagenschmid entwindet der Tourenkarte immer neue Wege, manch ein Hang breitet sich plötzlich vor den Hinabgleitenden in jungfräulichem Entgegenwarten aus, die Spuren der schmalen Bretter durchschneiden seine glatte blendende Haut wie Striemen, daß es einem nachher fast leid tun könnte um die zerstörte Unberührtheit. Vorher freilich, da ist nur ein schwellendes Freudegefühl in der Brust, als hätte man ein neues Stück Erde entdeckt und nähme nun jauchzend von ihm Besitz. Und wenn nur das Ende der aufwärts gebogenen Spitzen aus dem Schnee herausragt und wie ein verzauberter Knopf dem Körper vorangleitet, und wenn feine, weiße Wolken um die Füße pulvern, die starken Drucks dem Willen ihres Körpers gefügig sind, und wenn man nichts als leises Knirschen hört und nichts als klare befreite Luft spürt und nichts als glitzernden Himmel sieht, dann – ja, was ist dann? Dann versagt das Hirn vor Unvergleichlichem.

Lisa hat eine eigentümliche Sonderstellung zu Kurt gefunden: sie bevorzugt ihn, aber so ungezwungen und ungeniert, daß man beim besten Willen nichts dahinter sehen kann. Kurt hat vielleicht tiefinnen eine einverständnisvolle Heimlichkeit erwartet, einen verstohlenen Händedruck, etwas, wobei man sie hätte ertappen können, und er ist ein klein wenig enttäuscht, daß nichts von alledem eintrifft. Dann schiebt er es der einfachen Klugheit Lisas zu. Es ist ganz in Ordnung. Oder soll sie ihn etwa abseitszerren und schmachtend lispeln: »Ach du! Denkst du noch daran?«

Aber irgendwie könnte sie ihm doch bezeigen, daß sie noch daran denkt.

Manchmal scheint es, als wisse sie schon wieder von nichts. An jedem Morgen, wenn sich die Gesellschaft unten in der Frühstückstube versammelt, wird Kurt mit Lisa gleichsam von neuem bekannt.

Guten Tag. Wurden wir einander nicht schon einmal vorgestellt –?

Kurt sieht Lisas Hände an irgendwelchen Gegenständen herumschaffen. Und diese Hände haben ihn umschlungen? Kurt sieht Lisas Lippen andern lächeln. Ohne Neid. Diese Lippen hat er ja gar nicht geküßt. Kurt sieht Lisas braunes Haar im Wind flattern. Es ist ganz ausgeschlossen, daß er dieses Haar schon einmal gestreichelt hat und mit seinen Lippen überkost.

Was jetzt wohl geschehen würde, wenn er hinginge und es täte? Unvorstellbar. Sie würden ihn für verrückt halten. Lisa würde es wahrscheinlich sogar sagen. Mit befremdetem Lächeln, ein wenig nachsichtig, wie man Kranke eben behandelt. So: »Ja – aber – bist du verrückt geworden –?«

Nein. Das heißt – ja. Es schien mir, als hätte ich – ich wollte mich nur überzeugen – es muß ein Irrtum sein. Eine Verwechslung vielleicht. Entschuldige bitte.

»Was führst du denn da für Selbstgespräche, Kurt? Ja, du!« Jetzt hat Lisa wirklich gesprochen. Seltsam. Dieser Ton –.

»Ich? Selbstgespräche?« Kurt lächelt verwirrt. »Das sollte mich wundern. Ich bin seit längerer Zeit böse auf mich und rede kein Wort mit mir.«

Gelächter. Wie sie alle lachen. Wie Lisa lacht. Wie sie nichts ahnt von der Mühseligkeit dieses Witzes.

»Alles gut gewachst? Schnallen in Ordnung?« fragt Willi Wagenschmid. »Daß mir dann nicht wieder jemand mitten im Hohlweg aus der Bindung fällt! Ich habe nicht die Absicht, einem Brett mit Eigenleben nachzurennen.«

»Tu dir nichts an!« murmelt Hilde Fischer, die kürzlich von diesem Mißgeschick betroffen wurde.

Und dann geht es wieder auf eine Tagestour, und dann kommt wieder ein froher Abend und dann wieder ein froher Tag, und eines nebligen Nachmittags gehen sie in die »Bar«, die im Souterrain des größten Hotels untergebracht ist und immer vollgefüllt mit Sonntagsläufern und andern widerlichen Leuten.

Die acht sitzen um einen runden Tisch, den Willi Wagenschmid – wer sonst? – für sie requiriert hat, und machen boshafte Bemerkungen über die Tanzpaare; die schieben sich mit gequälten Gesichtern zur Musik eines siechen Klaviers durch den niedrigen, verqualmten Raum.

»He, junger Fant, nun tanz uns eins!« ruft Boby und schlägt Kurt auf die Schulter. »Heissa! Die minnigen Mädgen warten!«

Diese Aufforderung erfreut Kurt nicht sonderlich, er ist ein wenig ratlos – aber Hilde Fischer, die Sanfte, Blonde, Hilfsbereite, befreit ihn voll zartem Verständnis, steht auf und sagt: »Komm!« Kurt ist ihr sehr dankbar, aber mit ihr über Lisa zu sprechen traut er sich doch nicht.

»Was machst du denn für Glotzaugen beim Tanz?« fragt Boby,

als sie zurückkommen. »Du siehst aus wie ein ans Land gespülter Delphin!«

»Ich auch nicht«, sagt Paul versonnen.

»Was?«

»Ach so. Ich glaubte, jemand hätte eben gesagt, daß er einen Delphin noch nicht tanzen gesehn hat.«

»Auf dein baldiges Ende!«

»Prosit!«

Aber es hilft nichts, Kurt muß ja doch einmal mit Lisa tanzen, er hat Angst davor, fragt zuerst: »Willst du tanzen, Lisa?«, und Lisa – versteht sie ihn? – deutet mit dem Kopf in das Gedränge und sagt: »Es ist so schrecklich voll«, aber da mischt sich Otto Engelhart ein, der sonst nicht viel spricht, nur gebührlich mitlacht: »Du wirst ihm doch keinen Korb geben!«, und Lisa sagt: »Natürlich nicht!«, und sie gehen.

Es ist das erste Mal, daß sie miteinander tanzen, nun erst fällt es ihm ein. Er ist ein leidlich guter Tänzer, umfaßt sie nicht sehr stark, beginnt sie zu führen – und stolpert gleich beim ersten Schritt über ihren Fuß.

»Verzeihung.«

»Bitte.«

Lisa tanzt schlecht. Kurt merkt es, und jetzt fühlt er sich von seiner Furcht erlöst. Und weiß auch jetzt, wovor er sich gefürchtet hat: daß Lisa gut tanzen würde, zu gut. Es wäre ihm schrecklich gewesen, wenn sie ihren Körper in jede seiner Bewegungen voll eingebogen hätte, schamlos, verlangend, blickherausfordernd.

Aber nein. Lisa geht nur zögernd auf seine Schritte ein. Dabei gibt sie sich merklich Mühe, Kurt hat ein untrügliches Gefühl dafür, daß ihr unglattes Widerstreben nicht Absicht ist, daß sie nicht anders kann.

Lisa trägt ein ärmelloses Sportkostüm. Ihr Körper ist viel deutlicher als damals im Skianzug. Kurts Hand liegt leicht auf ihrem Rücken. Wenn er bei einer Drehung etwas fester zudrücken muß, spürt er deutlich ihr Rückgrat.

Und so fühlt sich ihr ganzer Körper an, hart, wie ihre Bewegungen. Ihr Körper – ihre Bewegungen – es ist so sonderbar – so unerwartet – man könnte es trotzig nennen – oder herrisch – nein, das alles ist nicht das Richtige: keusch! Herb und keusch fühlt sich ihr Körper an.

Kurt ist wieder ganz durchlodert von heißer, verströmender Liebe.

»Lisa –!«

»Ja? Tanze ich sehr schlecht?«

»Nein. Im Gegenteil. Du tanzt großartig.«

Nichts.

»Sag, Lisa –«

»Was denn?« So leicht sagt sie das, so hell. Darauf gibt es keine leidenschaftlichen Worte zu erwidern.

»Vor fünf Tagen, Lisa – hast du nicht gesagt: so kann es immer sein?«

»Wie –? Was meinst du?« Als wüßte sie es wirklich nicht.

»Warum tust du so, Lisa. Du weißt doch ganz gut, was ich meine.«

»Ja. Natürlich weiß ich das.«

»Nun also –«

Nichts. Der Klavierspieler beginnt zum drittenmal den Refrain. Zum letztenmal. Kurt knirscht mit den Zähnen.

»Hast du vergessen?«

»Nein, Kurt. Weshalb fragst du?«

»Lisa – wie redest du denn – mach mich doch nicht wahnsinnig – warum hab ich dich seither nicht mehr küssen können – warum tust du das – glaubst du, daß ich es noch einen Tag länger so aushalte – Lisa – Liebes – sag mir: wann! – so sprich doch –!«

Hastig hat Kurt diese Worte hervorgestoßen, beschwörend fast. Jetzt schaut er irgendwohin, damit die am Tisch nichts merken. Und möchte so gern in Lisas Gesicht schauen.

»Ja – aber warum kommst du denn gerade jetzt mit solchen Sachen?« fragt Lisa.

»Solchen Sachen –?«

Rampam – bum. Der Klavierspieler schließt mit einem brummigen Baßakkord. Aus. Sie gehen zum Tisch zurück.

Paul Weismann tippt mit dem Finger an Lisas Arm.

»Elisabeth – gesetzt den Fall, daß Delphine tanzen – dann bestimmt so wie du.«

Lisa lacht.

Daß Lachen so weh tun kann! Kurt spürt, wie Verzweiflung ihn überwältigt, versucht sie niederzuhalten – aber es nützt nichts. Das Lokal, die Musik, die Leute werden ihm unerträglich. Auch die am Tisch. Boby Urbans Witze erscheinen ihm plötzlich abgeschmackt, immer dieselben, mit Paul Weismann ist es nicht viel anders, Hilde Fischers träumerische Blicke machen ihn nervös, Gretl Blitz ist vollends langweilig. An Lisa wagt er gar nicht zu denken ... Überhaupt: wenn er so weiterdenkt, verekelt er sich noch die ganze Gesellschaft. Das soll nicht sein.

Kurt steht mit einem Ruck auf.

»Ihr entschuldigt mich, ja? Diese Luft hier vertrage ich nicht. Wir sehen uns beim Nachtmahl.«

Und ehe jemand etwas sagen kann, ist er draußen.

Die Abendluft kräuselt sich sanft und kühl um ihn. Auf dem spärlich erleuchteten Marktplatz schlendern langsame Gruppen.

Dorfbewohner, erkennt Kurt, als er vorbeikommt. Sie sprechen laut und lachend. Es ärgert ihn, daß er nicht alle Worte ihres Kauderwelsches versteht. Was erheitert sie so?

Ein Schlitten fährt hart an ihm vorbei. »Ho-op!« brüllt der Kutscher. Wie der bloße Klang menschlicher Stimme beleidigt!

Die Pferdehufe klappern hohl, in wechselndem Rhythmus, auf dem harten, graugelb gefrorenen Schnee. Verzitternd bimmeln die Glöckchen.

Kurt ist aufgestört. Das kaltdrohende Gleichmaß der hohen Berge ringsum flößt ihm Beklemmung ein.

Lächerlich, diese Berge. Sie werden ja doch niemals in den Himmel ragen.

Verwelkt und müde hängt der Mond am schwarzen Firmament, trostlos aufgedeckt.

Winterliches Abendidyll …

Im schmucklosen und wenig gastlichen Herbergszimmer wirft Kurt sich auf den Diwan, raucht und starrt in die Luft.

Dann und wann knistert ein Holzscheit auf. Von der Gasse her klingen Gesprächsfetzen an sein Ohr und Gelächter und das Läuten der Schlitten.

Alles wie sich's gehört. Unabänderlich. Und er könnte doch miteinstimmen in das Lachen. Das Läuten der Schlitten könnte ihm doch schön klingen …

Kurt liegt schon ausgekleidet im Bett und starrt noch immer in die Luft, als die Türe aufgeht und Paul, der das Zimmer mit ihm teilt, hereinkommt.

Warum Kurt nicht beim Nachtmahl gewesen sei, fragt er. Er habe wahrscheinlich die Zeit verschlafen, entgegnet Kurt ohne sonderliche Überraschung.

Paul seufzt unbestimmbar auf. Dann beginnt er sich wortlos auszukleiden.

Kurt fühlt: in einem der allernächsten Augenblicke wird sich etwas ereignen, er wird entweder laut herausheulen oder laut herauslachen, etwas Lautes muß jedenfalls geschehen, diese Stille ist unhaltbar.

Da –: Gelächter, Worte, Schritte. Ein Klopfen an der Tür. Und Lisas Stimme.

»Warum warst du nicht unten, Kurt? Ist dir nicht gut?«

Lisas Stimme. Sie greift ihm warm und kosend ans Herz. Jetzt wird ihm klar, daß er geweint haben würde und nicht gelacht.

»Nein, danke«, sagt er mühsam, »mir ist ganz gut.«

Er fürchtet sich, sie anzuschauen. Als er es dennoch tut, sieht er hinter ihr Otto Engelhart stehen und ist froh, daß sein Auge Auswahl hat.

»Schlaf dich nur gut aus«, sagt Lisa unbefangen, »und auf Wiedersehn morgen. Gute Nacht, Paul.«

Kurt will etwas Höfliches sagen, etwa: »Sehr freundlich, daß du dich nach mir erkundigst«, aber er sagt es nicht. Lisa hätte wahrscheinlich auch in des Hausknechts Kammer nach dessen Befinden gefragt, wenn ihm schlecht geworden wäre. Sie ist eben sehr freundlich.

Schon hat sie das Zimmer verlassen. Mit Otto Engelhart. Und Kurt fühlt zum erstenmal Mißgunst. Jetzt werden sie zusammen schlafen. Oder auch nicht. Das wäre noch schlimmer.

»Liebst du sie sehr?« fragt plötzlich Paul aus dem Bett neben ihm.

Kurt wundert sich gar nicht. Er war dessen längst sicher, daß hier alle von seiner Liebe zu Lisa wissen. Und da es vernünftige Menschen sind, stört es ihn nicht. Pauls Frage kommt ihm eigentlich nicht ungelegen.

»Findest du es erstaunlich, oder – – ich weiß nicht, wie ich mich ausdrücken soll – – unrichtig, unangebracht, daß ich sie liebe?«

Paul schweigt.

»Bitte genier dich nicht. Ich hab schon Schlechteres über sie gehört.« Kurt lächelt. Die bloße Möglichkeit, daß jetzt einer auf Lisa schimpfen könnte, stimmt ihn wieder für sie.

»Von mir wirst du nichts Schlechtes hören. Ich tue grundsätzlich keiner Frau den Gefallen, schlecht über sie zu reden. Notieren Sie das, Herr Gerber. Gedankensplitter 407.«

Das ist es, womit Paul ihn immer wieder fasziniert. Diese Rücksichtslosigkeit durch und durch. Auch gegen sich selbst. Der Zynismus steckt in ihm wie ein Schwert in der Scheide. Wenn er noch so glaubwürdig und hingebungsvoll spricht – man wird die Befürchtung nicht los, daß er am Schluß seiner exakt aufgebauten und unwiderleglichen Rede sagen könnte: »Sie sehen also ein, daß ich recht habe. Aber wenn Sie wünschen, beweise ich Ihnen sofort das Gegenteil.« (Manchmal sagt er das wirklich und tut es auch. Das ist entsetzlich.) Kurt wartet, bis Paul wieder spricht.

»Lisa ist eine der entzückendsten Kanalräumerinnen, die ich

kenne. Wenn man jung und blöd ist – ich bitte, das beleidigend aufzufassen – kann man sie auch lieben. Das macht nichts. Das geht vorüber.«

»Fabelhaft originell, was du da sagst.«

»Schweig. Wenn ich originell werde, verstehst du mich überhaupt nicht. Wer verstanden sein will, muß auf Originalität verzichten. Gedankensplitter 408. Eben weil die Porta Pia so sehr angefeindet wird, ist es fast völlig sicher, daß sie das Größte von Michelangelo ist. Und warum sie es ist, weiß wieder nur er. – Ja, was ich sagen wollte: man kann Lisa lieben. Aber nicht so wie du. Du liebst sie schlecht.«

»Was willst du damit sagen?«

»Nichts.«

»Das ist dir großartig gelungen.«

Paul schmunzelt. Kurts Sprungbereitschaft macht ihm offenkundig Freude, regt ihn an. Er meint es nun ehrlich und gut.

»Lösch das Licht aus, Stubenjüngster. Es behagt mir nicht, dein rosiges Knabenantlitz zu sehen.«

Jetzt ist es dunkel im Zimmer, nur eine Ecke wird schräg vom Mond vergilbt.

»Ich meine«, sagt Paul und seiner Stimme sind die geschlossenen Augen anzumerken, »du tust ihr mit deiner Liebe nichts Gutes.«

»Das verstehe ich nicht.«

»Hat auch kein Mensch erwartet. Aber du wirst es gleich verstehen. Hör mal –« (Paul dreht sich scharf nach Kurt um) »– ich habe dich stark im Verdacht, daß du mit ihr noch nicht geschlafen hast.«

Kurt schweigt. Er weiß genau, daß Paul ihm damit nicht etwa Unmännlichkeit oder derlei vorwerfen will. Es ist etwas ganz andres. Etwas bis nun Ungekanntes, von Kurt noch nicht Erwachsenes, das die Stützpfeiler seines guten Sinnes erschüttert.

Pauls Stimme schreitet wieder durch das Dunkel:

»Ich frage dich weder aus Neugier noch aus Lüsternheit, noch aus sonst einem persönlichen Interesse, und ich frage dich absichtlich mit den gewöhnlichsten Worten, die es dafür gibt: hast du Lisa Berwald schon gehabt?«

Kurt erschrickt. Ungeahntes dämmert ihm auf. Was Paul meint, hat etwas magnetisch Lockendes, wenn man es sich zu eigen machen könnte, winkt berauschender Triumph ... »die Königinnen erwarten schon kniend den Sieger im Zelt« ... steht das nicht in einem Heine-Gedicht »An die Jugend«?! Und – das erstaunt Kurt am meisten – er findet nichts Schlechtes daran, nichts Böses ...

»Ich mache dich aufmerksam, daß ich deine Frage in jedem Fall mit Nein beantworten muß. Das kannst du auffassen wie du willst.«

»Du hast sie also noch nicht gehabt«, sagt Paul ruhig und bestimmt.

Und in diesem Augenblick weiß Kurt: dorthin, wo Paul seine Ruhe, seine Überlegenheit hernimmt, dorthin darf er nicht. Noch nicht. Vielleicht später einmal, wenn es sein muß. Aber jetzt nicht.

Er atmet tief. Der Angriff ist abgeschlagen. Besiegt ist: das leidlose Glück.

Befriedigung zieht so mächtig in ihn ein, daß er Pauls Worte nicht hört:

»Das ist ein großer Fehler. So wirst du nichts erreichen. Daß du mit ihr höher hinauswillst, ist schön und gut und wäre ihr herzlich zu gönnen. Aus Lisa läßt sich vielleicht etwas machen. Aber man kann nur umformen, was man hat. Man kann ein Feld nicht bebauen, bevor man es nicht besitzt. Übrigens – wie lange liebst du sie schon?«

Diese Frage hört Kurt wieder.

»Bitte, Herr Untersuchungsrichter, ein Jahr beinahe.«

»Dann kannst du ohnedies nicht mehr zurück.«

»Wohin?« fragt Kurt verständnislos. Und er versteht auch nicht, warum sich Paul mit unwilligem Brummen auf die andre Seite dreht und ihm gute Nacht wünscht.

Kurt will noch nicht aufhören. Er ist etwas wie siegestrunken, meint, einen ähnlichen Erfolg errungen zu haben wie damals bei Weinberg, an den er sich jetzt lächelnd erinnert.

»Paul!«

»Laß mich schlafen.«

»Ich möchte dich nur noch etwas fragen. Du glaubst wahrscheinlich, daß Lisa zu jenen Mädchen gehört, die man sofort über die Bettkante biegen muß?«

»Es kommt darauf an, wer dieser man ist. Und es muß nicht sofort sein, aber bald. Du wirst Lisa niemals bekommen.«

»Weißt du das bestimmt?« fragt Kurt belustigt.

»Ja. Außerdem ist es jetzt schon gleichgültig.«

Und wie Kurt lange nichts entgegnet, dreht sich Paul Weismann plötzlich um, legt ihm die Hand auf den Kopf und sagt mit einer Wärme, die ihm Kurt nie zugetraut hätte und von der er deshalb sehr gerührt ist: »Du wirst noch große Augen machen, mein Lieber. Große Augen.«

Am nächsten Morgen, als die weiße Kellnerin mit dem riesigen Tablett zum Frühstückstisch kommt und »Hier achtmal, nicht wahr?« fragt, sagt Otto Engelhart: »Nein, nur siebenmal, die eine Dame bekommt heute aufs Zimmer serviert«, und wendet sich dann zu den besorgt Fragenden: »Keine große Sache, eine Sehnenzerrung, der Knöchel ist leicht angeschwollen und Lisa will heute im Bett bleiben. Weiter nichts Aufregendes.«

Hilde Fischer erhebt sich und erklärt dezidiert, nicht mitkommen zu wollen.

Damit täte sie Lisa keinen Gefallen, wehrt Otto Engelhart ab, Lisa möchte das gar keines Falls und habe ihn ersucht, darauf zu achten, daß sich niemand ihretwegen den Tag verderbe. Wenn sie jemanden brauchte, dann würde ja er hierbleiben.

Das sieht Hilde, wenn auch widerstrebend, ein, die andern geben sich gleichfalls zufrieden, und sie brechen auf. Kein Zweifel:

es fehlt etwas. Leichte Gedrücktheit ist spürbar. Aber sowie die Abfahrt beginnt, wird das überwunden. Nur Kurt hat, als sie sich ungefähr in Ortshöhe befinden, den heftigen Wunsch, abzuschnallen und nach Hause zu gehn. Er überlegt, ob er nicht in einen Baum hineinfahren soll, um einen Anlaß zu haben.

»Paß doch auf, zum Teufel!« hört er Bobys Stimme dicht hinter sich. Da fährt auch schon sein rechtes Bein mit Schwung hoch in die Luft, vergeblich sucht er es anzureißen, das Übergewicht ist zu groß, sein Körper kippt in unbeherrschtem Vorwärtssausen nach hinten, er überschlägt sich, kollert ein paar Meter seitwärts ... und dann steckt er mit dem Kopf nach unten im Schnee, es ist, als werde ihm ein kalter Schwamm gegen den Mund gedrückt, er hat jedes Gefühl verloren, wo seine Gliedmaßen sind.

Endlich kommt er hoch (allein, denn einem Gestürzten zu helfen, ist sonntagsläuferisch) und sieht sich um. Tief unter ihm, am Ende des Hangs, stoppt eben Willi Wagenschmid mit scharfem Quersprung und schreit etwas herauf, in einiger Entfernung stehen die anderen, links hinter ihm ragt ein Brett aus dem Schnee, mit der Spitze eingebohrt, und rechts putzt sich Boby, der gleichfalls gestürzt ist, wütend den Schnee von Körper und Gesicht.

Der Läuferdialekt, im Grund nicht verschrobener als alle menschliche Sprache, nennt solche Stürze: einen Stern reißen.

Kurt hat also einen Stern gerissen, und einen gewaltigen noch dazu. Im übrigen sind seine Glieder – er weiß nicht, ob er sich freuen oder schämen soll – vollkommen heil geblieben.

Unter großen Schwierigkeiten schnallt er sein Brett wieder an und fährt in weiten prüfenden Serpentinen hinunter. Dabei erinnert er sich langsam, wie es zu dem Sturz kam, und weiß nun erst recht nicht, was er machen soll.

Unten empfängt ihn Willi mit rüden Schimpfworten: »Ich hätte große Lust, dich nach Hause zu schicken. Es ist eine Schmach. Auf einem solchen Wimmerl –«, er deutet kopfschüttelnd gegen den Hang, der recht steil abfällt und durchaus kein »Wimmerl«, kein kleiner Hügel ist.

Kurt steht ziemlich kleinlaut da und weiß nicht viel zu sagen.

»Schrei doch nicht so mit dem armen Kerl!« vermittelt Hilde Fischer. »Vielleicht hat er sich verletzt.«

»Wie?« fragt Willi brummig, doch besorgt. »Hast du dich verletzt?«

Meine Chance, denkt Kurt, Vorsicht.

»Verletzt? Nein. Zumindest spür ich noch nichts.«

Willi sieht ihn an und sagt gutmütig:

»Ich will dich nicht kränken – aber es ist besser, du kehrst jetzt um als später. Das siehst du doch ein.«

Kurt tut sehr zerknirscht, während ihm Willi auf der Karte den Weg zeigt. Daß er so unauffällig wegkann, versetzt ihn in eine ganz sonderbar taumelnde Stimmung, er könnte jetzt über Dinge wie Zufall und Vorsehung nachdenken – aber da wünschen ihm die anderen schon gute Heimfahrt und trennen sich von ihm und darum muß er auch losfahren und achtgeben auf den Weg ...

Die wahren Regungen des Gefühls erfolgen eruptiv und bleiben fast immer unverständlich. Kurt hat es sich nie erklären können, warum er plötzlich umkehrte und der Gruppe in fiebernder Hast nachfuhr. Er weinte fast vor Freude, als er sie vor sich auftauchen sah.

Wahrscheinlich hätte er auch geweint – das aber nicht vor Freude – wenn er jemals erfahren hätte, daß Lisa Berwald um die gleiche Zeit nackt vor dem großen Wandspiegel ihres warmgeheizten Zimmers stand und mit bebenden Fingern ihre Hüften entlang strich und daß die Gedanken, die sie dabei durchströmten, zum ersten- und letztenmal in den Körper Kurt Gerbers mündeten ...

Dann war Lisa Berwald eingeschlafen, und als sie erwachte, schalt sie sich unverantwortlich und leichtfertig. Ihr Vorsatz war fester, ihre Liebe zu Kurt Gerber sanfter und, ihrer Meinung nach, geläuterter denn je.

Doch all das hat Kurt Gerber nie erfahren. Selbst wenn die Möglichkeit dazu bestanden hätte – außerordentliche Umstände haben es verhindert.

»Lisa läßt dich bitten, sie zu besuchen«, sagt Otto Engelhart, als das Nachtmahl vorbei ist.

Kurt erschrickt ein wenig und ist ein wenig erfreut, jedenfalls erhebt er sich ohne Hast und fragt: »Wie geht es ihr denn?«

»Recht gut. Sie wird morgen wieder fit sein.«

Auf der Stiege denkt Kurt, wie anders es gewesen wäre, wenn sie ihm das durch den Kellner hätte sagen lassen. Es fällt ihm auf, daß an der Ungeniertheit, mit der sich Lisa zu ihm meldet, etwas verletzend Sorgloses ist.

Lisa liegt im Bett, ihr Kopf ruht auf dem hochgeschichteten Kissen wie eine edle Frucht, die allein im Prunkgefäß dargereicht wird, damit man ihre Köstlichkeit besser merke. Sie hat ein weißes seidenes Pyjama an, auch die Decke ist ganz weiß. Ein Bild von zarter, kühler Reinheit, das alle Gedanken an den Körper unter der Decke zerstäubt.

»Da ist er ja, der große Herr! Man muß dich erst bitten lassen. Von selbst kommst du gar nicht auf den Gedanken, mich zu besuchen!«

Obwohl sie es scherzhaft sagt und Kurt dabei die Hand entgegenstreckt, empfindet er es als ganz ernstgemeinten und berechtigten Vorwurf, nein, das war nicht recht von ihm, diese geheime Diplomatie, die jetzt offenbar wird – er sagt verlegen:

»Du mußt entschuldigen, ich hab heute auf der Abfahrt einen fürchterlichen Stern gerissen und das liegt mir ein bißchen in den Gliedern.«

»Aber –!« macht Lisa erschrocken.

»Nein, es ist gar nichts. Wie befindet sich der werte Knöchel?«

»Da.« Lisa steckt den Fuß unter der Decke hervor.

Ist das nun Absicht? Oder wieder Sorglosigkeit? Er beugt sich nieder und betrachtet den Knöchel aufmerksam wie ein Arzt. Immer näher kommt er. Lisa streckt den Rist, ihr Bein ist nun eine einzige vollendete Linie ... Kurts Lippen gleiten über die schmale Fessel.

»Du –!« Sie lacht und zieht den Fuß unter die Decke zurück.

Und weil sie noch immer lacht und weil ihr Mund so rot ist und ihre Zähne so weiß –

– aber da schließen sich ihre Lippen und sie dreht den Kopf energisch zur Seite, daß Kurt sofort abläßt von ihr in schamvollem Befremden.

»Nicht!« sagt sie bittend. »Es könnte jemand kommen.« Daß sie ›jemand‹ gesagt hat und nicht Otto, beruhigt ihn ein wenig.

Kurt sitzt auf dem Bettrand und schweigt.

Plötzlich fühlt er Lisas Hand weich über seine gleiten. Er sieht auf.

»Ich bin schlecht, Lisa.«

Sie drückt seine Hand fester: »Das ist nicht wahr.«

»Aber es kommt nicht von mir. Es ist dieser entsetzliche, eingeimpfte Zwang: zwei junge Menschen allein in einem Zimmer – verstehst du mich? Ich habe Angst, daß ich ausgelacht werde.«

Und plötzlich schnellt er nach vorne und starrt ihr ins Gesicht und fragt angstvoll, flüsternd:

»Lachst du mich nicht manchmal aus, Lisa?«

Lisa bleibt ruhig liegen. Dann schiebt sie ihn sehr sanft ein Stückchen zurück und sieht ihn offen an:

»Warum glaubst du das von mir?«

»Nein, Lisa? Und du wirst mich nie auslachen, nie?«

»Geh. Du bist dumm.«

Und das ist alles. Und dann plaudern sie ...

Nichts sieht so unglaubwürdig aus wie die wahre Unschuld. Deshalb soll es vermieden werden, daß man sie jetzt – es ist schon zehn Uhr – hier antrifft, wie heiter und nichtssagend ihr Gespräch auch gewesen ist.

»Es ist Zeit, daß ich gehe.«

Kurt nimmt ihre Hand, dann die andre, und er preßt sein heißes Gesicht zwischen die kühlen Handrücken und dann dreht er sie um, daß sich seine Wangen in das weiche Fleisch einschmiegen wie in ein gutes bergendes Kissen, und sie hält ihre Hände ganz fest seinem Mund.

Und dann geschieht es, daß Lisa die großen Worte ihres Lebens spricht, leise und stockend, wie ein Kind, das zum erstenmal die ungefügen Vokabeln einer fremden Sprache zu kargem Satz verbindet, zu einem Satz, übervoll an Begreifen, Ungekanntes erschließend – sie spricht:

»Ich hab dich auch sehr lieb –.«

Mitternacht ist schon vorüber, als Kurt in den Gasthof zurückkehrt von seiner Wanderung durch die stummen Gassen des Ortes.

Sein Zimmer liegt im ersten Stock. Er steigt langsam die knarrende Holztreppe hinauf, biegt in den halbdunklen Korridor ein – da wächst plötzlich Otto Engelhart aus einer Türöffnung, lehnt sich an den Pfosten, sieht an ihm vorbei, sieht ihn doch an – es ist ein wenig unheimlich. Kurt bleibt stehen.

»Du warst bei Lisa?« fragt Otto Engelhart und sieht ihm noch immer nicht ins Gesicht.

»Ja«, antwortete Kurt mit offener Stimme. »Du hast mich doch selbst zu ihr geschickt.«

Der andere nickt langsam, als denke er angestrengt nach. Dann wendet er Kurt sein Gesicht zu, dreht sich jäh um und wirft die Tür hinter sich ins Schloß.

Kurt sieht ihm kopfschüttelnd nach und will schon weiter gehen; aber etwas, das im Blick des anderen war, hält ihn zurück. Er ist in guter, weicher Stimmung – vielleicht vermag er damit etwas auszurichten gegen diesen dunklen Menschen, der so hart ist, daß er sich an seinen eigenen Kanten weh tut.

Kurt öffnet vorsichtig die Tür.

Otto Engelhart liegt, ihm abgekehrt, bäuchlings quer über dem Bett, daß auf der anderen Seite Kopf und Arme hinunterhängen, ganz schlaff. Mit einem Mal läuft ein langes Zittern durch seinen Körper.

Kurt steht erschüttert. Weint dieser Unbewegliche am Ende?

Dann geht er behutsam auf das Bett zu, beugt sich über den Liegenden und berührt leise seine Schulter.

Otto Engelhart richtet sich auf, starrt ihn an wie ein Gespenst.

»Was willst du von mir?«

Kurt setzt sich neben ihn aufs Bett.

»Otto –«

Er hat diese Anrede bisher immer vermieden, und daß er sie jetzt gebraucht, verwirrt ihn. Unsicher und hastig beginnt er zu sprechen: »Sei doch nicht kindisch, was ist dir denn plötzlich eingefallen, es würde mich schmerzen, wenn du über meinen Besuch bei Lisa verstimmt wärst, du kennst mich doch und weißt, wer ich bin.« Das wäre ja lächerlich, fährt er hastiger fort, ja, er gebe zu, daß ihm Lisa nicht gleichgültig sei, er habe auch nie ein Geheimnis daraus gemacht, im Gegenteil, er stehe dafür ein, vor jedermann, und eben deshalb – Kurt weiß nicht mehr, was er sagen soll, um Otto zum Sprechen zu bringen –: »Meinetwegen brauchst du doch wirklich nicht eifersüchtig zu sein, Otto!«

Gepeinigt steht er auf und geht ein paarmal im Zimmer hin und her und bleibt vor Otto stehen, der noch immer zu Boden starrt.

»Eifersüchtig –«, sagt Otto Engelhart mit fremdem Lächeln und holt tief Atem. »Wollte Gott, ich könnte auf sie eifersüchtig sein.«

Kurt sieht ihn überrascht an.

»Ja, ja, es ist so. Du mußt dich nicht wundern. Aber ich habe keine Schuld daran. Eifersüchtig? Sie liebt ja keinen andern. Keinen Menschen. Auch mich nicht. Auch dich nicht. Keinen. Ich geb ihr alles, was ich hab. Jemand wird kommen und wird ihr mehr geben. Aber sie nimmt es nicht. Eifersüchtig …«

Er hat diese Worte in Absätzen hervorgestoßen, sie sind einfach und doch nicht klar, Kurt ahnt, was ihn bewegt und möchte ihn trösten – da lacht Otto Engelhart heiser auf und sagt:

»Geh jetzt.«

Und wie ihm Kurt die Hand hinreicht, kommt Wärme in seine Augen und in seine Stimme:

»Ich habe Achtung vor dir. Nicht vor dem, was du dir einbildest. Klugheit? Talent? Alles Dreck. Aber du bist vielleicht ein Mensch. Das ist immerhin etwas. Ein Mensch namens Kurt Gerber. Immerhin.«

Otto Engelhart schweigt, und Kurt steht mit der ausgestreckten Hand da und vergißt sie zurückzuziehen, so aufgewühlt und verwirrt ist er von all dem. Das sind doch lauter Binsenweisheiten, will er denken – aber er fühlt eine fast ehrerbietige Scheu vor dem, der sie so hart und sicher ausspricht, als wäre es seine Entdeckung.

Kurt läßt die Hand sinken. Der andere bemerkt das nicht, nickt, als wolle er noch etwas anknüpfen – dann reißt er sich plötzlich zusammen: »Gute Nacht!« und schiebt Kurt zur Tür hinaus.

Was Otto Engelhart über Lisa gesagt hat, ist für Kurt wichtiger als alles andere. Er will es nicht glauben. Er kennt Lisa besser. Vielleicht, wenn ihm Otto vier Stunden früher so gesprochen hätte – aber jetzt, nach diesem: »Ich hab dich auch sehr lieb« ... Sie hat »auch« gesagt, und es war doch vorher mit keinem Wort die Rede davon gewesen, daß er sie lieb habe, sie hat es doch nicht als Antwort gesagt, nein, sie hat begriffen, daß das, womit Kurt sie umspannt, die Liebe ist, hat es verstanden und gutgeheißen und bestätigt – oh, er weiß, daß Lisa anders ist, als man sie sieht, und er ist eigentlich froh darüber, daß ihn Otto nicht mehr hat zu Wort kommen lassen, wie unglücklich hätte er ihn vielleicht noch gemacht, den armen Otto, der so oft schon mit Lisa geschlafen hat und sie doch nicht besitzt, gar nichts von ihr ... um wieviel reicher bin ich, und hab sie doch erst nur geküßt ...

Paul liegt noch wach im Bett und liest. Er grunzt unwillig, als

Kurt eintritt, dann erkundigt er sich nach der Ursache seines späten Kommens.

Kurt setzt sich ihm gegenüber und blickt ihn unverwandt an:

»Ich bin sehr glücklich.«

Paul blickt ebenso zurück und sagt im gleichen Tonfall:

»Du bist sehr blöd.«

»Das ist dasselbe!« lacht Kurt, der etwas Ähnliches zu hören erwartet hat. Wenn Paul wüßte –.

Als das Zimmer dunkel ist, wird Kurt übermütig und fragt:

»Stelltest nicht du, Paul Weismann, gestern die kühne und dennoch gewagte Behauptung auf, daß ich die von mir geliebte Lisa Berwald nie bekommen würde?«

»Das tat ich wohl.«

»Ich glaube dir versichern zu können, daß du irrst.«

»Ich irre nicht.«

»Wollen wir wetten?«

»Nein. Denn es ist durchaus möglich, daß du einmal zufällig mit einem Mädchen schlafen wirst, das mit besagter Lisa Berwald identisch ist. Gute Nacht.«

Wenn Kurt nicht gar so besinnungslos glücklich gewesen wäre, dann hätten ihm diese letzten Worte zu denken geben müssen. Aber er war besinnungslos glücklich und schlief so ein, einem Morgen entgegen, an dem er zum erstenmal ganz für Lisa erwachen würde.

Doch ehe er noch die unbeschreibliche Wonne solchen Erwachens voll ausgekostet hatte, brachte das Zimmermädchen einen Brief, der ihn veranlaßte, mit dem nächsten Zuge nach Hause zu fahren.

SIEBENTES KAPITEL

Gerber Kurt, Katalognummer 7

Während der Fahrt las Kurt immer wieder die Zeilen durch, die ihm sein Vater geschrieben hatte:

»Mein lieber Kurt, ich hatte zufällig Gelegenheit, mit einem Deiner Professoren zu sprechen. Auf Grund dieser Unterredung halte ich es für dringend erforderlich, daß Du mit dem nächsten Zug nach Hause kommst, wo ich Dir alles Weitere mitteilen werde. Ich hoffe, daß Dich Deine Ferien trotz dieses vorzeitigen Abbruches befriedigt haben, und bin mit Gruß und Kuß

Dein Vater.«

Da also alles Weitere erst mitgeteilt werden sollte, war es unnötig, sich darüber Gedanken zu machen. Kurt wollte mit der Schule so lange wie möglich nichts zu tun haben, sträubte sich gegen ihr Nahen, so wie man den schweren Mantel immer noch nicht anziehen will, wenngleich der warme Herbst unweigerlich vorüber ist. Ein Sträuben von verkniffener Aussichtslosigkeit. – Kurt zwang sich gestrafft in den Brennpunkt der schräg verblassenden Strahlen, die die letzten Tage erfüllt hatten. Nein, noch war alles warm und gut, Lisa hat ihn endlich erkannt, kleinlaut fast und demütig will ihm ihre Regung jetzt erscheinen, Paul Weismann hat mit ihm gesprochen wie nie vorher ein Mensch, und noch mehr bedeutet die Bestimmtheit, mit der er Verständnis vorausgesetzt hat, Otto Engelhart vollends – war nicht er der Jüngere gewesen, als er sich vor Kurt entblößt hatte, bis zum Letzten, das ihn bewegt?

So schön und anders und verheißend war das alles, so stark durchlebte es Kurt, daß er die Ankunft des Zuges in der Endstation erst merkte, als er sich allein im Abteil fand.

Und da, angesichts des unfreundlichen Spaliers der Mietskasernen und der kotigen Straßen, war die andere Welt mit eins verflogen in der nun doppelt widerwärtigen Luft. Den Taxichauffeur entlohnte Kurt mit der resignierten Grandezza eines verarmten Barons. Und als ihn der Vater zu sich ins Zimmer rief, setzte er sich ihm in teilnahmsloser Erwartung gegenüber, genau wie er sie von den Prüfungen der letzten Schulmonate her kannte: interessant war allenfalls noch, wann und in welcher Form die unvermeidliche Erniedrigung kommen würde.

Diesmal kam sie sehr zeitig und mit zerschmetternder Wucht: Professor Mattusch – mit diesem hatte der Vater gesprochen – beurteilte Kurts Position in der Schule höchst pessimistisch, er sei der Ansicht, daß nur schleunigste Aufnahme eines Hauslehrers noch Hilfe bringen könnte und auch das nur, wenn Kurt sich fortan mit dem größten Fleiß bemühe, seine bisherigen Versäumnisse gutzumachen. »Mattusch meint es bestimmt nicht schlecht mit dir«, schloß der Vater, »und wenn er mir privat solche Mitteilungen macht, wird er gewiß seine guten Gründe haben. Es zeigt sich, daß deine Vorsätze damals, als ich dich in eine andere Anstalt geben wollte, nichts als leeres Geflunker waren.« Dann wurde seine Stimme weich: »Ich will dir keine Vorwürfe machen, ich weiß, daß diese Dinge auch für dich nicht sehr erfreulich sind. Aber es gibt keinen anderen Weg. Hier ist die Adresse von Professor Ruprecht, bei dem du dich morgen um zehn Uhr vorstellen wirst. Er hat sich bereit erklärt, dich sofort in die Arbeit zu nehmen und die restlichen Tage bis Schulbeginn zur Wiederholung des Stoffes zu benützen.« Der Vater schwieg. Wie ein Richter, der ein im besten Glauben gefälltes Urteil bedauert.

»Na, es kann ja noch alles gut werden. Wenn du dich nur anstrengen wolltest! Du weißt, daß ich mich mit Freuden dafür erkenntlich zeigen werde. Am Tag nach der bestandenen Matura besteigst du den Zug nach Paris.«

»Ja«, sagte Kurt. Dann stand er auf und ging verloren aus dem Zimmer.

Tags darauf schrieb er den folgenden Brief:

»Lieber, guter Vater, ich weiß mir keinen anderen Rat, will Dich durch eine mündliche Auseinandersetzung nicht aufregen und teile Dir deshalb auf diesem Weg mit, daß alle Versuche, mich im Laufe des heutigen Tages aufzufinden, zwecklos sind. Ich gehe nicht zu Professor Ruprecht und – damit will ich Dir gleich alle unnötigen Besorgnisse abnehmen – ich gehe auch nicht ins Wasser oder auf sonst eine Weise in den Tod. Das würde zwar in den Rahmen der Geschehnisse ganz gut passen und vielleicht nicht ohne wünschenswerte Auswirkungen bleiben, aber ich will meine Ansicht über die Schule nicht selber ad absurdum führen. Ich glaube, man täte ihr zu viel Ehre an, wenn man ihretwegen auf ein Leben verzichten wollte, das Gott sei Dank nichts mit ihr gemein hat. Die Hoffnung auf dieses wirkliche Leben (und nichts anderes!) wird mich instand setzen, ohne Hauslehrer und trotz allen Kupfers die restlichen Monate zu einem guten Ende zu bringen und die Matura zu bestehen. Es ist ja noch nichts verloren, und die alberne Posse dieses Mittelschulstudiums kann sich doch nicht zu der Pointe versteigen, daß ich wirklich für unreif erklärt werde. Erinnere Dich nur der Worte unseres Direktors, die er anläßlich meines Vortrags bei der letzten Schülerakademie Deinen Befürchtungen entgegenhielt: ›Aber ich bitte Sie! Das meinen Sie doch nicht im Ernst? Wer soll denn da überhaupt reif sein, wenn nicht Ihr Sohn?‹

Falls Du meinen Entschluß, auf ›Nachhilfe‹ zu verzichten, nicht gutheißen kannst, dann möge um 11 Uhr nachts, wenn ich nach Hause komme, die Türe versperrt sein. Ich werde

hierauf versuchen, meine Reife auch ohne gestempelte Bescheinigung zu erweisen.
In jedem Fall bitte ich Dich, diesen Schritt weder als übereilten Dummenjungenstreich noch als schwulstigen Ausfluß meiner von Dir so oft gerügten Einbildung aufzufassen. Er ist das Ergebnis langen Nachdenkens. Und wenn es schon so sein soll, daß ich Dir Schmerz bereite, daß Du mit mir im Kreis der Verwandten und Bekannten nicht paradieren kannst, daß ich als ›mißratener Sohn‹, als ›aus der Art geschlagen‹ gelte, wenn das alles schon so sein soll, dann will ich auch vollkommen aus der Art geschlagen sein. Ein Scheitern innerhalb jener Grenzen, wo eine nicht bestandene Schulprüfung als tödliche Schande angesehen wird, möchte ich Dir und mir ersparen.

Kurt.«

Um elf Uhr steckte Kurt mit ruhiger Hand den Schlüssel ins Loch, die Tür war nicht versperrt, sie ging auf – aber die Kette war vorgelegt und gab nur einen kleinen Spalt frei, durch den das Vorzimmer sichtbar wurde. Es war erleuchtet.

Dann wurden Schritte hörbar und das Geräusch der zurückgeschobenen Kette. Der Vater stand im langen, schwarzen Hausrock da. Er ließ Kurt an sich vorbei, schloß die Türe hinter ihm und ging wortlos ins Zimmer. Kurt fühlt: der Brief hat seine Wirkung verfehlt. Kurt fühlt noch etwas: daß alles, was sich mit allzu großem Pomp in Szene setzt, sehr flau und spärlich in ein Durchschnittsgeschehen verläuft. Daß alles immer nur halb so schlimm ist, und darum doppelt so schlimm.

Auf dem Nachttisch liegt ein Zettel:

»Ich freue mich Deines festen Vorsatzes, ich glaube an Deinen guten Willen und ich hoffe, daß Du mit Deinem Optimismus recht behältst.

Aber eines will ich Dir sagen: wenn Du glaubst, daß das Leben mit der Schule nichts gemein hat, dann bist Du im Irrtum.«

Es geht aufwärts. Kurt weiß es sich selbst nicht zu erklären, aber es geht aufwärts.

Borchert war der erste, der es offen aussprach.

»Sie scheinen ja endlich Vernunft anzunehmen, Gerber! Es war aber auch schon die höchste Zeit.«

Dann folgte Hussak:

»Na, sehen Sie, Vogerl! Das hätten Sie gleich haben können. Sehr gut, setzen.« Und als hätte er Kurts Meinung über solches Lob erraten, fügte er hinzu: »Noch fünf Monate, und dann –!« Das klang tröstlich.

Auch bei Riedl legte Kurt eine Prüfung mit gutem Erfolg ab, Mattusch, Prochaska und Seelig waren ja immer mit ihm zufrieden gewesen, und Kupfer, so schien es, hatte überhaupt vergessen, daß es in der letzten Bank einen Schüler Gerber gab. Ahnte oder wußte er, daß Kurt gerade jetzt bemerkt werden wollte? Daß er immer gut vorbereitet war? Vielleicht hatte Kupfer wirklich Spitzel, die ihm alles zubrachten, vielleicht hatte er erfahren, daß die Vorzugsschüler Altschul und Nowak sich des Durchfallskandidaten Gerber angenommen hatten und ihre bekannt gewissenhafte Präparation mit ihm gemeinsam durchführten?

Es war kein leichter Entschluß für Kurt gewesen, Altschuls Wohnung uneingeladen aufzusuchen. Aber als er einmal zufällig hörte, wie sie sich verabredeten: »Also heute kommst du früher zu mir, Nowak, schon um drei, wir machen auch gleich Geschichte und Geographie«, da stand sein Plan fest. Knapp nach drei Uhr läutete er bei Altschul an, überging das Befremden, mit dem er empfangen wurde, und sagte, als er die ängstlichen Ablenkungsversuche der beiden nicht länger ertragen konnte, unvermittelt und einfach:

»Ich will euch nicht länger aufhalten – bitte, sagt mir klipp und klar, ob ihr mit mir lernen wollt. Es handelt sich mir hauptsächlich um Gott Kupfer. In seinen Gegenständen seid ihr eben viel besser als ich und wahrscheinlich auch besser als die meisten anderen.« (Hier machte Kurt eine kleine Pause, und so beschämt er auch das Erbärmliche seines Unternehmens empfand, die beiden geschmeichelt Abwehrenden, die sich für Mathematikgenies hielten, durfte er noch immer verachten.) »Ich habe das feste Vertrauen zu euch, daß ihr mich, wenn ihr wollt, über Wasser halten könnt. Ich kenne eure Besorgnisse sehr gut und muß zugeben, daß sie nicht ganz unberechtigt sind. Aber ich verspreche euch, daß ich unsere gemeinsame Arbeit nicht stören werde, weder durch Witzeleien noch durch demagogische Vorträge oder sonst etwas. Ihr wißt, wie ich in der Schule stehe. Es ist also klar, daß ich meine Worte ernst meine, und warum ich sie gerade zu euch spreche.«

Da deutete Altschul mit großer Geste auf einen Sessel: »Bitte, nimm Platz. Willst du rauchen? Hier. – Wir beginnen eben mit der geometrischen Hausübung für morgen. Ein schiefes Prisma, dessen Basis ABCD ein in der zweiten Projektionsebene liegendes Parallelogramm ist, hat die Seitenkante ...«

Nun lernte Kurt Gerber mit den beiden Vorzugsschülern bereits seit zwei Wochen, Tag für Tag.

Und als Kupfer die großen Semestralprüfungen begann, als er eines Tages den kleinen, schwarzen Taschenkatalog vor sich hinlegte und langsam darin herumblätterte, als Totenstille in der Klasse war und manche sich mit angehaltenem Atem hinter die Rücken ihrer Vordermänner duckten und ihren Herzschlag aussetzen spürten in den Augenblicken, da sie glaubten, daß Kupfers Blick jetzt gerade auf ihrem Namen ruhe, als diese lähmende Erwartung kein Ende nehmen wollte, immer noch nicht, immer noch nicht, er soll mir schon das Nichtgenügend geben, ich verzichte auf alles, nur diesen Felsblock fort von der Brust – als er wieder so war wie in hundert Stunden vorher: da hob Kurt Gerber plötzlich seinen Arm in die Höhe und hörte im selben Moment seinen Namen, und ging mit dem festen Bewußtsein zum Katheder, daß er bei der heutigen Prüfung entsprechen würde.

Mit kaum spürbarem Staunen nahm Kupfer seine zutreffenden Antworten zur Kenntnis. Er beendete die Prüfung damit, daß er ohne jede Bemerkung den nächsten zur Tafel rief. Es war Mertens. Er bekam Nichtgenügend und blieb nicht vereinzelt. Das hob den Wert von Kurts Leistung beträchtlich.

Nach der Stunde ging er gewohnheitsmäßig nach vorn, zu Altschul und Nowak. Sie gratulierten ihm übertrieben stürmisch, Schönthal fragte mit leisem Hohn, von wannen ihm diese Wissenschaft käme, dann murmelte Scholz anerkennend: »Das mit der Affinitätsachse hätte niemand besser machen können« – aber Kurt hatte kein Ohr dafür, er suchte eine Erinnerung zu fassen, die mahnend ihre knöchernen Finger nach ihm ausstreckte, was war das nur, in einer Nacht, sie lag unendlich weit zurück, in irgendeiner fürchterlichen Nacht hat er das doch schon gesehen und gehört, das alles ... wann hat ihm Scholz so auf die Schulter geklopft ... und dann fällt es ihm ein: es war die Nacht am Schuljahrsanfang, da er mit dem Vater gekämpft hatte um sein Bleiben in der Schule ... dann eingeschlafen war voll Zukunftsgedanken, die ihn schon damals bedrückten ... und nun ist es wirklich so gekommen ...

Bleich, mit hochgezogenen Schultern schleicht Kurt in die letzte Bank zurück. Starren sie ihn nicht an, sie alle, die heute Nichtgenügend bekommen haben, Mertens, Lengsfeld, Lewy, Zasche, mit traurigen Blicken und schmerzlich verzogenem Mund? Sagen sie nicht leise und langsam und eindringlich: »Verräter«?

Weinberg will ihm nochmals die Hand schütteln.

»Kurt! Was ist denn mit dir? Sei doch froh, daß du endlich einmal entsprochen hast! Kurt!«

Da fährt Kurt zusammen und stammelt verwirrt:

»Ja – ja – du hast recht – ich bin sehr froh – ja.«

»Verrückt bist du auch!« sagt Weinberg. »Komm aufs Klo, einen Tschick rauchen.«

Aber trotz allem wurde Kurt Gerber manchmal mit Schrecken gewahr, daß ihn behagliche Zufriedenheit ergriff, wenn er eine gute

Antwort gab, wenn eine schwere Frage gestellt wurde und der Professor mit suchendem Blick fragte: »Nun – wer weiß das – Benda – Schönthal – Brodetzky – Scholz – Gerber – nichts? Ja, Gerber?« Wie entsetzlich war es, mit diesen Leuten in einem Atem genannt zu werden, wieviel entsetzlicher noch, sich darüber zu freuen! Gab es keinen Ausweg aus diesem Dilemma?

Er versuchte ihn in der Klasse zu finden und fand ihn nicht. Sondern er fand, daß die schlechten Schüler, die früheren Gefährten seiner Kämpfe und Siege und Niederlagen, von ihm abrückten. Es war fast eine soziale Verschiebung. Die Zensurproleten, die ihm bisher treu ergeben gewesen waren, ihm, der vielleicht als einziger einen einwandfreien Kompromiß gefunden hatte – sie ließen ihn mit bitterer Deutlichkeit erkennen, daß sie seinen plötzlichen Richtungswechsel für etwas Schändliches hielten. Also doch. Seine Beklemmnis nach der erfolgreichen Prüfung bei Kupfer hatte ihn nicht getrogen. Er war ein Verräter.

Daß jeder einzelne von ihnen (Lewy vielleicht ausgenommen) blind und bedenkenlos zu ebensolchem Verräter geworden wäre, hätte er es nur vermocht – daran dachten weder sie, die ihn nun verabscheuten, noch er, der diesen Abscheu als berechtigt empfand.

Auch mit den guten Schülern war es nichts. Er wollte sich im familiären Umgang mit ihnen restlos betäuben – aber sie behandelten ihn kühl, vielleicht trauten sie ihm nicht recht, glaubten, er wolle sich in ihren erlesenen Kreis nur einschleichen, um von ihnen zu profitieren, vielleicht galt ihnen sein Können zu gering, sein Ruf zu neu und ungefestigt. Er war eben nur ein Parvenu, für beide Teile. Und bisweilen kam Kurt sich trostlos verlassen vor, gemieden fast wie ein Aussätziger.

Daher rührte es, daß ihn ein Begebnis, über das die andern nur flüchtig betroffen waren, zutiefst erschütterte. Benda hatte eines Tages gefehlt, und weil er noch niemals krank gewesen war, fiel das sofort auf. Als er auch am nächsten Tag nicht erschien, munkelten einige bereits von einer schweren Grippe – und am übernächsten machte in der ersten Stunde Professor Seelig den Oktavanern die Mitteilung, daß ihr Kollege Josef Benda gestern plötzlich gestorben sei. »Das war ein prachtvoller Kerl!« murmelte er, während die Klasse aufstand. Dann fragte er, wer denn mit ihm näher befreundet gewesen wäre.

Und da geschah es, daß sich niemand meldete. Benda war den Oktavanern bei aller Sympathie fremd geblieben, sein Tod hinterließ bei keinem eine Lücke. Auch bei Kurt nicht. Er hatte Benda geschätzt, er trauerte um ihn als um einen Menschen, dessen Wert ihm klar war. Aber nicht darin lag sein großer Schmerz. Sondern er mußte plötzlich denken: wenn ich es bin, der morgen stirbt – wer von diesen wird aufstehen und sich melden? Wer meldet sich denn heute zu mir, da ich mitten unter ihnen bin und Anteil habe am gemeinsamen Geschick, Anteil aus sieben Jahren, und innigeren, als sie ahnen? Was bin ich ihnen anderes als einer im Alphabet? Gerber Kurt, Katalognummer 7. Für mehr ist kein Platz. Der Lehrkörper will wieder einen Schülerkörper regieren. Die arabischen Ziffern 1 bis 32 ergeben eine römische VIII. Benda Josef, Katalognummer 2. Josef Benda, den Starken, Ruhigen, mit den nach innen gekehrten Augen – den kennt man nicht, mit dem war keiner »näher befreundet«.

Es wundern sich alle, daß Kurt Gerber an diesem Tag so verstört umherstreicht. Warum nur? Wenn zwischen ihm und Benda Freundschaft bestanden hat, dann hätte er sich doch melden können? Das ist es also nicht. Vielleicht hat Schönthal tatsächlich recht mit der Vermutung: Kurt Gerber wäre so traurig, weil ihm Benda für die nächste mathematische Schularbeit zwei Beispiele versprochen hat, und damit wäre es nun also Essig. Das hört sich zwar gar nicht schön an, man hätte es nicht gedacht von Kurt Gerber – aber, mein Gott, so ist es eben in der Schule …

Eisige, gefühllose Kälte ringsum … Es ging so nicht weiter.

Schon als er diesen Plan mit Lisa gefaßt hatte, war ihm klar gewesen, daß ein wenig Lesebuchmoral mitsäuerte von stiller Heldenhaftigkeit und Opferbringen, von guten Vorsätzen und ihrem endlichen Segen. Faules Zeug.

»Lisa, ich brauche dich, ich muß mit dir zusammenkommen, sofort.«

In einem Brief soll nur das Notwendigste stehen.

Aber es vergingen Tage, ehe der ihre kam, und es vergingen Tage, ehe er sie sah – Tage – viel Zeit – wenig Zeit – wer weiß das – man purzelt so haltlos hin und her – wie in einem Traum vom Fliegen – und dann taucht man irgendwo auf – und alles ist anders, als man gedacht hat – oder doch wieder ganz genau so – wer weiß.

Sie standen vor dem Kaffeehaus, zu dem er sie begleitet hatte, und wußten nicht recht, was sie noch sagen sollten. Lisa war wieder, als wäre sie zum erstenmal da, alles nahm den gewohnten Lauf, Verwandte erwarteten sie, hatte sie gleich nach der Begrüßung gesagt, sie müßte in einer halben Stunde dort sein, und dann war es weitergegangen, nichtssagendes Geplauder, kein Wort der Erinnerung, kein Wort der Frage, warum Kurt sie gerufen hatte und warum erst jetzt.

Vollkommene Enttäuschungen überzeugen mit solcher Wucht, daß alle früher gehegte Hoffnung aberwitzig erscheint. Nicht dieses ist das Staunen: wie konnte es bloß so kommen? Sondern dieses: wie konnte ich bloß glauben, daß es anders kommen würde?

O Lisa, Lisa. Unsterbliche Eintagsfliege.

»Da wären wir.«

»So. Ja. Natürlich.«

»Also –.« Ihre Hand kommt auf ihn zu.

»Es schneit«, sagt Kurt irr.

»Auf Wiedersehn!« Noch ist sie da.

»Auf Wiedersehn – aber wann, Lisa?«

»Ja, wann. Warte ... wir sind am nächsten Sonntag alle bei Paul Weismann im Atelier. Willst du hinkommen?«

»Gerne, aber –«

»Gut, dann mußt du ihm telephonieren, ja? Wir sehen uns also bei ihm oben. Adieu, Kurt.«

Und da ist ihre Hand schon weg und sie selbst auch und Kurt steht noch immer mit offenen Lippen.

Es schneit.

Besser so. Was hat er sich denn eigentlich vorgestellt unter der »Hilfe«, die sie ihm bringen soll. Doch nicht, daß sie sich plötzlich wieder für die Schule zu interessieren beginnt. Ihn immerzu danach fragt. Das hätte noch gefehlt. Und wie ist denn deine letzte Mathematikprüfung ausgefallen? Und wie wurde deine französische Schularbeit klassifiziert? Entsetzlich.

Nein, Lisa kann ihm wohl so nicht helfen. Wie jämmerlich wäre das. Wie sehr wäre es plötzlich wieder eine Gymnasiastenliebe.

Kurt stampft auf. Jetzt erst merkt er, wie kalt ihm ist.

Es schneit noch immer.

Aber wenn man sich mit der Kälte abgefunden hat, dann ist der Schnee ein Geschenk, das sie sanft und trostreich herniederfallen läßt, als wollte sie zeigen, daß sie nicht nur kalt sein kann, die Kälte.

Kurt hat sich mit der Kälte abgefunden. Und es ist schön, daß es schneit.

Die Schneeflocke, die auf seine Lippe fällt, ist wie ein kühler und flüchtiger Kuß. Wie ein Abschiedskuß.

Er blickt hinauf in das Schneien, und sein Blick ertrinkt im schwarzen Himmel und taucht an den angelaufenen Glasscheiben des Cafés wieder auf und gleitet mit einem großen, weißen, vielzackigen Stern zu Boden.

Adieu, Lisa.

Gibt es keine Rettung, keine Rettung?

Doch. Es gibt eine. Das heißt: man muß eben damit vorliebnehmen. Wenn man sich bemüht, geht es ganz gut.

Der Vater. Er kann sich so freuen, wenn Kurt von einem Erfolg in der Schule berichtet. Es ist fast zum Weinen.

»Siehst du, Kurt. Ich hab ja gewußt, daß du mir diese Schande nicht antun wirst. Halt dich nur weiter so. Tu deinem alten Vater den Gefallen.«

Ja, alter Vater, ich will dir den Gefallen tun. Ich weiß zwar nicht, ob ein gestempelter Wisch, den wir dann sorgfältig in die Lade sperren und nicht mehr brauchen, wirklich die Seligkeit ist, ich habe auch den Eindruck, daß du selbst nicht recht daran glaubst – aber ich sehe schon ein, daß es arg wäre für dich, wenn dein einziger Sohn bei der Matura durchfiele. Nein, alter Vater, es wird nicht geschehen. Und in ein paar Tagen, da bekommen wir die Halbjahrsausweise, und da wird bei mir kein einziges Nichtgenügend stehen.

Und nur an den Vater denkt Kurt, als er vor das Katheder tritt und das steife, bläuliche Papier in Empfang nimmt mit dem längst bekannten Text, mit der vorgedruckten Kolonne für die Lehrgegenstände, links, und der andern für die Zensuren, rechts, die immer in gleichmäßiger Schrift ausgefüllt ist, vom Klassenvorstand ... nein, das ist aber ein dummer Witz ... was für merkwürdige Worte entstehen, wenn man ein paar beliebige Buchstaben aneinanderreiht ... n-i-c-h-t-g-e-n-ü-g-e-n-d ... nicht genügend ... Mathematik: nicht genügend ... Darstellende Geometrie: nicht genügend ... komisch ... was hat denn das zu bedeuten ... wahrscheinlich nichts, gar nichts ... die Buchstaben gehören ja überhaupt nicht zusammen ... sie tanzen ja herum ... aber nein, da stehen sie wieder gerade und aneinandergereiht: nicht genügend ...

»Wünschen Sie etwas, Gerber? Nein? Dann gehen Sie auf Ihren Platz.«

Ja. Verzeihung. Wünsche ich etwas? Ich gehe schon.

Nein.

Sie nehmen das Papier aus seiner Hand, lesen es durch und geben es ihm stumm zurück.

Warum sollen sie auch reden, er selbst ist ja ganz ruhig und gefaßt.

Gefaßt. Das ist es. Nicht ein bißchen aufgeregt oder zerknirscht. Der Papierfetzen da hat keine Wirkung. Er läßt ihn gleichgültig. Jawohl.

Und Kurt hört der Rede Kupfers mit höflich interessiertem Gesichtsausdruck zu.

Die Zensuren wären eigentlich erwartungsgemäß ausgefallen, sagt Kupfer leichthin, nicht besser und nicht schlechter, als es den gezeigten Leistungen entspräche. Es sei gewiß bedauerlich, daß sieben Schüler negativ abgeschlossen werden mußten, aber wenn auch dem diesmaligen Semestralzeugnis, als dem letzten vor der Matura, besondere Bedeutung zukäme, so sei es doch noch nichts Endgültiges.

Kurt taxiert die Dasitzenden nach ihrem Aussehen: wer sind die sieben? Aber alle blicken trübe drein. Das erfordert der Ernst des Augenblicks.

Freilich, fährt Kupfer mit etwas vollerer Stimme fort, freilich würden die im Semester Durchgefallenen besonders schwere Mühe haben. Sie hätten eben rechtzeitig bedenken sollen, daß sie sich in der Oktava befänden, nicht wahr. Da müsse eben das ganze Jahr mit Volldampf gearbeitet werden. Es sei eine irrige Annahme, daß man durch eine oder zwei bessere Leistungen knapp vor der Zeugnisverteilung alles wieder gutmachen könnte. (Da meint er mich, denkt Kurt, niemanden sonst.) Das wäre gar zu bequem. Er habe diese Taktik gewisser Herrschaften natürlich sofort durchschaut. (Kurt muß lächeln: ein hübscher Name für mich. Ich bin gewisse Herrschaften.) Man sollte doch endlich draufgekommen sein, daß Professor Kupfer sich nicht hinters Licht führen lasse! (Aber das hat ja niemand versucht, Herr Professor! Ich hab doch ehrlich gelernt, Herr Professor! Täglich vier oder fünf Stunden mit den Vorzugsschülern Altschul und Nowak, und dann noch ein paar Stunden zu Hause allein, und in den Pausen, ich war immer vorbereitet, Herr Professor!) Wie gesagt, es sei noch kein definitiver Entscheid, der falle erst beim Abiturium. Die Erniedrigten können erhoben, die Erhobenen gestürzt werden.

Hem-hem-hem, glucksen die offiziellen Lacher.

»Also – Sie wissen, was Sie zu tun haben: arbeiten! Sonst ...!«

Er hätte gern »fronen« gesagt und an das »Sonst« eine kalte Drohung geknüpft. Aber es ist auch sehr wirkungsvoll, wie er plötzlich abbricht und hart aus der Klasse schreitet.

Die Sklavenherde steht verquält und wartet mit gesenktem Nacken, bis der Herr, der kein Erbarmen kennt, sich entfernt hat.

Einige, bevorzugt und vielleicht zu Aufsehern erkoren, reiben sich die Hände.

Andere, verurteilt und verdammt, wanken von ihrem Platz und staunen, daß sie noch gehen dürfen, wohin es ihnen beliebt.

Man hätte meinen sollen, daß sie sich nun zusammenschließen würden in gleicher Angst. Aber nein: sie meiden einander. Keiner will sich mit dem andern auf die gleiche, letzte Stufe stellen, jeder will gerade der sein, dem die Schmach erspart bleiben wird …

»Das mit Scheri war entschieden die größte Gemeinheit!« sagt Hobbelmann, der selber ein Nichtgenügend hat, allerdings nur aus Französisch.

»Möchte ich nicht behaupten!« Schönthal fand den schäbigen Mut, diese Worte zu sprechen. Er kocht vor Ärger, weil seine Sehrgut-Kolonne tatsächlich durch ein Gut in Mathematik verunziert ist. Es wäre so schön gewesen – Benda ist tot – Schönthal der einzige mit lauter Sehrgut – verflucht!

Langsam stellt sich heraus, wer die Durchgefallenen sind. Und während sie umringt werden, während hier trübe, nutzlose Vermutungen umherdüstern – führt in einer andern Ecke Pollak mit Brodetzky einen heftigen Streit, zischt ihm haßerfüllt ins Gesicht, daß er sein Sehrgut nicht verdient und nur der Protektion zu danken habe, und Scholz steht dabei und wackelt mit dem schwammigen Nilpferdkopf, naja, das müsse man zugeben, es sei ärgerlich …

Die Mutter selbst öffnet Kurt die Tür. Sie legt den Finger auf den Mund. Dann zieht sie Kurt in sein Zimmer und setzt sich ihm gegenüber. Jetzt erst sieht Kurt, daß ihre Augen rotgeweint sind.

Der Vater ist tot, denkt er, und das Zimmer um ihn wankt. Jetzt ist alles, alles egal.

Er wartet, es zu hören.

Aber die Mutter hebt den Kopf und fragt mit mühsam beherrschter Stimme, wie das Zeugnis ausgefallen sei.

Als ob das jetzt noch von Wichtigkeit wäre! Will sie ihn schonen?

»Warum hast du geweint, Mutter?«

»Ich –?«

Aber da bricht schon wieder hemmungsloses Schluchzen aus ihr hervor, und ihren stammelnden, abgerissenen Worten entnimmt Kurt, daß – daß der Vater nicht tot ist. Er hat nur einen sehr schweren Herzanfall gehabt, mit Atemnot und Röcheln, Äderchen sind ihm geplatzt vor Anstrengung, er hat Blut gespuckt, hat eine Injektion bekommen, und jetzt ist Doktor Kron bei ihm.

Der Vater lebt. Nichts, nichts ist egal. Im Gegenteil.

Wie schlecht ich geworden bin, wie vertiert, wie gemein! Ich hätte mich ja – gefreut – daß alles egal sein würde. Herr im Himmel! Ich danke dir!

Kurt hat eine feierliche Vision: er steht da, in langem, schwarzem Gewand, zu priesterlicher Höhe gereckt, mit ausgebreiteten Armen, und spricht mit großer Stimme: »Im Angesicht des Todes! Dreimal verflucht die Schule! Alles Übel kommt von ihr her!« Der Priester hebt und senkt die Arme. Dreimal. Dann ist er fort. (Nicht für immer. Er ist ihm noch einmal erschienen, aber das war viel später und alles war anders.)

Kurt blickt auf und sieht: die Mutter weint.

Er geht auf sie zu, streichelt sie, ein wenig unbeholfen: »Es wird schon wieder gut werden.«

Die Mutter beruhigt sich langsam und trocknet ihre Tränen.

»Du hast mir noch nicht gesagt, wie das Zeugnis ausgefallen ist!«

»Ja richtig!« Kurt besinnt sich mit einem verkrampften Gelächter. »Jetzt wirst du aber lachen: ich habe zwei Nichtgenügend bei Kupfer.« Und er zieht das Papier heraus und tut wirklich so, als erwarte er, daß die Mutter mitlache.

Die Mutter ist wieder zusammengeknickt.

»Lieber, guter Gott!« flüstert sie mit zuckenden Lippen.

»Lieber, guter Gott! Und seine erste Frage war: wo ist der Bub mit dem Zeugnis? Was soll da werden, was soll da werden –«

Kurt rennt im Zimmer auf und ab, von tausend Teufeln gejagt. Er weiß nichts mehr zu sagen. Sein Atem krächzt.

Im Vorzimmer wird eine Männerstimme hörbar; sie fragt nach der gnädigen Frau.

Die Mutter wischt ein paarmal übers Gesicht, zupft hastig an sich herum und geht hinaus. Kurt folgt ihr, weil sie die Tür offen ließ. Na, meint Doktor Kron, das Ärgste sei jedenfalls vorüber, er habe noch eine Injektion gegeben, und jetzt schlafe der Patient. Wenn etwas geschehen sollte, dann müsse man sofort telephonieren, wann immer es sei.

Mit einem leisen Aufwimmern verschwindet die Mutter.

»Kurt«, sagt der Arzt mit belegter Stimme, »schau dazu, daß der Alte in der nächsten Zeit Ruhe hat. Absolute Ruhe. Keine Aufregung. Nicht die geringste. Dir kann ich's ja sagen: noch so einen Anfall hält sein Herz nicht aus. Verstehst du mich? Na, dann – oder willst du noch etwas?«

»Ja – Herr Doktor – Sie sagen: keine Aufregung – nun sind aber heute die Zeugnisse verteilt worden –«

»Was?«

»Die Zeugnisse – in der Schule –«

»Ach so. Ja, und?«

»Und ich werde doch erzählen müssen, wie – kurz und gut: ich habe zwei Nichtgenügend und das wird ihn aufregen –«

Aufregen? Warum? staunt Doktor Kron. Zwei Nichtgenügend, schön, aber das sei doch weiter keine Sache, schon gar, wenn man es soeben mit dem Kollegen Hans Mors zu tun gehabt hätte.

»Aber der Vater glaubt, daß ich dann auch bei der Matura durchfalle!«

»Na wenn schon! Das ist aber köstlich! Bei der Matura durchfallen! Hoho!« Doktor Kron klopft ihm wohlwollend auf die

Schulter. »Mach dir nur keine Sorgen, das werde ich dem Alten schon ausreden. Sagen mußt du es ihm natürlich – aber daß er eine solche Lappalie nicht tragisch nimmt, das laß nur meine Sache sein!«

Doktor Kron ergreift Kurts Hand und nickt ihm mit lustigen Augen und vielen kleinen Fältchen zu. Die Sache scheint ihn wirklich zu erheitern.

»Bei der Matura durchfallen!« wiederholt er an der Tür mit komischer Besorgnis. »Hat sich was!«

Kurt hätte ihn am liebsten umarmt. Endlich, endlich einer mit gesundem Blick.

Er geht in sein Zimmer zurück.

Da ist der Sessel, auf dem die Mutter jammernd saß. Da ist das Zeugnis, Mathematik: Nichtgenügend. Darstellende Geometrie: Nichtgenügend. Da ist der Schreibtisch, auf dem die Hefte und Bücher und die andern modrigen Behelfe liegen, da ist der Vormerkkalender an der Wand, für Tage hinaus in jeder Spalte die Notiz: Nachmittag Kupfer. Da ist alles, alles, woran der gesunde Blick erkranken muß.

Und in einem andern Zimmer keucht seines Vaters Atem vom kaum bestandenen Todeskampf.

Wo ist der Bub mit dem Zeugnis?

ACHTES KAPITEL

Hart ist der Weg zum Mißerfolg

Es waren zuviel der ungesunden Blicke, die Kurt immer wieder trafen. Und Kurt verlor, was ihn bis jetzt allen Fährnissen hatte trotzen lassen: seinen Widerspruchsgeist. Er resignierte nicht, er war nicht uninteressiert an seinem Los, und das war das Schlimme: denn jedem, der da kam und sich einmischte mit Ansicht oder Ratschlag, mit Hoffnung oder Besorgnis, mit Geringschätzung oder Wichigtuerei – jedem gab er recht, von jedem ließ er sich für den Augenblick überzeugen. Gleichgültigkeit ist noch immer etwas wie eigene Meinung, wenn auch die allerdürftigste. Kurt besaß nicht einmal die.

Kam einer und war entsetzt: »Um Himmels willen, was höre ich: du stehst so schlecht in der Schule – ja, du wirst doch nicht etwa am Ende gar vielleicht bei der Matura durchfallen?«; kam einer und sprach ihm zu: »Laß den Mut nicht sinken, es wird schon gehen!«; kam einer und spöttelte mit Arglist: »Ei, ei, Kurt Gerber, der Neunmalkluge, der Frühreife, ei, ei, er kann nicht einmal, was tausend Durchschnittsschüler können!«; kam einer und tröstete weitgreifend. »Mach dir nichts draus, es sind schon sehr bedeutende Menschen durch ein Examen gefallen!«; kam einer und sagte: »Tu's!«, kam einer und sagte: »Tu's nicht!« – immer hatte der, der just da war, das einzig Richtige getroffen. Kurt hörte ihn an und nickte. »Natürlich, so ist es, gewiß, wie konnte ich nur glauben ...« Und fünf Minuten später hatte der nächste recht.

So wankte er durch die Tage, im Zickzack vieler Ja und vieler Nein, die nicht die seinen waren. Es konnte geschehen, daß er mit gepreßten Lippen vor dem prüfenden Professor stand, keine Antwort gab – und ihn nach der Stunde zitternd bat, das Nichtgenügend auszustreichen, er habe Kopfschmerzen gehabt und sei nicht fähig gewesen, ein vernünftiges Wort zu sprechen.

Aber das Schlimmste: er mußte sich seine Lügen selbst glauben. Und sieben Lügen braucht's, um eine zu verschönen. Immer wieder sieben. Niemand war da, der ihm die Last auch nur einer einzigen abgenommen hätte. Sie waren alle zu sehr mit ihren eigenen Lügen beschäftigt.

So log er sich weiter, und log den Vater an, der sich langsam erholte und voll Hoffnung auf ein gutes Ende war. Mit schamloser Überlegung wußte Kurt die beiden Nichtgenügend so darzustellen, daß sie fast den Anschein einer Sicherstellung bekamen, und seine Stirne blieb kalt, als er berichtete, daß er mit Kupfer gesprochen hätte ... Du wirst es mir nicht glauben, Vater, aber die zwei Nichtgenügend hat er mir nur pro forma gegeben, weil ich im Semesteranfang so schwach war – das waren seine eigenen Worte, bitte sehr: es ist mir lieber, und auch Ihnen kann es lieber sein, wenn Sie im Semester durchfallen und dann zur Matura zugelassen werden, nicht wahr, als daß ich Ihnen jetzt schon die Genügend hinschreibe und Sie damit vielleicht in Sicherheit wiege, unverläßlich und leichtsinnig wie Sie schon sind, Gerber ... Ja, das habe ihm Kupfer gesagt, es sei ja in der Tat erstaunlich, aber die Hauptsache bleibe doch, daß es beinahe eine Garantie bedeute, und die bedeute es.

Der Vater machte »Soso«, ein wenig mißtrauisch klang das, doch als Kurt von neuem Lüge an Lüge zu immer kräftigerer Beweiskette schloß, ließ er seine Zweifel fahren und zwang sich zu glauben. Er war selbst müde geworden.

Aber eines Tages ballte es sich dumpf und schwer über dem Mittagstisch, und als die Mutter hinausging und der Vater unvermittelt begann: »Warum hast du mich angelogen?«, da wußte Kurt, was geschehen war. Der Vater hatte in der Schule Nachfrage gehalten.

Es war die reine Hilflosigkeit, wie Kurt die Brauen hochzog, verständnislos: »Was denn –?«

»Du bist bei Kupfer durchgefallen.«

Kurt klammerte sich an das morsche Wrack seiner Lüge: »Im Semester kann man doch wohl nicht gut von Durchfall sprechen – und dann – ich habe es dir ja gesagt –!«

»Ja. Du hast es mir gesagt. Und daß du einen Karzer hattest und meine Unterschrift gefälscht hast, das auch?« Kurt schwieg.

»Du lügst«, sagte der Vater. »Du fälschst Unterschriften. Du betrügst mich und andere. Du hinterschlägst. Was soll ich mit dir machen?«

Das war sehr laut und bebend gesagt und war eine wirkliche Frage gewesen. Der Vater saß da und wartete auf Antwort. Seine Faust lag geballt auf dem Tisch, hämmerte ihn in raschem Auf und Ab, seine Lippen waren schmal und sein Atem flog.

Keine Aufregung – noch so einen Anfall hält sein Herz nicht aus – bei der Matura durchfallen – hat sich was – warum nimmt er es denn so wichtig? Warum zwingt er sich zur Aufregung? Er müßte ja nicht.

Beinahe fühlte Kurt Verachtung, ja Haß gegen seinen Vater. Nur einen Augenblick lang. Aber das genügte.

Bleich, den Kopf in den Nacken geworfen, lehnte er an der Wand. Seine Finger suchten Halt und fanden ihn nicht.

Auch der Vater hatte sich erhoben. Sein Körper zitterte und seine Worte zitterten so mit, als ob der ganze Körper sie spräche:

»Du weißt nicht, was du tust – ich steh vor diesem Kupfer, diesem Niemand, wie ein Sträfling – ich darf ihm nicht in die Augen schauen – also Unterschriften fälscht Ihr Herr Sohn, das wird ja immer besser – so etwas muß ich mir sagen lassen – du Lump – was soll denn aus dir werden – gerade daß auch ich noch lügen konnte – lügen mußte: ich hab mich nicht sofort erinnert, ja, es stimmt schon, es war meine Unterschrift – du – daß du dich nicht schämst – in Grund und Boden schämst –«

Der Vater war immer näher gekommen und Kurt wich langsam gegen die Tür zurück. Nein, er schämte sich nicht, er fühlte überhaupt nichts, er war stumpf, hörte die Worte und vermochte ihren Sinn nicht zu erfassen, sah des Vaters Hand langsam vor sich aufsteigen und wieder herabfallen, ohne daß er wußte, was es zu bedeuten hätte, dann stand er bei der Tür und öffnete sie, schwankte in sein Zimmer, glotzte die Bücher an wie ein Kalb des Schlächters Beil, trug plötzlich Hut und Mantel und irrte durch die kalten Straßen, nahm an den nichtigsten Dingen Anteil – und dann zuckte es jäh durch sein Gehirn, er rekapitulierte, lebte wieder den Roman seines Lebens, aber nicht so: ›Und im Kreis seiner Familie erzählte Kurt Gerber manchmal von der Schulzeit und ihren Erlebnissen‹, sondern, er wußte nicht warum, so: ›Und plötzlich stand Kurt vor dem Haus, in dem Lisa wohnte‹ – aber er stand gar nicht vor dem Haus, und er wollte auch gar nicht hin, er wollte überhaupt nichts ... wird es denn immer so sein? Immer?? Warum geschieht das alles? Morgen wieder, und übermorgen auch, und an jedem Tag, sie warten auf ihn, die Tage, sie nehmen ihn in Empfang und expedieren ihn weiter, jeder an den nächsten, die Tage spielen Fangball mit ihm, immer im Kreis herum, immer im Kreis herum, zu keinem Ende – – –

Das Privatstudium mit Altschul und Nowak gab Kurt auf. Die Unstimmigkeiten hatten damit begonnen, daß er unaufmerksam wurde und den Zurechtweisungen der beiden mit Witzen begegnete. Dann imitierte er Professoren, hielt plötzlich eine flammende Rede gegen die Mittelschulschmach, ließ sich in langwierige mathematische Debatten ein, um sie plötzlich mit der Feststellung abzubrechen, daß ohnehin alles egal sei – bis ihn Altschul eines Tages ziemlich brüsk vor die Alternative stellte, entweder so mitzuarbeiten wie am Anfang oder lieber nicht mehr zu kommen. Kurt, dem dieser Abschluß nicht unerwünscht war, erhob sich, tat beleidigt, schleuderte den beiden Vorzugsschülern allen Hohn entgegen, den man gegen Vorzugsschüler überhaupt aufbringen kann, und schlug dann ohne Gruß die Türe hinter sich zu. Hernach fühlte er sich seltsam erleichtert, als hätte er etwas mit sich zu Ende gebracht, und das war ihm schon lange nicht geglückt, das gab ihm wieder einige Freiheit und Festigkeit und ließ ihn auch wieder andres sehen als nur sich selbst.

Hundertfältiges geschah an einem Tag, Stunde um Stunde begaben sich Dinge, von denen man nicht wußte, warum und wozu und wohin sie sich begaben. Als Endpunkt welcher Überlegung, als Glied welcher Kette mußten sie sein? Was war erreicht, wenn Zasche ein Nichtgenügend bekam? Zasche, der sein Leben stumpf wie ein Zugtier zu Ende trotten würde, der das Reifezeugnis zu irgendeinem ihm vorbestimmten Berufsposten brauchte, Zasche, der niemandem etwas zuleide tat und nicht unnötiger war auf der Welt als tausend andre, die mit erhobenem Finger auf ihre Bedeutungslosigkeit hinweisen. Wem war gedient, wenn Mertens kalkbleich vor der Tafel stand und ihm Zeit gelassen wurde, über etwas nachzudenken, was er nie verstanden hatte? Wo lief das alles hinaus?

Warum waren die hier, die eines Tages, vor langen, langen Jahren, als Primaner dagesessen waren, alle gleich – warum waren sie jetzt zerfallen, gegliedert, kenntlich gemacht, viel deutlicher als sie selbst es gewollt hatten? Gut, es war in der Ordnung, daß dieser mehr Begabung hatte als jener, dieser sie besser auszunützen verstand als jener, erfolgreicher war, Sehrgut bekam und jener nicht. Aber Nichtgenügend? Nicht genügend? Wem darf gesagt werden, mit volltönender Sicherheit und folgenschwer: »Du genügst nicht!«? Wer hatte diesem »Lehrkörper« und jedem seiner »Mitglieder« das Recht verbrieft, Jahrzehnte hindurch Existenzen zu bestimmen, einmalig und unantastbar die Entscheidung zu fällen darüber, daß dieser nun mit satten Pranken nach der Zukunft griff, überzeugt, ihm könne nichts geschehen, und jener zusammenbrach und kauerte, ein Schiffbrüchiger auf kahlem Eiland, umtönt vom Meer der Trostlosigkeit, verzweifelt Ausschau haltend, ob am unerbittlich in sich selbst geschlossenen

Horizont nicht ein weißes Pünktchen auftauchen wolle, das Erbarmen heißen mochte oder Zufall oder Schwindel?!

Die mit schiefem Blick hinter der Amtsbrille hervorschielen, haben da ihr Argument: »Ja – wer nicht geeignet ist, soll eben nicht in die Mittelschule.« Stimmt schon. Aber wer entscheidet über die Eignung? Doch wieder nur Sie, Herr Professor! Und wer weiß, wie Ihr Entscheid bei dem und jenem ausgefallen wäre, wenn Sie, Herr Professor, an einem bestimmten Tag, halten zu Gnaden, leichteren Stuhlgang gehabt hätten, oder Ihre Gattin, Herr Professor, den Kaffee nicht hätte anbrennen lassen? Und selbst angenommen, daß Sie objektiv und nach bestem Gewissen zu Ihrer Entscheidung gelangt sind – wie wäre es, wenn heute das gesamte Professorenkollegium ausgewechselt würde und ein andres käme, sich ein Urteil zu bilden? Ist es gar so ausgeschlossen, daß Brodetzky durchfällt und Hobbelmann mit Vorzug besteht? Und immer noch weiter angenommen, daß auch dann, wie es die Fügung will, Hobbelmann durchfällt und Brodetzky mit Auszeichnung besteht – was ist damit bewiesen? Daß Hobbelmann nicht geeignet ist? Daß er eben nicht an die Mittelschule hätte gehen sollen?

Haben Sie, Herr Professor, einen Menschen gefragt, ob Sie Professor werden sollen? Ob Sie geeignet sind? Und hätten Sie sich einer negativen Entscheidung, die vielleicht, wie jetzt die Ihre, von einem Mückenstich abgehangen wäre, unterworfen?

Das wohl nicht. Es kann's auch niemand verlangen. Sie haben das papierene Recht, Professor zu sein, nach ungefähr dem gleichen Schema erworben, nach welchem Sie jetzt andre das papierene Recht erwerben lassen, Abiturienten zu sein. Und die, denen Sie dieses Recht verdanken, haben es wieder so erworben, und die nächsten wieder so und wieder so ... Genug. Es gäbe da nur einen Ausweg: daß sich das Embryo erkundigt, ob es auf die Welt kommen soll. Absurd, nicht wahr. Aber wenn diese Möglichkeit auch bestünde – wer, wer, wer hätte das Recht, dem Embryo zu sagen, daß es nicht geeignet sei?

Und das Recht, einem jungen Menschen, der lebt und vielleicht schon auf eine Leistung sich berufen darf, der vielleicht einmal ein scheues Pferd zur Seite gerissen hat oder eine Blume nicht geknickt; der nichts weiter will, als eine Lebensstrecke hinter sich bringen; der diese Strecke zu einer Zeit betrat, da er ohne Form und Willen war, weiches Wachs in der Hand derer, die ihn schickten, und derer, zu denen er geschickt wurde; der durch sein Dasein erst das Ihre möglich macht, ihm Inhalt gibt, denn Sie wären kein Professor ohne ihn; der sich mit jedem Atemzug den nächsten verdient, nicht anders als wir alle, nur daß er ihrer noch viel mehr vor sich hat – das Recht, einem solchen jungen Menschen zu sagen: »Sie sind nicht geeignet!«, weil er eine Formel vergessen hat oder eine Jahreszahl oder ein Futurum exactum, das Recht, den ersten Stein zu werfen auf ihn, auf seiner Jugend blanke Wasserfläche, wo dieser Stein tief einsinkt und Kreise zieht, von seiner Seele aus zum Strand der Qual, und wieder zurück zu seiner Seele, Kreise, die ihm für immer eingefurcht bleiben, wenn nicht der große Kreis sich formt, der ins Uferlose reicht, in den Tod – dieses Recht hat jeder hergelaufene Fachlehrer?

Wir können das Weltgeschehen nicht ändern, weder Sie, Herr Professor, Beamter der soundsovielten Gehaltsklasse, noch ich, Gerber Kurt, Schüler mit soundsovielter Katalognummer. Aber ich kann versuchen, Sie von Ihrer Nichtigkeit zu überzeugen, Sie zur Einsicht zu bringen, daß Sie die jämmerliche Sackgasse, die Ihnen auf dem Lebensweg vieler, vieler Menschen nun einmal zugewiesen ist, so geräuschlos wie nur irgend möglich abzugehen haben. Es ist aus Ihrer Schuld eine Sackgasse, denn als wir mit Ihnen zusammentrafen, da waren wir zu schönerem Gang willfährig, Ihnen oblag die Führung, Sie waren es, der uns in die Sackgasse geleitete, aus der wir nun abgewandten Gesichts flüchten auf die breite Straße – und ob ich nun heil hinauskomme oder nicht, ob ich nun durchfalle oder nicht: es sind meine letzten Monate in der Schule. Ja, ich will das Versäumte nachholen. Aber anders als Sie glauben.

Kurt Gerber suchte wieder den offenen Anschluß an die Zensurproleten.

Die sechs, die im Semester durchgefallen waren, trugen ihr Los, jeder auf seine Weise. Zasche schien gar nicht zu verstehen, was um ihn vorging. Duffek, der zu den größten Kriechern zählte (er redete einen Professor niemals direkt an, immer in der Mehrzahl: »Herr Professor haben gesagt«), verdoppelte seine Unterwürfigkeit, rannte geschäftig um Kupfer hin und her, half ihm aus dem Mantel, rückte seinen Stuhl zurecht, ja er versuchte sogar – vielleicht schon unbewußt – dadurch Sympathie zu erwecken, daß er beim Melden Zeige- und Mittelfinger in krampfhafter Korrektheit abgestreckt hielt und nicht, wie die andern, bloß die Hand hob. Über Mertens war das Schicksal hergefallen wie ein Baum vom Wegrand: er wußte nicht, was ihn da traf und warum gerade ihn? Mertens lernte weiter und war weiter aufmerksam, aber wenn er sich zu Worte meldete und gefragt wurde, dann erschrak er bei der Nennung seines Namens derart, daß er sich verhaspelte und erst recht blamiert war. Severin hüllte sich in düsteres Schweigen und ließ nur geheimnisvolle Andeutungen fallen von einflußreichen Persönlichkeiten, die auf seine Fürsprache gegen Kupfer einschreiten würden, und wenn auch niemand an sein Geschwätz glaubte, so hört man ihm doch gerne und mit wunschverträumtem Gruseln zu. Lengsfeld, der schon in der Sexta ein Jahr verloren hatte, begann wild zu fluchen, wenn die Rede auf Kupfer kam, manchmal waren es kleine Tobsuchtsanfälle, und er mußte immer damit getröstet werden, daß Kupfer es sich schon sehr überlegen werde, ihn ein zweites Mal – aber das gibt's ja nicht – es sei noch kein derartiger Fall vorgekommen ... und in der letzten Bank saß Lewy und wußte ganz genau: wen ein solcher Fall noch nicht vorgekommen war, dann würde er eben diesmal vorkommen. Ob bei Lengsfeld, war nicht gewiß – er, Lewy, hätte auf sich keinen Groschen gewettet.

Das waren die, zu denen Kurt Gerber gehörte. Der Stock. In einigem Abstand folgte Hobbelmann, der aus Französisch, und

Sittig, der aus Latein durchgefallen war; Linke, der einer Aufsässigkeit Professor Riedls ein belangloses Nichtgenügend aus Naturgeschichte verdankte, zählte da kaum mit.

Man hätte nicht sagen können, daß sie sich stark verbunden fühlten nach außen hin; es war kein »Bund der Todgeweihten«, in den Kurt als reuig Zurückgekehrter wieder Aufnahme fand. Aber in dem Lächeln, mit dem sie einander nach einer nicht bestandenen Prüfung zunickten, in den galligen Witzen, die sie über ihr eigenes Mißgeschick machten, in dem ohnmächtigen Aufknurren gegen die kleinen und großen Torturen, die man ihnen antat – darin lag doch etwas Gemeinsames, und es ergab sich einfach von selbst, daß Kurt teilhatte daran.

In Lewy entstand ihm ein Gefährte seltsamer Art. Lewy hatte sich einen ganz besonders bitteren Galgenhumor zurechtgelegt, der seinen Schindern die letzte Freude an ihrem erfolgreichen Vernichtungswerk rauben mußte. Er war der wohlfundierten Überzeugung, daß er aus eigener Kraft nichts dazutun könne, sein Schicksal zu ändern, und das setzte ihn instand, seinem Niedergang gleichsam als höhnischer Zuschauer beizuwohnen. Die Frechheit, mit der er seine schlechten Antworten selbst glossierte, war unheimlich. Und da es schon egal blieb, ob er aus zwei oder aus allen Gegenständen durchfallen würde, machte er auch keinen Unterschied zwischen den Professoren. Es bereitete ihm Vergnügen, wenn Borchert, dessen erklärter Liebling er war, sich erst unter Drehn und Winden entschloß, ihm ein Nichtgenügend zu geben, ja er brachte es sogar fertig, von Hussak und Seelig schlecht behandelt zu werden – eine Leistung, mit der er ziemlich vereinzelt dastand.

Kupfer hatte um diese Zeit die Einführung getroffen, seine Opfer paarweise abzuschlachten. Vielleicht würden zwei Schüler eher antworten können, sagte er, und außerdem ginge es schneller, man brauchte sich mit den Unfähigen nicht so lange aufzuhalten, hätte mehr Zeit für schöne, interessante Beispiele. Empörend war diese Art, etwas als schön und interessant zu bezeichnen, was für den und jenen eine grausame Existenzfrage bedeutete. Das Konstruieren eines Neigungswinkels, das Berechnen eines Differentialquotienten, Dinge, an denen ein Schüler zugrunde gehen konnte – Kupfer fand sie schön und interessant, und durfte dabei der Zustimmung vieler gewiß sein. Die gleiche Aufgabe, die einem Lengsfeld den Angstschweiß aus allen Poren trieb, bot einem Brodetzky willkommene Gelegenheit, könnerisch zu brillieren. Schwarze Magie mit schauerlichen Effekten! Die Herren aus dem Zuschauerraum, die der Taschenspieler zur Kontrolle aufs Podium rief, mußten die Kunststücke alle kennen, sonst griff ihnen der große Zauberer blitzschnell in die Innentasche und holte triumphierend ein Nichtgenügend hervor.

Lewy entwarf ein anderes Bild von der Sache. Sie wurde ihm mit der Zeit zum Sport, er sammelte schlechte Noten, wie ein Athlet Siegesmedaillen sammelt. Eines Tages verfiel er darauf, die paarweisen Prüfungen bei Kupfer mit Tennismatches zu vergleichen. Als er gemeinsam mit Kurt aufgerufen wurde, flüsterte er ihm auf dem Weg zur Tafel ins Ohr, daß jetzt Weltmeister Kupfer gegen das Herrendouble Lewy-Gerber antrete. »Ich habe die Hausübung vergessen«, setzte er, schon am Katheder, hinzu, »wir geben ihm also zwei Punkte vor. Kupfer führt 0:30. I'm ready.« Und so ging es während der Prüfung weiter, Kurt hatte oft Mühe, das Lachen zu verbeißen. Er gab eine gute Antwort, und schon raunte Lewy dicht hinter ihm: »Play Scheri! Ein hübscher Grounder! Striker's adventage!« Kupfer fragte ihn etwas, und ohne nachzudenken murmelte Lewy: »Ein gemeiner Drive, ich bin überspielt.« Kupfer nahm eine richtige Antwort nicht zur Kenntnis, und Lewy zischte: »Der Ball war doch right! Protestieren wir!« Gewöhnlich endete es damit, daß nach einem unhaltbaren Service Kupfers einer der beiden Doublepartner ausschied und daß Kupfer mit wuchtigem Smash bald darauf Game, Set und Match machte. Für die Eingeweihten war es besonders heiter, wenn Kupfer das Geflüster merkte und es mit der verächtlichen Frage: »Ich bitte Sie – was wollen denn *Sie* jemandem einsagen?« abtat.

Aber anders als Lewy, der an diesem Spiel wirklich Freude hat, wird Kurt doch manchmal von einem unangenehmen Gefühl überkommen. Der Vater taucht vor ihm auf, der Zug nach Paris, die hämisch grinsenden Fratzen der Schönthal und Nowak und Altschul ... Dann reißt er sich zusammen, er will nicht, nein, er denkt scharf nach über eine Frage Kupfers, achtet nicht auf Lewys dreckiges Gekicher, er denkt, denkt, jetzt hat er es gefunden – aber da schnarrt Kupfer: »Danke, setzen, ein andrer!« und vielleicht hätte er sich gerade heute durch eine gute Antwort retten können, wenn Lewy ihn nicht gestört hätte, und er haßt diesen Lewy mit dem arroganten Lächeln im gekrümmten Mund, er könnte ihn ermorden, so sehr haßt er ihn ... und dann wird Mertens geprüft und steht bleich vor der Tafel und zittert und stottert noch immer hilflose Worte, als schon längst »ein andrer« angetreten ist und dann kommt der Direktor zur Inspektion herein und Mertens wird hinausgerufen, vor fünf Minuten erst hat ihn Kupfer in die Bank geschickt, das Beispiel steht noch unvollendet an der Tafel und Mertens soll es jetzt zu Ende führen, das gleiche Beispiel, an dem er vor fünf Minuten gescheitert ist ... und dann haßt Kurt wieder den Professor Artur Kupfer, und nur ihn ...

Darum schloß er sich enger an Lewy an, und das blieb nicht unbemerkt. Mit der Zeit fiel es auf, daß dem kurzsichtigen Prochaska auf die Frage: »Wer fehlt denn dort hinten schon wieder?«, fast immer geantwortet wurde: »Gerber und Lewy.«

»Das sollten die jungen Herren nicht machen!« sagte der Alte und schüttelte besorgt den Kopf. »Ich hab ja, wohlgemerkt, nichts dagegen, und wenn die jungen Herren mein Fach nicht interessiert, dann sollen sie nur ruhig wegbleiben, nicht wahr, Freunde – aber es kann sie jemand draußen sehen und das Malheur ist fertig.«

Man überbrachte es den beiden. Lewy sagte: »Ich danke für die Mitteilung.« Kurt sagte: »Es wäre vielleicht doch gut, wenn wir wenigstens hie und da –« Lewy unterbrach ihn: »Aber bitte, du kannst ja hierbleiben. Ich finde noch jemanden zum Billardspielen.« In ganz gleichgültigem Ton, ohne jeden Stachel. Und doch fehlten in der nächsten Geschichtsstunde wieder: Gerber und Lewy.

Professor Seelig nahm Kurt eines Tages beiseite:

»Gerber – es geht mich ja eigentlich nichts an – Sie können Ihren Verkehr suchen, wo Sie wollen – aber ich halte es nicht für vorteilhaft, daß Sie sich so an Lewy anbiedern.«

»Er ist gescheiter als die andern!« trotzte Kurt.

»Ja. Deshalb sitzt er auch schon das neunte Jahr hier.«

»Das besagt gar nichts. Auch ich kann ja bei der Matura durchfallen.«

Professor Seelig sah ihn groß an:

»Wenn Sie sich darauf etwas einbilden –!« sagte er leise. Und da Kurt schwieg, zuckte er die Achseln und wandte sich ab. Es war eine klare Niederlage für Kurt.

Noch eine andre kam, und wieder war Lewy der Anlaß. Er lockte in der Mathematikstunde durch verdächtige Bewegungen unter der Bank die Aufmerksamkeit Kupfers auf sich, der Gott kam herbeigestürzt, sich freuend des unfehlbar entdeckten Schwindels – und mußte beschämt wieder abziehen. Lewy hatte nichts, aber rein gar nichts unter der Bank gehabt.

»Großartig, dieser Lewy!« brummte Kurt nach dem bald erfolgten Läuten zu Weinberg.

Weinberg kehrte sich mit unverkennbarem Unwillen weg.

Mißtrauen, Ärger und vor allem die langgedrosselte Kampflust stachelten Kurt zur derben Frage, ob Weinberg vielleicht taub sei oder was er sonst für eine Veranlassung zu seinem in letzter Zeit überhaupt sehr merkwürdigen Verhalten habe.

Weinberg gab ausweichende Antwort.

Er solle ihm reinen Wein einschenken, forderte Kurt.

Weinberg meinte, das würde ja doch nichts helfen.

»Ah!« empörte sich Kurt. »Du gibst mich also auf. Na ja, zu einem Durchfallskandidaten bekennt man sich nicht gern.«

»Du irrst«, sagte Weinberg ruhig. »Ich habe nur für die Späße des Herrn Lewy nicht die gleiche Bewunderung übrig wie du.«

»Dann bist du derselbe Arschkriecher wie alle andern!« Kurts Erregung wuchs. Er fühlte sich getroffen. Denn es war schon so, daß Lewy ihm imponierte; er wollte es sich nur nicht eingestehen. Nun hatte er es zu hören bekommen.

Weinberg schüttelte den Kopf.

»Du bist nicht ganz bei Trost. Willst du dich mit Lewy auf eine Stufe stellen?«

»Stufe stellen – Stufe stellen –!« äffte Kurt wütend. »Famose Rhetorik das. An dir ist ein Klassenvorstand verlorengegangen!«

Weinberg war offenbar nicht gesonnen, die Debatte fortzusetzen, und tat auch nach der schweigend durchsessenen nächsten Stunde nichts dergleichen. Kurt hatte im stillen darauf gehofft – aber Weinberg blieb konsequent. Und das war es, worum ihn Kurt beneidete.

Nicht nur ihn. In einem gewissen Sinn waren ihm da alle überlegen. Alle, wie sie hier saßen, hatten eine Richtung. Eine. Noch der letzte Kriecher besaß etwas wie Geradlinigkeit, wenn auch diese Linie gerad in den Arsch des Professors führte. Er war eben ein Kriecher. Aber das war er.

Und er, Kurt Gerber? Was war er? Ein über den Dingen Stehender? Es gab kaum einen in der Klasse, der von sich nicht dasselbe behauptet hätte.

Aber beweisen soll er es, beweisen!

Ich, Kurt Gerber, beweise es. Mir kann man Nichtgenügend geben soviel man will, und ich lache, haha.

Da wird aber das Nilpferd aufstehn und sagen: »Ich lache auch, das heißt, ich würde lachen, wenn –. Aber mir gibt man kein Nichtgenügend. Mein Pech.«

Übrigens: lachst du ehrlich, Kurt Gerber?

Sitzt du niemals zu Hause, stundenlang, stundenlang, und lernst, lernst, lernst?

Warum?

Weil du mußt, Kurt Gerber. Lassen wir doch das Geflunker, die Sache ist es nicht wert. Wenn man sieben Jahre da herumgesessen ist, dann will man doch auch das achte mit Erfolg zu Ende bringen. Das ist klar. Und wenn man nicht über das entsprechende Wissen verfügt, dann muß man eben lernen, basta.

Ja – aber dann muß man eben lernen, wirklich lernen. Tust du das?

Nein, das tust du nicht. Du bist sehr oft zu faul oder zu nachlässig oder hast sonstwelche schalen Gründe, dich davon zu drükken, und dann bekommst du Nichtgenügend und bildest dir ein, daß du ein Märtyrer deiner Gesinnung bist. Eine traurige Spiegelfechterei.

Hast du dich denn noch nie dabei betreten, wie du, obschon mit Absicht nicht präpariert, dennoch Anstrengungen machtest, eine Prüfung zu bestehen, in den Pausen plötzlich Angst bekamst und zu büffeln begannst und dir bei der Prüfung von denen, die du verachtest, einsagen ließest? Und wenn dann alles nichts genützt und der Professor dich setzen geheißen hat – war es dir dann noch niemals leid? Bist du noch niemals betteln gegangen zu einem Professor und hast du dich noch nie durch den veränderten Ton, den er in solchem Privatverkehr anschlug, geschmeichelt gefühlt?

Doch, das hast du getan. Und noch vieles mehr. Du bist ein charakterloser Poseur, Kurt Gerber.

Lesebuchmoral? Die andern machen es auch nicht besser? Der Erfolg ist das Maßgebende? Ja, hast du ihn denn?

Du hast ihn nicht. Und da du doch nicht dumm bist, muß der Grund irgendwo anders liegen.

Sie wollen dir übel. Ihre Krämerseelen verfolgen dich mit Haß und Mißgunst. Sie sind ungerecht. Gut.

Es ist etwas Schönes, von allen gehaßt zu werden. Dann hat man wenigstens einen Erfolg: den Erfolg vor sich selbst.

Du aber, Kurt Gerber, hast nicht einmal den. Nicht einmal – als ob es einen größeren gäbe!

Du, Kurt Gerber, entschuldigst immer die eine Art des Mißerfolgs mit der andern und die andre mit der einen. Du treibst ein klägliches Spiel. Rückgrat fehlt dir, Haltung, Ehrlichkeit. Du verachtest die Schule? Dich selbst solltest du verachten …

Und Kurt begann an sich zu verzweifeln. Er dünkte sich das verkommenste Subjekt der Welt, wertlos, unnütz, überflüssig, außerstande etwas zu tun für sich oder für die andern.

Auch für die andern? Muß auch das noch sein? Vielleicht, daß sich aus solcher Tat eine Kräftigung für die eigene Person ergeben könnte?! Das dürfte ja der Antrieb fast aller Hilfeleistung sein, daß man nachher sagen kann: »Seht, wie mächtig ich bin! Ich kann helfen!« Eine gottgefällige Gaunerei, dieser Altruismus. Noch der ungenannteste sein wollende Spender dreht die Augen zum Himmel: vielleicht hat's doch jemand bemerkt … Ja, früher einmal, wie lang ist das schon her, da hat sich Kurt restlos hingeben können für die, denen irgendein Unrecht angetan wurde. Eine irrtümliche Ermahnung, die vielleicht gar nicht bös gemeint war, eine Klassenbucheintragung, die der Professor vor jedem Forum hätte verantworten können, ein scharfes Wort, eine ungerechte Zensur: oh, da ist Kurt Gerber aufgestanden und hat bis zum Letzten gekämpft, hat bedenkenlos fremde Schuld auf sich genommen, und bedenkenlos fremde Sache zu eigener gemacht. Weil es ihm um *die Sache* ging.

Jetzt aber würde er *für sich* kämpfen, jetzt war es ihm darum zu tun, daß *er* Recht behielt. Wenn es dabei auch der Sache geschah, nun, dann war's ein netter Zusatzerfolg, dem er nachher auf die Schulter klopfen würde: sieh da, du bist auch mitgekommen.

Die andern freilich, die gekrümmten Reptile, die das alles erst ermöglichten, die würden keinen Unterschied merken und anerkennend feststellen, daß dieser Kurt Gerber, auch wenn eigentlich niemand darum vorstellig wurde bei ihm, doch getan hat, was er vermochte …

Hätte Borchert um diese Zeit nicht auch Deutsch unterrichtet, in Vertretung des erkrankten Mattusch, dann wäre die ganze Sache wahrscheinlich anders ausgefallen. So aber schrieb der Stundenplan gerade an diesem Tag von 9 bis 10 Deutsch und von 11 bis 12 Französisch vor.

Borcherts Eitelkeit trieb ihn zu allerlei Verstiegenheiten, auf die ihm die Klasse, da er ja nur aushilfsweise Deutsch unterrichtete, nicht nach Wunsch einging. Man nahm ihn in diesem Gegenstand nicht ernst, spöttelte sogar ein wenig. Borchert hatte das bald heraus, seine Nervosität steigerte sich zur Hysterie, und plötzlich, bevor der Großteil der Klasse Klarheit hatte, was eigentlich vorging, war aus nichtigem Anlaß eine Kontroverse zwischen dem Professor und dem sonst nicht gerade kampflustigen Schüler Schleich in lautes Geschrei ausgeartet, Borchert gebrauchte dabei die gewöhnlichsten Schimpfworte, Schleich verbat sich das ziemlich energisch, drohte mit der Anzeige beim Direktor, und als Borchert, nun ganz aus der Fassung gebracht, wieder mit einem Schimpfwort entgegnete, wollte Schleich an ihm vorbei und zur Türe. Borchert, in dessen hochrotem Gesicht die heftig zwinkernden Augen äußerst komisch wirkten, vertrat ihm den Weg, ob Schleich den Versuch gemacht hatte, ihn wegzustoßen, war nicht feststellbar – jedenfalls erhielt er plötzlich einen schallenden Schlag ins Gesicht. Die Klasse war perplex, und wurde es noch mehr, als Schleich wortlos kehrtmachte und sich auf seinen Platz niedersetzte. Borchert, bleich und am ganzen Körper zitternd, brachte die Stunde mühsam zu Ende und schloß sie mit dem Beginn des Glockenzeichens.

Die Aufregung in der Klasse war ungeheuer. Einige erboten sich, sofort mit zum Direktor zu gehen, aber Schleich widerstrebte; er hätte es sich anders überlegt, es wäre wohl besser, wenn er seinen Vater herschickte. Mehr konnte er nicht sagen, denn alle andern machten sich laut mit eigenem Ratschlag bemerkbar. Kurt versuchte ein wenig Ruhe in den Tumult zu bringen, und da die Oktavaner – wie sich zu seiner freudigen Überraschung herausstellte – in solchen Dingen doch noch auf ihn hörten, gelang ihm das auch. Aber da läutete es, und der alte Prochaska betrat die Klasse.

Eines stand fest: in der nächsten Stunde mußte etwas geschehen. Kurt glaubte von Zeit zu Zeit aller Blicke auf sich geheftet, und immer wieder von neuem durchflutete ihn das Bewußtsein, daß man etwas von ihm erwartete. Ja, es mußte etwas unternommen werden, die Oktavaner mußten zeigen, daß sie aus der knapp bevorstehenden Tatsache dieses vermaledeiten Inslebentretens auch andres abzuleiten gesonnen waren als nur die Verpflichtung zu büffeln. Nun galt es!

Oh, es war ganz anders. Die kleine Selbstsüchtigkeit, aus der er vorzugehen gedacht hatte, war nicht mehr zu spüren. Ob sie tatsächlich geschwunden war oder sich nur tief in sein Innerstes verkrochen hatte, das wußte er nicht. Er dachte auch nicht nach darüber, es war ja gleichgültig jetzt. Voll Tatendrang, voll Ungestüm überblickte er »seine Schar«.

Vorne, wie gewöhnlich zwischen den ersten zwei Bankreihen, auf deren Ecken gestützt und leicht vorgeneigt, stand Prochaska und leierte die »Vernewerte Landesordnung« herunter. In den ersten Bänken wurde eifrig mitstenographiert, in den mittleren machte man sich nur noch kurze Anmerkungen, und hinten kümmerte sich überhaupt niemand mehr um die Worte des Alten, hinten wechselte auch die Sitzordnung jede Stunde, von Prochaskas schwachen Augen unbemerkt. Heute zum Beispiel saßen Altschul und Lewy nebeneinander, sie hatten den Kopf in die Hand gestützt und steckten melancholisch die Figuren eines Reiseschachs um, mit dem man, einer stillen Vereinbarung zufolge, immer solche Eröffnungen spielte, die zu sofortigem Bauernabtausch zwangen, so daß das Fehlen je zweier Bauern nicht weiter störte. Rimmel löste gemeinsam mit Sittig Kreuzworträtsel, Kaulich hatte die Beine weit vorgeschoben und lümmelte fast gestreckt in der Bank, Mertens las in einem dicken Buch, er hatte es in übertriebener Vorsicht unter den Atlas geschoben und mußte ihn beim

Umblättern immer aufheben, auf Severins Bank lagen Französisches Lehrbuch, Dictionnaire, Übungs- und Vokabelheft, er machte offenbar die Hausaufgabe für Borchert. Kurt erinnerte sich, daß auch er in dieser Stunde die Französisch-Aufgabe hatte machen wollen, daß er sie eigentlich jetzt machen müßte – aber war es nicht schmachvoll, einem Mann, der den Kameraden geohrfeigt hatte, vor einer Stunde erst, in der nächsten durch Können wohlgefällig zu sein?

Kurt riß ein Blatt aus seinem Geographieheft:

»Wer geneigt ist, die dem Kollegen Schleich angetane Unbill durch vollkommene passive Resistenz in der nächsten Borchert-Stunde zu rächen, der unterschreibe.«

Er setzte selbst groß seinen Namen unter den Aufruf, faltete das Blatt zusammen, schrieb auf die Rückseite »Weitergeben« und schob es dem neben ihm dösenden Lengsfeld – Weinberg saß vorn – unter die Nase. Der las es durch und schien nicht sehr begeistert.

»Was soll das für einen Zweck haben?«

»Gar keinen!« fauchte Kurt und hielt ihm die Feder hin. Lengsfeld gab sich einen Ruck und unterschrieb. Dann kniff er Hobbelmann ins Gesäß und streckte dem jäh Herumfahrenden das Blatt zu.

»Ich bin neugierig, ob die sich trauen werden«, wandte er sich wieder an Kurt.

»Trau du dich nur.«

»Auf mich kannst du dich verlassen.«

»– – nicht wahr, Freund Gerber?« Prochaska hatte die Unruhe bemerkt.

»Ja«, bestätigte Freund Gerber etwas, wovon er keine Ahnung hatte. Dann hielt er Lengsfeld die Hand hin.

»Dein Wort!«

Lengsfeld schlug mit bewußter Mannhaftigkeit ein. Den hatte er sicher.

Aber die andern? Kurt sah suchend vorwärts. Eben gab Severin den Zettel weiter und blätterte sofort wieder im Wörterbuch. Er machte also die Aufgabe trotzdem. Das war verdächtig ... Nun hatte Körner das Laufblatt bekommen. Er wandte sich nach Kurt um. Der blickte ihn, wie zufällig, reglos an. Körner unterschrieb.

Was weiter geschah, konnte Kurt nicht genau wahrnehmen. Aber ehe die vorderen Bänke noch Kenntnis von dem Aufruf hatten, läutete es zur Pause. Prochaska murmelte sein »also nächstens weiter« und verließ die Klasse. Kurt blieb auf seinem Platz sitzen. Er spürte leises Unbehagen, eine Art Premierenfieber des Regisseurs: wird es klappen?

Da kommt Schönthal auf ihn zu und wirft den Zettel auf die Bank wie eine Spielkarte.

»Ich bitte dich! Was willst du damit erreichen?«

Kurt antwortet nicht. Er hat, ohne seine Stellung zu verändern, den Zettel entfaltet. Es stehen im ganzen acht Unterschriften darauf. Seine eigene und Lengsfelds zählen nicht. Hobbelmann, Lewy, Gerald, Weinberg, Kaulich und Körner. (Der hatte seinen Namen ganz klein und unleserlich geschrieben, für alle Fälle.)

Also nur acht Kampfbereite? Immerhin – ein Viertel der Klasse. Nein. Kein Viertel. Acht einzelne. Wo waren die übrigen? Daß die Mädchen nicht unterschreiben würden, hatte Kurt geahnt. Auf sie glaubte er auch verzichten zu können. Aber die Fünfundzwanzig, deren einer geohrfeigt worden war?

»Warum hast du nicht unterschrieben, Schönthal?«

Schönthals Zahnfleisch schob sich rot und hämisch unter der Oberlippe hervor. »Weil ich auf dem Standpunkt stehe, daß es weder für Schleich noch für uns von Vorteil ist, einen Professor zu provozieren. Er ist ja doch der Stärkere.«

»Was ich immer schon gesagt hab!« schnarrte Körners Stimme aus dem Kreis der Umstehenden.

Kurt überhörte ihn. Sein Blick ging weiter.

»Klemm –?«

»Warum fragst du gerade mich? Frag die andern.«

»Schleich –?«

»Ich kann doch als Betroffener nicht unterschreiben!«

»Nowak –?«

»Ich habe den Zettel nicht bekommen.«

»Duffek –?«

»Ich unterschreibe, wenn alle andern unterschreiben.«

»Rimmel –? Sittig –? Du –? Du –?«

Schweigen umgab ihn, sank über ihn, umweichte ihn von allen Seiten wie Schlamm. Und plötzlich fiel ihm ein, daß ja nächste Stunde Französisch sei und daß er die Hausübung nicht gemacht hatte. Am liebsten hätte er sie alle, die da standen und feixten, angespien.

»Das Ganze ist überhaupt ein Blödsinn!« resümierte Körner.

Kurt erkünstelte Ruhe.

»Schau dir gefälligst ins Maul, bevor du sprichst!« Und als Körner antworten wollte: »Im übrigen – wenn es ein Blödsinn ist, warum hast du dann unterschrieben?«

Das war ein Fehler. Kurt argumentierte sich den Boden unter den Füßen weg. Auch Körner erkannte das.

»Paßt es dir nicht? Dann kann ich ja meine Unterschrift rückgängig machen.«

»Bitte. Wenn du nicht von selbst fühlst – wenn ihr alle –« (Kurt war aufgesprungen und schlug mit der Faust auf die Bank) »– wenn ihr Speichellecker nicht von selbst fühlt, was da auf dem Spiel steht, dann –« Erschöpft sank Kurt zurück. Er konnte nicht weiter.

»Ich verstehe nicht, wie ihr euch so aufregen könnt!« entschleimte sich das Nilpferd. »Das Ganze ist doch schließlich Schleichs Privatangelegenheit!«

»Das stimmt nicht, lieber Scholz.« Wenigstens Weinberg nahm sich der Sache an. »Wenn einem von uns etwas geschieht, was ebensogut jedem andern geschehen könnte, so ist das keine Privatangelegenheit mehr.«

»Es wird gleich läuten«, sagte Mertens.

»Kameraden!« Kurt machte einen letzten Versuch. »Wollt ihr, oder wollt ihr nicht? Ich verzichte auf eure Unterschrift, mir genügt euer Wort!«

Die Lockung verfing nicht. Nur ein undeutliches Gemurmel wurde hörbar. Nicht einmal zur Feigheit hat das Gesindel Mut, dachte Kurt. Er nahm den Zettel an sich. Körner hatte indessen unbemerkt seine Unterschrift gestrichen. Kurt lachte auf.

»Wünscht noch jemand von den Herren sein Ehrenwort zu stornieren? Gut. Hobbelmann, Lewy, Gerald, Lengsfeld, Kaulich und Weinberg. Die übrigen« – er machte, zu Schleich gewendet, eine Handbewegung längs der Gruppe, wie um vorzustellen – »haben dich alle noch einmal geohrfeigt. Deine Kollegen, Schleich. Bedank dich bei ihnen.«

Es läutete. Keiner sprach. Nur Weinberg zischelte, während Borchert eintrat: »Scheißkerle!«

Kurt griff nach seiner Hand. Weinberg drückte sie stark und gut.

Jetzt müßte ich eigentlich sehr traurig sein, dachte Kurt. Aber ich habe keine Zeit für Sentimentalitäten. Jetzt handelt es sich um ganz andres. Um mich handelt es sich.

Die kleinen Gefühle hatten sich nur verkrochen gehabt und wanden sich wieder hervor wie Schnecken.

Kurt las noch einmal die Unterschriften. Außer Körner mußte er noch Lengsfeld wegfallen lassen, der den Aufruf als erster bekommen und eigentlich nur aus Bequemlichkeit unterschrieben hatte. Wie die Dinge jetzt lagen, war mit ihm keinesfalls zu rechnen. Weiter. Gerald war von der Richtigkeit der Aktion überzeugt und konnte als verläßlich angesehen werden. Den rundlichen Hobbelmann hatte er in der Hand. Der würde sich nicht trauen, gegen ihn (und Kurt faßte jetzt allen Widerstand als gegen seine Person gerichtet auf) etwas zu unternehmen. Lewy machte die Sache als Jux mit. Kaulich konnte sich die kleine Extratour wohl leisten, er hatte ja nichts zu befürchten. Und an Weinberg war überhaupt nicht zu zweifeln. Wenn also zufällig wirklich nur diese sechs – aber das ist ja Wahnsinn.

Im übrigen muß sich das bald entscheiden. Borchert hat die Eintragung ins Klassenbuch beendet, Rieps geht mit der Feder auf ihren Platz zurück, Borchert schlägt das Buch auf – Ruhe, Ruhe.

Kurt stiert den Professor aus vorgerecktem Gesicht an. Wen wird er aufrufen? Borchert blättert. Langsamer als sonst. Fast behutsam. Ahnt er etwas? Nein. Er läßt seine Blicke über die Klasse gleiten. Wen, wen? Kurt will sich ihm aufzwingen – aber Borchert merkt nichts. Er schaut noch immer. Wird er überhaupt prüfen?

Nein! Nein!! Borchert prüft nicht. Er setzt sich rittlings aufs Katheder und sagt (Kurt fährt beim ersten Laut zusammen) ganz unbefangen und sogar in deutscher Sprache:

»Wir werden weitergehen. Da ist ein Gedicht von Victor Hugo. Les Djinns. Ich will es erst selbst einmal lesen.«

Und indem er beginnt, entspannt sich Kurt, und der fragende Blick Weinbergs, dem er begegnet, scheint seine eigenen Gedanken auszudrücken: Borchert wird Gras über die Sache wachsen lassen, wird sich vielleicht selbst bei Schleich entschuldigen, es war ja auch gar nicht anders denkbar, natürlich, Borchert fühlt, daß er im Unrecht ist, und er wird es sich heute sehr überlegen, seine Autorität weiteren Belastungsproben auszusetzen, er wird niemanden prüfen, überhaupt niemanden aufrufen –

»Kaulich!«

Kurt kippt nach vorne. Wie? Er traut sich also doch?

»Übersetzen Sie die erste Strophe!«

Kaulich steht langsam, behäbig auf. Kurts Herz schlägt in den Hals.

Kaulich steht. Er bringt das Buch umständlich von einer Lage in die andre, als könnte er sich nicht zurechtfinden. Vielleicht hat er wirklich eine falsche Seite aufgeschlagen, vielleicht tut er nur so.

»Setzen Sie sich und geben Sie nächstens besser acht!«

Borchert hat das ohne jede Erregung gesagt und blickt wieder suchend in die Klasse. Und Kurt möchte lieber rechtzeitig resignieren. Daß Kaulich gerufen wurde, war ein Zufall, daß er nicht geantwortet hat, auch, und jetzt wird eben irgendeiner aus der Schar der Dienstbeflissenen drankommen.

»Weinberg!«

Kurt muß scharf auf seine Lippen beißen, um gleichgültig vor sich hinblicken zu können.

Weinberg hat sich von seinem Sitz erhoben und steht da, mit dem Buch in der Hand, die Augen starr vorwärtsgerichtet, nicht ins Buch.

»Übersetzen Sie die erste Strophe!«

Weinberg bleibt stumm und reglos.

»Verstehen Sie nicht? Übersetzen sollen Sie!«

Das klang schon gereizter. Aber Weinberg knirscht nur mit den Zähnen, das Malmen der Kiefer wird wieder sichtbar.

»Mir kann's recht sein«, sagt Borchert mit gespielter Gleichgültigkeit. »Gerber, übersetzen Sie mal!«

Nun wundert sich Kurt überhaupt nicht mehr. Im Aufstehen überlegt er, was geschehen würde, wenn er jetzt spräche. Einen Sekundenbruchteil wandelt ihn die höhnische Lust an, es zu tun. Dann blickt er dem Professor unbewegt ins Gesicht.

Eine Weile vergeht. Alle sehen von den Pulten auf. Endlich dehnen sich Borcherts Worte durch die Stille: »Ah! So steht die Sache! Na, das werden wir ja gleich haben. Sie können sich setzen, Gerber!«

Nie noch hat Kurt dieses »wir«, diesen Majestätsplural einer längst akzeptierten Anmaßung, so entsetzlich empfunden.

Grenzenlose Schmach: da oben steht ein einziger und sagt »Wir«, und unten sitzen so viele und jeder sagt »Ich«. Borchert geht zum Katheder, öffnet die Lade und schlägt das Klassenbuch auf.

»Reichen Sie mir eine Feder!«

Da geschieht etwas völlig Unerwartetes: niemand erfüllt seinen Wunsch.

»Eine Feder!«

Vorne, in der ersten Bank, macht Else Rieps eine Bewegung,

als ob sie aufstehen wollte. Es ist nicht klar zu sehen, ob sie zurückgehalten wird oder nicht – jedenfalls bleibt sie sitzen.

Tiefe Freude durchglüht Kurt. Sie sind ja doch nicht so arg, sie haben noch Kameradschaftsgefühl, ganz zum Schluß, wenn's drauf ankommt. Borchert wird in seinem Bericht die ganze Klasse beschuldigen müssen.

»Ich kann ja warten«, sagt Borchert ruhig, verschränkt die Arme und lehnt sich zurück. Im Zimmer herrscht dumpfe, bleierne Stille.

Borcherts Augen zwinkern unablässig. Er könnte doch aufstehen, zu irgendeiner Bank hingehen und sich eine Feder oder einen Bleistift nehmen. Kurt malt sich aus (und jetzt scheint es ihm nicht mehr unmöglich), wie es wäre, wenn der Besitzer sagte: »Verzeihung, Herr Professor, aber das ist meine Feder, mein Privateigentum!« Ob Borchert eine Konfiskation wagen würde?

Es ist schon so: die ganze Klasse wird in Disziplinaruntersuchung gezogen werden. Kaulichs und Weinbergs Schweigen wird plötzlich ganz andre Bedeutung haben – ein unfaßbares Glück, daß keiner von den Auskneifern gerufen wurde!

Daß Else Rieps nicht aufgestanden ist, war sehr schön. Ob sie ihn liebt? Warum nicht? Es gibt ja so manches, was man an Kurt lieben kann.

Nur Lisa sieht es nicht. Lisa – wie kommt's, daß er jetzt an sie denken muß?

Weil er glücklich ist, seit langer Zeit wieder ganz glücklich. Immer, wenn er glücklich ist, muß er an Lisa denken. Wenn er abends durch einen Park geht und wenn an den Trauerweiden, die sich zum Teich niederneigen, ein hoher, weißer Schwan vorüberzieht, wenn alles so erlöst und beruhigend ist wie ein leises, leises Weinen; oder wenn er in der Nacht auf einer Anhöhe steht und unten die tausend Lichter der großen Stadt glitzern und oben die Sterne; oder wenn er sonst etwas Schönes sieht, darum er seine Brust weiten möchte, daß es ihn ganz erfülle – immer muß er an Lisa denken, immer noch, es hilft nichts, und sie fehlt ihm dann so sehr, nicht einmal küssen, nein, nur ihren Atem haben und vielleicht ihr Schweigen, ihre Ruhe –

– da! Die Ruhe! Kurt erschrickt. Wo ist er denn? Im Klassenzimmer. Und Borchert sitzt noch immer mit verschränkten Armen auf dem Katheder. Und niemand rührt sich. Unten auf der Straße fährt ein Auto vorbei. Sekundenlang verlärmt das Rattern. Dann ist wieder die Stille da, greifbar fast, gleich einer schweren Decke, an der man sein Ohr reiben kann und dann ein eigentümliches, pfeifendes Geräusch hört.

Irgend jemandes Räuspern bricht kantig ab. Wenn der Direktor jetzt hereinkäme –! Doch Kurt kann nicht zu Ende denken. Die Ruhe summt wie eine ferne Maschine. Er hält den Atem an. Wie lang soll das denn noch dauern, Herrgott, erst halb – da – was – was ist denn das?

Borchert, ohne eine Miene zu verziehen, Borchert, mit dem gleichgültigsten Gesicht, als wäre nichts geschehen, als wäre das, was er tut, ganz selbstverständlich – Borchert greift in die Tasche, zieht eine Füllfeder heraus und schreibt etwas ins Klassenbuch.

Schon husten einige, schon knarren Bänke und raschelt Papier.

Dann wird Klemm aufgerufen und übersetzt die erste Strophe des Gedichtes »Les Djinns« von Victor Hugo …

Wie auf den geschlagenen Feldherrn alles nur erdenkliche Unheil einstürzt, wie die letzten Getreuen von ihm abfallen, wie er immer neue Bedingungen erfüllen, immer neue Erniedrigungen erdulden muß – so kehrte sich jetzt alles gegen Kurt Gerber.

Seine Niederlage in der Klasse, die schon durch günstiges Geschick überwunden schien, wurde in vollem Maß offenbar. Wohl bedauerten ihn die meisten, aber es gab doch einige, die hinter Tja und Aber nur mühsam ihre Schadenfreude bargen.

Noch Unfaßlicheres begab sich: Schleich ging nach der Stunde zu Borchert ins Konferenzzimmer und entschuldigte sich bei ihm. Schleich bei Borchert. Borchert hatte Schleich einen Kretin geheißen, eine Rotznase, einen Falotten. Vor der ganzen Klasse. Borchert hatte Schleich geohrfeigt. Vor dreißig andern. Und –

Schleich entschuldigte sich bei Borchert – – denn, nun ja, denn Professor Borchert würde bald Gelegenheit haben, dem Schüler Schleich weit Peinlicheres anzutun als eine Ohrfeige, nicht wahr. Und deshalb war es für den Schüler Schleich wohl besser, reuig zu bekennen, daß er unrecht gehandelt hatte, jawohl, Herr Professor, ich habe mich dumm benommen, ich weiß, Herr Professor, Sie sind hochgradig nervös, und ich hätte Ihnen nicht widersprechen sollen, hätte Sie nicht herausfordern dürfen, verzeihen Sie mir, Herr Professor, daß Sie mich ins Gesicht geschlagen haben ...

Borchert war gnädig und verzieh. Er verzieh auch dem Schüler Kurt Gerber, der bald nach Schleich im Konferenzzimmer erschien, und er erklärte sich bereit, die Sache auf sich beruhen zu lassen. Denn wahrlich, aufs inständigste hatte ihn der Schüler Gerber darum gebeten. Es war ihm anzusehen, daß ihm die Entschuldigung nicht leicht fiel. Das heißt, anfangs. Später ging es schon besser, er wußte wirklich überzeugend darzulegen, welch schreckliche Folgen es für ihn haben würde, wenn sich sein Klassenvorstand, der Herr Professor Kupfer, des Falles bemächtigte, er bedaure tief, daß er sich habe hinreißen lassen, ohne überdies zu bedenken, daß gerade er ... wie gesagt: es war dem Schüler Kurt Gerber gelungen, Borchert zur Annullierung der Klassenbuchnotiz zu bewegen; freilich, die andern Professoren lasen sie trotz den zwei roten Strichen, und sie schüttelten die Köpfe – aber der fast unvermeidliche Einfluß auf die demnächst stattfindende Zensurkonferenz war abgewendet, gerettet, was zu retten war, ja, Professor Borchert hatte zum Schluß seiner Unterredung mit dem Schüler Gerber sogar einige freundliche, aufmunternde Worte gefunden ...

Es war des Schülers Gerber größter Mißerfolg.

NEUNTES KAPITEL

»Mittwoch zehn Uhr«, Kitschroman

Einige Tage später wurde das Ergebnis der letzten Zensurkonferenz verlesen. Und daß Kurt Gerber wieder zwei Tadel abbekommen hatte, aus Mathematik und Darstellender Geometrie; daß seine Situation nun völlig aussichtslos erschien; daß er, da sein Vater die Nachricht mit einem Schweigen aufnahm, in dem sich Schmerz und Zorn und Angst und Sorge zu wortlosem Elend mischten, keinen andern Ausweg mehr wußte, als nun den Vater noch selbst um das Engagement eines Hauslehrers zu bitten – das alles kam wie der Schlußpunkt nach dem Satz. Die Maschinerie der Pein funktionierte selbsttätig und mit unentrinnbarer Präzision, ließ den zu Verarbeitenden nicht zur Besinnung kommen – wie staunte er auf, weil Professor Ruprecht nicht zu Hause war, als er anläutete! Dann, da ihm bedeutet wurde, in einer Stunde wiederzukommen, fühlte er: auch das war in der Ordnung, war vorgesehen, die Zweiteilung der Schande, die Verdoppelung ...

»He, Unlustknabe!«

Jemand berührte seine Schulter. Kurt schrak zusammen, als hätte man ihm einen Revolver vorgehalten. Dann erkannte er Boby Urban.

»Daß dich der gelbe Geier hacke! Was rauschest du mit hochgesenktem Haupt an mir vorüber?«

Der gelbe Geier. Wieso. Es gibt keinen gelben Geier.

»Guten Tag.« Kurt ergreift die dargebotene Hand.

»Na endlich!« lacht Boby Urban. »Ich glaubte schon, daß dir die Wiedersehensfreude den Mund verstopft hat.«

Da lacht jemand. Woher kommt dieser da, welcher lacht? Er

lacht noch immer. Da muß ich wohl auch lachen. Haha. Es wird schon gehen.

»Weißt du, verlorenes Schaf, worüber ich lache?«

Nein. Das weiß ich nicht. Worüber lachst du? Kurt schüttelt den Kopf.

»Übers ganze Gesicht!« meckert Boby.

Kenn ich schon, denkt Kurt. Und plötzlich merkt er, daß er sich darüber freut, diesen Witz schon zu kennen. Er weiß nicht weshalb – aber er freut sich, und darum lacht auch er, laut und schallend.

»Wußt ich's doch!« nickt Boby. »Der alte Boby Urban« – er ist anscheinend besonders gut gelaunt, er rülpst das U hervor – »bringt immer Frohsinn ins Haus. Zerstäuben Sie Boby Urban! Er dringt in die kleinsten Ritzen.«

Und langsam, anfangs ihm selbst zum Erstaunen, merkt sich Kurt in ein Gespräch verwickelt, Frage und Antwort und Gegenfrage, ganz zwanglos, wenn einem gerade nichts einfällt, dann sagt man eben nichts, und es ist auch kein Schaden.

Wo Kurt sich denn verkrieche, fragt Boby. Er sei doch einmal oben bei Paul Weismann angesagt gewesen, und sie hätten ihn alle erwartet – was denn los sei mit ihm?

Kurt weiß nichts zu antworten. Er weiß wirklich nichts zu antworten. Was ist denn los mit ihm. Warte ... daß mir die Straßenbahn vor der Nase wegfuhr ... nein, das ist es nicht ... da, jetzt weiß ich's. Ich glaube, das wird der Grund sein. Ja. Aber das kann ich ihm doch nicht sagen –.

Lisa sei übrigens ernstlich böse gewesen, setzt Boby fort. Und ganz mit Recht. Das sei doch keine Art, einfach nicht zu erscheinen, wenn man von einer Dame eingeladen sei.

Hm. Daß ich Lisas wegen – nein, das kann ich ihm auch nicht sagen. Aber wieder aus anderen Gründen.

»Weißt du, Boby, ich halte nichts von Belustigungen dieser Art. Am Abend beisammensitzen – ja. Aber ein Atelierfest – das war es doch? – nicht wahr, da glaubt man, daß man unbedingt –«

»Lächerlich. Atelierfest nennen wir's nur, damit es nach etwas ausschaut. Auf so was sind wir nicht angewiesen. Wir haben, gottlob, andre Gelegenheit.«

»Ja, du vielleicht.«

»Wie?«

»Nichts.« Kurt bricht ab, jählings verstört. Dann, nur um zu reden, erkundigt er sich, wohin Boby jetzt gehe.

Boby ist gerade mit Paul Weismann verabredet. Das Kaffeehaus liegt in der Nähe und Kurt soll mitkommen. Ob er Zeit habe?

Eigentlich nicht.

So. Warum nicht?

»Ach was, es wird sich schon machen lassen«, sagt Kurt. Und er geht mit Boby Urban ins Kaffeehaus ...

Als Kurt Gerber zwei Stunden später die Treppe zu Professor Ruprechts Wohnung hinaufstieg, glaubte er mit jeder Stufe ein Teilchen jener gehobenen Stimmung, die er sich eben erst mühevoll vertraut gemacht hatte, wieder entschwinden zu fühlen. Und nachdem ihm die Tür geöffnet worden war, nannte er fast nichts mehr sein eigen. Oder so viel, um die Unfreundlichkeit, mit der ihm Professor Ruprecht entgegenkam, wenigstens zu empfinden.

Professor Ruprecht, der an einer andern Anstalt Mathematik und Darstellende Geometrie unterrichtete, stand im offenem Hemd und rotkarierter Joppe zwischen der Tür und sah mit seinem buschigen Gesicht und den breiten Schultern wie ein Holzfäller aus. Dementsprechend unwirsch klangen auch seine Worte; er sprach mit stark sudetendeutschem Akzent.

»Hätten früher kommen können, ni? Wart schon eine Stunde, hab ja meine Zeit ni gestohlen!«

Kurt wurde rot und stammelte ein paar Entschuldigungsworte, die Straßenbahn wäre –

»Schon gut! Die Straßenbahn, natürlich. Immer dasselbe.«

Professor Ruprecht schüttelte den Kopf und lachte grob. Dann wies er auf einen der Korbstühle, die um den kleinen Vorzimmertisch standen. Seine Stimme wurde etwas freundlicher: »In mein Zimmer können wir jetzt nicht gehn. Macht auch gar nichts. Heut kann ich Ihnen sowieso keine Lektion mehr geben. Hätten eben früher kommen sollen. Brauchen jede Stunde. Gut. Na, so setzen Sie sich doch.«

Kurt folgte der Aufforderung beinahe ängstlich. Was für ein Setzen war das?

»Also«, sagte Professor Ruprecht und lümmelte sich breit hin, »mit Ihnen steht's schlecht in der Mathematik, und in der Darstellenden auch. Hab schon gehört, vom Kollegen Kupfer und von Ihrem Herrn Vater. Wie ist denn die Konferenz ausgefallen?«

Vor wenigen Minuten noch hätte ihm Kurt erwidert, daß er das ja wissen müsse, wenn er mit Kupfer gesprochen habe. Jetzt sagte er tonlos: »Aus beiden getadelt.«

»Soso, soso. Wie soll's denn da mit der Matura klappen, in paar Wochen? Da werden wir aber große Mühe haben. Warum besinnt er sich so spät?«

Kurt schwieg.

Professor Ruprecht strich seinen Schnurrbart, holte tief Atem und sagte:

»Na – da heißt's antauchen. Da werden wir sehr bald beginnen.« Er zog seinen Taschenkatalog hervor, bog ihn dort, wo Kalender und Stundenplan waren, fest auseinander und legte ihn offen auf den Tisch. »Montag beginnen die Osterferien ... also da sag ich Ihnen was: ruhen Sie sich noch ein bissel aus, hab's selber auch notwendig, ni? Heute ist Freitag, also wann wollen wir's denn angehen?«

»Wann Sie wünschen.«

»So. Na, da sagen wir mal – sagen wir mal – Mittwoch. Ist's recht?«

»Gewiß, Herr Professor.«

»Also schön. Mittwoch zehn Uhr. Wär gut, wenn Sie sich's aufnotieren täten.«

Kurt griff gedankenlos in die Brusttasche, obwohl er den »Studentenkalender« schon längst nicht mehr bei sich trug.

»Haben kein Notizbuch?« fragte Professor Ruprecht ungeduldig. »Soll ich Ihnen ein Papier borgen?«

»Nein, danke, ich hab schon etwas«, sagte Kurt. Er hatte in seiner Seitentasche ein steifes Blättchen gefunden, wußte im Augenblick nicht, wie es dorthin gekommen war, und zog es heraus.

Es war eine Visitenkarte Paul Weismanns, mit Adresse und Telephonnummer. Kurt drehte sie um. Er erbleichte.

Auf der Rückseite der Karte stand: Mittwoch zehn Uhr.

Kurt starrte auf die Buchstaben. Der ganze Zwiespalt seines Lebens tat sich abgründig vor ihm auf.

Mittwoch zehn Uhr: da sollte er den Maler Paul Weismann anrufen, um mit ihm eine Zusammenkunft im Atelier zu vereinbaren.

Mittwoch zehn Uhr: da sollte er zum Professor Adolf Ruprecht gehn, um mit ihm Mathematik zu lernen.

Mittwoch zehn Uhr, Mittwoch zehn Uhr.

»Na, was gibt's denn da soviel nachzudenken?«

Kurt riß sich zusammen und kritzelte ein paar sinnlose Striche auf die Karte.

»Also – abgemacht!« sagte Professor Ruprecht.

Wenn er jetzt »Mittwoch zehn Uhr« sagt, erwürge ich ihn, schoß es Kurt durch den Kopf. Aber Professor Ruprecht sagte weiter nichts, erhob sich und öffnete die Tür: »Auf Wiedersehen.«

Langsam, mit schweren Schritten, tappte Kurt die Stiegen hinunter.

Alles in Ordnung, dachte er. Ich lebe den Roman meines Lebens. Aber ich hätte nicht gedacht, daß es ein solcher Kitschroman ist.

Mittwoch zehn Uhr.

Kurt trat aus der Telephonzelle in der Nähe von Professor Ruprechts Wohnung auf die Straße. Er hatte nicht sofort Anschluß bekommen und dann ziemlich lange mit Paul Weismann gesprochen. Nun überlegte er: da er doch ohnehin schon zu spät kam – war es nicht besser, Lisa sofort anzurufen? Paul hatte ihm dazu geraten, ja es fast zur Bedingung gemacht. Kurt sollte sich erst mit Lisa wieder in Verbindung setzen, dann könnte man die Zusammenkunft viel besser arrangieren.

Kurt freute sich, daß die Sache so ernst war. Lisa zürnte ihm. Galt er ihr genug, daß sie sich seinetwegen diese Mühe machte?

Er war in Gedanken weitergegangen und stand plötzlich vor dem Haus, in dem Professor Ruprecht wohnte. Da ging er hinauf.

Eine Frau in blauer Schürze und mit hochgestecktem Haar öffnete ihm. Dem Aussehen nach hätte es die Köchin sein können.

»Grüß Gott«, sagte sie freundlich. »Sie kommen zu meinem Mann, nicht wahr? Sie sind Herr Gerber?«

Herr Gerber –. Kurt bejahte.

»Adolf!« rief die Frau laut in eine andre Richtung.

»Komm mal raus! Der Herr Gerber ist da, zur Stunde.«

Bald darauf trat Professor Ruprecht aus der Tür, führte Kurt nach brummiger Begrüßung ins Zimmer und wandte sich wieder zum Gehn.

»Setzen Sie sich einstweilen, ich komme gleich wieder zurück.«

Kurt sah sich im Zimmer um.

Hier sitze ich also. Auf einem Sessel. Der Sessel steht an einem viereckigen Tisch. Noch drei andre Sessel sind da, und ein Sofa mit rotem Plüschüberzug und ein Pianino und ein Notenständer.

Wie kommt ein Klavier da herein? Wer spielt hier Klavier? Vielleicht gar Professor Ruprecht? Unsinn. Mathematikprofessoren spielen nicht Klavier.

Das Zimmer sieht ja auch sonst ganz normal aus. Natürlich. Wie soll es aussehen. Habe ich etwa erwartet, ein Katheder und eine schwarze Tafel vorzufinden?

Ich glaube ja. Oder doch nicht. Nein.

Das ist ein Zimmer wie jedes andre.

Wer wohnt hier?

»Adolf!« Es war die Stimme der Frau, die draußen hörbar wurde. »Adolf, willst du nicht noch schnell mal was essen? Ein Schinkenbrot?« Dann schlug eine Türe zu. Was hieß denn das alles?

Das hieß – einen Augenblick: hier wurde jemandem Adolf gesagt, und dieser Adolf aß ein Schinkenbrot – das hieß: Mathematikprofessoren sind ganz gewöhnliche Menschen.

Neinneinnein. Um Gottes willen. Das darf nicht sein.

Professoren haben kein Privatleben. Nein.

Kurt schlug hastig sein Formelheft auf, hielt sich die Ohren zu und starrte auf die dicht aneinandergereihten Ziffern und Zeichen.

Adolf –? Professor Ruprecht!!

Adolf Ruprecht, Professor der Mathematik und Darstellenden Geometrie an der Realschule III, trat ein.

Kurt sah ihn an, als sähe er ihn zum erstenmal. Er hatte Mühe, das Lachen zu verbeißen. Dieser Mann hat soeben ein Schinkenbrot gegessen, dachte er.

Der Professor setzte sich ihm gegenüber, zog seine Uhr heraus und legte sie auf den Tisch.

»Sie können auch nie rechtzeitig kommen!« Dann grinste er unvermittelt. »Hab's mir aber gleich gedacht und mal ein bissele länger geschlafen.«

So. Du hast länger geschlafen. Solche Sachen machst du. Und wenn ein Schüler mal ein bissele länger schläft und zu spät kommt – was dann?

»Tut einem wohl, wenn man sich ausschlafen kann, wie?«

Sehr wohl. Wie viele wirst du eigentlich heuer krachen lassen, Liebling? Wisch dir doch die Brotkrume vom Kinn weg.

»Da möchten wir also anfangen. Wo hapert's denn am meisten?«

Überall. Einen Stiernacken hast du auch, du Holzfäller.

»Na?« fragte Professor Ruprecht ungeduldig.

»Ich – ich glaube – – in der Integralrechnung.«

»Aha. Wie steht's denn da mit den Formeln? Lassen Sie mal sehn.«

Kurt schob ihm das Formelheft hin.

$x^2 \cos x \, dx = \ldots$

Als die Stunde (in deren Verlauf Professor Ruprecht mehr als einmal kopfschüttelnd die schwersten Bedenken geäußert hatte) zu Ende war und Kurt ins Vorzimmer trat, stand die Frau gerade draußen. Sie sagte: »Auf Wiedersehen!«, und in der Tür hörte er noch ihre Stimme: »Adolf, komm mal rein.«

Vielleicht ist er sogar ein Pantoffelheld, dachte Kurt, indem er die Treppen hinunterstieg, und vielleicht ist es nur deshalb, daß über so und so viele Schüler der Realschule III das Unheil kommt, nach dessen tausend Gründen sie ihr armes Hirn zermartern.

Wie mag das wohl aussehen, wenn Ruprecht ein Nichtgenügend gibt? Wenn Kupfer ein Schinkenbrot ißt?

So lächerlich ist das alles ...

Kurt trat in eine Telephonzelle und rief das Atelier Dremon an. Sein Herz klopfte.

»Atelier Dremon«, meldete sich eine klanglos geschäftige Männerstimme.

»Ja – hallo – hier Doktor Berwald – kann ich mit meiner Schwester –«

»Wer ist dort? Man versteht nicht!«

»Hier Doktor Berwald. Ich möchte meine Schwester –« sagte Kurt mit bebender Stimme, aber er wurde wieder unterbrochen.

»Wer? Reden Sie doch deutlicher! Wer spricht?«

Da wurde Kurt von einer irren Furcht befallen, daß man ihn erkannt hätte. Er hängte ab und stürzte aus der Zelle.

An der frischen Luft kam ihm das alles wieder sehr komisch vor. Ich bin nicht mehr ganz zurechnungsfähig, dachte er. Ich werde zu Doktor Kron gehn. Hat sich was, bei der Matura – Ruhe. Lächerlich. Weshalb habe ich abgehängt? Ich hätte grob werden sollen. Ob ich nochmals anrufe? Es waren Störungen. Nein, lieber nicht. Außerdem ist es ihr unangenehm.

Mit einemmal packte ihn tolle Sehnsucht nach Lisa. Eine so flammende Sehnsucht, wie er sie bis jetzt noch nie gefühlt hatte. Lisa schien ihm das einzige, was seinem Leben noch Halt und Sinn verleihen könnte, und dabei wußte er doch, daß sie das nie verstehen würde. Aber nicht Hoffnungslosigkeit umfing ihn, nicht das endelose Verzweifeln eines unglücklich Liebenden. Es war etwas ganz anderes: die Furcht, anders geliebt zu werden, als er es wollte, und die noch größere, daß dies mit Absicht geschähe.

Kurt beschloß, am Abend vor dem Geschäft auf Lisa zu warten.

Das Atelier Dremon liegt in einem jener schmalen Gäßchen des Stadtzentrums, um die sich der trubelnde Verkehr nicht zu kümmern scheint. Und je stärker er an ihnen vorüberrast, desto stärker wirkt ihre Stille.

Dieses Gäßchen läuft in einen Platz aus, auf dem eine altertümliche Kirche steht. Die Strahlen der untergehenden Sonne waren noch nicht stark genug, um die Kuppel ganz hell zu machen, aber ein wenig Schein bekam sie doch ab. Krause Milchwölkchen standen am blaßblauen Himmel; sie wurden immer weißer. Ein sehr lauer Windstoß hob ein Blatt Papier vom Asphalt auf und wehte es eine kleine Strecke weit fort. Dann blieb es liegen, ruhig, zufrieden, gut.

Kurt merkte, daß es Frühling war, und er freute sich dessen.

Vom Kirchturm her schlug es dreimal. Es ging auf sieben Uhr. In einigen Schaufenstern wurde das elektrische Licht deutlicher. Vor anderen donnerten die Rolläden herunter. Nun muß Lisa bald kommen. Schon treten aus den Geschäften Menschen auf die Gasse und gehen, allein und zu zweit, manche Arm in Arm.

Warum kommt Lisa noch nicht? Vielleicht ist sie gar nicht im Geschäft? Vielleicht ist sie krank?

Da – dort – nein. Aber jetzt heißt es gut aufpassen, es kommen immer mehr Leute heraus.

Und jetzt kommen gar keine mehr. Wo bleibt Lisa?

Es ist schon recht dunkel.

Kurt geht unruhig auf und ab, Minuten um Minuten, ein Mädchen sieht ihn mit blitzenden Augen an, bleibt vor einem Schaufenster stehen, dann geht sie langsam weiter, wendet sich zweimal um nach ihm ... die muß mich für einen Ochsen halten, denkt Kurt und blickt ihr unschlüssig nach und weiß doch ganz genau, daß er sie nicht ansprechen wird ... und überlegt, ob er nicht ins Atelier Dremon hinauf gehen soll, es liegt im ersten Stock, die drei großen Frontfenster sind noch hell erleuchtet ...

Er macht ein paar zögernde Schritte – da muß er erst ein Auto vorbeilassen – und als er weiter will, tritt Lisa aus dem Haus.

Sie hat ihn nicht gesehn und geht die Gasse hinunter, in der Richtung zur Kirche. Kurt folgt ihr langsam, er möchte den Anblick ihres straffen Ganges genießen, und es wird ihr auch bestimmt lieber sein, wenn er sie nicht gleich vor dem Geschäft überfällt.

Sie biegt nach rechts ein. Kurt geht rascher, voll froher Hoffnung, er zittert ein wenig.

Nun ist auch er um die Ecke gebogen, vier, drei Schritte hinter ihr.

»Lisa!« Kurt bleibt stehn. Aber weil seine Kehle so eigentümlich trocken ist, klang es brüchig und leise. Lisa hat ihn nicht gehört, sie schreitet jetzt etwas schneller aus.

Die Gasse macht ein Knie, belebt sich, er muß Passanten ausweichen, dort steht ein Auto.

Endlich ist er aufs neue knapp hinter ihr.

Und wie er wieder leise ihren Namen ruft –

– genau im gleichen Moment, in dem das »Lisa!« über seine Lippen gekommen ist –

– tritt aus einem Haustor – oder hinter einem Portal – vielleicht auch nur von der Seite

– tritt ihr eine Männergestalt entgegen, begrüßt sie, Kurt hört es, küßt ihre Hand, Kurt sieht es und ist im nächsten Augenblick schon an ihnen vorbei, den Hut hat er noch schnell ins Gesicht gedrückt, er will nicht, daß ihn Lisa erkennt, das ist das letzte, was er klar denken kann, dann saust es in seinem Schädel, als hämmerte man von allen Seiten auf ihn los, nur fort, schnell, schnell, hat nicht Lisa eben erstaunt seinen Namen gerufen, blickt sie ihm nicht kopfschüttelnd nach, schnell, weiter, ihr aus den Augen, gleich da, nach rechts – verflucht, es ist keine Seitengasse, nur ein Gittertor, das eingebuchtet liegt, versperrt ist es, jetzt kann ich nicht vorwärts und nicht rückwärts …

Kurt, ächzend vor Scham und Wut, zieht die Schultern hoch, macht sich ganz schmal und drückt sich abgekehrt in die Nische, schon hört er Schritte und erkennt Lisas Stimme, Lisas Stimme – was sie spricht, kann er nicht verstehen, sein Kopf rattert zu laut, aber sie spricht mit einem andern, lächelt wahrscheinlich, Kurt preßt die Zähne aufeinander und ballt seine Fäuste in der Rocktasche.

Endlich drehte er sich um. Dort gingen sie. Er blickte ihnen nach, und zermürbte Entspannung sank langsam über ihn. Seine Arme fielen schlaff herab.

Dort gingen sie. Er sah sie noch immer. Jetzt blieben sie stehn.

Da griff er in die Tasche, seine Hand war fast noch kühler als das schwarze metallene Ding, das sie umspannte, es gab einen kurzen Knall, noch einen, der Mann an Lisas Seite warf die Arme in die Luft, stand einen Augenblick bewegungslos, dann brach er zusammen. Kurt Gerber steckte den Revolver in die Tasche, lachte verächtlich und trat aus der dunklen Tornische hinaus.

Natürlich tat Kurt Gerber dies alles durchaus nicht, er dachte es nur, denn es war ihm wieder in den Sinn gekommen, daß er einen Kitschroman lebte, und da wäre ein solcher Effekt wohl am Platz gewesen. Aber Kurt ermangelte auch hier der soliden Grundlage: er hatte keinen Revolver bei sich.

So kam es, daß Kurt, ohne vorher mit Lisa gesprochen zu haben, am Ostersonntag (für diesen war das »Atelierfest« vereinbart) bei Paul Weismann erschien. Professor Ruprecht hatte ihm diesen und den nächsten Tag freigegeben – am Mittwoch begann wieder die Schule –, und deshalb bewegte sich Kurt nicht ganz so düster dahin, wie er befürchtet hatte.

Paul Weismann schob ihn in das von Nischenampeln matt erhellte Zimmer. Dort herrschte schon Betrieb, etwa ein Dutzend Leute saßen auf zwei niedrigen Lotterbetten oder in Korbstühlen vor einem langen, schmalen Tisch an der Wand, der als Bar hergerichtet war.

Einige seiner Freunde von Weihnachten kamen auf Kurt zu und reichten ihm die Hand, dazwischen wurde er andern vorgestellt, deren Namen er nicht verstand, und dann sah er Lisa in einer Ecke sitzen, Lisa, und sie blickte gar nicht auf, als Kurt hinzutrat, sprach weiter angeregt mit Gretl Blitz, die begrüßte Kurt zuerst, und Lisa schien seine Anwesenheit nicht früher zu merken, als bis er ihr die Hand hinhielt.

»Guten Abend«, sagte sie. Ihre Hand war kalt und leblos. Dann wandte sie sich uninteressiert ab, wie um mit Gretl Blitz weiterzuplaudern, aber die war inzwischen aufgestanden und fortgegangen.

Lisa sah gelangweilt nach einer anderen Richtung und nestelte an ihrem Kleid. Kurt stand vor ihr, grenzenlos verlegen, und wußte nicht, was er sagen sollte. Sich gleich entschuldigen? Vielleicht spielt sie nur Theater. Den Mittwoch erwähnen? Vielleicht hat sie ihn wirklich nicht gesehen …

Lisa legt ihre Arme lang auf die Lehnen des Korbstuhls und sieht Kurt mit gekräuselten Lippen an: »Nun?«

»Was – wie geht es dir?« Kurt setzt sich in geheuchelter Sicherheit neben sie.

Lisa wendet ihm ein schnippisch erstauntes Gesicht zu.

»Warum interessiert dich das so plötzlich?«

»Weil – ich – Lisa, du mußt mir glauben, daß –«

»Ja?«

Kurt wippt verloren mit den Beinen. Seine Blicke laufen durch das Zimmer. Die andern sprechen laut, niemand achtet auf sie, dort hinter der Bar ist eine Tapetentür, wohin führt die, vielleicht könnte man Lisa danach fragen, nein, das geht doch wohl nicht –

»Du verhörst mich ja wie einen Verbrecher!« Kurt versucht zu lächeln, aber Lisas Gesicht bleibt unbewegt. Das macht ihn vollends hilflos und verwirrt. Er sieht sie groß an. Seine ganze Pein liegt in diesem Blick.

Und da wird Lisas Mund langsam weich, und sie beginnt zu lächeln mit Lippen und Augen, und sie steht auf.

»Komm einmal mit, du abscheulicher Kerl. Du verdienst zwar nicht, daß man so nett zu dir ist, aber für dieses Mal will ich dir eine öffentliche Strafpredigt noch ersparen.«

Sie ist hinter den Bartisch getreten und öffnet die kleine Tür.

Kurt folgt ihr. Seine Knie schwanken, er muß an sich halten, um nicht laut aufzujubeln.

Lisa knipst das Licht an. Es erhellt eine Art Rumpelkammer voll von Staffeleien und anderen Gerätschaften, das einzige Möbelstück ist ein Sofa. Darauf setzt sich Lisa und beginnt ihn mit komischem Ernst abzukanzeln, weil er sich so lange nicht gemeldet hat und weil er so empfindlich ist und so kindisch und so bockig, und ihre frohe Schönheit reißt ihn mit und hin, daß er sich nicht mehr halten kann und –

– da geschieht, was er gefürchtet hat: Lisas Augen bleiben offen und blicken leer zur Decke, ihre Arme hängen. Kurt stutzt einen Augenblick, dann ist sein Mund an ihrem.

Sie wehrt sich nicht. Aber ihre Lippen sind feucht und kühl. Kurt hält inne.

»Lisa –?«

Lisa setzt sich zurecht. Mit einem Mal ist sie nichts als ein kleines Mädchen:

»Muß man denn immer gleich küssen?«

»Immer? Wie oft hab ich dich denn schon geküßt?«

»Du wirst mich noch oft genug küssen, Kurt, glaub mir das. Aber jetzt nicht.« Ihre Stimme ist sanft und tröstend.

»Es geht eben nicht immer, weißt du?« Sie streichelt ihm durchs Haar und ist wieder viel, viel älter als er, überlegen, verzeihend fast.

Kurt versteht nicht ganz, wie sehr er sich auch darum bemüht. Wenn sie mich liebt, und sie hat es mir doch gesagt (ihm ist jetzt, als wären sie zu Weihnachten das letzte Mal beisammen gewesen), dann ... er umfängt sie von neuem, zaghaft: »Lisa –!«

Sie drückt einen leichten Kuß auf seine Stirn.

»Komm. Wir können nicht so lang hierbleiben.«

Und sie tritt unbefangen vor Kurt aus der Tapetentür.

»Auslöschen, Gesindel!« schreit Paul Weismann, dessen Blick sie zufällig trifft. »Warum habt ihr überhaupt Licht gemacht?«

Kurt schlendert in den Raum.

Otto Engelhart lümmelt mit vier andern auf einem Sofa und zündet sich eine Zigarette an, sehr gleichgültig.

Der da spielt seine Gleichgültigkeit, muß Kurt plötzlich denken, er spielt sie, er kann nichts anderes tun als sie spielen – spielen – wie Lisa mit mir spielt – warum hat sie mich hineingerufen – warum quält sie mich – aber sie quält mich ja gar nicht – nicht einmal das –

Boby Urban, an dessen Seite Kurt sich niederläßt, breitet die Arme aus und deklamiert:

»O Königin, das Geschlechtsleben ist doch schön!«

»Idiot!« zischt Kurt.

Der andere wendet ihm langsam sein Gesicht zu und nickt ein paarmal:

»Knabe –.«

Etwas in seiner Stimme macht Kurt aufhorchen. Ihm ist, als verberge sie etwas, worüber sich alle einig sind und was sie ihm aus Rücksicht verheimlichen ...

Und dann war der Abend so, wie er nicht anders sein konnte. Man war lustig wie in den schönsten Tagen der Weihnachtsferien, und Boby Urban hat Klavier gespielt, und eine, die Kurt nicht kannte, hat Chansons gesungen, und dann wurde das Zimmer ganz verdunkelt, und vom Grammophon her schwebte der leise Gesang eines Flüstertenors durch das Zimmer, er wirkte in der Finsternis seltsam erregend, und eine, die Kurt nicht kannte, hat großes Interesse für ihn gezeigt, und die kleine Tapetentür ist ein paarmal auf- und zugemacht worden, und einmal sang der Flüstertenor dazu einen Song, der hieß »I can't give you anything but love«, ja, daran war nichts zu ändern, daß er das sang, und Lisa bemerkte, wie sinnig das wäre, und wer denn diesen reizenden Einfall gehabt hätte, und da war Kurt von der schwarzen Angst befreit, daß es Lisa war, die eben in die Rumpelkammer ging, und er liebte Lisa sehr und hatte nicht acht auf die Unbekannte neben sich, hatte nicht acht auf das große Interesse, das sie für ihn zeigte, wollte es nicht merken, wenn sie ihn wie zufällig streifte, und mußte es endlich doch, und die hämmernden Sinne seiner neunzehn Jahre und die warme Nähe eines willigen Frauenkörpers machten ihm die Dunkelheit unerträglich ... und er liebte Lisa sehr ... und dachte, als wieder Licht wurde: daß er nun an seiner Werbung reinem Ende stehe und daß ihm nichts mehr versagt werden könne ...

Einer von der Gruppe, mit der Kurt um vier Uhr früh die Straße entlang ging, schwer und müde, begann die Grammophonplatten zu loben.

Lisa summt: »I can't give you anything but love.«

Plötzlich unterbrach sie sich.

»Eigentlich ein furchtbarer Kitsch«, sagte sie.

Mit diesem Wort im Ohr verabschiedet sich Kurt. Kitsch. Kitschroman. Alles.

Kitsch auch, daß ihm die Unbekannte so stark die Hand gepreßt hat beim Abschied, viel stärker als Lisa, verheißend. Kitsch.

Kurt ist dennoch aufs neue erregt. Nächstens geh ich mit ihr, denkt er.

Lisa! Warum hast du mir verboten, mit ihr zu gehn? Sie wollte mich, und ich wollte sie. Ja, ich wollte sie. Ja, ja, ja. Morgen geh ich zu ihr und nehm sie. Du hast kein Recht, mich daran zu hindern.

Kuno aber widerstand jeglicher Versuchung und durfte am nächsten Tag die Geliebte selig in die Arme schließen ... Ich bin ein erbärmlicher Lesebuchmoralist, aus purer Feigheit. Was wird am nächsten Tag sein, was?

Der nächste Tag ist ein Dienstag. Und Kurt weiß, was am nächsten Tag sein wird. Und obgleich die Nacht nicht kalt ist, fröstelt ihn. Er schlägt den Mantelkragen hoch.

Du hast dich nicht um mich gekümmert, Lisa. Wahrscheinlich wärst du sogar froh gewesen, wenn ich's getan hätte. Oh, diese Freude kannst du immer noch haben. Nichts einfacher als das ...

Da schlägt ihm ein starkes, ordinäres Parfüm in die Nase, dicht von der Seite. Er muß aufblicken und sieht in das schreckhaft nahe Gesicht eines Straßenmädchens.

Ein Lächeln liegt um ihren Mund, so, als hätte es ihr jemand ins Gesicht geworfen und es wäre dort klebengeblieben: »Na, Bubi? Schenk mir eine Zigarette!«

Kurt zuckt zusammen und geht rasch weiter. Nicht Spießerabscheu vor Ausgestoßenem treibt ihn, nur der Schreck. Er schämt sich, daß er nicht einmal Mitleid haben kann mit der da, die alt und unappetitlich aussah und ein breites Gebiß hatte mit Goldzähnen. Kurt erschauert bei dem Gedanken an einen Kuß auf diesen Mund.

Dort steht wieder eine. Sie ist sehr einfach gekleidet (nicht aufgetakelt wie die andere, mit Boa und großem Hut), und sie ist – jetzt dreht sie sich um – hübsch.

Kurt kommt näher, bald hat er sie erreicht. Er verlangsamt seinen Schritt, bleibt stehen.

Das Mädchen sieht an ihm vorbei, nicht gerade vorbei, aber doch nach etwas Fernem – – woher kennt er diesen traurigen Blick?

Richtig, der Kitschroman. Natürlich. Das muß ich mir einbilden, sonst wäre die Sache nicht komplett.

Jetzt sagt das Mädchen leise: »Gehen Sie mit mir.«

Und sieht ihn noch immer nicht an, als er fragt: »Wohin denn?«

Sie kann diese Frage noch nicht oft gehört haben. Es dauert einige Zeit, bevor sie antwortet, mit einem Lächeln, das verführerisch sein soll und gequält wirkt: »Wo wir allein sind.« Dann sieht sie wieder zu Boden.

Was ist das nur mit Kurt. Er hat doch nicht von fern daran gedacht, mit einem Straßenmädchen zu gehen, es ist doch absurd, daß er das tun sollte, er wird es ja auch nicht tun, er wird weglaufen, jetzt gleich, wird das Mädchen stehenlassen, sofort, im nächsten Moment – aber er ist noch immer da und das Mädchen sieht noch immer zu Boden.

»Komm!« sagt Kurt plötzlich.

Er geht sehr schnell, und das Mädchen neben ihm muß viele kleine Schritte machen. Kurt merkt es, verlangsamt seinen Schritt, streift sie mit einem Seitenblick – sie hält den Kopf gesenkt – aber das ist ja lächerlich – und doch – irgend etwas ist da, keine Ähnlichkeit, das nicht – aber so etwas wie Wehmut, die von sich nichts weiß.

Na ja. Jetzt fehlt nur noch, daß sie mir eine sentimentale Dirnengeschichte erzählt, daß ihr Vater ein verarmter Graf ist und dergleichen. Das kann ja nett werden.

Kurt betrachtet sie abermals. Das Mädchen senkt den Kopf noch tiefer, als brenne der Blick ihren Leib entlang.

Entsetzlich, denkt Kurt. Entsetzlich, und da hilft nichts, ob sie nun wirklich traurig ist oder nicht. Vielleicht ist sie wirklich traurig.

Und vielleicht hätte sie geweint, wenn er oben im Zimmer des Hotel Garni plötzlich Nein gesagt hätte, geweint nicht nur um das entgangene Geschäft, sondern weil ihr eine graue Erinnerung kam – vielleicht hätte sie geweint.

Darum hat Kurt das Licht verlöscht und sich zu ihr ins Bett gelegt, und sie hat ihn mit ihren schmalen Kinderarmen an sich gepreßt und nur ein einziges Mal kurz aufgeseufzt.

Sie hat überhaupt keine Wollustkomödie gespielt, und sie haben nur die dürftigsten Worte miteinander gesprochen. Dabei hat sie immer »Sie« gesagt, und nach kurzem Befremden hat auch er sie nicht länger geduzt.

Nun liegen sie in dem zerwühlten Doppelbett, sie liegen nebeneinander, nackt, wunschlos, fremd, und als Kurt ihren Arm streift, der kalt ist, sagt er »Verzeihung!«, ohne daß ihm auffiele, wie komisch das eigentlich ist. Dann schweigen sie wieder.

Plötzlich stützt sie sich auf den Ellenbogen, läßt ihren Blick lang auf Kurt ruhen und sagt leise: »Dein Mädel hat dich bestimmt sehr lieb!«

Das war seltsam. Dieses Du – es durchrieselt ihn warm und gut, er muß an die Zeit denken, da er in den Sommerfrischen den kleinen Lyzealschülerinnen nachgelaufen ist und sich ganz als Sieger gefühlt hat, wenn ihm so ein Backfisch das Du erlaubte ... Dann erst begreift er ihre Worte und lächelt nicht mehr. Er blickt zur Decke.

»Glaubst du?«

Das Mädchen nickt. »Ja.«

Nach einer stummen Weile schlüpft sie aus dem Bett und ist bald mit ihrer Toilette zu Ende. Vom Sofa her sieht sie Kurt beim Ankleiden zu.

»Sie haben einen so schönen Körper.«

Das hat sie also gemeint! Du irrst, kleines, trauriges Mädchen. So weit sind wir noch gar nicht.

Kurt weiß vom Hörensagen die Summe, die er zu zahlen hat. Dennoch fragt er. Das Mädchen antwortet zuerst nicht, dann, auf Kurts Drängen, nennt sie eine etwas höhere und bekommt sie sofort. Sie hält den Schein in der Hand, steht auf und sieht Kurt unschlüssig an. Plötzlich schlingt sie den Arm um seinen Hals, küßt ihn schnell auf den Mund und bittet, stockend: »Gib mir noch was drauf, das hier muß ich alles abführen.«

Kurt, schon wieder ganz in sein eigenes Elend versunken, sieht sich plötzlich uranderem gegenüber und erfüllt ihren Wunsch.

Dann gehen sie, das Mädchen still hinter ihm.

Als sie an der Portierloge vorüberkommen, hört er eine Stimme herausfragen: »Na, Anni?«

Er dreht sich scharf um und sieht:

Der Portier sitzt in seinem Lehnstuhl, vorgebeugt, hat die Schilderkappe schief im Gesicht und kneift unzweideutig ein Auge zusammen. Das Mädchen, halb ihm zugewendet, schneidet eine Grimasse nach Kurt, die, von einer Handbewegung unterstützt, etwa besagt: »Den hab ich aber übers Ohr gehaut!«, und gleichzeitig legt sie einen Finger auf den Mund. Als sie merkt, daß Kurt alles gesehn hat, bricht sie in ein rohes, unverschämtes Lachen aus, ruft: »Was schaust du denn, Stummer?«, klatscht sich auf den Schenkel und verschwindet in der Portiersloge. Kurt hört noch, wie der Portier mit geheuchelter Entrüstung: »Aber Anni –!« sagt, dann ist er draußen auf der Gasse und stolpert schäbige Häuser entlang, die schon trostlos grau waren vom aufdämmernden Morgen.

Sein Kitschroman hatte sich eine wichtige Pointe vorweggenommen. Was als Fortsetzung folgte, war nun gleichsam Zeilenschinderei.

ZEHNTES KAPITEL

Sturm auf zwei Fronten

Jetzt geht's los.

Alle dachten es und viele sprachen es aus. Bis zur schriftlichen Matura waren noch etwa fünf Wochen, kurz darauf erfolgte die Verteilung der Abschlußzeugnisse. Das hatte etwas Geheimnisvolles an sich, erhöhte die Erwartung und die Qual: die schriftlichen Prüfungsarbeiten mußten von allen mitgemacht werden, aber erst auf Grund der Abschlußzeugnisse – die doch um diese Zeit wohl schon feststanden – wurde über die Zulassung zur eigentlichen Matura, zu den mündlichen Prüfungen, entschieden.

In der Klasse machte sich deutlich jene wichtigtuerische Geschäftigkeit wieder breit, auf die man zu Beginn des Schuljahres gewissermaßen Vorschuß genommen hatte. Die Hilfsbereitschaft versiegte zusehends, stellenweise kam es zu kleinen Reibereien unter den Schülern, einige Professoren machten bissige Bemerkungen, andere, aus deren Lehrfächern nicht maturiert wurde, begannen langsam abzuschließen, allen voran Filip, der eines Tages das Schuljahr aus Chemie für beendet erklärte und die restlichen Stunden mit freien Debatten ausfüllen wollte. Leider ging es gerade in seinen Stunden besonders wüst zu, die Fieberhaftigkeit, die von den übrigen erzeugt wurde, kam hier zu explosiver Entladung, einzelne Bankreihen veranstalteten Sprechchor-Wettbewerbe, es wurde geschrien und gejohlt, und als Filip in seiner Verzweiflung zu drakonischen Maßnahmen griff (er trug ins Klassenbuch ein, prüfte, drohte mit Karzer und Durchfall) – da wurde er glatt niedergelacht. Man nahm ihn nicht ernst, man wußte, daß er in einer Konferenz niemals durchdringen könnte, es war einfach unvorstellbar, daß jemand auf seinen Antrag hin durchfiele, und die Gewißheit, daß er diesen Antrag gar nicht erst stellen würde, gab ihn dem Hohn der Klasse vollends preis. Seine Ungefährlichkeit wurde mit teuflischem Raffinement ausgenützt, und es war kläglich zu sehen, wie er gegen die losgelassene Meute weder durch Schreien noch durch Bitten oder Appelle an die »Reife« etwas ausrichten konnte. Die Klasse selbst fühlte, daß sie sich schändlich benahm, aber sie vermochte nichts dagegen, es blieb immer beim guten Vorsatz. Professor Filip, der einzige vielleicht, der für seinen Posten tatkräftigen Idealismus bereit hatte, war verurteilt, Blitzableiter zu sein für die Gewitterwolken, die sich in den Stunden der Wichtigeren zu unerträglicher Schwüle geballt hatten.

Ähnlich, nur etwas leiser, verliefen die tödlich langweiligen Geologiestunden Riedls. Er zeigte versteinerte Pflanzen unter einem mitgebrachten Mikroskop, und man mußte zum Katheder hinaus und durchgucken. Anfangs beschränkte man sich darauf, durch laute Ausrufe Interesse und Verzückung zu heucheln, später kam Linke auf die Idee, die Zeit zu messen, die ein jeder einzelne vor dem Mikroskop verbrachte. Es wurden regelrechte Tabellen aufgestellt, und Pollak, der zwei Minuten siebzehn Sekunden unbeweglich durch die Linse geschaut hatte, erntete lauten Beifall. Riedl verbat sich »solche Lausbiebereien heechst energisch«, jedoch mit wenig Erfolg.

Bei Prochaska war es verhältnismäßig ruhig. Er hatte während der ganzen Schulzeit den Stoff, den er prüfen wollte, abdiktiert, teilte ihn nun in Abschnitte, die er mit Titeln und Nummern versah, und gab zu verstehen, daß jenes Kapitel, aus dem jeder einzelne zur Abschlußzensur geprüft würde, gleichzeitig die Maturafrage sei. Wurde also einer aufgerufen: »Nun, Freund, da möchten wir einmal etwas über die Französische Revolution hören!« oder: »Erzählen Sie, wohlgemerkt, etwas vom Bergbau in Mitteleuropa!« – dann waren für ihn von der gesamten Geschichts- und Erdkunde fortan nur diese beiden Kapitel interessant. Durch ihre Kenntnis würde er seine Reife zu beweisen haben. Manchmal wurde der alte Prochaska ängstlich: »Sie müssen vorsichtig sein, junge Leute, ich bitte Sie, daß nur ja kein Skandal herauskommt, es ist mein letztes Jahr!« – aber die Klasse beruhigte ihn, es sei doch in dreißig Jahren nichts passiert, warum gerade diesmal, sie würden schon achtgeben – und Prochaska rief mit verschmitztem Lächeln den nächsten auf …

Borcherts und Niessets Fächern war die Bestimmung gemeinsam, daß, wer in dem einen Fach besser abgeschlossen wurde, in dem andern zum mündlichen Examen kam (bei gleicher Zensur hatte die klassische Sprache den Vorzug). Nun hatten beide Professoren ihre Günstlinge, und für diese ergab sich der groteske Fall, daß es gut war, schlecht klassifiziert zu werden. Borchert wollte, daß Altschul aus Französisch maturiere – also teilte er ihm mit, daß er aufs Zeugnis nur Gut bekommen könnte. Niesset plante mit Scholz zu prunken – er legte ihm deshalb nahe, die letzte Schularbeit zu verpatzen. Um manche Schüler entspann sich zwischen den beiden ein heftiger Kampf, der von den übrigen mit Behagen verfolgt wurde. Denn Borchert wie Niesset vergaßen darüber vollständig der schwachen Schüler, denen es in der Hauptsache darum ging, zur Matura zugelassen zu werden, und die froh waren, auf solche Weise durchzurutschen. Wenn Borchert ab und zu wie ein wilder Eber auf sie losfuhr oder Niesset »Mnna, Sie dürfen nicht glauben –!« zischte, dann verkrochen sie sich noch tiefer in ihre Unauffälligkeit und waren bald wieder vergessen. Erst bei der Matura sollten sie von neuem auftauchen – und da würde es schon irgendwie gehn.

Auch Hussak und Seelig hatten etwas Gemeinsames: sie schränkten ihre Anforderungen immer mehr ein und gaben sich mit den notdürftigsten Leistungen zufrieden, wissend, daß es für die Oktavaner jetzt Wichtigeres zu tun gab. In ihren Stunden war es auch immer ruhig, und die Achtung, die man den beiden entgegenbrachte, hatte sogar einen Beigeschmack von Scheu. Man wollte gar nicht glauben, daß es auch Professoren gäbe, die nicht auf Beweise ihrer Macht ausgingen, solange es nur möglich war, sondern den Übergang von ihrem großen Wichtigsein zu ihrem noch größeren Unwichtigsein still und bescheiden bewerkstelligten.

Ganz anders Mattusch, der vor lauter Bedeutsamkeit zu platzen drohte. Er prustete mit hochrotem Gesicht drohende Verwünschungen hervor, wenn er jemanden bei einer Unaufmerksamkeit ertappte, wies immer wieder auf den entscheidenden Einfluß gerade der Deutsch-Matura hin: »Asso, das ist ja klar, das ist ja klar, in Deutsch kommt's auf die Grütze an, nichwa, asso da erkennt man ja, ob einer nur büffelt oder Verstand hat, in Deutsch, asso wo denn sonst, nichwa.« Die sicherste Beweismöglichkeit von Grütze bestand darin, seinen Vortrag mitzustenographieren und auswendig zu lernen. Irgendeine geheime Hilfe war von Mattusch nicht zu erwarten. Aber er würde auch niemanden durchfallen lassen.

So spitzte sich der Verlauf des letzten Aktes mit eherner Klarheit auf Kupfer zu. Die andern Professoren, die sonst, jeder für sich, auch allerhand imstande waren, schienen diesmal respektvoll zurückzutreten vor dem Meister des Fachs. Man war sich darüber einig, daß Kupfer das Um und Auf der diesjährigen Matura sei. Mochte alles gut ablaufen, überall eine zufriedenstellende Lösung erzielt worden sein – der letzte Entscheid lag bei Kupfer, ein Wort von ihm konnte die Situation völlig umkehren. Die andern waren nur Etappen zu seinem Thron – er, Kupfer, war eben der Gott, der über Ja und Nein als letzte Instanz gebot.

Kupfer zeigte sich seiner immer höher ansteigenden Bedeutung mit imposanter Sicherheit gewachsen. Es war, als käme langsam und unheimlich ruhig eine Lawine herabgerollt auf Gefesselte. Sie konnten nicht fort, sahen nur gelähmt nach oben, lebten ja, waren gesund, lebten noch immer – und wußten doch, daß die Lawine sie einmal erreichen würde. Lautlos kam sie näher, immer näher.

Kupfer verlor kein Wort über das Bevorstehende. Gleichmütig und gelangweilt wickelte er den Unterricht ab, um kein Jota anders als zu Schulbeginn. Wenn der Oktavaner fiebrige Anspannung, von ihm mit Nachdruck übergangen, sich plötzlich in einem Schrei Luft gemacht hätte: Herr! In ein paar Wochen maturieren wir ja! – Kupfer würde erstaunt Augenbrauen gewölbt haben: Na, und? Das wissen Sie doch seit acht Jahren, daß Sie einmal maturieren werden. Jetzt ist es eben soweit. Oder dachten Sie, es würde anders kommen?

Und Kupfer trug weiter vor und prüfte weiter und gab hie und da Nichtgenügend, ohne eine Bemerkung daran zu knüpfen, danke, setzen, ein anderer ... Und der eine setzte sich und der andere kam, Marionetten in der Hand eines Drahtziehers, dem das alles schon längst geläufig war.

Was gab es denn für IHN noch zu erreichen? Rein gar nichts. Er hatte seine Wege gleich anfangs fixiert, nun blieb ihm nichts, als sie zum vorbestimmten Ende abzugehen. Mit leisem Befremden sah er auf die zappelnden Bemühungen des Ameisenhaufens »Klasse« herab. Was wollten sie denn? Gedachte vielleicht jemand von ihnen, etwas dafür oder gar dagegen zu tun, was Kupfer mit ihm vorhatte? Das ist ja rührend. Nein, was es alles gibt auf dieser Welt –! Wozu ist dieser Zasche zu mir gekommen und hat mich gebeten, ihm einen Hauslehrer nahmhaft zu machen? Wozu ödet mich die Mutter dieses Mertens mit ihrem Geplärre an? Wozu tanzt dieser Duffek um mich herum? Wozu reckt sich dieser Lengsfeld die Hand aus? Wozu das alles? Komisch ... Und dieser da – dieser Gerber? Wozu reckt er sich *nicht* die Hand aus? Er hat's eine Zeitlang versucht, das war ganz nett damals – aber jetzt? Sitzt da, mit durchschnittlicher Teilnahme, antwortet manchmal und manchmal nicht, ein Schüler wie hundert andere, keine Abwechslung. Ich habe mir die Sache anregender vorgestellt. Mehr Widerstand, mehr Gestrampel. Aber er wehrt sich nicht. Er wagt es, sich nicht zu wehren. Eine maßlose Impertinenz von dem Bürschchen. Unerhört. Er ist ganz ruhig! Er stört mich nicht!

»Gerber! Stören Sie mich nicht!«

Kurt will den Irrtum berichtigen: »Herr Professor, ich –«

»Werden Sie sofort ruhig sein? Sie haben nicht zu reden, wenn Sie nicht gefragt sind! Verstanden?«

»Aber Herr Professor, es ist nicht wahr, daß –«

»Was sagen Sie da? Es ist nicht wahr? Das ist denn doch der Gipfel! Eine Feder!«

Und Kupfer schreibt ins Klassenbuch: »Gerber stört durch Schwätzen den Unterricht und gibt trotz Verwarnung freche Antworten.« Dann sagt er: »So. Jetzt können Sie sich setzen, Gerber.« Und, zur Tafel gewendet: »Wir gehen weiter.«

In den grotesken amerikanischen Filmlustspielen geschieht es manchmal, daß der Sturm ein ganzes Haus fortträgt und es an einer anderen Stelle niedersetzt. Die Bewohner, nach einem kurzen Moment des Staunens, gewöhnen sich an die geänderten Umstände und gehen in dem Haus ein und aus, als ob nichts geschehen wäre. Ähnlich hier. Die Klasse war einen Augenblick lang ein einziges großes Glotzen mit Augen und Mund. Als Kupfer schrieb, blickten sich einige verstört an, andere, die solcherlei nicht zu fürchten hatten, schüttelten bloß die Köpfe, viele sahen sich scheu nach Kurt Gerber um, als zweifelten sie, daß er noch lebe – und dann, als Kupfer sagte: »Wir gehen weiter«, setzten sie sich wieder zurecht und waren nichts als Interesse für den Schatten ins Innere einer hohlen Pyramide. Sie gingen weiter.

Kurt selbst vermochte nicht zu fassen, was im Wirrwarr der Gedanken auf ihn eindrang und wieder verströmte, eine entsetzliche, schmerzende Leere zog seinen Kopf zusammen und dehnte ihn wieder aus, zog und dehnte, zog und dehnte – plötzlich flammte ein Signal auf, grell: Kupfer wird mich jetzt noch prüfen, jetzt gleich, in dieser Verfassung! Gekrampft mühte sich Kurt, seine Sinne anzuspannen, aber sie versagten ihm den Dienst. Er merkte mit Grauen, daß er nicht imstande war, den Sätzen, die dort draußen gesprochen wurden, bis ans Ende zu folgen. Diese

Prismenfläche schneidet den Pyramidenmantel, gut, das hörte er noch und wußte ungefähr, was es zu bedeuten hatte. Aber warum schneidet sie ihn nach der ins Innere fallenden Schlagschattengrenze? Warum schneidet – ins Innere – schneidet – schneidet – – warum, um Gottes willen? Was ist das? Warum? Wie, wenn ihn Kupfer danach fragt? Und er wird ihn fragen, ganz gewiß, er hat ihn schon mit einem Blick gestreift, hat sich seiner schon vergewissert. Warum? Was wird er sagen? Wieso? Hilfe, Hilfe!

»Weinberg, warum schneidet die Prismenfläche –?«

Weinberg schaut ihn kurz und verständnislos an, begreift nicht, was er will, draußen an der Tafel sind sie ja schon ganz anderswo, und Weinberg muß doch selbst aufpassen, kann nicht helfen, schüttelt den Kopf, wendet sich weg – aber das geht ja nicht –

»Weinberg, Weinberg – warum – ins Innere –?«

»Ruhe, Gerber! Wenn Ihnen etwas nicht recht ist, können Sie sich ja nach der Stunde beschweren!«

O weh, o weh, nun wird Kupfer erst recht fragen, nun erst recht, und sofort wird er fragen, im nächsten Moment, jetzt, jetzt ...

Aber Kupfer fragt nicht, fragt ihn nicht, noch immer nicht, die ganze Stunde nicht. Langsam sieht Kurt die Gefahr entschwinden, oh, Kupfer ist doch nicht so arg, Kupfer fragt mich nicht, er will mir nicht auch noch eine schlechte Note geben, nützt die Gelegenheit nicht aus, das ist anständig von ihm, er ist gut, Gott Kupfer, er ist gerecht, Gott Kupfer ... Und was hat er da gesagt? Ich kann mich beschweren? Ja. Natürlich kann ich das. Aber ich werde es doch nicht tun. Man beschwert sich nicht. Das tut man nicht. Nein. Wenn ich mich, überlegen wir einmal, beschweren gehe – wer glaubt mir? Gar mir? Und wenn man mir schon glaubt – was nützt es? Der Direktor wird mit den Achseln zucken: »Tja – Sie mögen vielleicht nicht ganz unrecht haben – aber – das sehen Sie doch gewiß ein – ich kann den Herrn Kollegen Kupfer nicht desavouieren – und etwas dürfte schon dran gewesen sein an der Sache, keiner wird grundlos eingetragen – wie? Die ganze Klasse ist Zeuge? Sie haben wirklich nicht –? Papperlapapp, man weiß schon, was darauf zu geben ist – und dann – wir kennen Sie ja, Gerber, nicht wahr … schon gut, schon gut, ich will jedenfalls mit dem Herrn Ordinarius sprechen, vielleicht – na, wir werden ja sehn.« Das wird der Direktor sagen, dazu muß man erst gar nicht zu ihm hingehen, er kann gar nichts anderes sagen, oh, Kurt weiß es ganz genau, er steht ja in der Direktionskanzlei, und Zeisig sitzt im Lehnstuhl und hört ihm höflich zu, und dann wiegt er den Kopf, und dann spricht er, und dann geht Kurt hinaus, mit einer Verbeugung … Und der Direktor wird vielleicht wirklich mit Kupfer sprechen und Kupfer wird die Eintragung durchstreichen oder vielleicht nicht, das ist ja ganz gleich … und dann wird Kupfer von neuem mit allen Foltern über ihn herfallen, Kupfer, der Schurke, Kupfer, das Tier, Kupfer, der Bluthund … was ist zu tun, was, was, was … zu Kupfer gehn und ihn bitten? Aber das hat er ja schon einmal getan, ohne Erfolg, und außerdem – nein, keinen hohlen Bettlerstolz. Nein. Zu Kupfer gehn. Ja.

Es läutet. Die Oktavaner stehen stramm. Und da kommt Kupfer, den Blick starr geradeaus.

Kurt tritt aus der Bank und hebt die Hand. Nun ist Kupfer dicht vor ihm. »Herr Professor –!«

»Ich bin für Sie nicht zu sprechen!« schnarrt Kupfer an ihm vorbei und hat die Hand an der Türklinke und geht hinaus.

Kurt steht bewegungslos da, ihm schwindelt, er muß sich anhalten – nein, danke, Gerald, es ist schon gut …

Kurt klopft ans physikalische Laboratorium.

Klang Hussaks »Herein!« nicht unwillig? Soll auch diese Hoffnung zunichte werden?

Professor Hussak ist mit zwei Quartanern gerade beim Ordnen der Gerätschaften. Er sieht Kurt an und gibt den beiden einen Wink. Sie verschwinden mit devotem Gruß.

»Na, was ist denn los, Gerber, wie schauen Sie denn aus? Setzen Sie sich doch, bitte!«

Kurt erzählt, was vorgefallen ist. Das Gesicht des Professors bleibt unbewegt, nur manchmal runzelt sich seine Stirn.

»Was soll ich jetzt machen, Herr Professor?«

Hussak schweigt und beißt die Zähne zusammen. Seine klaren blauen Augen funkeln.

»Sie selbst können gar nichts machen. Aber schicken Sie Ihren Vater her, der wird da vielleicht etwas ausrichten können, er soll am besten gleich zum Direktor gehn.«

»Mein Vater – ich möchte nicht, daß er von der Sache überhaupt etwas erfährt. Er ist leidend.«

Hussak durchmißt das Zimmer mit langen Schritten.

»Herr Professor – könnten Sie nicht mit Kupfer sprechen?«

Hussak wendet sich scharf um, dann weicht er zurück, streckt die Handflächen abwehrend aus und schüttelt heftig den Kopf.

»Mit Kupfer sprechen – ich – nein, nein, Vogerl. Mit dem will ich nichts zu tun haben!« Und er macht eine Gebärde von solchem Widerwillen, daß Kurt aufgibt.

»Dann bin ich verloren, Herr Professor«, sagt er mit leerer Stimme.

»Verloren sind Sie nicht!« Hussak stampft auf. »Und nun gerade nicht! Warten Sie bis zur Matura, Gerber. Jetzt – glauben Sie mir, es wäre ganz zwecklos. Jetzt hat nur er zu entscheiden, der Herr Kollege Kupfer. Warten Sie zu, Gerber, und –« Hussak fand keine Fortsetzung und wußte das nicht anders zu verbergen, als indem er Kurt rasch zur Tür hinausschob.

Nichts war getan. »Warten Sie bis zur Matura!« Matura ... so weit vermochte er gar nicht zu denken. Die Wucht des unmittelbar Bevorstehenden war zu groß. Was konnte noch kommen?

In der nächsten Pause kam – Kurt hatte die Stunde geschwänzt und von Sittig, der zufällig auch hinauskam, erfahren, daß Prochaska nach »Freund Gerber« verlangt hatte, er wollte ihn »prüfen«, wohlgemerkt ... auch das war versäumt ... in der nächsten Pause kam Kupfer. Er warf die Tür hinter sich zu, daß die Oktavaner von den Sitzen schnellten.

»Gerber!«

»Hier!«

»Eine eben stattgefundene Konferenz hat beschlossen, Ihre Disziplinlosigkeit mit einem sofortigen Karzer in der Dauer von zwei Stunden zu bestrafen. Die Strafe ist heute nachmittag um vier Uhr anzutreten. Das Weitere werden Sie noch zu hören bekommen.«

In der Tür wandte sich Kupfer um:

»Die Bestätigung mit der Unterschrift des Vaters haben Sie gleich nachmittags beizubringen.«

Kurt torkelte.

Die Zeit bis zum Nachmittag reichte für ihn nicht aus, um einen Plan zu fassen. Als ihm Kupfer die Bestätigung abforderte, half er sich mit der kümmerlichen Ausrede, daß sein Vater verreist sei.

Kupfer schwieg, zu Kurts großer Überraschung, und führte ihn in das Klassenzimmer, wo er die zwei Stunden verbringen sollte. Auch bekam Kurt nicht, wie er gefürchtet hatte, mathematische Aufgaben zu lösen, sondern durfte sich nach Belieben beschäftigen. Nach zwei Stunden entließ ihn Kupfer mit den Worten: »Morgen will ich die Bestätigung haben«, und mit Nachdruck fügte er hinzu: » ... des Vaters!«

An eine Fälschung der Unterschrift war aus hundert Gründen nicht zu denken; noch viel weniger aber daran, daß der Vater tatsächlich unterschriebe. So sah Kurt keine andre Möglichkeit, als sich der Mutter zu eröffnen. Still und zitternd hörte sie ihm zu, ihre ergebnislose Sorge galt nur dem Kranken.

Kurt sagte: »Wenn wir da keinen Ausweg finden, dann krach ich todsicher.«

Die Mutter schwieg.

Ein kleiner Spalt öffnete sich in Kurts schwankem Sinn und einen Augenblick lang sah er bis ans Ende.

»Ja«, murmelte er und nickte bedächtig, »so ist es. Das wird auch der Grund sein. Es ist mein zweiter Karzer. Das bedeutet, daß ich das consilium abeundi bekomme. Bevor man mich hinauswirft. Einen solchen Schüler krachen zu lassen, ist nicht schwer. Um den kümmert sich keiner.«

Plötzlich merkte er, daß diese Überlegung gar nichts mit der Unterschrift zu tun hatte, daß dies alles ja ohnehin feststehen müsse. Er erschrak. Also war es zu Ende?

»Du mußt zu Kupfer gehn!« sagte er kurz und sah die Mutter an, als wollte er ihre Eignung abschätzen.

Die Mutter schwieg noch immer. Sie faltete langsam die Hände, starrte vor sich hin und rührte sich auch nicht, als die ersten Tränen in ihren Schoß fielen. Dann seufzte sie auf, wie eine, die auf dem Folterbett ihren Geist aufgibt, sie sprach leise, den Blick abgewandt:

»Kurt – mein Kurtl – mein armes Kind – du mußt durchkommen – weißt du – du mußt – sonst – ich will's nicht aussprechen – gar nicht dran denken – lieber Gott, lieber guter Gott –«, und da brach Schluchzen aus ihr hervor und sie stand auf und fiel schwer um ihres Sohnes Nacken, er fühlte laue Feuchtigkeit auf Wange und Hals, und gedankenlos klopfte er ihren Rücken, der sich auf und nieder warf: »Wein nicht, Mutter, es steht doch nicht dafür, so arg ist es ja gar nicht«, hart und trocken sagte er's, dieses Weinen schnitt ihm nicht ins Herz, nein, er fühlte es klar, nur in die Nerven, und dabei tat sie ihm doch leid, die Mutter, so leid, seine Mutter, wie sie da an ihm hing und seine Wangen streichelte: »Du wirst durchkommen – nicht wahr – sag es mir, Kurtl – du wirst die Matura bestehen –« und wieder verquollen ihre Worte im Weinen.

Kurt stand da, seine Gedanken irrten umher, und plötzlich wurde er aschfahl vor Scham und wollte es nicht wahrhaben und doch war es so: er hatte, wie seiner Mutter Leib ihm nahe war, an Lisa denken müssen –.

Er löste die Mutter mit mühsamer Sanftheit von sich und führte sie zum Sofa:

»Da, leg dich ein bißchen hin«, sagte er weich und schuldvoll.

»Das ist ja schrecklich, wie dich dieser Idiot aufregt. Ist denn die Sache wirklich so tragisch?«

»Tragisch –!« Die Stimme der Mutter klang müd und verbraucht. »Und wenn du morgen keinen Vater hast –«

Aus ihrer Kehle kam nur noch ein dürres Rasseln. Kurt ging aus dem Zimmer. Nein, das hatte keinen Sinn: das Schicksal bis zu seinem Ursprung zurückverfolgen und hadern, warum es diesen Lauf genommen hatte. Und wann man ihn noch hätte ändern können. Und was gekommen wäre, wenn – Wo es jetzt sich wälzte und breit im Ungeheuerlichen zu münden drohte – *dazu* mußte man sich stellen. Gab es vor solchem Schwall des Unheils noch andre Rettung als die Flucht?

Das nun Folgende war ein toller Wirbel. Wild schlugen die Wogen, deren Richtung nun ganz offenbar wurde, widereinander, Gischt schäumte auf von Tücke und Bosheit und Haß, es war oft nicht zu erkennen, wer was wollte im Übersturz des Geschehens, und erst zum Schluß vermochte man die Umrisse zu erkennen. Dann senkte sich, aus schwerem Keuchen dumpf geboren, wie Nebel, der Kommendes verschleiert: Ruhe.

Soweit es möglich war, den Ablauf zu entwirren, hatte es damit begonnen, daß die Mutter um neun Uhr, in der Pause vor Kupfers Unterrichtsstunde, an die Tür des Konferenzzimmers pochte und, von dem nächststehenden Herrn nach ihrem Begehr gefragt, den Herrn Professor Kupfer zu sprechen verlangte. Kupfer, der einige Schritte abseits saß, ließ fragen: in welcher Angelegenheit?

»In der Angelegenheit meines Sohnes.«

Wer das sei?

Der Schüler Kurt Gerber, achte Klasse.

»Teilen Sie der Dame mit«, sagte Kupfer hörbar, »daß ich momentan nicht zu sprechen bin. Meine Sprechstunde ist übermorgen von 11 bis 12.«

Ehe diese Antwort der Mutter vermittelt war, trat sie mit mühsam beherrschtem Beben auf Kupfer zu:

»Ich bitte Sie, eine Ausnahme zu machen, Herr Professor. Der Fall ist äußerst dringend.«

Vernichtende Arroganz lag in Kupfers Stimme: »Ich finde Ihr Verhalten höchst merkwürdig ... hm ... Frau Gerber. Aber – es mag hingehn – was wünschen Sie?«

Er war bei diesen Worten ruhig sitzengeblieben und machte keine Miene, Platz anzubieten. Die Mutter biß sich die Lippen blutig – aber sie klammerte sich mit aller Macht an den Gedanken, daß sie ihrem Sohn durch keine Unüberlegtheit schaden und daß ihre Person am allerwenigsten der Anlaß dazu sein dürfe. So duldete sie die Schmach und wäre wohl stehen geblieben, wenn nicht zwei andre Professoren gleichzeitig Stühle herbeigebracht hätten.

Die Mutter begann vorsichtig und tastend zu sprechen. Sie wisse ja und gebe zu, daß ihr Sohn leider –

Kupfer unterbrach sie brüsk. Sie möge sich gefälligst kurz fassen, er habe nicht die Absicht, seine ganze Erholungspause zu vertrödeln.

Daß die Mutter sich immer noch bezwang, war Heroismus. Sie warf den Kopf in den Nacken und legte dem gelangweilt Rauchringe blasenden Kupfer den Sachverhalt dar.

»Mein Mann ist sehr schwer krank, Herr Professor, sein Herzleiden ist akut geworden, und der Arzt hält jede Aufregung für immens gefährlich. Mein Sohn wird seine Strafe erhalten, das dürfen Sie mir glauben. Aber ich bitte Sie, von der Unterschrift meines Mannes ausnahmsweise Abstand zu nehmen.«

Kupfer zuckte die Achseln.

»Ich bedaure. Es ist Vorschrift, daß Bestätigungen dieser Art vom Vater unterschrieben werden, falls einer vorhanden ist.« (Die Mutter zuckte zusammen.) »Ich hätte also, selbst wenn ich wollte, gar nicht die Möglichkeit, auf die Unterschrift zu verzichten.«

Kupfer stand auf und machte Miene, das Gespräch zu beenden.

Auch die Mutter erhob sich. Sie hatte Mühe, aufrecht zu bleiben.

»Es kann ein Unglück geschehen, Herr Professor.«

»Tut mir leid. Ich habe meine Vorschriften.«

»Ich zweifle, daß Ihre Vorschriften die Gesundheit und vielleicht das Leben eines Menschen gefährden dürfen. Das könnten Sie nicht verantworten.«

»Was ich verantworten kann oder nicht, überlassen Sie ruhig mir. Und wenn es wirklich so ist, wie Sie sagen – warum haben Sie Ihren Herrn Sohn nicht von dieser Seite angepackt?«

»Herr Professor –!«

»Es ist genug. Das wird ihm wenigstens eine heilsame Lehre sein. Morgen will ich die Bestätigung mit der Unterschrift des Vaters haben.«

Kupfer drehte sich scharf auf den Absätzen um und verließ den Saal.

Die Mutter drohte umzusinken. Einer der umstehenden Professoren (der letzte Teil des Gespräches war sehr laut geführt worden) stützte sie.

»Aber gnädige Frau, zu solcher Aufregung ist ja gar keine Veranlassung!« Auch andre mischten sich ein, beruhigend: »Der Kollege Kupfer wird schon mit sich reden lassen, Sie dürfen das nicht so ernst nehmen.«

Die Mutter hört nichts von alledem. Sie sieht nur, aus vielen Schreckensbildern immer wieder auftauchend, einen röchelnden Mann sich in den Kissen winden.

In der Autodroschke schüttelt sie ein Weinkrampf von zehrender Lautlosigkeit. Und ehe sie noch, zu Hause auf einen Stuhl gesunken, ihn überwunden hat, tritt der Vater ein. Ihre schwachen Versuche fruchten nichts, der Vater dringt in sie und hat bald alles erfahren. Er ist schauerlich ruhig, wie er das Zimmer verläßt. Nur sein Atem geht laut.

Als er den Konferenzsaal betritt, hat der Unterricht schon längst begonnen. Einige nichtbeschäftigte Professoren sind da, unter ihnen Seelig.

»Es ist gerade von Ihrem Sohn die Rede, Herr Gerber. Eben war Ihre Frau Gemahlin hier. Was ist denn eigentlich vorgefallen?«

Der Vater beginnt zu erzählen, knapp und mit gesammelter Stimme. Ab und zu muß er sich den Schweiß fortwischen, der in nadelkopfgroßen Perlen auf seine Stirn tritt. Als er zum eigentlichen Anlaß kommt, dem Karzer, unterbricht ihn Seelig.

»Karzer –?« fragt er erstaunt. »Was für ein Karzer?«

Nun, Kurt hätte doch auf Konferenzbeschluß einen zweistündigen Karzer bekommen und gestern abgesessen, wisse der Herr Professor das denn nicht?

Seelig schüttelt den Kopf und zieht die Brauen hoch. Dann wendet er sich um und ruft in die Ecke, wo die drei andern stehen:

»Kollege Borchert, wissen Sie etwas von einem Karzer des Oktavaners Gerber?«

Borchert weiß nichts und kommt näher.

»Das ist interessant«, murmelt Seelig. »Erzählen Sie bitte weiter, Herr Gerber!«

Als der Vater zu Ende ist, sehen die beiden Professoren einander groß an.

»Zur Verhängung einer Karzerstrafe«, sagt Borchert lebhaft, »ist eine Konferenz des Lehrkörpers notwendig. Da stimmt etwas nicht. Kollege Kupfer hat den Karzer entweder widerrechtlich verhängt oder, was viel eher anzunehmen ist, es war gar kein richtiger Karzer, sondern nur so ein Nachsitzen. Dafür muß aber keine Unterschrift beigebracht werden. Nun – das wird sich ja bald herausstellen. Sie warten doch hier, Herr Gerber? Oder wollen Sie nicht lieber in einem Nebenraum Platz nehmen? Ich verständige den Kollegen Kupfer von Ihrer Anwesenheit.«

Über das, was sich in diesem Nebenraum dann abspielte, wurden nur sehr verworrene Nachrichten hörbar. Einige Schüler erzählten, daß in der Pause der Konferenzsaal fast ganz leer gewesen sei und daß man aus dem Nebenzimmer laute, sehr erregte Gesprächsfetzen vernommen habe, wobei Kupfers Stimme besonders oft zu hören war. Worum es sich eigentlich handelte, wußten die Schüler nicht, weil die im großen Zimmer anwesenden Professoren sie immer sofort hinausgewiesen hatten.

Kurt hörte bei diesen Erzählungen kaum hin, er sprach fast mit niemandem mehr und erhielt deshalb von den Vorgängen keine Kenntnis.

Aber als er mittags nach Hause kam, war wieder Doktor Kron da und ging nicht mehr weg. In seiner und der Mutter Begleitung fuhr der Vater am nächsten Tag in das große Sanatorium eines nahegelegenen Kurortes.

Kurt war nicht mehr zu ihm gelassen worden, aus den wenigen, unklaren Worten der Mutter hatte er sich kein Bild machen können, und erst im späteren Briefwechsel mit ihr erfuhr er das Vorgefallene: daß der Vater bei seiner Rückkunft nach Hause um den Arzt gebeten hatte, daß Doktor Kron noch im letzten Augenblick einen neuerlichen Anfall hatte verhindern können, und daß die Gesundheit des Vaters durch seinen Streit mit Kupfer, durch die starken Pulver und Injektionen und durch die Erschütterungen der letzten Zeit derart gelitten habe, daß ihn Doktor Kron durch einen längeren Aufenthalt in der Heilstätte allen schädlichen Einflüssen entziehen wolle. Es wäre sonst das Schlimmste zu befürchten.

Kupfer hatte den »Karzer« in einer ad hoc einberufenen Konferenz durchgesetzt, mit den Stimmen Riedls, Niessets und Waringers gegen Mattusch und Filip. Der Beschluß war also nicht gültig, und Kupfer tat der Sache keine Erwähnung mehr. Und dem Schüler Kurt Gerber wurde das consilium abeundi nicht erteilt.

Er hätte gut getan, dies als ein erfreuliches Anzeichen dafür zu nehmen, daß noch nicht alles verloren war und daß selbst Kupfers Macht irgendwo ein Ende hatte. Tatsächlich bedeutete ja diese Karzeraffäre eine Niederlage Kupfers. Aber mit solcher Feststellung seine Gedankengänge zu beschließen, war dem Schüler Gerber nicht gegeben. Er mußte immer weiter denken, immer weiter drehn und deuteln, bis wieder er der Geschlagene und Kupfer der Sieger war ...

Wenn einer, der lange Zeit schwer krank darniedergelegen ist, sich eines Tages unvermutet vom Lager erhebt und mit Selbstverständlichkeit wieder normal zu leben beginnt, dann ist man schon so ängstlich geworden, daß man diese plötzliche Genesung für Strohfeuer hält, für ein letztes Aufflackern, und den Kranken wieder ins Bett schickt, ob er will oder nicht, und ihn wieder mit Salben und Arzneien traktiert. Und dann kann es geschehen, daß er wirklich stirbt. Aber es hätte nicht sein müssen.

Auch das mit Lisa hätte nicht sein müssen, wenngleich bedacht werden muß, daß Lisa möglicherweise gerade jetzt eine Zeit durchmachte, in der ihr Kurt Gerber sehr zur Last war. Jedenfalls bekam Kurt am nächsten Tag schon Antwort auf seinen Brief: es war eine Rohrpostkarte, mit Angabe eines fixen Rendezvous für den gleichen Abend. Er wollte sich freuen, aber eine dunkle Besorgnis erstickte den bloßen Ansatz. Was hatte es zu bedeuten, daß Lisa sofort antwortet? Und obendrein günstig? Das liegt so weit außerhalb des Hergebrachten, daß es verdächtig ist. (Daß Lisa aus gutem, freiem Willen, aus Einsicht, aus Verständnis, aus plötzlichem Begreifen seiner Pein und aus dem Wunsch abzuhelfen, daß Lisa, kurz gesagt, aus Liebe so gehandelt haben könnte – daran zu glauben, fehlte ihm der Mut.) Aber vielleicht hat sie zufällig nur diesen einen Abend in der Woche frei und – nein, damit konnte man sich nicht bescheiden. Das wäre gar zu bequem. Nein, da ist etwas nicht in Ordnung, da bereitet sich etwas vor, und – zum Teufel! flucht Kurt und zerknittert die Karte, das wird sich ja in ein paar Stunden herausstellen. Muß ich mich denn *immer* vorbereiten?

Wie schon gesagt: es hätte anders kommen können, Kurt – und es mag sein, daß für Lisa Ähnliches zutrifft – Kurt ist vielleicht überängstlich gewesen, hat letztes Aufflackern gesehen, wo nur vorübergehender Kurzschluß geplant war, endgültige Nein, wo nur zeitweilige gesprochen wurden – und vielleicht hätte das alles noch nicht von Belang sein müssen, wenn nicht infolge eines völlig sinnlosen Regens ein blaues Licht sich im Asphalt gespiegelt hätte ... ja, aber mit Konjunktiven läßt sich dem Schicksal nicht beikommen.

So geschah es, daß Kurt und Lisa genau zur verabredeten Zeit einander gegenübertraten, mit blanken Stirnen, hinter denen unablässig Strategie und Berechnung am Werk waren, insgeheim, mit Trug und List und in der Hoffnung, daß der andre nichts merke ...

Der heftige Platzregen, in dem Kurt gewartet hatte, war gerade, als Lisa kam, in ein leichtes Nieseln übergegangen. Lisa schlug den Kragen ihres Trenchcoats zurück und schloß sich in Kurts Arm: »Gehen wir.«

Wie prachtvoll sie Schritt hält mit mir, dachte Kurt. Wie ganz anders das ist als neulich, als eine andere neben mir hertrippelte. Wie hab ich da bloß eine Ähnlichkeit finden können. Ich muß besoffen gewesen sein damals. Die und Lisa –!

»Du bist sehr schön.«

Kurt sagt es langsam und bestimmt, gleich als hätte er die Worte geplant und in jedem Fall gesprochen, auch wenn Lisa gar nicht dabeigewesen wäre. Er möchte, daß sie jetzt eine kurze Weile schweigt – aber schon verschließt ihm ihr feuchter Handschuh den Mund:

»Fängst du schon wieder an? Wie oft hab ich dir gesagt, daß ich das nicht hören will?«

Kurt atmet ein tiefes Lächeln ein und aus und zeigt herausfordernd sein ganzes Gebiß und wiederholt mit Nachdruck: »Schön bist du, schön, schön!« Dabei drückt er ihre Hand so fest, daß Lisa mit leisem Aufschrei stehenbleibt, und Kurt glaubt, daß er ihr wirklich weh getan habe, und macht ein so erschrockenes Gesicht, daß Lisa hell und glitzernd zu lachen beginnt, und da ist alles wieder gut –.

Sie haben unter einem Kinoportal haltgemacht; hierher dringt kein Regen, man sieht ihn nur im Schein der Reklamelichter, kleingestäubt.

»Wohin gehen wir eigentlich?« fragt Lisa.

Da sticht es Kurt, als würde ihm eine Drahtbürste gegen die Stirn gedrückt: er hat ja gar keinen Plan! Er hat ja an gar nichts gedacht! Er hat den Dingen ihren Lauf lassen wollen – und da laufen sie schon und kümmern sich nicht um ihn, und gerade jetzt müßte er doch sehr stark und sicher sein, Herr der Situation, jetzt, jetzt ... aber Lisa, für die das Ganze kein Problem ist, nur eine Sache des Augenblicks – und den meistert sie immer – Lisa sagt:

»Wir könnten gleich da ins Kino gehn.«

Kurt wird dunkelrot. Sie hätte erst gar keinen Vorschlag machen dürfen, nun ist sie ihm wieder voraus und er muß ihr nach, jetzt, jetzt, seine Gedanken rasen hin und her, Panik bricht aus, und plötzlich hört er sich sagen:

»Lisa, meine Wohnung ist leer – willst du nicht zu mir kommen?«

Wie ein elektrischer Schlag durchbebt ihn Schreck über diese Worte. Er sinkt in bodenlose Angst, daß Lisa sich jetzt umwenden würde und fortgehen. Aber sie bleibt.

»Hu, was die für ein Stück spielen! Eine Sittentragödie! Das muß aber komisch sein!«

Ist das die Antwort? Will sie ihn nicht gehört haben? Hat sie ihn wirklich nicht gehört?

»Lisa –«, er sucht Halt an ihrem Ausweichen, »Lisa, du brauchst keine Angst zu haben, daß ich –.« Er stockt.

»Ich weiß.« Viel Überzeugung ist in ihrer Stimme, und ein wenig Geringschätzung. ›Gar so sicher solltest du das nicht wissen‹, möchte er sagen. All sein geknechtetes Verlangen bäumt sich auf. Und er spricht hart, abgerissen, und fühlt, wie seine Worte in falschem Klang vertrocknen:

»Einmal – Lisa – ein einziges Mal – ein erstes Mal – kannst du mir auch einen Gefallen tun. Glaubst du nicht, daß ich mir's schon langsam verdient habe?«

»Ich möchte so gern ins Kino gehn, weißt du, ich hab jetzt so selten Zeit!«

Ihre Stimme zerrt mit tausend Silberketten am ungefügen Klotz seines Vorsatzes. Er gerät ins Wanken. »Wie der Soldat mit dem Dienstmädchen«, sagt er unsicher.

»An was denkst du denn schon wieder?« fragt Lisa mit komischer Strenge.

»Lisa« – er spricht den Namen immer wieder, als hätte er beschwörende Kraft in seinem Mund – »Lisa, sei nicht kindisch, ins Kino kannst du doch gewiß öfter gehn, als mit mir beisammen sein. Wenn ich dich schon endlich einmal bei mir hab, wenn wir endlich einmal allein sind, dann werden wir uns doch nicht von neuem unter die Leute setzen!«

»Aber wir können doch auch im Kino miteinander reden.«

»Jetzt hast du dich aber ordentlich verhaspelt, Lisa! Wenn wir reden wollen, dann ist es doch wirklich besser bei mir zu Hause.«

»Sag, was stören dich denn eigentlich die Leute? Um die brauchen wir uns doch gar nicht zu kümmern.«

»Ob ich eigentlich Lust hab, ins Kino zu gehn, das interessiert dich überhaupt nicht, wie?«

»O ja, es interessiert mich schon – warum bist du denn so brummig?« Lisa macht eine Pause und drückt sich leicht an ihn. »Kurt! Und wenn ich dich bitte –?!«

»Wenn du mich bittest, Lisa – wenn du mich bittest – dann hab ich verloren. Ich bitte dich, bitte mich nicht.«

»Schrecklich«, sagt Lisa kopfschüttelnd. »Jetzt stehen wir schon eine Viertelstunde da und um halb zehn muß ich zu Hause sein. Wir hätten längst unten im Foyer sitzen können und Gescheiteres reden als hier.«

Da atmet Kurt schwer auf wie ein Chirurg, der sich zur Operation des Patienten entschlossen hat. Kurt ist Patient und Chirurg zugleich. Jeder Schritt, der ihn dem Kassenschalter näher bringt, ist wie der Schnitt eines scharfen Instruments. Und als er seine Geldbörse hervorzieht, weiß er nicht mehr, was war. Er hat Lisa zufällig getroffen und ist mit ihr schnell einmal ins Kino gegangen.

Das Foyer ist mit Leuten gefüllt, die auf den Einlaß zur nächsten Vorstellung warten.

»Schnell, Kurt, da sind noch zwei Plätze frei –!«

Er setzt sich wortlos neben sie in den tiefen Fauteuil, hört der gedämpft herausdringenden Musik zu. Plötzlich bricht sie ab, eine Lachsalve wälzt sich breit und unverständlich durch die geschlossenen Türen. Mit leisem Stöhnen fährt Kurt zusammen.

»Ist dir nicht gut?« fragt Lisa, die bis jetzt aufmerksam die Photos ringsum betrachtet hat.

»Ach nichts.«

»Oder bist du vielleicht gar böse, du Dummkopf?«

Sie streicht ihm übers Haar und bringt ihr Gesicht dem seinen nah. Er sieht ihre vollen, roten Lippen, dicht vor seinen Augen, und sieht nichts als rot. Und spürt etwas unheimlich Tierisches in sich aufsteigen, denkt Blut, und erschrickt, und läßt seine Augen hinabgleiten, sieht die dunkelweiße Haut in ihrem Blusenausschnitt und den hellweißen Linnenstreifen, der sie abschließt, sieht ihrer Brüste erste Wölbung, ahnt weiter, und er beginnt zu zittern und windet sich in namenloser Qual. Bebend will er ihre Hand ergreifen – aber da wendet sie sich ab, mit scherzhafter Reue:

»Nein – weißt du – jetzt wäre es mir fast lieber, wenn wir nicht hergegangen wären.«

Und dann lacht sie.

Wie den Eiligen, dem der letzte Zug vor der Nase wegfährt, packt ihn unsinnige, zum Bersten tolle Wut. Aufspringen möchte er und brüllend mit geschlossenen Augen um sich schlagen. Er weiß nicht, warum ihm all diese Gedanken gerade jetzt kommen, er weiß nur, daß es seine Richtigkeit hat mit ihnen, daß sie kommen mußten, längst schon, und daß sie jetzt unweigerlich da sind, eine lechzende Meute, die laut kläffend von der Koppel losbrach. Er sieht Lisa mit einem kurzen Seitenblick an, wie um zu prüfen, ob sie noch nicht verwest sei an ihrer pestigen Lüge – alles, alles Lüge, was sie ihm getan, schmählicher Betrug, genasführt ist er von einer, die hinter seinem Rücken über ihn lacht, kein silbernes, himmlisches Lachen, o nein, ein kreischendes, gelles Hurengelächter – da, da, jetzt weiß er's, jetzt hat er's gefunden, das Erlösende, das Kühne, Befreiende, und mit geballter Faust und hart geschlossenen Zähnen preßt er's hinaus, und möchte, daß sie davon versengt werde wie von einer Brandfackel:

»Hure!«

Lisa Berwald hat es nicht gehört. Verwundert und vielleicht ein wenig beklommen war sie aufgestanden, und da gerade die Türen in den Saal geöffnet wurden, schritt sie voran.

Kurt trocknete den Schweiß von seiner Stirn und ging ihr nach. Eine unendliche Leichtigkeit war in ihm, sein Zorn hatte jetzt ein heiteres Nebenher. Er fühlte fast Schadenfreude über sich selbst, als ihnen auf dem Weg zur Loge unverhohlene Blicke folgten. Lisa ist wirklich außergewöhnlich schön, mit Sachlichkeit stellte er das fest. Kein Wunder, daß ihn die Leute beneideten. Ja, schaut nur. Das möchtet ihr wohl alle: ihr jetzt aus dem Mantel helfen und neben ihr sitzen, wie? Begreiflich, begreiflich. Ja, jetzt könntet ihr euch schon langsam umdrehn. Übrigens – in der Loge nebenan sitzt auch eine sehr schöne Frau, ihr weißer, nackter Arm liegt sehr gelassen über der niedrigen Zwischenwand, ein Stück ihres Ellenbogens reicht schon nahe her ... ob ich mich an sie heranmache, wenn es finster ist? Was würde Lisa dazu sagen? Nichts wahrscheinlich, sie würde es ja gar nicht merken ... wie bei der Unbekannten ... oder vielleicht wartet sie selbst darauf ... vielleicht wollte sie nur deshalb ins Kino gehn ... zu dumm, daß mir das erst jetzt einfällt ... wie sie sich an mich geschmiegt hat draußen ... und wenn ich dich bitte ... nein, da kannst du lang warten, Lisa, dafür bin ich nicht zu haben, ich nicht ... ich stehl mir nicht im Finstern, was ich bei Licht bekommen will ... ich werde dich nicht anrühren ... nein, nein, nein ...

Sein Blick glitt warm über Lisa dahin und blieb auf ihrem Gesicht ruhen wie ein schützender Schleier. Lisa saß zurückgelehnt, ihr volles Haar wellte sich sanft um Wange und Hinterhaupt, ihre Lippen waren leicht geöffnet, unter halbgesenkten Lidern sahen ihre Augen ins Leere. Sie war in diesem Augenblick von so entbundener, ans Nichts hingegebener Schönheit, daß Kurt sich scheu wegwenden mußte.

Leise begann die Musik. Der Saal verdunkelte sich. Nur hinten blieben einige rötliche Lampen. In ihrem matten Licht erschien ihm Lisas Schönheit nur noch geheimnisvoller.

Und das da hier, diesen Traum, diesen Hauch, dieses Gotteswunder – das hatte er mit ungeschlachter Hand übergeilen wollen –.

Kurt Gerber schämte sich. Es war eine grenzenlose Scham, ein heiliges Gefühl der Winzigkeit vor so viel Gnade, eine kaum noch faßliche Wallung des Danks. Im letzten Augenblick, im allerletzten, war sie gekommen. Um ein kleines – und er wäre elend gewesen, niedrig und elend. Langsam kroch es in Kurt auf, krampfte sich um seine Kehle und wollte nicht weichen, wie sehr er auch würgte und wie tief er den Kopf auch senkte.

Er stand behutsam auf. Aber der Sessel knarrte ein wenig und Lisa drehte sich um.

»Was ist denn? Wohin gehst du?«

»Ein bißchen Kopfschmerzen, Lisa, weiter nichts«, flüstert er zurück. »Ich will nur ans Buffet, ein Pulver nehmen.«

Ganz, ganz leise, so, daß sie es bestimmt nicht merken kann, berührt er ihre Schulter und geht. Hinaus vor das Kino, auf die Straße, und hat die Sehnsucht, immer weiter zu gehen, ohne Ende, ohne jemals aufhören zu müssen. Der Regen erfrischt ihn. Kurt hält ihm das Gesicht hin und atmet tief, mit weit offenem Mund.

Nun sitzt Lisa drinnen im Kino, sieht auf die Leinwand, und weiß nichts, gar nichts. Wie er sie beneidet darum. Und wie zugleich tiefes, tiefes Mitleid ihn durchflutet, er weiß nicht, von welchem Ursprung und zu welchem Ende. Nur daß er der einzige Mensch ist auf Gottes weiter Welt, der dieses Mitleid mit ihr hat – das weiß er, und das macht ihn groß und gütig. Arme, schöne Lisa.

Muß man ihr denn nicht alles erlauben, nicht alles hinnehmen, was sie tut? Darf man denn in die leuchtende Planlosigkeit dieses Tuns eingreifen wollen mit dunkel erquältem Vorsatz, mit Kleinheit und Begehr? War es nicht schon Schändung, daß er sie eingeladen hat in seine Wohnung, wo er vielleicht sich über sie geworfen hätte, besinnungslos? Und war nicht die Vorstellung, daß sie ihn wahrscheinlich hätte gewähren lassen, schrecklicher als alles andre, zerstörender?

Ja – aber wozu liebt er sie dann überhaupt? Was tut er ihr dann Gutes mit seiner Liebe?

Paul Weismann kommt ihm in den Sinn; genau diese Worte hat er damals gesprochen. Und diese: du kannst ohnehin nicht mehr zurück.

Nein, das kann ich nicht. Das will ich auch nicht. Aber du hast trotzdem unrecht, Paul. Ich will dir sagen, warum. (Kurt denkt sich heiß, ihm ist, als läge er mit Paul im gleichen Zimmer, und seine Gedanken verfallen in die zwischen ihnen übliche Ausdrucksweise.) Ich, lieber Paul, bin der Ansicht, daß diese einstmals exotische Pflanze, die aber heute, dank den Bemühungen verschiedentlicher Forscher, bereits sehr üppig am Wegrand sprießt und »gewöhnlicher Beischlaf« heißt, coitus vulgaris, von einer geradezu gigantischen Unwichtigkeit ist. Unwichtigkeit stimmt nicht ganz, Unwesentlichkeit ist besser. Sie macht nicht mehr das Wesen der Sache aus. Dagegen ist natürlich weiter nichts einzuwenden, im Gegenteil, wir begrüßen es mit frenetischem Applaus, daß aus ihr kein Wesens mehr gemacht wird. Und wenn man das früher getan hat, so war es eben lügenhaft und feige. Die sogenannte geschlechtliche Vereinigung ist, wie mir scheinen will, nicht das Entscheidende. Liebe kann auch ohne sie gedeihen und muß deshalb doch nicht auf Körperlichkeit verzichten. Es hat sich nur eine kleine Umwertung ergeben, ganz folgerichtig, auf Grund von Angebot und Nachfrage. Etwa gemeinsam einem zwitschernden Vogel zuzuhören, ist eben seltener und deshalb kostbarer, als etwa gemeinsam zu schlafen. Und solange das Vogelgezwitscher nicht für unsittlich erklärt wird, solange ein Kuß und ein Händedruck (oder sogar ein Blick und ein Lächeln) von fundamentalerer Bedeutung sein kann als der auch anderwärts durchführbare Vorgang des Stoffwechsels – so lange sehe ich keine Notwendigkeit, von der Gewährung oder Nichtgewährung dieses Vorganges eine Liebe abhängig zu machen. Nicht das Schenken, sondern das Verzichten ist das Wichtige an der Liebe. Gedankensplitter 409. Hiermit schließe ich meine heutigen Ausführungen. Hast du sie verstanden?

Nein, du hast sie nicht verstanden. Aber das ist auch gar nicht notwendig. Ich liebe ja nicht dich, sondern Lisa. Es ist Lisa, die mich verstehen muß. Und sie wird mich verstehen …

Kurt geht ins Kino zurück, siegesheiter wie schon lange nicht. Er weiß, was zu tun ist. Er hat sich entschieden. Nun schien es aber doch so gewesen zu sein, daß auch Lisa ihre Entscheidung getroffen hatte und sie für alle Fälle durchzuführen gedachte. Nur die Vorbereitung überließ sie dem Partner. Wie einer beim Schachspiel mit dem abschließenden Matt wartet, bis der andre es im nächsten Zug selbst diktieren könnte. Lisa Berwald (weiß) verhielt sich zu einem Remis durch ewiges Schach entschieden ablehnend. Kurt Gerber (schwarz) mußte nach großangelegter Endspieloffensive in aussichtsloser Position aufgeben.

Die letzte Bedenkzeit war grausam lang. Kurt suchte sie zu ergründen, aber es gelang ihm nicht. So überlegte er, ob er nichts vergessen hatte.

Nein. Alles war gesagt. Alles, was er seit einem Jahr mit sich herumtrug, alles, was heute nach Kampf und Not und Wirrsal letzte Form und Gültigkeit erhalten hatte, alles, alles war gesagt.

Und Lisa hatte ihm zugehört und noch nichts erwidert, sie ging stumm neben ihm her, und schwieg noch immer, als sie unter dem Dach eines Wartehäuschens vor dem wieder stärker gewordenen Regen Schutz gefunden hatten, schwieg und wich Kurts bangen Blicken aus.

Plötzlich lachte sie schnell und leise auf, wandte ihm für einen Moment voll das Gesicht zu, sah sofort wieder weg, deutete auf eine nahe Lichtreklame und sagte, wie um irgendeine Konversation wieder aufzunehmen:

»Schau, wie hübsch sich dieses blaue Licht im Asphalt spiegelt.«

Kurt wußte zuerst nicht, was sie meinte. Dann glaubte er an eine Täuschung. Dann an eine Verlegenheitswendung. Dann mußte er plötzlich lächeln, weil ihm das Ganze wie eine Witzblatt-Groteske vorkam, und weil es doch komisch war zu denken, daß Lisa ihre Worte vielleicht wirklich als Antwort gemeint hätte. Dann fiel ihm ein, daß es eigentlich gar nicht komisch war. Und ein Portier fiel ihm ein, der mit geheuchelter Entrüstung: »Aber Anni –!« sagte. Und noch vieles, vieles andre.

Und dann fiel ihm nichts mehr ein, er glaubte nichts und dachte nichts, sein Hirn glich einem übergeschnappten Leierkasten, der alle seine abgespielten Melodien gleichzeitig herunterwerkelte, das stach und brannte zum Irrsinnigwerden, und deshalb griff er sich mit beiden Händen an den Kopf, oh, es wäre falsch, zu meinen, daß er das aus fassungslosem Schmerz getan hätte oder aus jähem Begreifen oder aus sonst irgendeiner Regung, nein, nichts regte sich in ihm, und er regte sich auch nicht, wie ein kahler Baum stand er da, eine ganze Weile, dann begannen sich seine Arme zu bewegen, gleich dürren, daseinsmüden Ästen im Wind, er schwankte ein wenig, drehte sich um, eine sehr erstaunte Stimme lief seinem Ohr nach, aber er war schon weit fort, auf das blaue Licht ging er zu, das sich so hübsch im Asphalt spiegelte, und er bückte sich, um es zu betrachten, und langsam, langsam wurde ihm alles klar in diesem blauen Licht, und als ihm jemand auf die Schulter tippte und fragte: »Haben Sie etwas verloren?«, da sagte Kurt Gerber: »Nein«, und ging.

ELFTES KAPITEL

Der Zelter bricht zusammen

Indessen kam das Ende des Schuljahres immer näher. Bis zu den schriftlichen Prüfungsarbeiten fehlten kaum zwei Wochen, der Großteil der Schüler war in den Nebenfächern schon abgeschlossen, die ersten »Stundenfresser« tauchten auf, gingen von Hand zu Hand und wurden am Ende jedes Tags unter schauerlichen Flüchen um die am Tag absolvierten Stunden vermindert, einige besonders Geschäftstüchtige sicherten sich in der Septima Käufer für ihre Bücher, das Komitee für den Abschiedskommers konstituierte sich – es war der althergebrachte Trubel »vor dem Aufbruch«, und alles wäre völlig traditionsgemäß abgelaufen, wenn sich ein Geschehnis hätte übergehn lassen, ein derart unglaubliches Geschehnis, daß die Oktavaner an der Ordnung der Dinge zu zweifeln begannen: es kam Leben in Zasche, den Halbidioten.

Über die ersten Anzeichen wußte niemand Genaues, aber als es nach vielem Herumdrücken einer erst ausgesprochen hatte, da gaben alle zu, es auch schon bemerkt zu haben. Zasche begann sich am Unterricht zu beteiligen. Anfangs beschränkte er sich darauf, den Umsitzenden, die Bankfragen bekamen, die Antwort einzuflüstern. Erst hörte niemand auf ihn, aber als sich immer öfter die Richtigkeit des Eingesagten erwies, machte man, wenn auch zögernd, Gebrauch davon. Und bald meldete sich Zasche selbst zu Wort. Zaghaft zuerst und kaum bemerkt, dann immer auffälliger, und schließlich so stürmisch, daß es schien, als ob aus dem stillen Narren ein gemeingefährlicher geworden wäre. Er streckte die langen Arme weit in die Luft, bewegte sie steif hin und her, daß sie wie Uhrpendel aussahen, und wenn er nicht gleich gefragt wurde, winselte er mit dünner, kläglicher Stimme: »Bitte, bitte, hier! Ich weiß es, bitte!« Seine großen, fast brauenlosen Augen bekamen dabei ein seltsames Feuer, und sein hagerer Leib dehnte sich zu ganzer Länge. Diese verzweifelte Mühe eines, der als hoffnungslos aufgegeben galt, hatte etwas Gespenstisches an sich, wirkte unheimlich auf Schüler und Lehrer. Zasche bekam den Beinamen »Spuk«, und wenn man ihn sah, wurde einem übel vor der ganzen Schule; man wäre sie um seinetwillen schon gerne losgewesen.

Kupfer begann ihm Aufmerksamkeit zu schenken, fragte ihn ein paar Mal mit ein wenig ungläubiger Stimme und konnte seine Verblüffung über die zutreffenden Antworten nur schlecht verbergen. Und als ihm einmal eine Anerkennung entfuhr: »Gut, Zasche, sehr gut!«, gluckste der Spuk beglückt auf und ein breites Lächeln legte sich über sein Gesicht. Dann bestand er die erste Prüfung mit frappantem Erfolg, und die Oktavaner konstatierten einmütig: Zasche ist ein guter Schüler. Anläßlich einer sehr schweren Hausaufgabe wandte sich einer der wenigen, die sie zustande gebracht hatten, halb belustigt an ihn um Auskunft – und es zeigte sich, daß bei Zasche die beste Lösung war. Die Oktavaner suchten vergeblich nach einer ausreichenden Erklärung des Wunders, und schoben schließlich alles den phantastischen Fähigkeiten seines Hauslehrers zu. Auch die anderen Professoren schüttelten die Köpfe; und sie waren recht froh, daß sie das Schmerzenskind der Klasse nun mit gutem Gewissen würden durchkommen lassen können.

Um diese Zeit begann Kupfer mit den Abschlußprüfungen, so, als wäre er plötzlich daraufgekommen, daß die Matura nahe. Und eines Tages wurde gegen Schluß der Stunde Zasche zur Tafel gerufen.

Da sich die ganze Klasse mit seinen rätselhaften Qualitäten abgefunden hat, wundert sich niemand darüber, daß alles klappt, gibt niemand acht und bereitet sich jeder hastig darauf vor, selbst geprüft zu werden.

Aber Kupfer scheint mit Zasche zu keinem Ende zu kommen. Noch immer fragt er ihn, und Zasche gibt noch immer Antworten, dazu hantiert er eckig ungelenk, doch unfehlbar sicher mit Zirkel und Dreieck.

»Der schindet ihn aber heut bis aufs Blut«, tuschelt Kaulich nach hinten. »Hoppauf, Spuk!« Auch andre flüstern aufmunternde Worte, für sich, zur eigenen Freude: »Tempo, Spuk!« »Häng ihn ab!«

»Rrruhe!« brüllt Kupfer mit unerwarteter Heftigkeit. Dann wendet er sich wieder dem unbeteiligt Dreinschauenden zu und stellt ihm eine neue Frage, die prompt beantwortet wird.

Und mit einem Mal weiß die ganze Klasse, was da draußen vorgeht: Zasche wird auf Nichtgenügend geprüft.

Die Absicht Kupfers ist unverkennbar. Zasche soll die Prüfung nicht erfolgreich bestehen, Zasche soll das entscheidende Nichtgenügend bekommen und durchfallen. Alle merken das. Nur Zasche nicht. Er steht draußen und antwortet. Antwortet auf jede Frage. Und grinst nachher.

Kupfer beginnt hin und her zu gehen, verlangt noch eine Konstruktion, und noch eine Berechnung, und noch irgend etwas, woraus sich wieder fünf neue Fragen ergeben. Eine vibrierende Aufregung hat ihn gepackt, als wäre er bei einem interessanten chemischen Experiment und harre nun ungeduldig auf die Entwicklung der Stoffe.

Auch die Klasse wird angesteckt. Da und dort arbeiten einige schon nicht mehr mit, hören nur zu, manche, weil sie der Vorgang so fesselt, andere, weil sie einfach nicht mehr mitkönnen.

Zasche hat eben eine Konstruktion zu Ende geführt, strichliert die letzte Linie und tritt von der Tafel zurück. Er betrachtet nicht, wie es Sitte ist, wohlgefällig und befriedigt sein Werk, sondern blickt mit braunen Hundeaugen nach Kupfer.

Der achtet gar nicht auf ihn, geht auf und ab, mit gesenktem Kopf. Plötzlich bleibt er stehn und sagt:

»So. Und jetzt möchten wir mal noch – – möchten wir

mal noch – – ja: die Winkelsymmetrale LQ als Diagonale eines Rechtecks nehmen und dieses dem Parabelsegment einschreiben. Bitte.«

Von irgendwoher kommt ein unwilliges Murren, rennt durch die Klasse, setzt da und dort kleine Stichflammen hin und verschwindet wieder.

Kupfer hört nichts und fährt fort:

»Das Rechteck heiße NLQR und werde zur Tangente T parallel verschoben.«

»Krach!« sagt Pollak so laut, daß es die meisten hören können. »Aus. Ich kann nicht weiter.« Er ist ganz konsterniert, schiebt das Heft von sich und lehnt sich zurück.

Die kleinen Flämmchen sticheln wieder empor. »Unerhört!« murmelt jemand. Andre folgen. »Was will er denn noch?« »Der arme Spuk!« »Skandal!« »Schweinerei!«

Kupfer aber bemerkt das alles nicht. Für ihn existiert nur Zasche. Zasche ist kein Schüler mehr. Zasche ist überhaupt kein Mensch. Zasche ist eine Prestigesache.

Auch Zasche scheint endlich zu begreifen. Mit einer Langsamkeit, die allein schon töten könnte.

Sein Gesichtsausdruck verändert sich, als betrachte er einen gleichfalls sich verändernden Vorgang, ein Wettrennen etwa.

Dann stiert er blöde auf die Tafel, die ganz besät ist mit starken und schwachen und doppelten und gestrichelten und punktierten und strichpunktierten Linien in dreierlei Farben und mit Ziffern und Zeichen und mit Kreisen und Halbkreisen und vielen, vielen seltsamen Figuren. Das Ganze ist – wenn es je einen Sinn gehabt hat – jetzt völlig sinnlos. So will es auch Zasche scheinen.

»Winkelsymmetrale LQ … Parallel zu T mit dem Index K …« sagt Kupfer. »Gut. Bitte.«

Zasche sieht noch einmal auf die Tafel, tritt schnell vor, legt das Dreieck an, wendet sich nach Kupfer um, setzt es wieder ab – die vollendete, erbarmungswerte Hilflosigkeit.

Zu alledem läutet es in diesem Augenblick.

Nicht die Klasse atmet erlöst auf, sondern Kupfer. Die Prüfung wird zu Ende geführt werden. Und zu welchem Ende, ist schon zweifellos. Es käme denn die göttliche Erleuchtung über Zasche.

Aber sie kommt nicht. Zasche stöhnt dumpf auf, legt das Dreieck wieder an, macht einen Strich, den man im nächsten Moment nicht mehr sieht, und sagt: »Die Winkelsymmetrale LQ –«, dann hält er inne.

Der Korridor draußen belebt sich lärmend.

Auch in der Klasse ist Unruhe, die Oktavaner wetzen auf den Bänken, scharren, klopfen und tuscheln.

»Sie sollen ein Rechteck NLQR konstruieren!« sagt Kupfer sehr langsam.

Ein andrer Schüler hätte jetzt wahrscheinlich etwas nicht Dazugehöriges getan, etwa auf das Läuten hingewiesen, sein Glück mit Bitten versucht: »Herr Professor –!, aber Zasche tut das nicht. Zasche hat solches gar nicht im Sinn, Zasche, seinerseits, hält Kupfer vermutlich für keinen Professor, ja für kein normales Lebewesen, überhaupt für nichts, zu dem man andres reden kann als Formeln ... Er macht einen kläglichen Versuch, den Zirkel irgendwo einzubohren, läßt ihn wieder sinken und beglotzt die Tafel.

»Nun? Was stehen Sie denn da wie der Ochs vor dem neuen Scheunentor?«

Kupfer ahnt gar nicht, wie trefflich dieser Vergleich ist. Zasches Gesicht hat wirklich etwas Ochsenhaftes, etwas Tierisches in seiner aufgeschreckten Verstörtheit. Und die Tafel ist wirklich ein Tor. Ein versperrtes Tor. Dahinter ist das Leben, eine glückliche Mutter vielleicht, oder die Liebe, oder eine Stellung im Staatsdienst, oder sonst etwas. Aber dahinter wird Zasche nicht kommen. Nie. Die Unruhe in der Klasse wird immer stärker. Kupfer merkt es und tut nichts dagegen.

»Also? Können Sie das oder nicht?«

Zasche schweigt.

»Ich danke. Nichtgenügend, setzen«, sagt Kupfer. Und wenngleich er es in seinem gewöhnlichen Tonfall gesagt hat – es klingt doch wie ein infernalisches Jubeln und macht das Blut in den Adern erstarren.

Zasche hebt steif den linken Arm, in dem er das Dreieck hält, dann den rechten, in dem er den Zirkel hält, dann läßt er beide Arme sinken und steht da und schaut Kupfer an.

Die Klasse hat vieles über sich ergehen lassen bei Kupfer. Nun aber empört sie sich. Dumpfes Johlen schwillt auf. Kupfer scheint nichts zu hören, nimmt seine Aktentasche und geht rasch hinaus.

Für einen Moment bricht das Johlen ab.

Und in die jähe Stille dringt ein langer, übervoller Schrei, als wollte sich jemand erbrechen und könnte es nicht: »Aaaahhh –!«

Das war nicht Zasche. Der steht noch immer draußen und rührt sich nicht.

Die andern fahren herum, sie wissen nicht, was los ist. Da sehen sie es: in der letzten Bank erhebt sich Kurt Gerber, langsam, mit halb gehobenen Händen und gespreizten Fingern, seine Augen quellen hervor, sein Mund ist aufgekrampft.

»Bluthund! Bluthund!!«

Die Oktavaner starren ihn befremdet und ein wenig ängstlich an. Einige – vielleicht aus Verlegenheit, vielleicht weil es wirklich komisch ist – beginnen zu lachen.

»Hoho – was ist denn – verrückt geworden?«

Aber das Lachen erstirbt schnell, und es ist wieder Ruhe im Zimmer. Entsetzliche Ruhe.

Kurt steigt auf die Bank, aus einem Winkel seines verzerrten Munds tropft Speichel.

»Man soll ihn halten –!« flüstert eine Mädchenstimme vorn.

Kaulich verläßt seinen Platz und geht auf Kurt zu.

Da springt Kurt hinunter, rast an dem Verdutzten vorbei, aufs Katheder, wirft sich gegen die Tafel, hämmert mit beiden Fäusten auf sie los:

»Bluthund! Bluthund!!«

Zasche blickt ihn von der Seite an, stößt ein paar unartikulierte Laute hervor und rennt in die Bank.

Es ist wieder ganz still.

Jemand reißt von draußen die Tür auf, steckt den Kopf herein und schmeißt sie wieder zu.

Der Lärm des Korridors, der sekundenlang ungehemmt in die Klasse gedrungen ist, wirkt wie ein kaltes Sturzbad. Die Beklemmung wird fast fühlbar weggeschwemmt. Und da ist auch schon Schönthal aufgestanden und sagt: »Das hättest du während der Stunde machen sollen, Gerber!«

Kurt zuckt zusammen, schließt die Augen und tappt zur Türe. Dort bleibt er unschlüssig stehn. Dann geht er und sperrt sich draußen auf der Toilette ein.

Es klopft dreimal.

Kurt öffnet. Kaulich tritt in das düstere, übelriechende Loch.

Er weiß nicht, was er sagen soll, und zündet sich umständlich eine Zigarette an.

»Du mußt dir da gar nichts draus machen«, beginnt er.

Kurt nickt gedankenlos.

»Der Schönthal ist ein Trottel. Ich hab's ihm auch gesagt.«

»So.«

»Ja.«

»Warum?«

»Warum –?!«

Kaulich schweigt eine Weile. Dann wirft er die Zigarette zu Boden, sieht Kurt an und schweigt weiter.

Plötzlich beginnt Kurt zu reden, hastig wirr, durcheinander. Er muß reden, muß, hätte wahrscheinlich auch gesprochen, wenn niemand dabeigewesen wäre, aber nun einer da ist, tut er es um so lieber, spricht von der Prüfung, von Zasche, von Kupfer, von sich, von dem Furchtbaren, das er durchmachen mußte, während der arme Narr draußen zu Tode geschunden wurde, von der Qual, die sich in ihm aufgefüllt hat wie Luft in einer Fischblase, bis zum Platzen, bis zu diesem unsinnigen Ausbruch, für den er sich jetzt so schämt, daß er gar nicht mehr in die Klasse zurück will.

Kaulich hört ihm wortlos zu, es ist nicht zu erkennen, ob er ihn versteht, zum Schluß sagt er:

»Du mußt aber doch in die Klasse. Jetzt kommt ja wieder Gott Kupfer.«

Er öffnet die Türe.

»Ich komm dir gleich nach«, sagt Kurt.

Kaulich geht, und Kurt blickt zum Fenster hinaus. Es führt in die Höfe eines Häuserblocks. An einem wird gebaut. Kurt sieht hin.

Dort ist gerade ein Wagen mit roten Ziegeln vollgeladen und die Pferde sollen eingespannt werden.

Pferde – der Zelter – Kitschroman – mein Kitschroman – wer führt denn da Regie – aus, aus, aus.

Das eine Pferd, ein starker Brauner, steht seitwärts, fast in rechtem Winkel zur Deichsel.

Rechter Winkel –.

Nun soll das Pferd in den Strang. Der Kutscher kommt von hinten auf es zu und stemmt sich gegen seine Flanke. Ob er dabei etwas ruft, kann Kurt nicht hören.

Das Pferd folgt nur sehr langsam seinem Druck. Der Kutscher wird ungeduldig und traktiert es mit der Faust. Und weil das Pferd noch immer nicht schneller macht, holt er die Peitsche aus dem Kummet, dreht sie um und schlägt mit dem Stiel auf die Weiche des Pferdes.

Nun ist das Pferd schnell in der gewünschten Stellung, der Kutscher hängt die Stränge ein, dann schwingt er sich auf den Bock und der Wagen fährt los.

Kurt hat diesem Vorgang gebannt zugesehen, als wäre er nichts Alltägliches. Er denkt: warum wehrt sich das Pferd nicht? Ein einziger Tritt seines starken Hufs hätte den Kutscher zu Boden gestreckt. Aber das Pferd ist zuruckgewichen und hat sich einspannen lassen. Jetzt zieht es den Wagen, mit Ziegel und Kutscher belastet, das Pferd.

Warum wehrt es sich nicht? Warum?

Kurt geht in die Klasse.

Dort steht Lengsfeld auf dem Katheder und redet den Umstehenden zu, sie sollten sich zu einer gemeinsamen Aktion zusammenschließen und etwas unternehmen und sich wehren und sich das nicht gefallen lassen und es wäre schändlich, wenn so etwas geschehen könnte.

Kaum die Hälfte hört auf ihn. Und da nicht klar ist, was für eine Aktion das werden soll, und da sie ohnedies wissen, daß sie nicht ausgeführt wird, verlaufen sie sich bald, und Lengsfeld spricht nur noch zu zwei, drei Zuhörern.

Es läutet.

Kupfer tritt ein. Er ist sehr aufgeräumt, wirft ein paar magere Witze hin und beginnt zu prüfen, die besseren Schüler vorwiegend, prüft mit ungewohnter Benevolenz und macht auch bei dem Schüler Gerber keine Ausnahme, und der Schüler Gerber antwortet, ein wenig mechanisch, aber da der Stoff zufällig Gebieten entnommen ist, die er gestern mit Professor Ruprecht durchgepaukt hat, sind seine Antworten richtig, und er legt nach langer Zeit zwei positive Prüfungen aus Mathematik und Darstellender Geometrie ab und … und freut sich.

Er freut sich!

Er weiß, oh, und wie genau er es weiß: daß er über Zasches Leiche zu diesem Erfolg gekommen ist. Eben hat er noch das Maul voll genommen mit Wut und Empörung gegen diesen hier, dessen Anerbieten er nun bedenkenlos annimmt. Er desertiert. Er klettert über die Leiche Zasches hinweg. Wie eine Hyäne. »Ja, Gerber, gut, setzen, ein andrer!« Und die Hyäne verneigt sich vor dem Bluthund – und freut sich.

In der letzten Bank sitzt Zasche und weint still vor sich hin.

Die Lektion bei Ruprecht ist geschwänzt, gut. Aber mit Herumflanieren und Rauchen und Singen kann man auf die Dauer nicht auskommen. Das geht nun schon fünf Stunden so.

Kurt beschließt schlafen zu gehen, sobald die Nacht kommt. Er setzt sich ans offene Fenster und will sie, den Blick in Wolken, abwarten, aber das Zwitschern der Vögel im kleinen Hausgarten wird ihm unerträglich. Er läßt die Jalousie herunter und legt sich zu Bett.

Es ist leidlich finster im Zimmer.

Über der Furcht, daß zu so ungewohnter Stunde der Schlaf nicht kommen werde, schlummert Kurt ein. Sein letzter, klarer Gedanke ist der Wunsch, erst nach der Matura zu erwachen – –

Aus tiefer Zeitlosigkeit gerissen, sitzt Kurt aufrecht im Bett, urplötzlich, wach und sich selber fremd. Sein erloschenes Hirn weiß mit der Dunkelheit nichts zu beginnen. Er hält die Hand vors Gesicht, fuchtelt mit ihr herum, dicht vor den Augen. Er sieht nichts. Blind. Ich bin blind. In rechenschaftslosem Irrsinn durchzuckt es ihn. Herr im Himmel, nur das nicht. Licht. Irgend etwas sehen. Einen Dämmerspalt. Als könnte er ihn so ertappen, wirft Kurt jäh den Kopf herum – nichts. Alle Nacht der Welt liegt auf ihm, riesengroß, schwül, undurchdringlich. Er weiß nicht, wie sein Bett steht und wo, weiß nicht, wo die Tür ist und wo das Fenster. Da packt ihn Raserei. Mit geballten Fäusten schlägt er um sich – und trifft beim zweiten Hieb kurz und hart auf. So froh ist er, daß er der Schmerzen gar nicht achtet. Da also steht die Wand. Gute, gute Wand. Wenigstens spüren kann er noch. Und er streicht mit den Fingerspitzen über die Malerei hin, fühlt dankbar die leichte Erhebung der Muster. Dann reißt er sich zusammen: hier die Wand, hier das Bett. Er liegt auf der rechten Seite. Gut. Und das Fenster ist hinter ihm. Langsam, mit geschlossenen Augen, dreht er seinen Kopf und reißt die Augen auf und – da! Gott sei Dank: ein sehr furchtsamer Lichtschein fahlt durch die Ritze, oben rechts. Kurt sinkt aufatmend in die Kissen zurück.

Die Dunkelheit ist jetzt nicht mehr so starr und schreckhaft. Dort hinten lebt etwas in ihr, und hier – – hier tickt eine Uhr, ja, seine Taschenuhr – – wie spät ist es eigentlich – – und Kurt merkt seine rechte Hand durch die Luft tasten nach – nach der Lampe natürlich, die auf dem Nachttisch steht, wo denn sonst. Daß er die Lampe vergessen hat! Ist sie noch da, die Lampe? Gleich wird's ganz hell sein und alles gut.

Aber seine Hand ist zu hastig und sie zittert noch. Mit höhnischem Klirren fällt die Lampe zu Boden.

Nun, da er nicht blind ist, schadet das ja weiter nichts. Er wird wieder einschlafen, sofort, rasch, bevor die Gedanken kommen, die schleichenden, abgezehrten Gedanken.

Aber da sind sie schon. Sie lassen sich eben auf die Dauer nicht abhalten. Mit Not und Mühe hat sie Kurt des Hirns verwiesen, klappklapp, Rolläden vor die Seele, niemand zu Hause. So hat er gestern über das blaue Licht hinwegkommen können, ganz einfach ausgelöscht war es, so hat er in ungetrübt heller Qualbereitschaft den heutigen Vormittag empfangen, und so hat er es bis jetzt vermocht, nicht nachzudenken über all das. Sein Kopf ist zweigeteilt, vorn ist er wach und tätig, und vorn wird alles erledigt. In den zweiten Raum darf niemand und nichts herein, der wird zugesperrt, sowie das Geschehen zu Ende ist. In diesem totenstillen Raum hausen Herz und Seele, haust Kurt Gerber, und fühlt nun, daß er so nicht weiter kann, und wehrt sich doch verzweifelt gegen die andrängenden Gedanken, die wie lästige Bittsteller ihre klapperdürren Hände nach ihm ausstrecken, unabweislich, fordernd. Der ganze Vorhof ist voll mit ihnen, sie werden immer zudringlicher, Kurt möchte am liebsten fort, gleichsam flüchten aus sich selbst hinaus und sich der Verwüstung preisgeben – aber das geht nicht, sie würden ihn nicht durchlassen, und er muß sich ihnen öffnen.

Es ist, als könnten es die Gedanken nicht fassen, daß es nun vorbei sein soll mit dem Antichambrieren. Zögernd vorerst und leicht verlegen nehmen sie von ihm Besitz.

Kurt wirft sich im Bett hin und her, noch wehrt er sich, er will nicht nachdenken, will nicht, nein, nicht denken, es hilft ja nichts, und das Hirn braucht Ruhe und Schonung für Wichtigeres ... Aber was ist denn wichtiger? Was? Kupfer? Lisa?

Alles schon dagewesen. Was schaust du denn, Stummer. Alles im Entwurf des Kitschromans vorgezeichnet.

Aber warum geht der Kitschroman nicht weiter?

(Ich denke also doch. Auch gut.)

Warum ist das alles so beziehungslos? Ja – wenn sich zwischen Lisa und Kupfer irgendein Zusammenhang herstellen ließe, wenn sie mich durch ein heldenhaftes Opfer – aber sie denkt nicht daran. Nein. Falsch. Anders. Kupfer hat Lisa verführt, und ich ermorde ihn. Auch nicht. Kupfer hat Lisa –

– gar nichts. Nein, es ist nichts mit Kupfer und Lisa. Da ist Kupfer, und da ist Lisa.

Lisa ist ein vollkommen gesonderter Mißerfolg.

Und wenn ich morgen geprüft werde, ist es wieder ein ganz anderer Mißerfolg. Jeder für sich. Und dann ist Schluß.

Mit einem Ruck richtet sich Kurt im Bett auf. Ein toller Gedanke ist ihm gekommen: er wird morgen ganz einfach nicht mehr in die Schule gehn, zu Hause ist ohnedies niemand, ihn zu hindern, morgen nicht, übermorgen nicht, und wenn Kupfer dann den Pedellen zu ihm schickt ... dein Hauptmann aber, sag's ihm, er kann mich. Schmeißt das Fenster zu. Das paßt sogar. Ausgezeichnet. So wird er es machen.

Und dann sinkt Kurt wieder zurück und weiß, daß er gar nichts so machen wird, daß er in die Schule gehen wird, morgen, übermorgen. Und er weiß auch, warum. Jeder Brief, den er von der Mutter bekommt, ist voll damit. »Lernst du auch wirklich, mein Bub? Dem Vater geht es noch immer nicht gut – muß ich dir erst sagen, was auf dem Spiel steht?«

Nein, das muß man mir nicht sagen. Warum sagt man es mir trotzdem? Warum quält man mich? Warum? Ich tu doch wirklich, was ich kann. Ich hab heute erst eine glänzende Prüfung abgelegt, aus beiden Gegenständen. Ja, das hab ich. Eine schaurige Hochzeit war das. Bluthund und Hyäne haben sich begattet. Ihr Kind wird Stimmenmehrheit heißen.

Kurt merkt mit Schrecken, wie seine Gedanken plötzlich Gestalt annehmen, er sieht, leibhaftig, Bluthund und Hyäne, und kann sich nicht losreißen von dem ekelhaften Bild ihrer Umschlingung, und er träumt doch nicht, er ist bei voller Besinnung, und es kommen keine Gespenster, kein Kupfer erscheint ihm und schwingt drohend ein riesiges Integralzeichen über seinem Haupt, so was gibt's ja nicht, es ist ja alles so geheimnisleer, so normal, so entsetzlich durchschaubar und folgerichtig bis ans Ende ... Kurt weiß es, Kurt ist sehr wach und völlig im klaren, daß all das nicht so ist ... aber es *könnte* so sein, er *könnte* jetzt träumen, daß er zum Tod verurteilt ist, wegen Hochverrats, mit Stimmeneinheit verurteilt, und da steht schon der Galgen, rechter Winkel, , und nun setzt sich der Kondukt in Bewegung, alle haben sie schwarze Talare an und wackeln mit den Köpfen, hin, her, hin, her, ihr ganzer Leib wackelt mit, und Kurt wackelt auch, jetzt umringen sie ihn, und Kupfer fragt, ob sie noch einen letzten Wunsch haben, und da stellen sich alle im Halbkreis um den Galgen, an dem Kurt schon hängt, und recken die Arme nach ihm und spucken ihn an, und dann fallen sie alle steif auf den Rücken – was ist denn los? Hat er das nun wirklich geträumt? Kurt starrt angestrengt in das Dunkel, als könnte er dort ein Überbleibsel, ein Greifbares finden.

Nichts ist da. Nur Schwärze.

Doch. Da ist etwas: die Hyäne mit dem Bluthund. Weg, weg. Licht. Aber die Lampe liegt ja zerbrochen auf dem Boden.

Die scheußliche Vereinigung dauert an, auf – nieder – auf – nieder. Wie Menschen.

Und plötzlich sind alle Frauen um ihn, die je in seiner Nähe waren, sie liegen in seinem Bett, viele nackte Leiber, und irgendwo ist Lisa unter ihnen, nichts als eine nackte Frau wie die Unbekannte und die Dirne und die andern alle ... halb widerwillig zwingt er tolles Geschehen vor seine Augen, nun ist wenigstens Verwirrung da und wahnwitzige Besinnungslosigkeit, und immer wieder torkelt etwas Fremdes dazwischen, abgerissene Formelfetzen, wie Blut gespuckt, oh, er kann es nicht länger ertragen, er ist zu schwach für diese Bedrängnis, hin und her wälzt er sich, keuchend in dumpfer Qual, und krampft sich in die weichen, weichen Kissen und schlägt seine Zähne in den schweißfeuchten Stoff und fühlt seinen eigenen Leib in fremder Wollust, und weiß, warum das alles ist, und rennt an dagegen und will doch Lisa haben, aufröchelnd, Lisa ... und sie entflieht ihm immer wieder, und er jagt ihr nach, vertiert, verquollen ... und dann ist es eine andre, irgendeine ... Und dann ist er wieder kalt bei Besinnung und liegt da, schlaff, verkommen, und nachbebend kommt die brennende Scham über ihn, und eine leise, wehmütige Freude ist dabei, weil es nicht Lisa war, und das rüttelt ihn, alles, durch und durch, bis er endlich, endlich schluchzen kann, heiß und aufgelöst ...

Es ist nicht Unrast, die ihn getrieben hat, aufzustehn und sich anzukleiden und das Haus zu verlassen.

Es hat einfach nichts mehr zu tun gehabt auf dieser vom Kampf zerwühlten Lagerstatt. Das war abgetan und vorbei.

Erst draußen, an der frischen Luft der Vorsommernacht, faßt ihn Ekel vor dem süßlichen Geruch seines Zimmers und vor den weichen Kissen und vor allem, was dort gewesen ist. Er atmet tief.

Es ist halb zwölf Uhr. Kurt hat kein Schlafbedürfnis. Seltsam frei und gesund fühlt er sich, wie er so durch die Straßen dahinschlendert und tausend ferne Dinge ihm in den Sinn kommen, an die er schon lang nicht gedacht hat.

Wie lange war er nicht mehr mit Menschen beisammen –?

Und da kommt ihm ein Gedanke, der zwar auch ein wenig ausgefallen ist, aber schon eher durchführbar als das mit der Schule.

Letztens war es vier Uhr früh, als die Gesellschaft aufgebrochen ist von Paul Weismann. Das wären also noch vier Stunden.

Es lohnt den Versuch. Schlimmstenfalls ist niemand zu Hause. Auch kein Unglück.

Daß es doch eines gewesen wäre, merkt er an seiner Erleichterung, als ihn die Hausbesorgerin, wenn auch mißtrauisch, passieren läßt, merkt er an seinem Keuchen, als er vor der Türe wartet, und merkt er an seiner großen Freude, als sie geöffnet wird.

Im Vorzimmer hängen sogar ein paar Hüte und Mäntel. Einmal hat er Glück gehabt. Es war auch schon hohe Zeit.

Jetzt aber tut es not, sich zusammenzunehmen und dem verdutzt dastehenden Paul Weismann die späte Visite plausibel zu machen.

Doch hat Paul sein Staunen rasch überwunden. Vielleicht ist er an derlei gewöhnt, vielleicht gehört er auch zu jenen raren, überaus wertvollen Menschen, denen die Gewandung, in welcher die Dinge sich einherbegeben, gleichgültig ist – jedenfalls reicht er Kurt ohne jede Verwunderung die Hand und teilt ihm sofort mit, daß schon alles aufgefressen sei und daß er nur noch Alkohol oder schwarzen Kaffee bekommen könne.

Kurt erwidert, daß er unter solchen Umständen hier nichts verloren habe und fortgehen werde. Damit hängt er seinen Hut auf einen Haken. Aber ernstlich: ob er nicht störe?

Dies könnte höchstens durch derlei blöde Fragen geschehen, weist ihn Paul zurecht.

Sie treten ein. Das Zimmer ist halb verdunkelt, auf dem Grammophon in der Ecke läuft eine Platte des Flüstertenors, die kennt er doch, das ist ja – wahrhaftig – schon klingen die ersten Worte des Refrains durch den Raum: I can't give you anything but love – baby –

»Wenn sie aber nicht will?« sagt Kurt, und ihm ist plötzlich wieder zum Weinen.

That's the only thing I've plenty of – baby –, singt der Flüstertenor weiter, von dem Lachen, das einige über Kurts Bemerkung anschlagen, und von der lauten Begrüßung völlig unbeirrt.

Kurt lümmelt sich auf einen Diwan. Die Unbekannte ist da. Lisa nicht.

Lisa ist nicht da. Und er ist doch ihretwegen heraufgekommen. Ganz allein ihretwegen –.

Nach einer Weile setzt sich die Unbekannte neben ihn.

»Nett von Ihnen, daß Sie uns wieder einmal beehren. Wie geht es Ihnen?«

Kurt hat so etwas erwartet. Und seine Stimme ist noch viel unfreundlicher, als er wollte: »Warum fragen Sie?« Er wünscht mit letzter Kraft, daß sie jetzt aufstehen solle und beleidigt fortgehen. Aber sie bleibt. Und Kurt weiß, daß die Sache entschieden ist.

Die Unbekannte ist nicht einmal erstaunt.

»Weil es mich interessiert, lieber Kurt Gerber!« sagt sie leise und drückt seine Hand.

Da merkt er, daß seine Hand noch immer in der ihren liegt, und zieht sie rasch fort. Angst befällt ihn plötzlich vor dieser unbekannten Frau, die sich ihm geben will, ohne daß er sie liebt, die ihm an seinem Bereitwillen, sie dennoch zu nehmen, die ganze Jämmerlichkeit seines Selbstbetrugs klarmacht.

»Und warum interessiert es Sie?«

Das Zimmer ist fast ganz dunkel, der Flüstertenor singt, auf dem Diwan liegt sonst niemand.

»Weil Sie so jung und dumm sind«, sagt die Unbekannte sanft und streift seinen Arm entlang. Und da er schweigt, schiebt sie ihren Kopf ganz nah an seinen:

»Kleiner Junge –!«

»Ich bin kein kleiner Junge.«

»Dummer, kleiner Junge –!« Die Stimme der Unbekannten vibriert dicht an seinem Ohr, spöttisch, lauernd.

Und da hat Kurt seine Zähne in ihren Mund geschlagen und sie sinkt zurück und –

»Nein – bitte – was fällt Ihnen ein –«, flüstert sie scharf und entwindet sich ihm sehr entschieden.

Kurt läßt die Arme sinken. Auch das noch. Auch hier noch ein

Mißerfolg, hier! Er knirscht verzweifelt und bleibt reglos liegen, minutenlang.

Plötzlich fühlt er eine Hand durch seine Haare gleiten, erst ganz sacht, dann immer stärker, schließlich zieht sie ihn so, als sollte er aufstehen ...

Kurt ist der Unbekannten mit wankenden Knien nachgeschlichen durch die Tapetentür, und er ist mit wankenden Knien wieder herausgekommen.

Aber da waren es nicht mehr die aufgepeitschten Sinne, die ihn zittern machten, da war es wieder die schlaffe, verkommene Scham, die weinerliche Schwachheit, durch und durch, endlos, trostlos.

Nur daß er jetzt nicht schluchzen kann. Nur daß jetzt seine Gedanken rückwärtsströmen, dorthin, wo alles ohne Trost und Ende ist, und daß sich plötzlich die große Mündung vor ihm auftut.

Ihm will scheinen, als ob er solches Massenglotzen, wie er es jetzt auf sich gerichtet spürt, schon kenne.

Natürlich kennt er es. Und er weiß auch ganz genau, woher.

Da sitzen sie und starren ihn an. Steht er denn an der Tafel und weiß nicht weiter?!

Er macht einen Versuch, sich zurechtzufinden und wieder hier zu sein. Vergeblich. Ekel würgt ihn, Widerwillen gegen alle und alles.

Schon steht er bei der Türe.

»Entschuldigt mich, bitte. Mir ist übel. Ich möchte gehn.«

Und mit brüsker Wendung verläßt er das Zimmer, aus dem ihm verdutztes Schweigen nachweht.

Paul Weismann kommt ins Vorzimmer gestürzt:

»Was ist denn mit dir? War etwas los mit Lizzie? Bist du verrückt? Komm doch hinein!«

»Ich habe Kopfschmerzen«, sagt Kurt müde. »Auf Wiedersehn.«

Die drinnen sollen denken, was sie wollen. Ja, es war etwas los mit Lizzie. So wie damals etwas los war mit Lisa. Lizzie heißt sie also, die Unbekannte. X ist gleich Lizzie. Ich streiche sie ab.

Kurt ist auf der Straße.

Kein Mond am Himmel, nur Sterne stehen zwinkernd da, unerschütterlich, fixiert.

Gerber, kommen Sie heraus. Gegeben ist der Orion durch seine fünf Spurpunkte mit den Koordinaten x_1, y_1, x_2, y_2, und z.

Gegeben ist der Orion. Und er wird immer da sein. Alles wird immer sein. Ich, Kurt Gerber, bin maßlos nebensächlich.

Aber um mich geht es ja gar nicht.

Zufällig, jetzt, im Augenblick, bin ich an der Tagesordnung. Und noch eine winzige Zeitspanne lang. Dann ist es aus. Dann ist wieder der Orion gegeben. Immer wieder.

Fünf Spurpunkte mit Koordination. Gegeben. Konstruieren Sie.

Und alle glotzen hinaus, so wie jetzt die da oben geglotzt haben.

Arrogante Gesellschaft. Und ein wenig beschränkt auch noch. War etwas los mit Lizzie? Das sind ihre ganzen Probleme: Lizzie und Rumpelkammer.

Ob es einem von ihnen, einem einzigen, schon eingefallen wäre, mich zu fragen: was ich eigentlich mache? Was ich mit mir herumtrage? Woran ich schleppe?

Und wenn ich's gesagt hätte? So, wie es ist, ohne mich dafür zu schämen? Wenn ich ihnen heute von selbst damit käme?

Sie würden verwundert die Köpfe schütteln und sagen: Warum regst du dich so auf? Wir haben wirklich gedacht, daß du über diese Kindereien schon hinaus bist. Glaubst du, das interessiert jemanden? Wir alle haben es durchgemacht. Durchgemacht und vergessen. Wir leben und sind gesund. Schrei doch nicht so.

Warum ich mich aufrege? Warum? Ich muß mich doch wohl aufregen, da ihr es nicht tut. Da es für euch eine Kinderei ist. Ihr alle habt es durchgemacht, ja. Ihr habt zugesehn, wie man euch gemordet hat. Und jetzt habt ihr es vergessen. Habt euch vergessen, eure Leichen vergessen, und lächelt. Wißt ihr, daß dieses Lächeln das niederträchtigste, das schuftigste, das gemeinste Lächeln ist, das gibt? Leichenschändung ist es, Schändung eurer eigenen Leichen. Wie? Ihr lebt und seid gesund, trotzdem? Ihr lebt? Ihr? O nein, ihr lebt schon längst nicht! Was sie von euch übriggelassen haben, wonach ihr Dünkel nicht verlangte – das lebt. Lebt? Ein grausiges Leben. Ein Zuendekrepieren vivisezierter Versuchskaninchen. Und siehe: der Versuch glückt immer wieder! Sie zertrampeln eure Seelen, sie beugen euren Rücken, sie knebeln euren Willen, sie ducken euch und betrügen euch und reißen euch das Herz aus dem Leib, damit ihr nichts merkt – und ihr lebt. Lebt und lächelt. Und wundert euch, wenn einer schreit.

Herrgott, das bin ja nicht ich, der schreit! Das schreien tausend Gemarterte aus mir. Bitte, Herr Professor, darf ich schreien? Nein, das dürfen Sie nicht. Da haben sie mir ihre Schreie geschickt, alle. Schwarze Fledermäuse mit riesigen Fängen sind in mich geflattert. Sie hacken und wühlen in mir. Und da muß ich schreien, schreien, schreien –

Kurt reißt den Mund auf, aber es kommt nichts aus seiner Kehle, und nichts hinein, keine Luft, sein Gesicht läuft dick an, er schlägt hin auf das Pflaster, und fühlt etwas Warmes schmal über die Stirn rieseln und über die Lippen, und es tat ihm nicht weh, er hätte vielleicht aufstehen können, aber das wollte er noch lange nicht, er blieb liegen in der menschenleeren, finsteren Gasse, blieb liegen auf dem schmutzigen Pflaster, im weichen Kot, blieb liegen, der Zelter –.

ZWÖLFTES KAPITEL

Die Reife-Prüfung

Es ist bald ein Uhr. Auf dem Korridor des dritten Stockwerkes herrscht gedämpfte Bewegung. Den Schülern des letzten Jahrganges hat es schon zu lange gedauert und sie sind hinausgegangen, einer nach dem andern. Nun ist nur noch Dita Reinhard drinnen, die als letzte ihrer Gruppe zu Ende geprüft wird.

Die mündliche Matura am Staatsrealgymnasium XVI hatte begonnen. Unten, am Schwarzen Brett, hing seit einigen Tagen ein gestempelter Bogen mit den Unterschriften des Klassenvorstands, des Direktors und des Vorsitzenden der Prüfungskommission, Landesschulinspektor Marion. Durch diesen Bogen hatten 28 Oktavaner Kenntnis erhalten, daß sie sich Abiturienten nennen durften. Von den 32, die zu Schulbeginn in der Klasse gesessen waren, fehlten also vier: außer Benda noch die Schüler Lewy, Mertens und Zasche. Sie waren bei Kupfer durchgefallen und zur Matura nicht zugelassen worden. Severin hingegen, der sehr bedroht schien, ist zugelassen. Wahrscheinlich ersetzt ihn Kupfer durch etwas Ähnliches in einer anderen Klasse, und dann: zugelassen heißt noch nicht durchgekommen. Wenn auch Kupfers Macht jetzt nicht mehr gar so souverän ist.

Auch die Reihenfolge der Prüfungen war aus dem Bogen ersichtlich. Man hatte die Schülerinnen, ohne Rücksicht auf alphabetische Reihenfolge, für die ersten Termine angesetzt, warum, war nicht klar, aber da sie immer und überall bevorzugt wurden, verlor niemand ein Wort darüber.

Heute wurde die erste Gruppe geprüft. Sie bestand aus Halpern, Hergeth, Kohl und Reinhard Edith.

Die Schüler hatten die Erlaubnis, den Prüfungen beizuwohnen, und es gab keinen, der nicht davon Gebrauch gemacht hätte. Selbst Lewy war gekommen, ganz knapp vor Beginn, als schon Ruhe war, und hatte sich mit den hörbaren Worten: »Ich möchte doch sehen, was mir da erspart geblieben ist!« breitspurig auf einen der hinten aufgestellten Sessel gesetzt. Einige Professoren wollten Lewy daraufhin hinausweisen, aber der Vorsitzende winkte ab und die Prüfung begann in der Reihenfolge: Mathematik, Latein oder Französisch, Deutsch, Geographie und Geschichte. Vor der Deutschprüfung wurde eine größere Pause eingeschaltet. Da gingen viele fort, nach Hause, wieder zu den Büchern und zu den Heften, lernen, lernen, lernen. Es war die letzte Frist.

Dita Reinhard trat auf den Gang, schloß behutsam die Türe zu und streckte die Zunge nach ihr heraus: »Bäh!« Schon wurde sie umringt und überschwenglich beglückwunscht, denn daß sie durchgekommen war, stand ja ganz fest. Sie dankte mit glücklichem Lächeln und sagte prustend: »Gottlob, daß wir's hinter uns haben!« Um diese Worte beneideten sie alle, die es noch vor sich hatten, alle, über deren Schicksal die Kommission erst morgen beraten würde, oder übermorgen, oder noch später, alle, die jetzt noch nicht aufgeregt das Urteil erwarten durften wie die Schülerinnen Halpern, Hergeth, Kohl und Reinhard Edith. Anni Kohl hatte übrigens ganz verweinte Augen, ihre Leistung in Deutsch war sehr mäßig gewesen und nun bangte sie um den »Vorzug«. Die anderen sprachen ihr trostreich zu, sie solle sich keine schlimmen Gedanken machen, das wäre ja noch schöner, wenn man ihr den »Vorzug« verweigern wollte, sie werde ja selbst sehen, in einer Viertelstunde spätestens – aber Anni Kohl wollte sich nicht beruhigen, nannte Mattusch einen gemeinen Hund, er hätte es immer schon auf sie abgesehen gehabt, und ihre Eltern würden es ihr nie verzeihen, wenn sie ohne Vorzug nach Hause käme. Das Gespräch zog weitere Kreise, Meinungen über Wert und Unwert des Vorzugs wurden ausgetauscht und es stellte sich heraus, daß plötzlich alle auf den Vorzug pfiffen, nur vorbei wollten sie die Sache schon haben.

Kurt lehnte abseits am Geländer. Er wußte, was von dieser Geste des Verzichts zu halten war. Das ganze Getriebe widerte ihn an. Dieser funebrale Pomp, mit dem der längst vertraute Vorgang »Prüfung« ein letztes Mal aufgezogen wurde! Diese wichtigtuerische Steifheit, mit der die Personen der Komödie agierten! Es war zum Kotzen. Kurt schüttelte sich.

Die Tür des Prüfungszimmers wurde geöffnet, Kupfer steckte den Kopf heraus und rief die vier Abiturientinnen in den Saal.

Nach kurzer Zeit trat Borchert als erster auf den Korridor. »Halpern, Hergeth und Reinhard Edith Vorzug, Kohl Stimmeneinheit. Na, die ersten vier wären erledigt.«

Die ersten vier reichten, wie man durch die offen gebliebene Tür sehen konnte, eben dem Vorsitzenden und den Professoren die Hand. Sie bedankten sich. Das war so Sitte. Dann kamen sie heraus, die drei mit Vorzug glückstrahlend. Anni Kohl aufgelöst in Tränen.

Die ersten vier waren erledigt.

Kurt Gerber geht nach Hause. Die Luft ist warm, von manchem Dach hört man die Tauben girren.

Nun also ist es soweit. Das ist das große Ende. Dazu war alles.

Acht Jahre. Hat mir mein Leben geträumet oder ist es wahr ... Walther von der Vogelweide wurde zwischen 1160 und 1170 geboren, man ist sich nicht einig, ob bei Bozen in Tirol oder bei Brüx in Böhmen, er hat deutsche Zucht und Sitte und deutsche Frauen als die besten der Welt angepriesen und starb 1228.

Auch Walther von der Vogelweide starb.

Wir müssen alle sterben. Schade.

Der Vater soll nicht sterben, noch nicht. Die Mutter hatte so glückselig über die gute Wirkung von Kurts letztem Brief berichtet. Eigentlich war nur der Schluß dieses Briefes wichtig gewesen: »Ja, fast hätte ich vergessen – ich habe die schriftliche Matura bestanden und bin zur mündlichen zugelassen. Und ich glaube, wenn man mich zuläßt, dann wird man mich wohl auch durchkommen lassen.«

Natürlich. Daran ist gar kein Zweifel. Es hat freilich viel Schweiß gekostet, unnötigen Schweiß, nutzlose Anstrengung, überflüssige Qual, bis diese Überzeugung klar feststand. Bis man erkannte, wie lächerlich alle Besorgnisse gewesen waren. So weit, Gott Kupfer, geht es nicht. Du hast es auch gerade noch zur rechten Zeit eingesehen. Wäre nicht schlecht gewesen: Kurt Gerber ist zur Matura nicht zugelassen. Daß ich nicht lache. Ich kann sogar Einheit bekommen.

Zieht man an einen Kreis, dem ein Vieleck umgeschrieben ist, zwischen je zwei aufeinanderfolgenden Seiten eine Tangente, so entsteht ein neuer Kreis.

Ich kann mindestens so viel wie ... wie ... sagen wir: Blank. Wir wollen nicht vermessen sein. So viel wie Blank. Gut.

Wird Blank durchfallen? Blank wird nicht durchfallen.

Warum soll Blank durchfallen? Warum soll überhaupt jemand durchfallen?

Aber da sind Lewy, Mertens und Zasche, die nicht zugelassen wurden.

Die Fledermäuse hacken, hacken, hacken.

Die Hyäne verneigt sich vor dem Bluthund.

Der Zelter liegt im Dreck.

Kupfer ist ein Ochs.

Gibt es in Paris einen Zoo? Ich werde aber keinesfalls hingehen. Nein, Lisa, ich werde nicht hingehen, sondern in die Folies Bergères und nachher werde ich soupieren, nicht allein, und nachher – nun ja, Lisa. Ich kann dir nicht helfen. Man muß nicht immer gleich küssen, man kann auch gleich – nun ja, Lisa. Das kann man.

Man kann so manches. Man kann beweisen, daß die Normalrisse ebener Figuren perspektiv-affin verwandt sind. Die Ordinaten sind die Affinitätsstrahlen und die Schnittgerade der Ebene des Vieleckes mit der Deckebene ist die Affinitätsachse. Setzen.

Mertens' Mutter war eine Viertelstunde lang bei Kupfer und hat geweint. Sie ist ihm bis zur Tür des Zimmers nachgelaufen und hat geweint. Dann hat sie ihren Sohn bei der Hand genommen und ist mit ihm fortgegangen. Ihr Sohn hat auch geweint.

Zasches sind arme Leute und der Hauslehrer war teuer. Zasche wollte eine Stellung im Staatsdienst haben. Nun bekommt er sie nicht. Zasches haben kein Geld mehr, Klemm, der im gleichen Haus wohnt, hat es gesagt. Zasche ist lungenkrank und soll Höhenluft haben. Die bekommt er auch nicht.

Die Fledermäuse wühlen, wühlen, wühlen.

Mein Vater ist so krank wie du, Zasche. Und er hat so viel Recht zu leben wie du, Zasche. Wenn ich aber durchfalle – ja, Schmarren! Ich denke nicht daran. Der Vater muß leben bleiben. Und ich muß durchkommen. Alles andere kümmert mich nicht. Ich muß durchkommen. Ich.

O weh, o weh, die Fledermäuse.

Zum geologischen Aufbau des Karpatensystems ist zu sagen, daß es an den Rändern vorwiegend aus unreinem Sandstein oder Flysch besteht. Guter, alter Prochaska. Du bist der einzige!

Der Mittelweg. Ja. Es ist nicht so schwer und nicht so leicht, und nicht so wichtig und nicht so unwichtig, wie ich manchmal glaube – es ist, nicht wahr, eben die Abschlußprüfung nach acht Jahren Mittelschulstudium. Ganz in Ordnung. Ruhe, Ruhe, Ruhe.

Der Mittwoch, an dem die Gruppe Brodetzky, Duffek, Gerald und Gerber geprüft werden sollte, war da.

Kurt war Dienstag nicht bei den Prüfungen gewesen, er hatte, trotz Professor Ruprechts Abraten, den ganzen Tag mit Lernen zugebracht und war sehr spät schlafen gegangen. Nun erwachte er ein wenig benommen, sah sich im dämmerhellen Zimmer um. Die Uhr zeigte einige Minuten nach sechs. Es war also noch eine halbe Stunde Zeit zu schlafen ... Da fiel sein Blick auf den dunklen Anzug, den er am Abend vorbereitet hatte: Matura –! Er sprang aus dem Bett und starrte den Anzug an wie ein Gespenst. Sein Herzschlag setzt für eine Sekunde aus, seine Kehle war zugeschnürt, er wollte nicht glauben, daß es nun soweit war, daß dieser Begriff »Matura«, in acht langen Jahren fast legendär geworden hinter mannigfacher Umwobenheit, nun tatsächlich Gestalt annehmen und ihn bald als programmgemäßer Vorgang antreten würde.

Dann beruhigte er sich. Von der Nähe besehen, war es ja gar nicht so arg. Eben etwas Programmgemäßes, tausendmal dagewesen.

Ohne Hast kleidete er sich an und setzte sich ein letztes Mal über die Hefte, die er in den Stunden mit Professor Ruprecht vollgeschrieben hatte. Manche Stellen waren rot angestrichen, die las er besonders aufmerksam durch. Professor Ruprecht hatte mit flüchtigem Augenzwinkern auf sie hingewiesen und gesagt: »Möglicherweise wird man Sie das dahier fragen. Tun Sie sich's halt genauer anschauen.« Professor Ruprecht war überhaupt in der letzten Zeit zuversichtlicher geworden, als am Beginn des Privatunterrichts zu hoffen stand. Auf Kurts eindeutige Frage nach der letzten Stunde, was von seinen Aussichten zu halten sei, hatte Professor Ruprecht mit wichtigkeitsverschleierter Stimme geantwortet: »Hm, nichts Gewisses weiß man nicht. Aber für eine knappe Mehrheit wird's schon noch langen. Na, also, Hals- und Beinbruch.«

Kurt prüfte sich selbst die Formeln ab, bunt durcheinander, und merkte mit Freude, daß er fast alle im Gedächtnis hatte. Latein machte ihm keine Sorge, die beiden Prochaska-Themen (»Geologischer Aufbau der Karpatenländer« und »Das Zeitalter des aufgeklärten Absolutismus«) hatte er gut auswendig gelernt –

also überflog er noch schnell ein Literaturhandbuch und stand dann ziemlich beruhigt auf. Es wird schon gehen, dachte er. Es wird schon gehen. Nur keine Aufregung.

$$R = \frac{a}{2}\sqrt{2} = \rho\ \sqrt{2}\ \ldots$$

Scharfes Klingeln schreckte ihn auf. Was war das? Jetzt, um diese Zeit? Ein wahnwitziger Gedanke durchfuhr ihn – Kupfer schickt ihm die Beispiele – derlei ist schon dagewesen – das Mädchen soll doch schneller öffnen gehen – schneller – schneller – da: das Mädchen trat ein, sie trug, Kurt sah es erbebend, ein zusammengefaltetes Blatt Papier in der Hand.

»Ein Telegramm für den jungen Herrn!« sagte sie, legte das Papier auf den Tisch und ging hinaus.

Kurt sank in den Sessel zurück, enttäuscht, wütend über seinen Irrsinn. Unwillig riß er das Blankett auf.

»kurtl mein bub vater und ich denken tag und nacht an dich und wünschen dir alles gute stop gib sofort nachricht deine mutter.« Oben ein Vermerk: vor $^1/_2$ 8 Uhr zustellen.«

Kurt versuchte sich zu freuen oder wenigstens gerührt zu sein – und merkte voll Scham, daß er nichts als verdrießlich war. Da sitzen sie in dem Sanatorium und denken an mich und an die blöde Matura. Glauben, sie tun mir was Gutes mit dem Telegramm da. Ich hätte ihnen gar nicht schreiben sollen, daß ich heute steige. Jetzt wird der Vater den ganzen Tag in Aufregung sein. Wozu? Ich bin ein Hornvieh. Aber sie wollen es so.

Er zerknüllte das Papier. Plötzlich hielt er inne, glättete es wieder und steckte es in die Tasche. Die ganze große Liebe, die in den paar Worten lag, war ihm voll ins Bewußtsein gekommen. »Deine Mutter ...« Er stellte sich vor, wie das gewesen sein mochte. Der Vater weiß vielleicht gar nichts. Die Mutter hat es ihm verheimlicht, um ihm die Aufregung zu ersparen, hat sich unbemerkt aufs Postamt geschlichen und telegraphiert, Luft wollte sie sich machen, Luft aus dieser drückenden Enge, deren

Abschluß nun nahe ist, dem sie entgegenzagt: »Gib sofort Nachricht …«

Ja, ich werde euch sofort Nachricht geben. Ich komme selbst, mich freuen an eurer Freude.

An dem langen grünen Tisch, der sich in der Mitte des Prüfungssaales befand, saßen schon einige Professoren, als Kurt eintrat. Er ging gleich auf den für die Prüflinge bestimmten Platz in der Ecke beim Katheder. Brodetzky begrüßte ihn kühl, Duffek memorierte Formeln, nur Gerald, der blaß und übernächtig aussah, lächelte ein wenig und sagte: »Scheri, Stall Oktava, am Start.«

»Wie stehen die Odds?« fragte Kurt.

»Nicht schlecht. Ziemlich solides Feld. Brodetzky hat den Vorzug in der Tasche, Duffek wird auf Einheit getippt und wir zwei auf sichere Mehrheit.« (Gerald log da ein wenig, denn auch ihm billigte man allgemein die besten Aussichten auf Einheit zu.)

Man könnte einmal schätzen, schlug Kurt vor. Prochaska, Hussak, Seelig und Filip wären sichere Ja, Kupfer, Niesset, Riedl und Waringer sichere Nein. Blieben Borchert, Mattusch und Marion. Marion hätte zwei Stimmen, nicht wahr?

Ja. Und da er, Gott sei Dank, Philologe sei, werde er sich bei Gott Kupfer gar nicht hineinmischen. Dafür in Latein! Sehr gefährlich! Querfragen –! Wenn er wieder so schlechter Laune sein wird wie gestern –

Erst jetzt besann sich Kurt, daß er gestern gar nicht hiergewesen war. Er fragte nach den Ergebnissen.

Gerald machte runde Augen. Wüßte denn Kurt noch nichts? Die erste Leiche!

Kurt wurde schwach in den Knien. Wer, wer war das? Gestern waren doch lauter sichere Leute?!

Auch Gerald sah düster zu Boden. »Der arme Blank!« murmelte er. »Er war wie erschlagen nachher und hat kein Wort gesprochen.«

Blank war es also, Blank, an den Kurt kürzlich gedacht hatte. Blank, ein sicherer Mann, mit dem gleich viel zu können schon einiges zu besagen schien – Blank war durchgefallen.

»Die drei andern hatten Vorzug«, sagte Gerald.

Kurt spuckte aus. Wie war das nur möglich mit Blank?

»Wer hat ihn denn abgestochen?« fragte er.

»Dreimal darfst zu raten.«

»Und die andern? Hat denn niemand – Blank war doch immer – Gott Kupfer allein genügt ja nicht – er allein kann einen ja nicht durchfallen lassen – da müssen doch mehrere – die andern –«

Gerald machte eine müde Handbewegung. »Die andern –! Die haben gestern jeder ihr Protektionskind gehabt und mußten Vorzug schinden. Da war ihnen der eine Blank ziemlich wurscht, denk ich mir. Und dazu hat dieser Waldesel noch einen gräßlichen Blödsinn gemacht. Leiert die Prochaska-Fragen rasend herunter. Das muß doch auffallen. Überall ist er flau und in Geographie-Geschichte geht's plötzlich wie geölt. Prochaska fürchtet, daß man ihm dahinterkommt. Wut hat er auch, also sagt er ja und amen zu allem, was Kupfer beantragt. Und wenn vier Gegenstimmen da sind, dann ist es schon nicht mehr schwer.«

Nein, dachte Kurt, dann ist es schon nicht mehr schwer.

Dann geht's schon. Ja. Blank ist durchgefallen.

Warum ist Blank durchgefallen? Das lag doch ganz außerhalb jeder Erwartung.

Nun, gerade deshalb. Eben dieses war der Kitzel, die göttliche Sensation. Wenn Gott will, fällt Blank durch.

Wenn Gott will, kann aber Gerber, im Gegensatz zu Blank – warum nicht?

Als hätte Gerald Kurts Gedanken erraten, sagte er: »Es ist übrigens nicht schlecht für uns. Vielleicht ist Gott Kupfer jetzt ein bißchen gesättigt. Ich glaube nicht, daß an zwei aufeinanderfolgenden Tagen – na, man wird ja sehen. Da ist er schon.«

Kupfer war eingetreten, grüßte kollegial nach allen Seiten und machte sich dann über seine Mappe.

Kurt betrachtete ihn starren Blicks, in dem, er fühlte es voll Pein, mehr Ausschau nach irgendeinem guten Zeichen lag als Haß und Abscheu. Aber Kupfers Gesicht blieb unbewegt.

Die Oktavaner, die bis jetzt auf dem Gang herumgelungert hatten, kamen herein, grüßten mit Handbewegungen und Kopfnicken zu den vieren hinüber, setzten sich und standen gleich wieder auf: Marion, in einem Bratenrock von altem Schnitt, hager, trocken, versteift, betrat auf knarrenden Sohlen das Prüfungszimmer. Auch die Professoren erhoben sich.

Auf eine leichte Neigung seines Kopfes hin setzten sich alle wieder. Nur die vier blieben stehen. Es war ganz ruhig im Saal, die Prozedur hatte am dritten Tag noch sehr wenig von ihrer erregenden Feierlichkeit verloren.

Kurt stand fahl und mit wildpochendem Herzen da. Matura! Matura! Da ist sie nun, wirklich und wahrhaftig! Tausenderlei schoß ihm durch den Kopf, Formeln, die Eltern, was wird jetzt geschehen, Ruprecht, Blank, Paris, wieder Formeln, wie sehe ich aus, der Vater ... Ruhe, Ruhe ... Aber die jagende Angst vor dem Kommenden verließ ihn nicht. Er wollte fortlaufen, weit fort, nichts wissen von alldem, es war ihm egal, nur weg, rasch – da bannte ihn Kupfers Stimme:

»Herr Vorsitzender, gestatten Sie, daß ich Sie mit den heutigen Prüflingen bekannt mache.«

Er war aufgestanden und deutete auf die vier. Sie folgten im Gänsemarsch seinem Wink, traten vor den Vorsitzenden, der ihnen die Hand hinhielt und bei der Namensnennung leicht nickte: – Brodetzky – Duffek – Gerald – Gerber –. Dann gingen sie wieder zurück zu ihren Plätzen.

»Brodetzky!« rief Kupfer und übergab dem eilig Antretenden einen Zettel. Dieser Zettel enthielt die mathematischen Beispiele. Mit ihm mußte man sich auf einen völlig abgesonderten Platz, den »elektrischen Stuhl«, setzen und bekam noch ein paar Minuten Zeit.

Brodetzky hatte den Kopf in die Hand gestützt und bewegte

leise die Lippen: man sollte sehen, daß er sich vorbereitete. Der Saal war noch immer sehr ruhig. Einige Professoren tauschten leise Bemerkungen aus.

Schon bevor die offiziell erlaubte Bedenkzeit zu Ende war, erhob sich Brodetzky und machte Kupfer ein Zeichen, daß er bereit sei. Duffek löste ihn ab.

Die Prüfung begann.

Kupfer nahm dem schon schreibfertig an der Tafel stehenden Brodetzky den Zettel aus der Hand und las laut die Angabe des ersten Beispiels, so, als wäre es ihm etwas völlig Neues:

»Der Radius der einem Dodekaeder umgeschriebenen Kugel ist siebenundfünfzig Zentimeter.« (RKD = 57 cm, schrieb Brodetzky an.) »Wie groß ist die Kante a des Dodekaeders?«

Kupfer legte den Zettel auf das Kathederpult, verschränkte die Hände auf dem Rücken und begann hin und her zu gehen.

Brodetzky räusperte sich. Dann nahm er das Dreieck, skizzierte wortlos die entsprechende Figur, und erst als er fertig war, begann er mit verständnisinnigem Tonfall zu sprechen. Selbstsicher brachte er Dinge vor, von denen Kurt so wenig wußte, daß er es bald aufgab, ihnen zu folgen.

Gott sei Dank, es war ja keine Prüfung, bei der man achtgeben mußte und mitkommen.

Aber daß er so gar keine Ahnung hatte, worum es ging, verwirrte ihn doch. Wie, wenn ... nein, Brodetzky war Vorzugsschüler und mußte deshalb besonders schwere Aufgaben lösen. Recht geschieht ihm.

Kurt stieß Gerald an: »Was ist das?«

»Sphärische Trigonometrie«, raunte Gerald zurück.

»Sauschwer. Keinen Dunst. Kann gut werden.«

Kurt wollte noch etwas fragen – da spürte er einen starken Blick auf sich. Er wandte sich um: Professor Seelig legte einen Finger auf die Lippen, bedeutete ihm, still zu sein.

Kurt nickte hastig und sah interessiert zur Tafel, wo Brodetzky eben das Resultat des ersten Beispiels säuberlich unterstrich.

a = 40.675 cm, las Kurt verständnislos. Natürlich, ich muß ruhig sein, dachte er. Wie unvorsichtig von mir. Wenn mich Marion gesehen hätte oder Kupfer – ich soll mich doch nicht gleich unbeliebt machen. Hübsch bescheiden und unauffällig, so ist es am besten.

Es beruhigte ihn ein wenig, daß er einen Professor in tatkräftiger Besorgnis um sein Schicksal wußte. Für eine kurze Weile durchzog ihn Kraft und Hoffnung.

Sie schwand im Nu, als Duffek zur Tafel gerufen wurde und eine Aufgabe aus der Progressionsrechnung anschrieb. Professor Ruprecht hatte doch besonders auf dieses Gebiet hingewiesen –! Nun war es für heute vorbei damit. Was sollte da werden?

Kurt sah sich um und merkte, daß er allein war. Drüben, im elektrischen Stuhl, saß Gerald über seinen Zettel gebeugt und machte eifrig Notizen.

Bald danach war Kurt an der Reihe.

Schweiß stand auf seiner Stirne und seine Hand zitterte so heftig, daß er, als Kupfer ihm den Zettel reichte, zweimal danebengriff.

Da saß er nun auf dem einsamen Platz und der Zettel lag vor ihm, zusammengefaltet, wie er ihn bekommen hatte. Er wagte nicht, ihn zu öffnen.

Schließlich mußte er es doch tun – Gerald war schon mitten im ersten Beispiel.

Kurt überflog die Angaben. Es war fast unheimlich, wie gleichgültig es ihn ließ, daß er sie nicht verstand.

»Keine Ahnung«, flüsterte er für sich. »Keine, keine Ahnung.«

Er sah nochmals auf den Zettel. Natürlich, so hat es kommen müssen. Von Progressionen nicht die Spur, von Flächen zweiter Ordnung, dem anderen Erhofften, auch nicht. Eine Zinseszinsrechnung und eine Konstruktionsaufgabe, die anscheinend algebraisch gelöst werden sollte. Unnütz, überhaupt nachzudenken. Es ist aus.

Kurt blickte zur Tafel. Eben war Gerald ein wenig unsicher

geworden und Kupfer mußte aushelfen. Gerald stotterte, die Prüfungskommission wurde aufmerksam, Marion warf eine Bemerkung dazwischen, Kupfer fing sie auf, ja, ganz recht, so eine einfache Sache müßte der Kandidat wohl beherrschen, hm, hm – die Situation begann für Gerald bedrohlich zu werden, schon kam er ins Wanken ... aber plötzlich (man konnte es fast sehen, wie ihm der erlösende Gedanke einfiel) biß er die Zähne aufeinander, hielt die Hand vor die Augen und sagte dann eine Formel, die von Kupfer mit einem geringschätzigen »Endlich!« zur Kenntnis genommen wurde. Gerald war gerettet, vorläufig wenigstens, und schrieb das zweite Beispiel an.

Die Kommission versank wieder in ihre Interesselosigkeit. Einige Professoren begannen zu tuscheln, Mattusch lachte sogar einmal kurz und asthmatisch auf. Kurt schickte einen Blick voll lodernden Zorns zu ihm hinüber. Dieses saturierte Aas. Er lacht! Jetzt lacht er! Draußen schwitzt einer vor Anstrengung – und der da lacht. Na ja, ihm ist es eben nicht Neues. Wie der Leichenwäscher beim Anblick eines Toten nichts empfindet. Geschäft, Gewöhnung. Und solchen abgestumpften Tieren ist man ausgeliefert auf Ja und Nein.

Herrgott, das hat ja keinen Sinn. Ich muß mich doch vorbereiten. Gerald wird gleich fertig sein und ich sitz da und ... und kann mir nicht helfen. Und ihr ... (Kurts Blick ist an der Reihe der zuhörenden Oktavaner haftengeblieben) ... ihr, Mit-Schüler, sitzt auch da ... und könnt mir auch nicht helfen. So nah, so nah, zum Greifen nah – und nichts könnt ihr tun für mich, gar nichts, zusehen müßt ihr, wie ich abgeschlachtet werde, tatenlos zusehen, ist das nicht schrecklich für euch, weint ihr nicht, Freunde, Kameraden, Genossen, hier sitze ich ja, hier, so schaut mich doch an, warum seht ihr nicht her, ihr Guten, wie ich euch liebe ... Sie wollen mich nicht sehen, das Herz würde ihnen brechen, sie können mir ja nicht helfen ... Warum hast du denn Tränen in den Augen, Kaulich, die Brille läuft ja an, Kaulich, so schau doch her, Kaulich ... Kaulich!

Kurt zwingt mit fiebriger Kraft Kaulichs Blick auf sich. Er streicht sich über die Augen – ein kleiner Anfall von geistiger Umnachtung, scheint's – Kaulich hat ja gar nicht geweint – natürlich nicht – und er kann mir helfen, ja –

Kurt bewegt stumm und krampfhaft die Lippen: »Wie heißt die Tangentengleichung der Hyperbel?« soll es bedeuten, und dreimal wiederholt er: »Tan-gen-ten-glei-chung-Hy-per-bel!«

Kaulich macht Zeichen, daß er nicht versteht, blinzelt angestrengt, mit zusammengekniffenen Augen nach Kurt, legt die Hand ans Ohr – es ist vergeblich. Obendrein dreht sich Niesset plötzlich um und bemerkt den Vorgang, sieht giftigen Blicks erst Kurt, dann Kaulich an, und Kurt beugt schnell den Kopf über den Zettel. »Jetzt zum Schluß noch –« hört er Kupfer sagen, zum Schluß noch, zum Schluß noch, da ist Gerald gleich fertig, und ich weiß noch gar nichts, gar nichts ...

Eine Formel kommt plötzlich in sein Gedächtnis geflattert und bleibt surrend haften:

$$Sn = a_1 \cdot \frac{q^{n-1}}{q-1}$$

Es ist die Summenformel der geometrischen Reihe. Mit ihr allein und ihrer Zwecklosigkeit im Kopf geht Kurt jetzt zum Katheder.

Kupfer sieht ihm mit leicht herabgezogener Unterlippe im sonst ausdruckslosen Gesicht entgegen. Und Kurt – was ist das nur mit ihm – Kurt schlägt die Augen nicht zu Boden, Kurt blickt den erwartungsvoll Dastehenden ebenso an wie er ihn, mit leicht herabgezogener Unterlippe, er ist plötzlich vollkommen ruhig, so leicht ist ihm zumute, so frei, heiter fast, er hat Lust, irgend etwas Spitzbübisches zu tun, was nur – ah, schon gefunden: ist es nicht das Recht des Prüflings, die Beispiele in beliebiger Reihenfolge zu rechnen? Natürlich ist es das, ja. Niemand macht Gebrauch von diesem Recht, klarerweise, wer wird denn vom Recht Gebrauch machen, wenn man auf die Gnade angewiesen ist – aber es steht in der Reifeprüfungs-Verordnung, jawohl, wo auch dieser monströse Satz vorkommt: »Wer bei offenem oder verstecktem Unterschleif betreten wird –«, haha, Unterschleif, hehe, offen oder versteckt, hoho, ein Unterschleif ist immer versteckt, sonst wär's ein Oberschleif, ihr Arschgesichter, nicht einmal Deutsch könnt ihr und wollt auf Reife prüfen – ja, also zuerst das zweite Beispiel, wohlan denn!

Und Kurt läßt Kupfer ruhig die Hand hinhalten, geht mit dem Zettel zur Tafel und liest gemächlich den ersten Teil der Angabe herunter:

»Es sind die Gleichungen der Asymptoten der Hyperbel $4x^2-9y^2 = 36$ aufzustellen und ihren Winkel mit der Abszissenachse zu berechnen.«

Kurt hat diese $4x^2-9y^2 = 36$ groß und deutlich hingemalt. $4x^2-9y^2 = 36$ steht an der Tafel. Groß und deutlich.

$4x^2-9y^2 = 36$.

Was bedeutet das? Wer hat das aufgeschrieben?

Was bedeutet das, was du da aufgeschrieben hast, Gerber Kurt? Was ist x, was ist y, wonach ist gefragt, Gerber Kurt? Was glotzt du diese Zeichen an, die du hingemalt hast, du selbst, Gerber Kurt?!

Dahin das Freie in der Brust, dahin der Schalk, dahin alles, was dich anschreiben hieß: $4x^2-9y^2 = 36$. Dahin, alles dahin.

Du bist erledigt, Gerber Kurt. Du hast das zweite Beispiel als erstes rechnen wollen und kannst das zweite nicht und nicht das erste. Du stehst da, Gerber Kurt, hilflos, zerbrochen, niedergeschmettert vom eignen Aberwitz.

Und neben dir steht ein Professor, Kupfer ist es, sehr erstaunt steht er da, sehr ruhig sagt er jetzt:

»Wenn ich mich recht entsinne, lautet das erste Beispiel anders. Geben Sie mir einmal den Zettel.«

Und du wirst ihm den Zettel geben, Gerber Kurt. Jawohl, das wirst du tun. Hier.

Kupfer wendet sich zur Prüfungskommission, zu Marion, in

seinem Blick ist Ärger und zugleich Belustigung über solch tolldreistes Verhalten eines Gefährdeten. Marion macht eine Gebärde, die Kurt nicht versteht. Es will ihm scheinen, als wäre es ein Austausch einverständnisvoller Bestätigung über etwas vorher Besprochenes. Vielleicht halten sie mich für verrückt, denkt Kurt, haben so was erwartet und nehmen mir's weiter nicht übel. Vielleicht auch – so redet doch schon ein Wort!

»Das erste Beispiel lautet –?« sagt Kupfer und reicht ihm den Zettel zurück.

Nun wankt alles in Kurt und um ihn. Die Menschen und Gegenstände verschwimmen vor seinen Augen, werden dann langsam klar: Kupfer sieht gleichgültig ins Leere, die Professoren sitzen vorgebeugt da, hier und dort flimmert ein höhnisches Lächeln, die Klasse ist völlig starr.

Kurts Gesicht wendet sich nach Kupfer. Es ist nicht sein Mund, der spricht. Irgendein Paar Lippen, über die er zufällig verfügt, öffnet sich und es kommen die Worte hervor:

»Herr Professor, ich habe das Recht, die Beispiele in beliebiger Reihenfolge zu rechnen. Es steht in der Prüfungsordnung.«

Kurt hat leise zu sprechen begonnen, ist immer hastiger und lauter geworden, und zum Schluß klingt unverhohlener Trotz in seiner bebenden Stimme, sonderbar aus Wildheit und Resignation gemischt.

Er blickt wieder in den Saal, sucht einen Halt, eine Anerkennung dafür, daß auch einmal ein Schüler auf seinem Recht besteht, noch dazu ein schlechter Schüler, noch dazu in solcher Situation – aber es ist kein Zeichen von Beifall zu merken. Seelig, Hussak und Filip schütteln vorwurfsvoll die Köpfe, Riedl stößt ein empörtes Lachen aus, hinten in der Klasse tippen einige mit dem Zeigefinger an die Stirn.

Inspektor Marion, vor gänzlich Unerwartetes gestellt, sieht nach Kupfer und fragt, da dieser schweigt, sehr obenhin:

»Warum wollen Sie eigentlich nicht das erste Beispiel rechnen?«

Das war so gefragt, daß man keine Antwort geben könnte, selbst wenn man eine wußte. Aber Kurt weiß gar keine und starrt auf seine Schuhe.

»Also halten Sie uns gefälligst nicht auf und rechnen Sie das erste Beispiel!« sagt Marion gereizt. »Ihr Vorgänger hat uns ohnedies viel Zeit weggenommen.«

Kurt löscht die Ziffern aus, der Schwamm ist schon vertrocknet, staubig, er hinterläßt nur sehr wenig feuchte Streifen auf der Tafel, sie ist ganz verschmiert – auch das wird mir schaden, denkt Kurt und liest ausdruckslos: »Jemand zahlt 12 Jahre hindurch am Anfang eines jeden Jahres 2000 Dollar ein, um vom 20. Jahre an eine am Ende eines jeden Jahres zehn Jahre hindurch zahlbare Rente zu erhalten. Es ist vorerst zu berechnen, wie groß diese Rente bei 4% Zinseszinsen sein wird.«

Kurt steht da, den Zettel in der linken Hand, die Kreide an die Tafel angesetzt in der rechten. Er denkt an alles mögliche, nur nicht an die Rechnung.

Kupfers »Nun –?« schreckt ihn auf.

»Es ist eine Zinseszinsrechnung«, sagt Kurt.

»Ja.«

»Eine Zinseszinsrechnung ...«

Schweigen. Ganz eisiges Schweigen. Es frißt sich in Kurt hinein, erfüllt die Leere in ihm, treibt ihm kalte Schweißtropfen auf die Stirn; er fühlt deutlich, wie sie hervortreten, einer nach dem andern, über seine Wangen kollern, aber er wischt sie nicht ab: vielleicht sehen sie, daß ich vor Angst so schwitze, und haben Mitleid mit mir:

»Also? Rechnen Sie!«

Da hat sich jemand geräuspert, da hat jemand ein Buch zugeklappt. Die Zeit ist mir auf den Fersen, rasch.

Kurt beginnt an die Tafel zu schreiben, langsam, sorgfältig, um Zeit zu gewinnen. Die Zeit soll zurück, sie soll mich nicht drängen. Acht Jahre – da kommt es auf ein paar Minuten mehr oder weniger nicht an, sollte man meinen.

Die Kommission meint anders.

»Vielleicht etwas schneller!« sagt Marion scharf.

Ja. Ich bin schon fertig. Da steht es:

$$Sn = a1 \cdot \frac{q^{n-1}}{q-1}$$

Kupfer blickt erstaunt auf. »Was soll das?«

Oh, Kurt weiß ganz genau, was das soll, es ist das einzige, was er weiß, und er wird sein Wissen nicht so ohne weiteres hinwerfen, man soll erfahren, daß er die Sache versteht. Er beginnt mit starker Stimme: »Die Summe einer geometrischen Reihe Sn, die Summe der ersten n-Glieder der Reihe –« Dann bricht er ab.

Wozu erzähle ich denn dieses Zeug? Was will ich denn mit der Summenformel? Ich soll doch eine Rente ausrechnen –

»Das wollen wir nicht hören«, sagt Kupfer. »Das gehört nicht hierher. Das interessiert uns nicht.«

Wieso interessiert uns das nicht? Wie können Sie so etwas sagen, Herr Professor? Es interessiert uns sogar sehr, sehen Sie doch nur, Sn, es entsteht auf die Weise, daß man die einzelnen Glieder der Reihe addiert, wie interessant, $a_1 + a_1q + a_1q^2$ plus und so weiter, ein paar Punkte, so: …

»Also gut«, sagt Kupfer plötzlich, »Sie haben recht.« Er tritt näher zur Tafel. »Das ist also die Summenformel einer geometrischen Reihe, richtig. Und jetzt geben Sie gut acht, Gerber: in welche Beziehung bringen Sie diese Formel zur Zinseszinsrechnung?«

Kurt glaubt zu träumen. Ist das möglich? Ist das wahr? Kupfer hat ja ganz ohne Haß gesprochen, wohlwollend, gütig fast, er will mir helfen, und ich Idiot mach ihm das so schwer … Ich habe Ihnen unrecht getan, Herr Professor, ich bitte es Ihnen ab, ich bitte Sie viele, viele Male um Verzeihung …!

»Denken Sie nach: in welche Beziehung?« fragt Kupfer in unverändertem Ton.

Lieber Himmel, in welche Beziehung? Beziehung ... Es ist ja alles so beziehungslos, was hier geschieht ... Lisa ... Kupfer ... in welcher Beziehung stehen Sie zu Lisa Berwald ... nein, nein. Ruhe. Nachdenken.

Kurt blickt mit zusammengekniffenen Augen auf die Tafel, krampft die Finger zusammen, daß die Kreide bricht – es will ihm nichts einfallen.

»Aber Gerber –!« sagt Kupfer und tritt noch näher. »Besinnen Sie sich. Das Endkapital E setzt sich doch aus den Endwerten der einzelnen eingezahlten Beträge zusammen. Und was sind denn diese Beträge andres als – nun, als?«

Kupfer läßt den Kopf ruckweise sinken, als wollte er die Antwort herausdrücken. Kurt steht mit offenem Mund da, wenn er nur etwas von Kupfers Lippen ablesen könnte, eine kleine Andeutung, dann wird ihm, er fühlt es, gleich alles einfallen ... nichts andres als ... nichts andres als ... da, jetzt hat er es gefunden:

»Nichts andres als die Glieder einer geometrischen Progression«, sagt Kupfer, ja, Kupfer sagt es, im selben Moment, da Kurt es gefunden hat, und Kurt spricht es fast gleichzeitig mit und schlägt sich dabei ärgerlich lächelnd auf die Stirn: wie konnte ich bloß so etwas Einfaches nicht entdecken, natürlich, die Glieder einer geometrischen Progression, und dann ist wohl –

»Gut«, sagt Kupfer. »Na, und jetzt ist es schon nicht mehr schwer.«

Kurt fühlt sich ganz geborgen, er nickt beschämt, nein, jetzt ist es schon nicht mehr schwer, jetzt ist –

»Jetzt ist das Endkapital E die Summe dieser Glieder«, sagt wieder Kupfer und nickt aufmunternd. Kurt wiederholt es, dasselbe hat er sagen wollen, genau dasselbe, Sie hätten es mir gar nicht vorsagen müssen. Herr Professor, ich komme schon von selbst darauf, es ist so nett von Ihnen, daß Sie mir aushelfen, aber –

– aber Kupfer hilft immer weiter, steht mit freundlichem

Lächeln neben Kurt, schon hat er, wozu Kurt eben die Kreide ansetzt, hingeschrieben:

$$E = r \cdot \frac{q^{n-1}}{q-1}$$

spricht immer weiter begütigend auf Kurt ein, er solle doch nur ruhig nachdenken, es sei ja nicht so schwer, er werde schon draufkommen ... und Kurt kommt immer drauf, und immer, wenn er es gerade sagen will, hat es Kupfer, um den Bruchteil einer Sekunde voran, schon ausgesprochen, und schreibt es auf, und wendet sich wieder zu Kurt, hilfsfertig, mit dem freundlichen Lächeln im Gesicht, na, wie wird es denn jetzt wohl weitergehn, so, nicht wahr, ja ... aber das habe ich doch eben sagen wollen, Herr Professor, warum lassen Sie mich denn nicht zu Wort kommen, Herr Professor, ich weiß doch das alles, ja, so ist es,

$$x = \frac{2000\,(1.04^{12}-1)\,.\,1.04^{18}}{1.04^{10}-1}$$

warum schreiben denn Sie das auf, ich könnte es ja auch, warum sagen Sie mir denn immer, ich soll ruhig sein, ich bin ja ganz ruhig, ich verfolge den Gang der Rechnung – o weh, jetzt habe ich einen Moment lang nicht aufgepaßt, woher kommt dieses Logarithmenkreuz, Numerus Logarithmus, was soll ich damit, was geschieht jetzt –?

»So. Und was geschieht jetzt?« fragt Kupfer, legt die Kreide aus der Hand und tritt zurück. »Nun könnten auch Sie ein wenig arbeiten, Kandidat Gerber. Bis jetzt hab ja alles ich gemacht. Bitte!«

Nun erst merkt Kurt, was vorgegangen ist. Er wird leichenblaß.

»Logarithmieren Sie«, sagt Kupfer.

Kurt steht umnebelt.

Inspektor Marion kleidet seine sachliche Unkenntnis in die

unverfängliche Frage: »Sie wissen nichts vom Logarithmieren?«

Kurt begreift gar nichts mehr. Was – was – was soll er logarithmieren? Ein riesiges Schaufelrad wälzt sich in seinem Kopf, er starrt die Tafel an mit den vielen fremden Ziffern, hilflos, versucht zu sprechen, von irrer Angst gepeitscht, bricht ab, beginnt wieder –

»Es ist genug«, krächzt Inspektor Marion. »Mehr dürfen Sie wohl nicht verlangen! Ich danke, Kandidat Gerber.« Er macht eine kurze Anmerkung auf ein vor ihm liegendes Blatt, dann wendet er sich zu Kupfer. Der sieht ihn fragend an:

»Wollen wir es nicht noch mit dem zweiten Beispiel versuchen?«

Marion zögert einen Moment.

»Ah«, sagt er dann, »das zweite erste Beispiel.« Er lacht hüstelnd und bewegt den Oberkörper steif hin und her wie ein Hampelmann. Einige der Professoren kichern gefällig.

Nach einer kurzen Pause sagt Marion verbissen: »Sie sind nicht wert, daß man sich mit Ihnen überhaupt noch abgibt.«

Es vergeht wieder einige Zeit, bevor er mit wegwerfender Handbewegung sagt: »Also bitte!«

Kurt schreibt mechanisch an: $4x^2-9y^2 = 36$.

»Die Gleichungen der Asymptoten sind aufzustellen.«

Kupfer schweigt.

Marion, diesmal schon mutiger, fragt: »Sie wissen nichts von den Gleichungen der Asymptoten?«

Kurt hört ihn kaum, sieht an ihm vorbei in die Klasse. Kaulich, Weinberg, Hobbelmann und andre bewegen angestrengt die Lippen, sie wollen ihm einsagen, Kurt müht sich verzweifelt, etwas zu deuten, er beugt sich vor, Kaulich legt zwei Finger überkreuz, Weinberg zeichnet etwas in die Luft, alle sind in Bewegung, greifen sich entsetzt an den Kopf, es muß etwas kindisch Primitives sein, auf das Kurt nicht kommen kann, nicht und nicht kommen kann, und die hinten gestikulieren immer aufgeregter …

Da sieht Kurt, wie sich Kupfer durch einen Blick mit Marion verständigt, die Kreide entfällt seiner Hand, er weiß, was jetzt kommen wird, unweigerlich – und schon ist es da:

»Wir sind fertig, Kandidat Gerber!« sagt Kupfer.

Und während Kurt stumpf vom Katheder wankt, spöttelt Marion: »Und dieses Beispiel haben Sie zuerst rechnen wollen? Köstlich!«

Schon ist Brodetzky aufgestanden, um zur Lateinprüfung anzutreten. Vorher geht er noch schnell zum Katheder, bückt sich und hebt das Kreidestück auf, das Kurt entfallen war. Dann setzt er sich neben Niesset, an den Kopf des grünen Tisches.

Kurt sitzt zwischen Gerald und Duffek. Keiner sieht ihn an.

So ist das also, wenn man durchfällt. Kurt hat es sich anders vorgestellt, großartiger, außerordentlich. Das hier war kläglich. Die Aufgaben sind nicht schwer gewesen. Er erkannte es selbst. Sein Blick lief die Zeilen des ersten Beispiels entlang, richtig, jetzt sind die Faktoren des Zählers zu logarithmieren – wirklich eine Kleinigkeit – das muß man können, wen man es auch auf der Universität nicht braucht – (Kurt ballt in plötzlicher Wut die Fäuste) – wenn es auch absurd ist, jemandem die Reife für Jus oder Philosophie abzusprechen, weil er eine Zinseszinsrechnung nicht lösen konnte, zufällig nicht, bei Professor Ruprecht hatte er es immer gekommt ... aber bestehen blieb, daß zwei einfache Beispiele genügt hatten, um ihn zu Fall zu bringen. Kupfers Verhalten war sicherlich auch ein Grund. Anderseits hätte er ihm ja gar nicht helfen müssen. Daß er es getan hat, daß er ihn zuerst in Schwung brachte, um ihn dann haltlos ins Verderben sausen zu lassen – das war eben ein kleines Zwischenspiel, das glich sich aus, diese beiden Faktoren hoben einander auf. Kurt hat ganz einwandfrei versagt, ist ganz einwandfrei durchgefallen.

Durchgefallen? Aber wieso denn! Es sind ja noch drei Gegenstände da! Nein, so schnell geht das denn doch nicht. In Mathematik habe ich eben nichts gekonnt, schön, aber da ist noch Latein, Deutsch und die beiden Prochaska-Fächer, Himmelherrgott!

Das hätte ich billiger haben können! Ich hätte mich gar nicht erst anstrengen sollen und lieber Kräfte sparen für die andern. Na – kann alles noch werden.

Kurt wurde ruhiger. Daß es in Mathematik nicht klappen würde, war ja schließlich zu erwarten gewesen. Unsinnig, daß er sich überhaupt Hoffnungen gemacht hatte. Es ist ja gar nicht notwendig, daß man in allen vier Gegenständen entspricht. Dafür bekäme man ja Stimmeneinheit. Wer braucht denn die.

Er wischte sich den Schweiß vom Gesicht. In dem dunklen Anzug war ihm sehr heiß, sein Hemd klebte feucht am Leib. Auch ein Blödsinn, daß man sich da in Gala werfen muß, dachte er. Eine Prüfung wie jede andere.

Da wurde Gerald aufgerufen. Niesset kam auf Kurt zu, schlug ein Buch auf und zeigte wortlos auf die rotangezeichnete Stelle, die zur Übersetzung kam. Kurt überlas sie flüchtig. Es waren etwa dreißig Zeilen aus Vergils Bucolica, und sie schienen ihm nicht schwer.

Dennoch entsprach seine Leistung nicht ganz dem, was er erwartet hatte. Sie war zwar, soviel er beurteilen zu können glaubte, rein als Übersetzung besser als die Duffeks und Geralds, aber einige grammatikalische Querfragen machten ihm Schwierigkeiten. Gar zum Schluß, als er, von Marion und Niesset ins Kreuzfeuer genommen, eine ganz leichte Verbalform nicht sofort wußte und in seiner Verwirrung ein unmögliches Futurum nach dem andern bildete, als Mattusch (ja, Mattusch, Kurt war sehr beschämt) ihm dreimal einsagte und es schließlich verärgert aufgab, weil Kurt ihn nicht verstand, als es schon zur großen Pause läutete und Kurt sich noch immer nicht zwischen aberem, abirem und abiturus sum entschieden hatte – da schüttelte Marion bedenklich den Kopf und sagte gedehnt: »Sooo etwas sollte einem Abiturienten –«, hier machte er eine Pause, um den schalen Wortwitz wirken zu lassen, und wiederholte mit Betonung: »– einem Abiturienten denn doch nicht passieren!« Damit schloß die Lateinprüfung und der erste Teil des Examens.

Kurt trat auf den Gang hinaus. Eine aufgeregt durcheinanderschimpfende Gruppe umringte ihn:

»Trottel – was machst du für ein Theater da oben – Idiot – kann die einfachsten Beispiele nicht und kapriziert sich auf Reihenfolge – das darf sich nicht einmal ein Primus erlauben – bei der Matura – bist du wahnsinnig – aber das kommt von der Einbildung – der Herr Besserwisser – an den Kragen geht's ihm und er macht sich gleich bei der ganzen Kommission unmöglich – hast du denn nicht gesehen, wie ich dir eingesagt hab –« (Rimmel zerrte ihn beiseite) »– du hättest doch einfach die Hyperbelgleichung auf die Normalform bringen müssen und dann herausheben, so ein Kinderspiel, verstehst du das denn nicht?«

Kurt sah groß erstaunt den Eifrigen an, der ihm jetzt noch erklären wollte, wie man etwas zu rechnen hätte. Mathematik war doch erledigt, für immer. Diese ganze Prüfung, und ihr Vorspiel besonders, schien ihm schon so weit zurückzuliegen, daß er sich wunderte, wie die da alles noch so genau wußten. War es denn wirklich von solcher Bedeutung? Inzwischen hat er doch eine befriedigende Lateinprüfung abgelegt, die alles wieder gutgemacht hat – warum sprechen sie von der kein Wort?

Kurt wartet. Endlich fragte er selbst: »Wie war es denn in Latein?«

Die Stimmen ebbten ab, unentschlossene Bemerkungen wurden zögernd laut, einige zuckten die Achseln und entfernten sich.

Kurt erschrak. Hieß das –?

»Zum Schluß bist du tüchtig geschwommen«, sagte Klemm. »Die Übersetzung war ganz gut.«

Ganz gut, nur ganz gut? Nicht sehr gut? Der Schluß, dieser kleine Formfehler, bestand und hatte Geltung? Wie konnten sie das mit solcher Gewißheit behaupten.

»Ihr könnt mich gernhaben, alle!« sagte Kurt und drehte sich weg.

»Vielleicht bildest du dir noch ein, daß du in Latein geglänzt hast?« geiferte Schönthal. »Und überhaupt – es ist doch ganz klar, daß dich Gott Kupfer nur deshalb zugelassen hat, damit du bei der Matura erst recht krachst!«

Kurt fuhr herum. Schönthal wich erschrocken zurück.

»Na, na, na!« vermittelte Kaulich. »Es war eine ganz gute Durchschnittsleistung, und mehr braucht man ja nicht, wenn man nur Mehrheit haben will. Die bekommst du sicher, Scheri, und wenn sich Gott Kupfer senkrecht auf den Kopf stellt! Ich hab vorhin etwas aufgeschnappt, ein Gespräch, da hat das Vogerl gesagt: Und ich werde nicht dulden, daß Gerber für unreif erklärt wird. Lengsfeld war dabei.«

Lengsfeld bestätigte das, einige schlossen sich mit zuversichtlichen Worten an. Der schwerere Teil war jedenfalls übertaucht ...

Es läutete wieder. Das ist mein letztes Läuten, durchfuhr es Kurt, und er hätte am liebsten laut aufgejubelt. Das Glück, daß er mit der Schule nun bald nichts mehr zu tun haben sollte, drang auf ihn ein und überwältigte ihn. Er setzte sich auf seinen Platz und summte leise vor sich hin.

Die Deutschprüfung bestand aus zwei Teilen: zuerst war die Interpretation eines Gedichtes vorzunehmen und dann wurde eine damit zusammenhängende Frage aus der Literaturgeschichte besprochen.

Als Mattusch das Buch mit dem Gedicht vor Kurt hinlegte, beugte er sich ein wenig nieder und flüsterte rasch: »Asso, nehmen Sie sich zusammen, zeigen Sie wenigstens im Deutschen, daß Sie was können, nichwa, vielleicht geht's noch!« Damit war er fort und ließ Kurt aufs neue tief verwirrt zurück. Mattuschs gute Gesinnung war fühlbar, aber als etwas Vergebliches. Was hatte dieses »wenigstens« zu bedeuten? War die bisherige Leistung zu schlecht? Kämpfte er nicht eine verlorene Schlacht? War schon alles entschieden? Ich werde nicht dulden, daß Gerber – aber da mußte man doch schon von einem Durchfall gesprochen haben?

»Gerber!« Mattusch rief zur Deutschprüfung. Und Kurt hatte das Gedicht noch gar nicht angeschaut.

»Asso, was haben wir denn da? Ein Gedicht von Lenau, nichwa? Der Herbst. Asso.«

Kurt war froh, daß er Lenau besprechen konnte, er liebte ihn, auch das Gedicht hier war ihm bekannt. Er wollte gut darauf achten, daß er es mit entsprechender Reserve vortrug. Nur keine warme, hingegebene Stimme, das gehört nicht hierher – aber als er die letzte Strophe las:

»Und mir verging die Jugend traurig,
Des Frühlings Wonne blieb versäumt;
Der Herbst durchweht mich trennungsschaurig,
Mein Herz dem Tod entgegenträumt –«,

da merkte er plötzlich mit heißem Schreck, daß seine Stimme leicht zitterte. Etwas Hohes durchwogte ihn, etwas bisher noch nie Gefühltes: es war nicht eigentlich ungut, nein, nur ein wenig unbehaglich, etwas Unnahbares, Gewaltiges – was es in ihm auslöste, hätte er nicht zu sagen vermocht. Das verwirrte ihn. Kurt war gewöhnt, sich über seine Gefühle sofort klar zu werden und sie, wenn möglich, zu belächeln; er machte auch jetzt einen Versuch dazu, bemerkte es als eigentümliches Zusammentreffen, daß gerade er ein Gedicht von trauriger Jugend besprechen sollte, vielleicht eine sinnige Aufmerksamkeit Mattuschs, nein, doch eher ein Zufall, verflucht, das geht so seit Mittwoch zehn Uhr, über das Straßenmädchen und Lisa und den Flüstertenor und abeo abire bis hierher, bis wieder zu einem Mittwoch, bis wieder zehn Uhr – zu dumm ist das, der Kitsch hat es abgesehen auf mich … doch damit kam Kurt nicht weiter, kam nicht heran an das Unbekannte, vor dem alles Spötteln erstarb … was war das nur …

»Nun?« machte Mattusch.

Kurt riß sich zusammen. Schluß mit Kitsch.

Aber als er das Gedicht besprach, stockend erst und zaghaft, auf dem schmalen Pfad balancierend, den ihm die beiden Möglichkeiten ließen: entweder hohles, phrasiges Schuldeutsch zu dreschen oder der Kommission unverständlich zu werden – als er zur letzten Strophe kam, war jenes Unbekannte doch wieder da.

Und es flutete in ihm auf und es ließ ihn nicht mehr los. Kurt suchte es zu fassen, zu ergründen – aber es war zu vielfältig. Es hatte etwas von fahlem Laub an sich und von Entschweben, das über eine müde Sonne führte, und von Beklommenheit und Ruhe, und von weitem Wachsen und Tod. Als könnte er dem Unbekannten, vor dem er scheue Furcht empfand, auf diese Weise entgehen, sprach er eindringlich von Lenau, von seinem Leben, seinem Wahnsinn, seinem Sterben, entflammte, zog immer weitere Kreise, und geriet in solchen Eifer, daß Mattusch ihn zur Sache rufen mußte. Kurt hielt inne. Wo war er denn? Ach ja, bei der Matura, und da saßen – brrr! – die Professoren um ihn herum. Er sah ihre Gesichter entlang. Seelig und Filip hatten den Kopf abgestützt und hörten ihm aufmerksam zu. Das waren aber auch die einzigen. Alle übrigen – und Marion am intensivsten – beschäftigten sich mit ganz anderen Dingen, lasen oder schrieben etwas oder sahen in die Luft, Riedl gähnte soeben ... vernichtet sank Kurt zurück. Ein Bild tauchte vor ihm auf: er stand in einem großen, hohen Raum, einem Amtsgebäude wohl, eingezwängt in eine lange Kolonne fast gleichgekleideter Leute, die zu einem Schalter drängten. Kurt wußte eigentlich nicht, was er wollte. Mit jedem Schritt kam er dem Schalter näher. Schon hörte er seine Vordermänner ihr Anliegen vorbringen. Was sie sagten, verstand er nicht, nur daß es immer das gleiche war. Dann stand er vor dem Beamten. Aber kaum hatte er zu sprechen begonnen, fiel die Milchscheibe herab, von hinten drängte man nach, Kurt wurde fortgeschoben und das Guckfenster öffnete sich dem nächsten. So ging es einige Male. Und das Seltsame war, daß er sich sprechen wußte und seine eigenen Worte nicht verstand.

Dann war das Bild plötzlich verschwunden, Kurt kam zu sich und merkte mit Erstaunen, daß er wirklich geredet hatte unterdessen, mechanisch Geläufiges über die »Lyrik in Österreich zur Zeit des jungen Deutschland«. Er fuhr sich über die Stirn, zweifelnd, ungläubig. War das nun Wirklichkeit? Ja doch! Da saßen sie ja noch immer, die Professoren.

Er machte eine Pause. Sehr verwundert und ohne gleich zu begreifen, vernahm er Mattuschs Stimme: »Gut.«

Jetzt erwartete er eine neue Frage, aber Mattusch klappte das Buch zusammen. Die Deutschprüfung war beendet.

»Fertig?« fragte Marion und blickte aus dem Katalog auf, in dem er geblättert hatte. »Ich danke.«

Kurt erhob sich und ging auf seinen Platz.

Von nun ab kam er mit seinen Gedanken nicht mehr zurecht. Sie wurden fast körperlich, und stärker als er, entschwanden ihm in Nebelhaftes, manchmal sah er sie sehr entfernt wieder auftauchen und gespensterhaft vorübergleiten, immer ein paar auf einmal wallten sie umher, er versuchte ihnen zu folgen, aber er kannte den Weg nicht, ging unsicher, irrte ab, verlor sich, dann sprang ihn plötzlich wieder etwas an, was er erst kurz zuvor gedacht hatte, dann formte sich vieles zusammen, nicht klar, nicht greifbar – und dennoch immer so, daß es ihm gar nicht außergewöhnlich oder erstaunlich vorkam: daß er all das schon von irgendwannher zu kennen glaubte; daß er seine Scheu so empfand, als wäre sie Besorgnis davor, dies und jenes anders vorzufinden als bei jenem rätselhaften Letztenmal, daß er, die Skurrilität des Geschehens voll erfassend, dennoch immer wußte: es würde in der Tat nichts Unerwartetes geschehen, nichts, was dem äußeren Gang der Begebnisse zuwiderliefe.

So war er gar nicht überrascht, als plötzlich jemand seine Schulter berührte und gleich darauf ein weißer Zettel vor ihm auf dem Tisch lag. Er kam von Prochaska, der ihn nun bald aus Geographie und Geschichte prüfen würde, und Prochaska und die Prüfung aus Geographie und Geschichte ordneten sich eben in den Ablauf der Dinge ein – wie alles, was noch kam –, gingen mit Selbstverständlichkeit ihres Wegs, verschwammen bald, und tauchten erst wieder auf, als Prochaska »Gerber« rief. Kurt hatte das Gefühl, daß er schon einige Male gerufen worden war. Er erhob sich sehr schnell, nahm den zusammengefalteten Zettel in die Hand und ging zur Wandkarte. Jetzt erst überlegte er seine Fragen. Ja, er wußte sie. Und er begann: »Zum geologischen Aufbau des Karpatensystems ist zu sagen, daß es –«

»Verzeihung, junger Herr – hm – Herr Kandidat – hm – Kandidat Gerber – hm, hm …«

Was war denn los? Warum unterbrach ihn Prochaska? Warum stieg er von einem Fuß auf den andern und schob den Kopf gequält zwischen den Schultern hin und her. Das ist doch ärgerlich. Kurt setzte nochmals an, mit Nachdruck, zurechtweisend: »Zum geologischen Aufbau –«.

»Die Frage lautet anders. Schauen Sie sich, bitte, den Zettel an!« Prochaska hatte das schnell und scharf, mit Anlauf gleichsam, gesagt; dann blickte er unvermittelt nach einer andern Richtung.

Kurt hörte, gleich fernem Raunen eines Wasserfalls, Bewegung durch den Saal gehen, die anschwoll und von einem vernehmlichen, beziehungsvollen Räuspern unterbrochen wurde. Er sah Prochaska an. Der »geologische Aufbau des Karpatensystems« war doch seine Frage!

Es war zum Bersten ruhig.

Prochaska sagte: »Also wollen Sie sich den Zettel anschauen? Das hätten Sie eigentlich früher tun können.«

Kurt entfaltete den Zettel und las: 1. Geographie: Bergbau und Hüttenwesen in den Nachfolgestaaten, 2. Geschichte: Die Vorbedingungen des Dreißigjährigen Krieges.

Vielleicht ein Irrtum. Er drehte den Zettel um. Nein. Da stand: Gerber Kurt.

Plötzlich wunderte er sich gar nicht mehr. Es war alles in Ordnung. Es ging alles seine Bahn. Er sah Blank an einem Leierkasten drehen – dann kam ihm Prochaskas erste Stunde in den Sinn – machen Sie mir's nicht zu schwer, junge Herren, ich bin ein alter Mann, ich geh heuer in Pension – Worte, die Gerald zu ihm gesprochen (wann war das nur? sehr lange wohl schon) rauschten an seinem Ohr vorbei – und in Geographie-Geschichte geht's plötzlich wie geölt – Zusammenhänge dämmerten herein, wurden klar für einen Augenblick, Wut und Haß und Empörung, und Mitleid und Verständnis und Verzeihung brausten auf, machten sich in einem kurzen, pfeifenden Atemzug Luft ... Dann war alles wieder ruhig, innen und außen.

»Also nehmen wir vielleicht die Geschichtsfrage vor. Bitte. Die Vorbedingungen des Dreißigjährigen Krieges.«

Kurt hörte die Worte des Alten, es dauerte einige Zeit, bevor sie ihm richtig ins Bewußtsein kamen, Wurzel schlugen, und wieder Worte trieben über seine Lippen; aus dunklem Erinnern hervor begann er zu reden, aber was er sagte, war so locker, daß es immer wieder von Prochaska auseinandergerissen wurde, Kurt nickte, sprach, nickte wieder, schließlich brachte er einiges zustande und ersah aus einer Handbewegung Prochaskas, daß die Prüfung beendet war.

Er ging auf seinen Platz und wußte vorerst nicht, warum Gerald, der als einziger noch dort saß, aufstand. Dann merkte er, daß auch die letzten, die noch zugehört hatten, den Saal verließen. Er ging ihnen nach. Hinter ihm schloß sich die Tür zur Beratung.

Niemand kam auf ihn zu.

Warum eigentlich nicht? Ihr braucht euch nicht zu fürchten vor mir.

Da kommt doch jemand. Wer ist das? Weinberg.

»So eine Gemeinheit von diesem alten Paralytiker!« Seine Bakkenknochen malmen. »So eine Gemeinheit!«

»Aber er hat sich ja selbst hereingelegt.« Rimmel sagt das, der hinzugetreten ist. »Jetzt wird der ganze Schwindel aufkommen. Und wir fallen alle durch.«

Jemand sagt: »Typhusepidemie. Ein Massendurchfall.«

Einige lachen frostig.

Kurt hört es wie hinter einer schweren Portiere. An diesem Lachen stößt ihn etwas ab. Aber das muß wohl auch so sein.

Das Wort »Durchfall« hat sich irgendwo in seinem Hirn festgehakt und beginnt nun herumzurumoren.

Wir fallen alle durch.

Die Fledermäuse – nein.

Die Schreie? Auch nicht.

Nur ein Seufzer.

Kurt hat geseufzt. Eine große gewichtige Hand legt sich um seinen Nacken, eine tiefe Stimme spricht nah an seinem Ohr: »Aber geh, Scheri!« Es ist Kaulich. Kaulich, der geweint hat. Wann? Jawohl. Warum sind alle ruhig? Wo ist Blank? Wir wollen zusammen durchs Land ziehen, Leierkasten spielen. Prochaska soll die Münzen in den Hut auffangen. Der arme, alte, blinde Prochaska.

Kaulich spricht:

»Mach dir nichts draus.«

Woraus?

»Es ist überhaupt noch gar nicht so sicher.«

Was?

Alles geht seine Bahn. Sprich nur, Kaulich, sprich. Es gehört wahrscheinlich dazu. Du bist gut, Kaulich.

Kurt läßt den Kopf auf Kaulichs Schulter sinken. Alle schweigen.

Kurt sieht Kaulichs Brillengestell entlang. Eine Tangente an eine Ellipse. Die Tangente läuft weiter, immer weiter. Schon ist sie beim Logarithmenkreuz. Aber nein, das ist ja alles nicht wahr. Die Tangente ist gar keine Tangente. Nur ich bin ans Logarithmenkreuz geschlagen. Aber niemand spuckt. Ich hab das alles schon einmal gesehn. Wir werden gleich daran vorbeikommen. Nur noch ein wenig Gneis, Granit und Glimmerschiefer.

»In Deutsch war es sehr gut.«

Herr Beamter, ich möchte Ihnen nur sagen, daß ich – aber so bleiben Sie doch, warum sperren Sie zu? Die Milchscheibe ist dem Fenster eingeschrieben. Sie sinkt immer tiefer. Ich kann schon nichts mehr sehen.

»Und Latein war ja auch nicht schlecht.«

»Es wird doch noch Mehrheit herauskommen.«

»Ich glaube auch.«

»Aber natürlich, warum nicht. Sei doch nicht so begossen, Scheri! Du bist sicher durchgekommen.«

Vielleicht, vielleicht. Aber da sind jetzt einige, ganz in Schwarz, die stellen sich vor mich hin und lassen mich nicht durchkommen. Sie sollen die Hände weggeben von meinem Hals.

»Na, so steht doch nicht so blöd herum! Ihr seht doch, daß ihm nicht gut ist!«

Kurt fühlt seinen Kopf emporgehoben, weit, unendlich weit.

Ihn schwindelt. Er lehnt sich wieder an Kaulich.

»Komm, Scheri, das werden wir gleich haben. Komm.«

Kurts Beine bewegen sich, er geht in einen dunklen Schleier hinein, der immer dichter wird vor seinen Augen. Dann zerreißt er plötzlich, Kurt fühlt etwas sehr Kaltes auf seiner Stirn: das ist Wasser. Kaulich hat ihm ein nasses Tuch um den Kopf gebunden. Das tut wohl. Kurt sagt:

»Danke.«

Kaulich faßt ihn unter den Arm und führt ihn in einen leeren Teil des Korridors. Dort lehnt er ihn an die Wand, neben einem offenen Fenster.

Kurt begegnet Kaulichs warmem Blick und nickt ein paarmal, er weiß nicht warum.

»Du kannst mir glauben, Scheri«, sagt Kaulich jetzt, »ich würde dir doch wirklich keine grundlosen Hoffnungen machen, aber das, was ich vom Vogerl gehört hab – weißt du, ich glaube bestimmt, daß du durchkommst.«

Kurt sieht ihn lange an. In seinem Kopf kommt etwas in Verwirrung, Bilder und Gedanken taumeln durcheinander, sausend, polternd – und dann ist es plötzlich da, wuchtig, über allem.

»Glaubst du das wirklich? Wirklich?«

Angstvoll klammert sich Kurt an Kaulichs Arm, als läge bei ihm die Entscheidung. Plötzlich sieht er wieder alles furchtbar klein, so wie wenn er noch mitten drin stünde und doch schon um das Ende wüßte. Und da kommt etwas hervorgekrochen, was er die ganze Zeit nicht gedacht hat, wie war das nur möglich, um Gottes willen, nein, nein – aber da sieht er schon den Vater im Bett liegen und röcheln.

»Kaulich! Kaulich! Bin ich durchgekommen?«

Kurt ist gelähmt von grenzenlosem Entsetzen, es strömt über alle Dämme seines Bewußtseins, steif hängt er an Kaulichs Arm, und Kaulich klopft ihm auf die Schulter und sagt:

»Aber ja, Scheri!«

Und ohne Pause, hastig, spricht er weiter. »Na, sei jetzt froh, daß du den Krempel hinter dir hast. Ich bin ja auch froh, daß ich's bald hinter mir hab. Weißt du, dann scheißen wir drauf. Aber wirklich. Wir haben es schon besprochen.« Er zerrt an Kurt herum, spricht voll Eifer auf ihn ein, als könnte er ihn so davon überzeugen, daß er durchgekommen sei. »Paß auf, du, Scheri. Wir kommen in der Nacht her, jeder muß vorher ein Abführmittel nehmen, und machen einen großen Haufen vors Tor. Die werden schauen! Vielleicht stecken wir noch eine Karte hinein: Ihrer lieben Schule – die dankbaren Abiturienten. Hohoho. Das ist unsre Meinung, die wollen wir ihnen noch schnell sagen. Und dann sind wir's los, Scheri, dann – nicht mehr dran denken! Wir scheißen eben drauf. Hohoho – ho – ho – was – ist denn mit dir?«

Kaulichs Gelächter erstirbt, er starrt in Kurts Gesicht, das sich gräßlich verzerrt hat, grau schiebt es sich aus dem Kragen hervor, mit flackernden Augen und aufgerissenem Mund.

»Was ist denn mit dir?« fragt Kaulich noch einmal und weicht zurück.

Was mit mir ist? Und das fragst du noch, du – nein. Du kannst nichts dafür. Du weißt von nichts. Geh.

»Geh!«

Kaulich schüttelt den Kopf, will noch etwas sagen, dann macht er schnell kehrt und verschwindet um die Ecke.

Kurt blickt ihm nach. Er erinnert sich, daß er ihn gefragt hat: »Bin ich durchgekommen?« Er erinnert sich, daß Kaulich gesagt hat: »Aber ja.«

Aber ja. Aaaaber ja! Aaah! So gleichgültig ist das, so befreiend, so erlösend gleichgültig!

Entspannung sinkt langsam über Kurt, wird zu Schlaffheit, zu grenzenloser, ganz und gar grenzenloser Müdigkeit. Das Unbestimmbare naht wieder, groß, verzeihend. Er schaudert leicht zusammen, hebt die Hand, nickt.

›Und dann – nicht mehr dran denken!‹

Sein Kopf sinkt hinab. Das hat einer gesagt, der noch dabei ist, den es angeht, mehr als je. Noch haben sie es nicht vorbei, und schon nehmen sie sich vor: nicht mehr dran denken.

Die Fledermäuse sind schon wieder da.

Und das Unbestimmbare.

Mein Herz dem Tod entgegenträumt …

Nein! Nein! Kein Tod!! Weiter leben! Und weiter hassen! Immer dran denken, immer, immer! O jauchzender, o schluchzender, o schöner, schöner Haß! Ich liebe dich, du Haß …

Kurt lehnt mit ausgebreiteten Armen an der Wand, etwas drängt in seine Kehle, kein Würgen ist das, kein Zerren, kein Weinerliches …

Es ist – wie weich es ihn macht, so ganz weich – es ist das Unbestimmbare …

Das war es früher nicht. Das ist es erst jetzt, wie es in seinen Kopf gelangt ist. Schon tritt es den Weg wieder an, hoch, majestätisch.

Laß mir den Vater, noch einen Augenblick! Es ist alles so sinnlos. Wozu denn?

›Wenn du glaubst, daß das Leben mit der Schule nichts gemein hat, dann bist du im Irrtum.‹

Hat das der Vater gesagt? Ja.

Ist es das? Das Unbestimmbare – ist es das? War es das von Anbeginn?

Ich folge dir, Erhabenes. Zieh deine Runde.

Das Unbestimmbare schreitet dahin. Es ist sehr hoch und weiß. Es ist eine Frau. Es trägt – es trägt – die Züge Lisas. Nein.

Nicht ihre Züge. Die Züge seiner Liebe zu Lisa. Die Züge aller Liebe.

Bist du es – der Verzicht?

Weiß ist die Frau und weiß ist das Kissen, und weiß liegt der Vater darinnen.

Wenn du glaubst, daß das Leben –

Kurt fühlt den Boden unter den Füßen nicht mehr, er taumelt, fällt – da erfaßt seine Hand das Fensterbrett und er zieht sich daran empor und beugt den Kopf hinaus und trinkt den kühlen Hauch eines Windstoßes.

In der Ferne zieht ein Gewitter auf. Der Tag ist zu heiß.

Kurt sieht in den Hof des Häuserblocks. Dort war einmal ein Pferd. Wo ist es jetzt? Das Unbestimmbare lächelt und nickt und verschwindet. Und da kommt schon das Pferd. Es ist nicht dasselbe wie damals, auch der Wagen, den es zieht, ist anders. So müßte die Kalesche ausschauen, in der das X ankutschiert kommt. Und der vom Bock heruntersteigt, ist auch nicht der Kutscher.

Wer sind Sie? He!

Das Wesen kommt näher. Man kann nicht genau erkennen, wie es aussieht. Es verändert sich fortwährend.

Wer Sie sind, habe ich gefragt.

Das Wesen verbeugt sich und lächelt.

Und da ist auch das Unbestimmbare. Es deutet mit einem herrlichen weiten Bogen seiner weißen Hand auf das Wesen und sagt: Gestatten Sie, Herr Vorsitzender, daß ich Sie mit dem heutigen Prüfling bekannt mache.

Nun, wie heißt er?

Das Unbestimmbare sagt: Leben.

Wie?

Ja. Leben Franz, Schüler der achten Klasse.

Na schön, Leben. Kommen Sie herauf.

Was? Ich soll hinunter? Ich denke gar nicht daran. Köstlich. Ich soll hinunter. Sie verderben es sich gleich mit der ganzen Kommission.

Also, Leben. Schreiben Sie an. Erstes Beispiel.

Was machen Sie denn da? Jemand zahlt zwölf Monate hindurch seine ganze Liebe ein, um am Ende dieser zwölf Monate – wie? Sie sind wohl verrückt. Das gehört jetzt nicht hierher. Das interessiert uns nicht. Das erste Beispiel lautet anders.

Haben Sie? Also: gegeben ist ein Professor und ein Schüler, nicht wahr. Der Schüler wird durch den Professor gebrochen. Was kommt jetzt? Nein, ganz falsch. Sondern der Vater – gebrauchen Sie keine solchen Ausdrücke, man sagt nicht: ›der Vater stirbt‹, man sagt: ›der Vater reduziert sich zu null‹. So. Wissen Sie auch, wie es dazu gekommen ist? Sehen Sie sich einmal den Bruchstrich an, Kandidat Leben. Er besteht, da er die Summe einer geometrischen Progression ist, aus n Gliedern. Die Glieder mit den gleichen Koeffizienten werden herausgehoben. Nacheinander. Was uns nicht paßt, wird abgestrichen und durch andere Koeffizienten ersetzt. Bitte. Jetzt streichen Sie einmal sämtliche Koeffizienten mit dem Index Sch ab und ersetzen Sie sie durch Koeffizienten mit dem Index P. Warum? Weil der Professor größer ist als der Schüler. P > Sch. Und jetzt gebe ich Ihnen den Grundfaktor an, mit dem Sie rechnen sollen: Gerechtigkeit.

Also?

Sie wissen nicht weiter, Kandidat Leben? Es ist genug. Mehr dürfen Sie wohl nicht verlangen. Sie können sich setzen.

Wie? Bitte, es ist ja ganz egal. Versuchen wir es also noch mit diesem Beispiel. Das zweite erste Beispiel. Schön. Was bedeutet denn das? Gut, Sie haben recht. Es wäre zwar besser anders zu lösen gewesen, aber – wie Sie wollen. Zur Liebe kann man niemanden zwingen. Wahrheit als Grundfaktor ist hingegen unerläßlich. So. Jetzt könnten Sie auch ein wenig arbeiten. Bis jetzt hab ja alles ich gemacht.

Nun?

Was ist mit Ihnen? Das können Sie auch nicht, Kandidat Leben?

Sie wissen nichts von Wahrheit?

Sie wissen nichts von Gerechtigkeit?

Sie wissen nichts von Liebe?

Davon wissen Sie nichts?! Ich danke, es genügt. Wir sind fertig, Kandidat Leben – – –

»Gerber! Die Beratung ist zu Ende!«

Nein, lassen Sie das, Leben. Da nützt kein Bitten. Sie sind nicht wert, daß man sich mit Ihnen überhaupt noch abgibt – – –

»Was ist denn, Scheri? So komm doch! Sie warten schon drinnen!«

Wer stört mich denn da? Das ist doch niederträchtig. Was sagen Sie dazu, Unbestimmbares?

Das Unbestimmbare ist groß und wandelt mit hehren, werbenden Schritten.

»Gerber!!«

Ja, ja, ich komme schon. Da bin ich. Was stehn denn alle da? Ah, Inspektor Marion. Meine Verehrung, Herr Kollege! Eben ist ein Schüler bei mir durchgefallen. Bitte? Leben. Leben Franz. Ganz unreif, ja.

Was wollen Sie denn noch immer, Leben? Nein. Das hätte gar keinen Zweck.

Warum sind denn alle so ruhig und glotzen mich an?

Aber ja, das weiß ich ohnehin. Abeo abire, ja. Daher: Abiturient. Abiturus sum: ich werde abgehen.

Durch die Mitte. Dort, wo die drei stehen, dahinter ist ein Tisch, über dem Tisch ist ein Fenster. Genau in der Mitte.

Ab durch die Mitte.

Pst! Psst! Das Unbestimmbare schreitet voran.

Ich komme selbst, mich freuen an eurer Freude.

Der Priester breitet die Arme aus: Dreimal verflucht – – –

»Gerber! Um Gottes willen!! Was machen Sie?!«

Die Sonne ist so rot. Sie fällt auf mich herab, ganz – – –

Zeitungsnotiz

Wieder ein Schülerselbstmord. Bei dem gestern am Staatsrealgymnasium XVI abgehaltenen Abiturientenexamen beging einer der Kandidaten, der neunzehnjährige Oktavaner *Kurt Gerber*, dadurch Selbstmord, daß er sich knapp vor Bekanntgabe des Prüfungsergebnisses aus dem im dritten Stockwerk gelegenen Klassenzimmer auf die Straße stürzte. Er blieb mit zerschmetterten Gliedern liegen und war sofort tot. – Eine besondere Tragik liegt darin, daß Gerber, der zweifellos aus Furcht vor dem »Durchfall« in den Tod ging, von der Prüfungskommission für *reif* erklärt worden war.

Editorische Notiz

Der Schüler Gerber, *Friedrich Torbergs (1908 bis 1979) erster und zugleich berühmtester Roman, entstand 1928/29, unmittelbar nachdem der Autor im zweiten Anlauf die Reifeprüfung in Prag bestanden hatte. Über Vermittlung von Max Brod erschien er Ende Februar 1930 unter dem Titel* Der Schüler Gerber hat absolviert *im Paul Zsolnay Verlag. Die Resonanz war so überwältigend, daß bereits zwei Monate später die nächste Auflage in Auftrag gegeben wurde. Zustimmende Besprechungen von Robert Musil (Frankfurter Zeitung, 11. Mai 1930), Kurt Tucholsky (Die Weltbühne, 17/1930) und Max Brod (Prager Tagblatt, 3. März 1930) sorgten dafür, daß der Roman in den Folgejahren in zahlreiche Sprachen übersetzt wurde. Anfang der fünfziger Jahre überarbeitete Torberg sein Jugendwerk, das ab 1954 unter dem verkürzten Titel immer wieder aufgelegt wurde. Die deutschsprachige Gesamtauflage beträgt mittlerweile über eine halbe Million Exemplare.*
Der Roman wurde 1981 von Wolfgang Glück mit Gabriel Barylli und Werner Kreindl in den Hauptrollen verfilmt.

Eginald Schlattner
Der geköpfte Hahn
Roman
1998. 520 Seiten

Schlattners Milieu ist ein Städtchen in Siebenbürgen. Nach fünfhundert Seiten kennt man die Plätze und Gassen, die Häuser am Fluß, an dem sie liegen und nach mehreren Bootsfahrten sogar seine Strömungen. Bevölkert ist diese Landschaft von Ungarn, Rumänen, Zigeunern, Juden und Deutschen, sogenannten Siebenbürger Sachsen, denen der Erzähler angehört und deren Eigenheiten und Gepflogenheiten der Leser mitsamt den Büchern, die sie lesen, den Schlagern, die sie singen und den Gedichten, die sie gern rezitieren, kennenlernt ... Die eigentliche Romangegenwart ist ein einziger Tag, der 23. August 1944, an dem nicht nur die Abschlußfeier einer Schulklasse stattfindet, sondern auch der Sturz des Regimes Antonescu und die bedingungslose Kapitulation Rumäniens ... *Der geköpfte Hahn* ist ein Erzählwerk, das weit über dem Durchschnitt des gewöhnlich Gebotenen steht.

Egon Schwarz, *Frankfurter Allgemeine Zeitung*

Eginald Schlattner erzählt souverän und spannend diese komplizierte Geschichte vom Ende einer jugendlichen Verwirrtheit und nationalsozialistisch-faschistischer Fasziniertheit, aber auch von Humor, Menschlichkeit und gesundem Menschenverstand. Vor allem die differenzierende Genauigkeit, mit der er seinen Erzähler das freundschaftliche, pragmatische oder denunziatorische Verhalten der Deutschen, Rumänen, Juden, Ungarn und Zigeuner zueinander wahrnehmen läßt, macht eine Stärke des Romans aus.

Nicole Henneberg, *Der Tagespiegel*

Peter Hammerschlag
Die Wüste ist aus gelbem Mehl
Groteskgedichte
Herausgegeben von Friedrich Achleitner und
Monika Kiegler-Griensteidl
Mit einem Nachwort von Friedrich Achleitner
1997. 144 Seiten

Bis 1935 prägte Hammerschlag das Programm des »Lieben Augustin«, die wenigen verbleibenden Jahre bis zum »Anschluß« schrieb er für andere Wiener Kabarettbühnen, etwa für die »Stachelbeere« und die »Literatur am Naschmarkt«. Seine Kunst und sein großes Talent waren die Lust am Sinnlosen und an der Groteske. Das Politische war nicht Teil seiner Ausdrucksweise, genausowenig wie jede andere Art der Ernsthaftigkeit. Aus den banalen Begebenheiten und mit seinem Talent, einen Reim zu finden, wo kein anderer mehr einen entdeckt, schuf Hammerschlag komische, absurde, anzügliche, boshafte Gedichte, die seinen unbändigen Spaß an der Sprache verraten.

Eva Menasse, *profil*

Wäre Peter Hammerschlag zwei oder drei Jahrzehnte früher zur Welt gekommen, hätte ihm seine originelle Begabung in der deutschen Grotesklyrik sicher einen Platz zwischen Christian Morgenstern und Joachim Ringelnatz gesichert.

Oliver Bentz, *Wiener Zeitung*

An Peter Hammerschlag erinnert eine Auswahl seiner Gedichte, die unter dem Titel *Die Wüste ist aus gelbem Mehl* das Werk nach dem Ablauf eines Boxkampfes organisiert. In fünf Runden brilliert Peter Hammerschlag als Verächter androgyner »Sportgirls« als Erotomane, als Liebhaber kindlicher Spässe und als Satiriker des Zeitgeistes der zwanziger Jahre.

Paul Jandl, *Neue Zürcher Zeitung*